후베란트가 사람들

후베란트가 사람들

Houwelandt 존 폰 뒤펠 · 전옥례 옮김

사람들

들녘

너는 청춘도 노년도 아니다
다만 낮잠이라도 자듯 그 둘을 꿈꾸고 있을 뿐.

– 크리스토퍼 말로우

*1*부

요르게의 분노는 온 가족을 두려움에 떨게 했다.
하지만 그녀는 그것도 전혀 두렵지 않았다.
오히려 그녀는 그런 벼락이 치길 원했다.
그래야 그의 면전에 대고 말할 수 있기 때문이었다.

요르게

앞에 보이는 섬은 이곳에서 채석하는 사암과 같은 빛깔이었다. 그의 등 뒤쪽 육지는 그 언덕 부근에 햇살이 드리워지고 있었다. 해가 솟자 밖으로 나온 등이 굽은 가축 떼, 듬성듬성한 숲들, 둥그스름한 테라스, 돌이 깔린 정원 위에. 땅 위의 어두운 구름 같은 그림자가 여명의 흔적 위에서 서성였다. 하지만 여름 아침은 짧았다. 곧바로 숨가쁘게 솟아오른 태양은 거리낌 없이 제 길을 향해 나아갔다. 요르게 드 후베란트는 파도 속에 엉덩이까지 잠긴 채로 걸으며 두 손으로 물을 떠서 얼굴을 문질렀다. 바다는 잠과 같은 맛이었다. 눈을 감고서 그는 턱을 가슴에 붙이고, 팔을 쭉 펴 잠수를 시작했다.

숨을 멈추고 그는 물속에서 몇 번 헤엄을 쳤다. 부드럽게 밀려드는 물결 너머로 자갈과 돌이 구르는 소리가 그의 귀에 와 닿았다. 그는 에스더가 백사장에서 자신을 지켜보고 있다는 것을 알고 있었다. 회청색 수면 위로 그가 고개를 내밀기를, 이처럼 이른 시간에도 멈추지 않고 천을 뒤집어쓴 짐승처럼 뭍으로 달려드는 파도 사이로 그의 머리가 다시 떠오르기를 기다리고 있다는 것도 알고 있었다. 그는 숨을 쉴 필요가 없었다. 공기를 들이마시고 싶은 생각이 전혀 없었다. 그에게 필요한 것은 그저 바다였다.

그는 언제라도 잔치를 거절할 수 있었다. 그는 집안에서 가장 어른이었다. 그가 원하지 않는다면 그의 생일잔치는 벌어지지 않을 것이다. 모두들 지금 그대로 가만있으면 되었다. 그는, 요르게는, 어떤 잔치도 원하지 않았다.

자그마한 만灣의 굴곡을 따라 바다 위에 일렁이는 그림자가 드리워졌다. 섬은 벌써 햇살을 받고 있었다. 절벽 쪽부터 밝아오더니 사암 역시 순식간에 막 구워낸 벽돌색으로 바뀌었다. 요르게는 물속에서 유연하게 다가오는 물고기들 사이를 경쾌하게 빠져 나가며 저 아래 놓여 있는 둥글게 닳은 돌과 조개들을 관찰했다. 두어 번만 저으면 해초와 죽은 해조들이 무성한 곳에 다다를 수 있었다. 그 뒤쪽으로는 심연, 스스로 그늘을 드리운 푸르른 세계가 펼쳐질 뿐이었다.

에스더가 그를 지켜보고 있다는 것을 알면서도 그는 아예 수면으로 떠오를 생각조차 하지 않았다. 순간 그녀가 첨벙거리며 걷는 소리, 그녀의 샌들이 백사장에 깔린 자갈을 밟는 소리가 들리는 것만 같았다. 바다를 바라보는 그녀의 얼굴과 여전히 숱 많은 머리카락이 육지 쪽으로 부는 바람에 날리는 것이 보였다. 그녀는 그의 이름을 입에 담고 있다 해도 그를 부르지 않을 것이다. 에스더는 그녀의 폐와 그의 폐가 하나이기라도 하듯 숨을 멈출 것이다. 그는 아쉬울 것이 하나도 없었다. 그는 뭍에 있는 다른 모든 것처럼 그녀를 뒤에 남겨놓았을 뿐이다.

이른 아침의 물은 색을 잃은 흐르는 유리였다. 해조 정원은 벌써 가을 빛이었다. 요르게는 헤엄칠 수 있는 구역을 표시해놓은, 해초가 들러붙은 두 개의 부표 사이로 잠수해 들어갔다. 산소에 대한 생각이 번개처럼 스쳤으나, 그건 잠들기 전처럼 그저 반사적인 생각일 뿐 곧 사라졌다. 그의 모든 감각은 그의 밑에 펼쳐진 끝 모를 푸른 바다와 위쪽으로 달려들 것만 같은 심연을 향해 있었다. 심연은 아주 부드러운 가죽으로 덮여 있었다. 요르게는 피부에 와 닿는 이 흐름에 압도당했다. 여느 아침들처럼.

모터를 설치한 어선 뒤쪽에서 그는 수면으로 솟아올랐다. 그를 떠받치고 있는 이 동물은 등을 둥그렇게 구부려 그를 더 높이 들어 올려주었다. 요르게는 급하게 공기를 들이마시지 않고, 공기가 그의 폐로 자연스레 흘러들도록 했다. 그의 완벽하게 평화로웠다.

생일잔치는 하지 않으리라. 에스더가 강조했듯이 이번이 그의 여든 번째 생일이라면 더더욱.

토마스

그는 점심 무렵 예고된 소나기가 내리기 전에 잔디를 다 깎아두기 위해 일찍 일어날 생각이었다. 그런데 잠이 덜 깬 상태에서 자명종을 눌러놓았던 것 같았다. 토마스 드 후베란트는 예정보다 한 시간 반이나 늦게, 우편집배원의 벨 소리에 깨어났다. 그러고는 꼼짝도 하지 않고, 지금 가운을 걸치고 문으로 뛰어나가는 것과 조금이라도 더 누워 있기 위해 다른 쪽으로 돌아누워 버렸다가 오늘 오후나 내일 우체국에 가서 소포가 됐든 뭐가 됐든 우편물을 찾아오는 것 가운데 어떤 게 더 귀찮을지 따져보았다.

물론 우체국에서 직접 찾아오려면 신분증을 제시해야 하는데, 그는 지금 신분증이 어디에 있는지 몰랐다. 그러자 오늘 소나기가 예고되어 있다는 생각이 언뜻 스쳐갔다. 그리고 잔디밭 둘레에 이미 꽃이 피기 시작했다는 것도. 그는 정원의 상태에 대해 투덜거리는 '아이들 집' 일 층에 세든 사람들을 떠올리는 것조차 끔찍했다. '황폐해졌다'니, 황폐가 뭔지 그들이 뭘 안다고! 비가 계속 쏟아져서 잔디를 깎을 수 없게 되면 그로서도 어쩔 수 없는 일 아닌가?

토마스는 날씨에 대한 생각에 빠져 잠에서 깨어나는 순간을 기분 좋게 보냈다. 그는 저기압 세력의 앞머리가 스코틀랜드를 지나, 발트해에서부터 폴란드를 지나 멀리 서쪽으로 움직여 후텁지근하고 따뜻한 바닷바람을 끌고 온 발트 3국의 고기압을 향해 전진하도록 놔두었다. 슐레지엔 지역이 더위에 시달리는 동안, 프랑스와 베넬룩스 3국의 대부분은 이미 무거운 구름으로 덮여 있었다. 적대적인 두 기단은 천둥 번개를 동반한 엄청난 폭우를 내리기 위해 북독일의 저지대, 그러니까 경도 8도쯤에서 충돌할 것이다. 이번에는 내륙 쪽을 들여다보니 거대한 적운이 전선을 형성하는 장면, 그러니까 구름들이 마구 몰려들어 하나로 합쳐지면서 아주 커다란 구름이 생겨나 고산지대 비슷한 형태로 변해가는 모습이 토마스의 눈에 들어왔다. 멀리서부터 이미 가느다란 회색 빗줄기가 납작하게 엎드린 검푸른 땅 위를 두드렸다. 방향을 잃은 총알들처럼 빗방울이 떨어지기 시작했다. 토마스는 이미 비 냄새를 맡았고, 구름과 물기를 머금은 바람이 콧속으로 스며드는 걸 느꼈다. 바람은 창문 앞 전나무를 마구 흔들어 다양한 소리를 방 안으로 흘려 넣었고, 조금이라도 틈새가 있는 곳이면 어디든 파고들었다.

그의 아버지한테 온 소포가 분명했다. 그에게 오는 우편물은 거의 없었다. 어쨌거나 지금 자리를 털고 일어날 정도로 중요한 우편물이 그에게 올 리 없었다. 그리고 여기서 이천오백 킬로미터나 떨어진 곳에서 끝나지 않을 휴가를 보내고 있는 노인에게 온 우편물이라면 하루나 이틀 뒤에 받는다고 해도 무슨 상관인가. 아버지 대신에 서명하는 일은 괴로웠다. '위임!' 아버지의 위임 때문에 곤란한 일을 숱하게 겪지 않았던가! 그는 서류 뭉치, 특히 세금과 관련된 서류를 복사하고 재발송하는 일이 끔찍이도 싫었다. 그러려면 또 다시 우체국에 가서 특급우편으로 스페인까지 가는 정확한 우표를 붙여야 했다. 그게 다 노인이 팩스 기계를 좋아하지 않기 때문이었다. 팩스가 토마스의 일을 훨씬 줄여주고 몇 번이나 왔다 갔다 하는 수고를 덜어줄 테지만, 문제는 노인이 그것을 허용하지 않는다는 것이었다. 그는 아버지의 관리인이지 사환이 아닌데도 말이다!

토마스는 서서히 잠에서 깨면서, 그게 패배처럼 보인다 할지라도 지금 자리를 떨치고 일어나야 할 충분한 이유가 있다는 데 화가 났다. 기분이 상한 채 눈을 뜨면서 그는 창문 쪽을 향해 눈을 껌뻑거렸다. 거무스름하게 보이는 굽은 전나무 가지 사이로 깨끗한 맑은 하늘이 보였다. 그는 집안을 어둡게 만드는 이 전나무를 싫어했다. 전나무는 햇볕이 쨍쨍 내리쬐는 한여름에도 집안을 어두운 구석으로, 퀴퀴한 숲속이나 스펀지 혹은 곰팡이 냄새가 나는 동굴로 만들어버렸다. 그의 아버지는 전쟁이 끝난 뒤 후베란트의 집에 세든 사람들로부터 자신과 딸린 식구들을 보호하기 위해 행랑채 앞에 이 나무를 심었다. 하지만 수십 년이 지난 오늘날 집안의 가장 어두운 방에서 지내는 것을 감수해야 하는 토마스에게는 이것이 오랫동안 꾸며온, 자신을 위협하려는 계획처럼 보였다. 그것보다 더 화가 나는 건 흐려질 기미가 전혀 없는 푸른 하늘이었다. 그건 이제 일을, 그것도 정원 일을 해야만 한다는 걸 뜻했다. 이제 그는 더 자고 싶다는 생각을 버려야 했다.

토마스는 셋까지 세고서, 밴드를 떼어내듯 과감하게 이불을 옆으로 밀어내고 침대에서 몸을 벌떡 일으켰다. 그렇지만 그는 자신의 동작을 통제할 수 없었다. 결단은 좋았으나 뜻을 이루지는 못했다. 저주, 아니 한숨조차도 나오지 않을 만큼 그의 근육들은 그를 따라 움직여주지 않았다. 그가 얼마나 지쳐 있는지, 얼마나 녹초가 되었는지 증명해주는 또 다른 증거가 필요하기라도 한 모양이었다. 지난밤 치밀어 오르던 분노 그리고 마음을 안정시키기 위해 필요로 했던 많은 양의 붉은 포도주에 대한 기억이 유리창처럼 자신과 움직이지 않는 몸 사이에 끼어들었다. 머리가 지끈거렸고, 귓속에서는 왱왱 소리가 났다. 그의 생각은 물러서려고 하지 않는, 눈에 보이지 않는 대상을 제거해 보겠다고 집요하게 달려드는 파리처럼 어지러웠다. 이 왱왱거리는 소리가 그의 환상도 아니고, 꿈의 주파수에서 나온 것도 아니고, 바닥에 누워 자신의 실존을 알리는 자명종 소리라는 것을 토마스가 알아차리기까지는 시간이 얼마 걸리지 않았다. 바닥에 떨어지면서 시간이 잘못 맞추어졌거나 고장이 난 것 같았다. 자명종이 지금 할 수 있는 일이라고는 소리 흡수가 잘되는 양탄자 위에서 자신의 추를 산발적으로 울려대는 것뿐이었다.

완전히 둥글지 않고 어딘가 타원형으로 보이는 자명종 접시는 토마스의 내면의 눈에는 조금만 참으면 언젠가는 다 풀려버릴 늘어진 태엽을 연상시켰다. 그런데 그를 비웃기라도 하듯 느닷없이 우편집배원의 초인종 소리가 다시 울려왔다. 이젠 위층에 세든 사람까지 괴롭힐 모양이었다. 그 소리는 여러 벽과 천장을 거쳐, 이미 시련을 겪은 그의 귓속까지 파고들었다. 토마스가 처음부터 예감했듯이, 오늘은 그에게 친절한 날이 아니었다.

"나가요!" 하고 투덜거리듯 말하며 그는 면도 안 한 턱을 쓰다듬었지만, 그다지 확신을 가지고 한 말은 아니었다.

에스더

그녀의 발아래 돌들은 자잘한 소금으로 뒤덮여 있었다. 지나간 밀물의 거품이 백사장에 먼지처럼 남아 있었다. 자갈 밑은 적당히 서늘했다. 에스더 드 후베란트는 자리에 앉아 샌들을 옆에 놓고는 발등이 완전히 덮일 때까지 현무암과 대리석 조각 그리고 부싯돌과 조개껍질투성이인 백사장을 발가락으로 팠다. 해변에 널린 자갈은 아직 뜨겁게 달궈지지 않았지만, 그녀의 발바닥은 벌써부터 시원한 느낌을 원했다. 그녀는 마치 얼굴에 햇살을 받고 싶다는 듯이 고개를 뒤로 젖힌 채 자신의 얼굴 위로 드리운 그늘을 즐겼다. 바다는 그 자신의 침묵을 깨뜨리며 무너져 내렸다.

이제 겨우 일주일 남았다!

그녀는 다시 여행 과정을 되새겨보았다. 에스더는 어떻게 공항에 가는지, 창구에서 터미널까지 어떤 과정을 거치는지 잘 알고 있었다. 이륙과 착륙, 독일 도착, 이 모든 과정을 그녀는 밤낮으로 반복해 살펴보았다. 게다가 만약에 마중 나오기로 한 베아테 게르버를 공항에서 만나지 못하더라도 그녀에게 가는 길 역시 잘 알고 있으니 상관없었다. 물론 그런 일은 없을 것이다. 토마스와 헤어졌다 해도 베아테는 믿을 만한 사람이었다.

에스더는 자신의 계획을 제일 먼저 며느리에게 털어놓았다. 베아테는 그녀를 실망시키지 않았다. 그녀는 곧바로 도와주겠다고 말했고, 전체적인 진행을 도맡아 완벽하고 신중하게 처리했다. 당연한 일이었다. 베아테 게르버는 잔치 준비에 관한 일이라면 무엇이든 기지를 발휘했다. 그녀는 레스토랑들을 잘 알았고, 비용 견적을 뽑아왔고, 주변에 있는 파티 서비스에 대해서 두루 알아보았다. 지난 몇 주 동안 베아테는 에스더의 대변인으로 현장에서 필요한 일들을 수행했다. 그녀가 전체 과정을 세심하고도 성의 있게 돌보았기 때문에 에스더는 친딸들에게 의지할 필요가 전혀 없었다. 엄격하게 따지자면 베아테는 이미 오래전부터 드 후베란트의 가족이 아니었어야 했다. 어쩌면 그녀가 가족이었던 적은 한 번도 없었을지 모른다.

여행을 떠올리자 가벼운 흥분이 첫 번째 파도의 등을 타고 만에 다다른 부드러운 바람처럼 그녀를 스쳐갔다. 하지만 그건 설렘이라기보다 약간은 불안한 느낌이었다. 에스더는 베아테의 도움으로 상황에 맞는 잔치를 벌이게 되리라는 것을 한순간도 의심하지 않았다. 음식은 괜찮은 수준이겠지만 그렇다고 유별나지는 않을 테고, 풍족하지만 지나치지 않을 터였다. 그녀는 여러 가지 가능성 가운데서 최선의 것을 선택할 수 있을 정도로 식구들을 잘 알고 있었다. 자리 배치에 어떤 변화를 줄 것인지, 분위기 전환을 위해 언제쯤 건배를 제안할지, 잠자리는 어떻게 정해주면 좋을지도 이미 그녀의 머릿속에 들어 있었다. 식탁 장식과 조명은 아직 결정하지 못했지만, 그건 그 자리에서 해결해도 아무 문제없을 터였다. 에스더는 지금까지 진행해온 준비에 자부심을 느꼈다. 그녀 자신에게 그리고 모든 문제에 쉽게 동의하고 따라준 며느리도 자랑스러웠다.

그녀는 계획된 부분이 아니라 예상할 수 없는 것들을 걱정했다. 날씨에 관해서는 이미 조언을 들어두었고, 베아테와 상의해서 바람이 불거나 비가 올 경우를 대비해두었다. 그녀가 선택한 파티 서비스에서는 원하는 크기대로 천막을 제공해준다고 했다. 갑자기 기온이 떨어질 경우를 대비해 이미 십여 장의 담요를 할인가로 주문해두었다. 하지만 이 세상의 어떤 담요도 자식들의 언짢은 기분과 모욕감을 덮어주고, 잔치가 무사하도록 보호해줄 수는 없을 것이다. 요르게는 자식들이 떠나버리도록 행동했다. 이제 자존심만 남은 부부는 자식들에게서 멀리 떨어진 이 섬에서 지내고 있었다. 그녀는 자식들에게 하기 싫은 놀이를 하면서 억지로 좋은 표정을 지으라고 요구하지 않았다. 가식적인 다정함이나 상징적인 화해도 기대하지 않았다. 다만 에스더는 이 잔치가 자신에게 얼마나 중요한 의미를 갖는지 단 한 사람의 예외도 없이 모두 이해하기를 바랐고 또 원했다. 하지만 에스더는 곧 자신의 두 딸의 입장은 자신과 다르다는 사실을 알아차렸다. 에스더는 딸들이 잔치에 참석할 마음이 전혀 없다는 것을 진작부터 느끼고 있었다. 가족과 관련된 일이라면 딸들은 요르게의 무관심을 능가했다. 그 점에 있어서는 토마스가 더했다. 그에게는 장남으로서 가족을 지킬 의무가 있었는데도…….

에스더는 언제나 그렇듯이 급하게 물로 뛰어드느라 머리 위로 벗어 아무 생각 없이 에스파드리으(Espandrillos: 바닥이 나래새풀로 된 아마 운동화-옮긴이) 옆에 던져둔 남편의 카키색 셔츠에 시선을 고정시켰다. 그녀는 남편의 셔츠를 집어들고, 잘 개켜서 빛 바랜 반바지 위에 올려놓았다. 희미하게 노인의 체취가 느껴졌다. 그럴 리가 없다는 듯 그녀는 고개를 숙여 셔츠의 가슴팍과 특히 겨드랑이 부위를 맡아보았지만 땀과 소금 그리고 피곤에 전 그 냄새는 이미 흩어져버리고 없었다. 그것은 요르게의 체취였다. 하지만 그녀가 발가락으로 들춰서 공기를 통하게 한 돌에서 맡을 수 있는 소금기 어린, 어딘가 맥이 빠진듯한 냄새이기도 했다. 그녀는 잊어버리지 말고 떠나기 전에 셔츠를 깨끗이 빨아 잔뜩 쌓아놓고 수시로 새 셔츠를 입으라고 요르게에게 잔소리를 해야 할 터였다.

여행은 이제 겨우 일주일이 남아 있었지만 그녀는 여행에 대해 그에게 아직 한마디도 내비치지 않았다.

에스더는 어떤 식으로, 그리고 어떤 말로 남편에게 일주일 뒤에 비행기를 타고 혼자 고향 집에 다녀오겠다고 말해야 할지 잘 알고 있었다. 그녀는 수없이 어떻게 설명하면 좋을지 연습해두었다. 다만 적절한 때를 기다리고 있었을 뿐이었다.

그녀가 남편 없이 혼자서 하는 여행은 이번이 처음이었다. 예전에 요르게는 측량 작업을 하느라 이따금 다른 도시나 다른 지역, 다른 나라에서 몇 주씩 보내곤 했다. 하지만 퇴직하고 나서 함께 스페인으로 이사한 후로 그들이 서로 떨어져서 밤을 보낸 적은 단 하루도 없었다. 그런데 하물며 이 주일이라니 생각지도 못할 일이었다. 하지만 그녀는 자신이 생일잔치를 준비하는 동안 그를 여기에 남겨두는 것이 옳다고 믿었다. 요르게가 행복하기 위해 가장 필요로 하는 건 질서였다. 그는 의례적인 순서를 엄격하게 지키는 생활을 해왔다. 아침은 바다에서 보내고, 오전은 정원에서, 낮잠을 잔 뒤에는 집 뒤 야산에 올라 예배당에서 저녁 기도를 드렸다. 그의 일상을 방해하는 자는 저주 받을지어다! 요르게는 자신의 습관을 바꾸어야 할 일이 있거나 생략해야 할 때면 아주 못마땅해했다.

에스더가 내세우려는 주장이 바로 그것이었다. 그녀가 미리 모든 걸 준비해놓았기 때문에 그는 지금까지와 다름없이 계속 생활할 수 있었다. 수영하고 난 다음에는 해변에 있는 메렌데로에서 아침식사를 하고, 저녁은 레스토랑에서 먹으면 되리라. 점심은 물론 정원에서 딴 과일과 열매, 채소, 올리브유나 소금 친 버터를 바른 빵 한 조각과 물을 섞은 포도주 한 잔이면 충분하리라. 요르게는 그녀가 집에 없다는 사실조차 알아차리지 못할지도 몰랐다. 그녀는 그가 그렇게 지내주기를 바라면서도 한편으로는 두려웠다. 에스더는 벌써부터 그가 자신보다 외로움을 더 잘 견딜 것 같은 예감이 들었다.

준비를 다 마친 다음, 그녀는 남은 일주일을 스페인에서 보낼 계획이었다. 그의 의사와는 상관없이 홀아비 생활을 한 요르게를 다시 예전의 모습으로 돌려놓기 위해서였다. 그녀는 단장을 하고 짐을 꾸려서, 당연히 남편과 함께 여행할 생각이었다. 함께 독일에 도착한 뒤에는 최단 기간만 머물 생각이었다. 세무사를 만나거나 관청 일을 보기 위해 해마다 했던 고향 방문보다 더 오래 걸리지는 않을 터였다. 어차피 여든 살이 될 수밖에 없는 요르게는 신경 쓸 일이 하나도 없었다. 잔치 때문에 닷새 동안 그의 익숙한 리듬을 중단하는 것 말고는. 그래서 그녀는 출발하는 날에도 그가 아침 수영을 할 수 있도록 배려했고, 돌아오는 날 오후에는 제때 예배당에서 기도를 드릴 수 있도록 비행시간을 조절했다.

에스더는 남편을 이런 식으로 조종하는 것이 옳지 않다는 것을 알고 있었다. 그는 그 정도로 자립심이 없는 사람이 아니었다. 그런데도 그녀는 그가 잔치를 거부하지 못하게 하기 위해서라면 어떤 일도 마다하지 않을 생각이었다. 그녀는 아이들이 자신을 지지하지 않는다는 사실이 가장 마음 아팠다. 물론 가장 큰 위험 요소는 바로 요르게였다. 그가 모든 걸 망쳐놓을 수도 있었다. 이미 모든 준비가 끝났다는 사실을 그가 깨닫지 않는다면, 그에게 선택할 기회가 주어진다면, 그는 생일잔치를 거부할 게 틀림없었다.

제일 멀리 있는 어선보다 몇 미터 뒤쪽, 끈으로 구분해놓은 수영을 할 수 있는 지역 너머에서 그의 하얀 머리카락이 보였다. 그녀는 잠시 단조로운 그의 동작을 지켜보았다. 그는 언제나 같은 방식으로 바다가 솟아올랐다가 가라앉는 흐름에 몸을 맡겼다. 그러고는 물속에서만 몸을 완전히 뻗을 수 있는 사람처럼 몸을 쭉 폈다. 요르게는 매일 아침마다 섬을 향해 한달음에 헤엄쳐갔다. 매 순간 어제의 길을 되풀이했다. 마치 매일 비교라도 해보려는 듯이. 에스더는 그가 언제나 같은 속도로 잠수하면서 헤엄치는 길을 알고 있었다. 그녀가 여행하는 동안에도 그는 날마다 이렇게 되풀이하고 있으리라. 그녀가 없다고 해서 달라질 건 아무것도 없었다. 모든 것이 지금 그대로일 터였다. 다만 그 모습을 바라보는 그녀가 없을 뿐.

토마스

그는 '개집' — 형제들은 부모님의 집을 이렇게 부르곤 했다 — 앞뜰을 지나면서 겨우 우편집배원을 불러 세울 수 있었다. 집은 창업시대(1871년 이후 독일의 경제 호황기를 뜻함―옮긴이) 이전에 지은 이층 건물로, 시 변방의 빌라라기에는 너무 좁고, 우중충하고, 모가 났다. 집을 지을 당시 건축주는 미래를 불신 어린 시선으로 바라보고 있었고, 자기 자신은 물론 후손들 역시 부와 명예를 증식시킬 거라는 아무런 기대도 하지 않은 것 같았다. 개집은 이미 이룬 것을 지켜내려는 성곽에 불과했다.

하인들과 손님을 위한 공간은 아예 없었다. 제일 잘 나가던 시절의 드 후베란트 일가는 1900년경에 행랑채를 짓고, 1970년대 초에는 아이들 집을 덧붙여 지어 본 건물의 엄숙하고 좁은 면모를 보이는 고딕식 외형을 겨우 지우고 애써 번듯한 건물로 만들었다. 그렇지만 토마스를 제외한다면 하인은 오래전부터 없었다. 예전의 기억을 더듬어보니 행랑채에 몇몇 노부부와 외로운 퇴직자들이 살다가 조용히 죽어간 것이 떠올랐다. 아이들 집에서는 그 이름과 달리 그와 형제들이 살았던 적은 한 번도 없었다. 그들은 모두 가족과 함께 아버지 곁에 머물라는 화석화된 요구를 거부했다. 대를 이으라는 듯이 가구마다 아이 방이 두 개씩 마련되어 있었지만, 역시 그곳에도 노인들만이 세 들어 살았다. 그들은 아무 매력 없는, 구두 상자처럼 생긴 1970년대풍의 방들을 거부할 힘이 없었던 나약한 사람들이었다. 토마스는 이 집에 사는 사람들 중에서 드 후베란트 성을 가진 유일한 사람이었다. 그는 쉰일곱 살인데도 나이가 가장 어려서 자신이 여전히 반항아라는 느낌을 종종 받기도 했다.

그는 지금 세 든 사람들의 못마땅해하는 시선을 받으며 가운에 슬리퍼 차림으로 마당에 서 있었다. 그들은 며칠 동안 그의 차림새에 대해 떠들어댈 게 뻔했다. 토마스는 다급하게 가운의 허리끈을 배 앞쪽에서 꽉 묶고, 적어도 그가 머리를 단정히 하려는 생각은 갖고 있었다는 걸 그들이 알아차리도록 서둘러 머리카락을 뒤로 쓸어 넘겼다. 거의 열 시가 다 된 시각이었고, 밝은 날이었다. 태양은 눈부셨다. 정원에 깔아놓은 돌 사이로 초록색 잡초가 발목 근처까지 스스럼없이 자라나 있었다. 가벼운 재채기가 나오려다 말았다. 정원 쪽 풀밭에서 꽃향기와 꽃가루 냄새가 풍겨왔다. 한마디로 잔디를 깎지 않아서 나는 냄새였다. 토마스는 자연스럽게 우편집배원을 되도록 세 든 사람들이 덜 바라보는 구석으로 데려가려고 했다. 하지만 우편집배원은 그가 왜 가운 소매를 흔드는지 이해하지 못했다. 낙담한 그는 개집의 우중충한, 이끼 덮인 벽을 올려다보며 삼각지붕이 태양 앞으로 조금만 고개를 내밀어 그 뾰족한 그늘로 그를 가려주었으면 하고 바랐다. 하지만 아버지의 집이 그의 마음에 드는 짓을 할 리 없었다. 먼지와 빗물로 얼룩진 뿌연 유리창이 달린 집은 꼼짝도 않고 그를 가만히 내려다보고 있었다.

"여기 서명하세요."

우편집배원이 그에게 요구했다.

토마스는 아무 말 없이 볼펜을 잡았다. 그런데 갑자기 여름인데도 싸늘한 기운이 그의 몸을 훑고 지나갔다. 그의 손이 떨렸다. 그는 차라리 담배를 구걸하는 것으로 하루를 시작하는 게 더 낫지 않을까 생각했지만 그의 앞에 서 있는 사람은 몹시 실망스럽게도 비흡연자의 얼굴이었다.

어렵사리 토마스는 종이의 인쇄된 선 위에 자신의 이름을 띄엄띄엄 써넣었다. 그가 이런 황폐하고 시대에 뒤떨어진 장소를 참기 힘들어하는 건 사실 그리 놀라운 일도 아니었다. 고집스럽고 완고한 아버지조차 이곳에서 더 이상 살고 싶어 하지 않았다. 아버지는 자식과 손자들을 모두 몰아낸 뒤에 남쪽으로 이사가버렸다. 스스로 원해서 이곳에 남은 사람은 아무도 없었다. 죽음을 앞두고 나라를 떠나기에는 너무 늦어버린 노부부나 퇴직자와 마찬가지로 그도, 장남인 토마스 역시 이곳에 살기를 원하지는 않았다. 그는 이곳에서 법적인 일을 처리하는 임무를 맡았다. 그것도 하필이면 그가 더 이상 아버지에게 반항할 수 없었던 시기에. 그는 거의 이혼한 것이나 다름없었고, 거처도 확실한 직장도 없었기 때문에 마치 한 번도 자신의 삶을 살아본 적 없는 사람처럼 예전의 본가에서 공허와 죽음을 관리해야 했다.

우편집배원이 그에게 전해준 것은 소포도 서류봉투도 아닌 평범한 편지봉투였으나 특별한 딱지가 붙어 있었다. 집배원은 '등기'라고 설명했다. 토마스는 이런 종이 몇 장을 위해서 왜 이토록 많은 우편요금을 내는 걸까 하는 생각을 채 하기도 전에 받는 사람이 아니라 보낸 사람 쪽에 아버지의 이름이 쓰여 있는 것을 발견했다. 공학박사 요르게 드 후베란트. 그리고 소인. 거기다 보낸 사람의 주소가 이곳으로 되어 있었다. 받는 사람의 주소 역시 같은 도시, 같은 거리, 같은 번지였지만 그의 이름, 토마스 드 후베란트라는 이름만 달랐다. 그러니까— 많은 우표를 붙이고 스페인 우체국에서 소인까지 찍어주었지만— 이 편지는 이 자리에서 꼼짝도 하지 말았어야 했다. 상황이야 어찌 됐든 간에 좋은 징조가 아니었다.

이날은 그에게 그저 불친절한 날인 게 아니라 악의에 가득 찬 최악의 날이었다.

토마스는 봉투 속의 내용에 대한 어떤 힌트라도 얻고 싶다는 듯이 손에 든 편지봉투를 돌려보았다. 우편집배원은 고개를 끄덕이더니 어느새 아이들 집의 우편함을 연금통보서, 진료계산서, 노인을 위한 단체 여행 정보지들로 채워 넣었다. 그러고는 튼튼한 노란 자전거에 여자처럼 올라타고서 인사도 없이 토마스의 서명을 챙겨 가지고 떠났다. 이것은 그저 등기였다. 분명히. 하지만 이 편지가 오늘 아침 그에게 왔다는 사실이 갑자기 그에게는 믿을 수 없는 우연처럼 여겨졌다. 동시에 그는 이제 자신이 편지를 받지 못한 것처럼 행동할 수 없다는 사실을 분명히 깨달았다.

요르게

　바다는 섬을 향해 흰색 팔을 뻗더니 섬의 목덜미를 사정없이 내려쳤다. 절벽에 이르면 파도는 조용히 거품이 되어 흩어지거나 움푹 파인 곳이나 바위 틈새에 끼어 부서지기도 했고, 분수처럼 하늘을 향해 솟아오르다가 눈처럼 가볍게 공중을 떠돌기도 했다. 조개로 뒤덮인 절벽의 윗부분에는 하얀 포말이 남아 보글거렸다. 그러다 파도는 갑자기 그 넓이 그대로 방향을 바꿔 바다를 향해 떨어져 내렸다.

　만 건너편에 자리 잡은 섬은 육지로 가는 길에 잃어버린 한줌의 땅이었다. 육지를 외면한 쪽의 파도는 달랐다. 더 거칠고 더 거세다는 뜻이 아니라 무척 굼떠 보이면서도 힘이 있었고, 거대하면서도 평온한 원소를 무한히 지니고 있었다. 바다는 그저 숨을 쉬고 있을 뿐이었다. 그렇지만 파도가 솟았다가 가라앉으면 세상이 뒤바뀌었다.

　해안 쪽으로 밀려드는 파도를 타며 요르게는 열심히 헤엄을 쳤다. 곁눈질로 그는 햇빛을 강렬하게 반사시키는 지브롤터행 유조선과 컨테이너 수송선을 보았다. 수평선에 펼쳐놓은 은박지처럼 바다에 햇빛을 반사시키는 그 배들은 하얀 수증기에 감싸인 환상 속의 섬처럼 보였다. 배들은 땅이 서서히 밀려나기라도 한 것처럼 눈에 띄지 않게, 아무런 흔적도 남기지 않은 채 움직였다. 그러다가 갑자기 다른 곳에 가 있거나 멀어져 있었다.

　섬에는 수영을 하기에 적당한 곳이 없었다. 육지를 마주 보는 쪽은 경사는 그리 심하지 않았으나 돌투성이 비탈길이었다. 그것도 절벽에서 떨어져 나간 돌 부스러기와 들쭉날쭉한 톱니 모양의 돌들로 가득했다. 게다가 헤엄치기에는 물이 너무 얕았고, 그렇다고 첨벙거리며 걷기에는 돌들이 너무 뾰족하고 거칠었다. 어슴푸레한 검붉은 빛을 내는 가시 돋은 둥근 공 모양의 섬게들은 사방에 나 있는 틈새와 구석 그리고 분화구에 촘촘한 모피처럼 다닥다닥 붙어 서식하고 있었다. 바다 쪽 역시 다가가기가 쉽지 않았다. 햇볕을 받아 단단해진 붉은 돌에 파도가 부딪혀 부서져 내리는 그곳에는 바위벽을 따라 조개가 위쪽으로 휘감아 올라가 있었다. 말라붙어 이미 화석이 된 조개껍질은 면도날처럼 날카로워서 손을 갖다 대기도 어려웠다. 조개 화석이나 그 옆에 자연스레 생겨난 조개류 서식지에 바짝 다가갔다가는 파도가 몰려왔다 몰려가면서 균형 잃은 몸을 암초에 대고 계속 갈아댈 터였다. 그렇게 되면 바다가 피투성이가 된 몸뚱이에 흥미를 잃어 다시 뱉어낼 때까지 기다리는 수밖에 없었다.

요르게는 이곳에서 좌초된 자들에 얽힌 끔찍한 이야기를 낱낱이 들었지만 놀라지 않았다. 그는 그런 끔찍한 일들에 친근감을 느꼈고, 그 안에 서려 있는 진한 아픔에서 오히려 위로를 받았다.

묵직하게 치솟는 파도 너머로 그는 평평한 곳, 거석묘처럼 생긴 구멍이 파인 바위를 볼 수 있었다. 바위는 솟아올랐다가 양옆으로 갈라지면서 부서져 내리는 파도를 끊임없이 맞았고, 파도가 빠져 나가면 물을 뚝뚝 떨어뜨리면서 갈라지고 검은 모습을 다시 드러냈다. 헤엄을 쳐서 섬에 가려는 사람에게는 이 부근이 거의 아무런 방해도 받지 않고 땅에 닿을 수 있는 유일하면서도 가장 우아한 방법이었다. 그는 그 자리에서 평평한 바위가 있는 곳으로 자신을 실어다줄 적당한 파도를 기다렸다. 그리고 파도가 뒤로 물러설 때 다시 바다로 밀려나지 않고 제때 해안으로 뛰어올라야 했다. 요르게는 이 기술을 익힌 지 아주 오래되었기 때문에 어떻게 알게 되었는지조차 가물가물했다. 고기 잡는 소년들이 하는 걸 보고 그가 따라하게 된 건지 아니면 그가 섬을 향해 헤엄치다가 평평한 곳에 도달하는 모습을 보고 그들이 따라한 건지 알 수 없었다. 어쨌든 요즘 그들이 이곳으로 오는 일은 거의 드물었다. 섬과 섬을 둘러싸고 벌어지는 아픔은 온전히 그의 것이었다.

요르게는 등 뒤에서 힘찬 파도가 몰아쳐 오는 것을 느끼고는 짧고 빠른 동작으로 머리 위로 팔을 저었다. 그는 파도의 무게와 끊임없는 흐름에 몸을 맡겨야 했다. 파도가 암벽에 정수리를 들이받고 엄청난 몸뚱이를 숙여 땅에 굴복하기 전에 파도와 한 몸이 되어 그 흐름을 타야 했다. 갑자기 요르게의 손 밑에서 저항력이 사라졌다. 그의 팔과 다리는 물에 붙잡혔고, 치솟아 오르는 파도 속에서 그는 중력을 잃고 흔들거렸다. 요르게는 격랑의 등에 납작하게 엎드렸다. 그러자 더 이상 그에게 아무 일도 일어나지 않았다. 그는 이제 보다 거대한 것의 일부가 되었다. 그는 위험과 하나가 되었다.

그는 마지막으로 길게 헤엄치기 위해 햇빛이 비쳐드는 푸른빛 속으로 잠수했다. 앞으로 쭉 뻗은 팔로 그는 깊은 곳에서 그를 향해 반짝이는 한 다발의 빛을 어루만졌다. 그러자 앞쪽에 거품이 이는 공기 방울과 살랑거리는 해초에 둘러싸인 널따란 바위의 굴곡이 모습을 드러냈다. 요르게는 몸을 길게 쭉 펴고, 그림자처럼 물 위로 미끄러져 나갔다. 아래쪽에 딱딱한 바닥이 보이자 그는 움찔하면서 다리를 다시 오므렸다가 익숙하고 안정된 자세로 발을 땅에 내딛었다. 요르게는 약간의 휘청거림도 없이 단숨에 몸을 일으켜 세웠다. 그는 자신을 이곳으로 밀어다준 물이 무릎과 종아리에서 빠져나갈 때까지 기다렸다. 그러고는 튀어나온, 검게 반짝이는 바위를 밟으며 뭍으로 걸어갔다.

그는 이곳에서 살았다.

토마스

그는 유리창을 향해 선 채 전나무 가지 사이로 퍼져 부드럽게 걸러진 빛을 향해 마지막 담배연기를 내뿜었다. 그러고 나서 미리 데워둔 에스프레소 잔을 쥐고 진하고 검은 액체를 홀짝거렸다. 그러자 손이 좀 안정되었다. 아침도 먹기 전에 피운 담배로 인한 현기증이 그의 몸속을 마구 휘저으며 돌아다니다가 흩어졌다. 창밖 풍경 한가운데 떡 버티고 있는 전나무를 보고 토마스는 처음으로 애정 비슷한 것을 느꼈다. 전나무가 그에게 보호의 손길을 내밀었다.

그가 개집이 꽤 망가져 가는데도 그냥 내버려두었다는 건 부인할 수 없는 사실이었다. 분사기로 우툴두툴하게 모양을 낸 건물 정면의 회칠에는 금이 생겼고 벽에는 습기가 차올랐다. 그나마 잿빛 칠이 남아 있는 곳은 칠이 일어나 너풀거렸고, 지층에서 시작된 이끼는 위층까지 퍼져 있었다.

토마스는 처음부터 이 집에 대해 별 관심이 없었다. 그보다 더 열심히 그리고 더 성실하게 집을 관리할 사람이 분명 있었을 것이다. 배수 설비에 관한 지식이 있고, 연장주머니를 늘 차고 다니며, 재료상을 구석구석 알고 있는 전형적인 관리인형 사람이 적당했을 터였다. 반면에 그는 대학에서 역사를 전공했고, 박사 논문을 쓰는 동안에는 꽤 많은 장학금을 받았고, 제법 명망이 있는 선사―고대사 학과에서 삼 년 동안 강사로 학생들을 가르치면서 학자로서의 길을 걸었다. 그렇지만 그것은 거의 사반세기 전의 일이었다. 그의 박사논문은 몇몇 원론적인 문제가 드러남으로써 논란이 되긴 했지만―sub specie aeternitatis(영원의 관점에서라는 의미의 라틴어-옮긴이)―그의 논문에 대한 자부심은 끊임없는 몰락에 노예로 전락하지 않을 정도는 되었다. 물론 그렇다 하더라도 창문 정도는 닦을 수 있었을 것이다. 그건 맞는 말이었다.

토마스는 아버지의 집의 죽은 눈(뿌연 창을 은유적으로 일컬음-옮긴이)에서 눈길을 돌렸고, 커튼을 닫아버렸다. 그러고는 책상에 앉아 편지를 집어 들었다.

수신인란에 적힌 그의 이름은 어머니의 글씨였다. 동그라미 아랫부분을 유연하게 그리는, 오른쪽으로 약간 기울어진 채로 흐르듯이 이어지는 어머니의 글씨는 부드러움과 관용을 말해주고 있었다. 아버지가 직접 글을 쓴 적은 지금까지 한 번도 없었다. 아버지는 그와 직접 부딪히지 않고 전달하고 시키고 명령했다. 어머니가 아버지와 그를 연결해주었다. 아버지는 오로지 어머니를 통해서만 의사소통을 했다. 언제나 비슷비슷한, 살아 있다는 신호들로 채운 엽서를 정기적으로 보내는 사람도 어머니였다. 아버지는 서명조차 하지 않았다. 어머니가 끝에다가 '아버지도 인사 전해달란다' 하고 덧붙이면 그만이었다. 이 주에 한 번씩 일정한 시간에 전화를 걸어 개집의 상태를 묻는 사람도 어머니였다. 어머니는 특히 아버지의 서재에 있는 먼지로 뒤덮인 고무나무와 선인장, 온실에 있는 철쭉, 낡은 흑백텔레비전 옆에 놓인 나직하게 소록소록 소리를 내는 남양삼나무가 잘 있는지 궁금해했다. 토마스는 어머니와는 전화로 실컷 수다를 떨 수 있었다. 낮게 울리는 목소리로 그는 사실과는 거리가 멀지만 안심은 될 만한 대답을 들려주었다. 그렇지만 어머니는 사실 아버지가 알고 싶어 하는 것들을 대신 물어본 것뿐이었다. 아버지는 어머니의 수다스러운 통화를 옆에서 들으며 자신의 궁금증을 풀어줄 답들을 알아들었다. 그리고 결국 아버지가 알고 싶어 하는 것은 단 한 가지 질문으로 이어졌다.

"네가 해낼 수 있겠니?"

노인이 토마스에 대해 알고 싶어 하는 건 그게 다였다. 노인은 이런 저런 말로 설명을 하는 것도 원치 않았고, 그저 또렷하고도 분명하게 "예" 또는 "아니오"라고 대답하기를 기대했다. 통화를 끝내자마자 그가 진지한 눈빛으로 아무 말 없이 어머니를 바라봤다면, 그건 오로지 그 대답이 궁금했기 때문이었다. 그리고 결국 막바지에 이르게 되면, 그녀가 거짓말을 하지 않으리라는 것을 토마스도 알고 있었다.

더 이상 의심의 여지가 없었다. 그의 손에 들려 있는 편지는 그의 해고 통지서일 터였다.

토마스는 살아오면서 많은 일을 시작했지만 끝까지 해낸 건 거의 없었다. 이 일도 앞으로 어떻게 진행될지 그도 알 수 없었다. 이 편지는 그가 아무짝에도 쓸모없다는, 아버지의 평생의 신념을 증명하는 마지막 사건이 될 것 같았다. 그런데도 그는 안도감을 느꼈다. 대학에서 물러나고, 학교에서 몇 번이나 무의미한 아르바이트를 해보고, 주부로 여러 해를 보낸 뒤 그는 임시직을 전전했다. 외판원이 되어 집집마다 찾아다니기도 했고, 시장에서 과일과 야채를 팔기도 했으며, 신문배달을 하거나 심지어 대학 근처 카페에서 예전에 자신이 가르치던 학생들과 함께 종업원으로 일한 적도 있었다. 그런 일에 비하면 관리인이라는 지금의 직업은 무척 편리한 면이 있었다. 그가 이 일을 하면서 힘들게 받아들여야 했던 점은 일 자체가 아니라 그 일이 헛수고라는 생각이었다. 토마스는 결국 황폐해지고 말 집을 마치 부모님이 멀리 이사를 간 게 아니라 그저 휴가 중이기라도 한 것처럼 보호하고 유지하고, 꽃에 물을 주고, 통풍을 시켜야 한다는 것이 어떤 의미가 있는지 도무지 알 수가 없었다.

일 년에 한두 주 정도 그들이 돌아와 이 집에서 지낼 때 보면, 그들은 거의 손님이나 다름없었다. 그는 토끼장처럼 작은 지붕 밑 아이들 방을—예전에 자신이 쓰던 방도 거기에 포함된다—그들이 돌아올 희망이 아주 없는 건 아니라는 듯 예전 상태 그대로 유지하는 게 무슨 소용이 있는지 도저히 이해가 되지 않았다. 그는 이 집에서 또다시 사람들이 북적거리고 활기찬 생활을 할지도 모른다는 거짓말을 지켜 나가야 하는 자신의 상황을 생각하면 속이 발칵 뒤집혔다. 솔직히 말하자면 그는 앞으로도 없고, 예전에도 결코 없었던 한 가정의 소재지에서 태업을 일삼았다.

이제는 편지를 읽어도 아무런 고통도 받지 않을 것 같아서 토마스는 단숨에 봉투를 뜯었다. 그는 아버지와의 싸움을 다시 시작하기로 결심했다. 토마스가 단지 에피소드에 불과한 대변인 역할에 실패했다고 해서 노인이 토마스를 영원한 패배자로 생각했다면 그건 노인의 오판이었다. 이 에피소드는 그저 휴전 상태일 뿐이었다. 토마스는 압박감 속에서도 새롭게 자신을 추스르고 온 힘을 모았다. 진짜 싸움은 이제부터 시작이었다!

봉투를 뜯자 나온 것은 초대장이었다. 빳빳한 하얀 카드 위에 화려한 장식적인 글자체로 '사랑하는 남편, 아버지, 할아버지의 80세 생일을 맞이하여'라고 쓰여 있었다. 이 문구는 부고를 떠오르게 했다. 하지만 토마스는 그런 생각을 할 여유가 없었다. 이 순간 그의 신경은 오로지 장소와 날짜에 집중되어 있었다. 잔치는 이 집에서, 그것도 이번 달에 치러져야 했다. 이 편지에도 노인의 서명은 없었지만, 토마스는 이 가족 잔치가 사실이라는 것을 단 한순간도 의심하지 않았다. 게다가 이것은 인쇄한 초대장이었다! 도대체 몇 장이나 인쇄했을까? 누가 오고 누가 거절할까? 제기랄, 모두들 어디서 잔단 말인가? 카드 뒷면이 눈에 들어왔다. 오른쪽으로 기울어진 어머니의 글씨는 아주 태연히 그에게 말하고 있었다.

"모든 준비가 되어 있기를 바란다."

에스더

그녀는 멀리서 다가오는 지프차 소리를 이미 듣고 있었다. 자갈밭이 바퀴에 눌리는 소리 그리고 양쪽으로 자갈이 튀는 소리가 들려왔다. 에스더는 거친 운전 솜씨와 둔탁하게 돌아가는 모터 소리만으로도 헤르만 로벡인 줄 알고 있었다. 그렇지만 그녀는 고개를 돌리지 않았다.

곧 다가올 여행을 생각하면 잠시나마 마음이 무척 가벼워졌다. 그녀는 변화가 필요했고, 다른 방법을 찾을 수 없었다. 그것이 그녀의 천성이었다. 앞으로 몇 주는 일이 많아지고, 긴장된 상태로 지낼 게 틀림없겠지만, 그래도 최소한 기분전환은 될 것 같았다. 에스더는 바로 그런 기분전환이 필요했다. 그녀는 단지 계획만 세운 게 아니라 그 계획을 실현시키고 있었다. 이런 생각을 하면, 잔치라면 진저리를 칠 요르게도 그리 대수롭지 않게 받아들일 수 있었다. 그녀는 이미 부딪쳐 싸울 마음의 준비가 되어 있었다.

그러다가도 그녀는 다시 한없이 나약해지는 느낌이 들었다. 잔치의 성공 여부가 오로지 그녀의 손에 달려 있다는 사실이 그녀의 어깨를 내리눌렀다. 가족의 잔치를 그녀 혼자서 전부 떠맡고 있는 기분이었다.

사실 아무도 원하지 않았다. 요르게도 요르게지만 자식들도 마찬가지였다. 그런 느낌에 빠져들 때는 자신이 무엇 때문에 슬퍼하는지 그녀도 알 수가 없었다. 무뚝뚝하고 아무런 일탈도 허용하지 않은 채 은둔자처럼 살며, 자신을 고집스럽게 방어하는 요르게의 태도 때문에? 아니면 자식들의 냉담함? 그녀는 평생 가족을 위해 살아왔다. 하지만 자식들은 가족이 언제 다시 하나로 모이게 될지에 대해 전혀 관심이 없었다. 에스더는 자신이 직접 나서지 않으면 드 후베란트가에서는 아무 일도 일어나지 않으리라는 사실을 알고 있었다. 그리고 자식들이 다시 모이게 해주어서 고맙다고 할 리 없다는 것도 잘 알고 있었다. 이제 그녀가 한 남자 옆에서 살아온 지 육십 년이 되었다. 그는 자신의 여든 번째 생일에도 수영을 하고 산에 오르고 기도하는 것 외에는 다른 생각을 하지 않을 사람이었다. 그녀가 낳은 세 아이는 모두 이런 영예로운 날에 아버지에게 엽서를 보낼 터였다. 물론 그 전에 그녀가 전화로 그 사실을 상기시켜주어야 했다.

이런 생각이 들자 에스더는 이번 여행의 참된 이유를 고백하지 않을 수 없었다. 준비하는 세세한 과정을 그녀가 직접 챙겨야 마음이 놓여서가 아니었다. 그녀는 가족 간의 복잡한 문제들을 해결하기 위해 이 여행을 계획했다. 그녀는 틀림없이 자신의 인내심을 호되게 시험할 가족의 화합이라는 임무를 이제 수행해야 했다. 그녀는 양해를 구해야 했고, 화해시켜야 했고, 수십 년 동안 끔찍한 관계를 유지한 터라 이제는 아무도 그녀의 위로를 필요로 하지 않는데도 위로를 해야만 했다. 그녀가 아무리 용기를 북돋고 사정하고 맹세해 보았자 오래 지속될 리 없겠지만, 그래도 모두를 설득하는 것이 그녀의 일이었다. 에스더는 아이들한테서 심한 소리를 듣게 될 것이고, 그리고 힘들게 설득해서 하나가

된 감정을 느낀다 하더라도 그 감정이 또 얼마나 순식간에 깨질지도 잘 알고 있었다. 삐딱한 말 한마디면 충분하리라. 그녀는 자신이 사랑하는 사람들이 하나가 된다는 게 얼마나 어려운 일인지를 분명히 깨달을 때면 마음이 저미는 듯했다. 그래서 그녀는 자신의 의지와는 상관없이 요르게의 편에 섰다.

지프차의 양쪽 문이 닫혔다. 에스더는 헤르만보다 이십 년이나 어린 아내인 마리타 로벡의 또각거리는 구두 굽 소리를 듣고 있었다. 그녀는 이런 자갈밭에 올 때조차도 하이힐을 포기하지 않았다. 네온 빛깔의 비키니와 목과 엉덩이에 두른 화려한 천 때문에 그녀를 못 본 체할 수 없었다. 에스더는 인사를 하고 거리를 생각해서 과장되게 손짓했다. 이 마을에 사는 이웃인 로벡 부부는 해변에서 그다지 반기지 않았는데도 항상 이웃 관계에 신경을 썼다.

마리타는 우아하게 걸으려 애를 쓰며 또각또각 그녀에게로 다가왔다. 그러는 사이 헤르만은 사진기 가방과 삼각대를 챙기고 있었다. 그를 보고 있으면 에스더는 자신이 남편의 어떤 점을 좋아하고 있는지 깨닫게 되었다. 헤르만은 겨우 일흔을 바라보는 나이였지만 벌써부터 몰락해가는 노인의 모습을 보여주었다. 게다가 대체로 몸을 별로 움직이지 않고 가만히 앉아서 지나치게 소비 지향적으로 살아왔다는 증거가 그의 몸에 뚜렷히 남아 있었다. 그러나 그의 다리는 그의 몸에 비해 격정스러울 만큼 가냘팠다.

"날씨가 별로 안 좋네요!"

그는 목소리를 높여 말하며 고개를 뒤로 젖혀, 모자 챙 너머로 구름 한 점 없는 파란 하늘을 올려다보았다.

"프랑크푸르트 십사도, 베를린 십삼도, 흐리고 때로는 구름이 드문드문 낌. 비올 확률은 사십 퍼센트."

"저이는 오스트레일리아에 있을 때도 늘 덥다고 야단이었어요. 거긴 지금이 겨울인데도 말이에요!"

그냥 앉아 있으라는 듯이 에스더의 어깨를 가볍게 두드리며 마리타가 말했다. 그녀가 움직일 때마다 시폰 천이 사그락거렸고, 그녀의 몸에서는 야자유 향기가 났다.

"오스트레일리아는 정말 가볼 만해요. 보시고 싶다면 얘기하세요. 제가 모든 장면을 디지털로 담아 왔거든요."

헤르만이 사진기 가방을 에스더 옆에 내려놓았다. 이제 겨우 열시 반이었는데도 그의 온몸은 벌써 땀으로 젖어 있었다.

"잘 찾으셨죠, 열쇠하고 우편물?"

에스더는 그들이 오스트레일리아 여행을 하는 동안 집을 봐주겠다고 제안했었다. 물론 그녀가 없을 때 두 사람이 요르게에게 조금 더 신경 써 주리라는 계산이 전혀 없었던 건 아니었다.

"그럼요! 보우가인빌레아 꽃도 활짝 핀걸요! 꽃향기가 얼마나 좋은지! 대체 어떻게 하셨기에 꽃이 다 피었죠?"

마리타는 고마움을 표했다.

"물을 줬겠지."

이 한마디로 헤르만은 이 대화를 끝냈다. 그는 사진기를 꺼내들고는 우표 크기만 한 화면을 들여다보느라 애썼다. 그가 단추를 누를 때마다 무지갯빛 다채로운 픽셀로 이루어진 꽃다발들이 화면에 떠올랐다.

"자 여기 있군요. 활짝 핀 사진이에요."

그는 만족스러운 표정으로 에스더에게 사진기의 뒷면을 내밀었다. 화면에는 그녀가 어제까지 돌봐주었던 식물이 미니어처처럼 나타났다.

"이런 건 모두 가상적인 거예요. 요즘엔 사진첩에 붙여놓으려고 사진을 굳이 현상할 필요가 없어요. 그냥 저장해놓고 필요할 때 불러내서 보면 되죠. 그러니까, 마리타가 이 초록색 식물 때문에 또 걱정을 한다든지 하는 경우에 말이에요."

헤르만 로벡은 라인—마인 지역에서 보험설계사로 재산을 모았고, 건물 관련 보험회사에서 최고 직위에 올랐다. 그 회사의 외국 담당 부서는 재산이 많은 독일인을 위한 외국 휴양지와 노년의 휴식처를 취급했는데, 그 자신의 말에 따르면 "자기 발로 다져놓은 영역"이란다. 그렇기 때문에 그는 간혹 가다 자신이 조금 챙긴 건 당연한 권리 행사였다고 믿었다. 그의 표현에 따르면, 마리타는 "일단 세 번째 아내"였다. 그는 그녀에게 걱정 없는 삶과 사십 대 말에도 비교적 젊다는 느낌을 갖게 해주었다. 대신에 그녀는 그의 변덕과 사람들 앞에서 자신을 "침대용 내 어린 돼지"라고 부르는 것을 참아야 했다. 그것이 그들의 거래 내용이었다. 그렇지만 나이 차이로 인한 젊다는 환상—헤르만 로벡이 어울리는 사람들 무리에서는 문제없이 이어나갈 수 있다—을 그녀가 유지할 수 있는 한 그녀에게 다른 문제는 아무 상관없는 것 같았다.

"보여드려도 될까요?"

"그럼요!"

이미 보여주고 있긴 했지만, 가상적인 오스트레일리아 사진들을 더 보여준다는 명목으로 헤르만은 연체동물처럼 흐물흐물한 자신의 몸을 에스더 쪽으로 밀착해왔다. 그는 맨 처음부터 보여주기 위해 서둘러 단추를 눌러댔다. 그 모습을 바라보는 에스더의 표정에 가벼운 미소가 떠올랐다. 상냥하게 관심을 내보이는 듯하면서도 어딘가 적당히 상대를 갖고 노는 듯한 느낌이 드는 애매한 미소였다.

그녀는 로백 부부 앞에서 거만하게 행동하지 않으려고 노력했다. 두 사람을 갑자기 갑부가 된 속물로 치부해버리고 자신은 그들보다는 좀 낫다고 생각하는 건 쉬웠다. 그렇지만 그녀는 그런 마음을 스스로에게 허용하지 않았다. 에스더는 그런 태도가 자신과는 본질적으로 어울리지 않는 거만함이라고 믿었다. 그들을 무시하는 요르게의 태도는 오히려 그들을 결속시켰고, 결국 세상 사람들로 하여금 그에게 등을 돌리도록 만들었다. 그는 이웃이나 근처에 사는 다른 퇴직자들이 자신에게 다가오지 못하도록 밀어내고 깔보았다. 물론 대체로는 아예 그들을 피하고 말았다.

요르게가 괜찮은 사람이라고 생각하는 사람은 아무도 없었다.

에스더는 오랫동안 드 후베란트 일원으로 살아왔기 때문에 쉽게 다가설 수 없게 만드는 요르게의 독특한 태도는 실은 자존심에서 나왔다는 것을 잘 알고 있었다. 그는 그 자존심을 결코 내던져버리지 못했다. 그녀는 오랜 세월을 교만으로 쌓아올린 그의 성에 갇힌 채 쓰라린 고립감을 느끼며 살아야 했다. 요르게는 그것 때문에 괴로워하지 않았다. 그는 모든 사람과의 거리를 스스로 만들어냈고, 다른 사람들이 음악에 둘러싸여 살 듯이 외로움에 둘러싸인 채 살았다. 하지만 그녀는 달랐다. 그녀에게는 대화와 웃음, 친밀감이 필요했다. 그녀는 다른 사람의 삶에 관여하고 싶었고, 물론 다른 사람을 자신의 삶 속으로 끌어들이고도 싶었다. 요르게는 그런 것을 나약하다고 여겼다. 에스더는 사람들이 필요했다. 곁에 있는 사람들과 타협할 용의도 있었다. 요르게처럼 고독하지만 올바르게 살기 위해서 주변사람들에게 들어줄 수 없는 요구를 할 수 있다는 생각을 그녀는 결코 해본 적이 없었다. 그와는 달리 그녀는 이웃과 친밀한 관계를 맺은 것이 하나도 버겁지 않았다. 물론 그들이 지금처럼 그저 그런 사람들일 뿐이라 해도.

헤르만은 보이지 않았다. 어떤 사진에서도 그는 그림자로밖에는 존재하지 않았다. 사진 속에서 마리타는 정글 속 선사시대의 나무뿌리, 원주민 후손들의 오두막, 캥거루 모조품이 있는 주유소, 시드니의 쇼핑몰을 배경으로 서 있거나 아니면 항구에서 태평양의 멋진 파도를 바라보고 있었다. 이따금 접시 밖으로 튀어나올 것 같은 커다란 바다가재나 무지막지한 스테이크가 놓인 휘황찬란한 이 인용 저녁 식탁과 같은 정물화도 등장했다. 하지만 헤르만은 어디서도 눈에 띄지 않았다. 마리타는 마치 유령하고 여행한 것처럼 보였다.

헤르만은 요르게보다는 에스더에게 다가가기가 더 쉽다고 생각하는 눈치였다. 헤르만 로벡은 때로 소란스럽고 불쾌하게 굴기도 했지만—물론 사진 속에서는 전혀 그렇지 않았다—그래도 그는 최소한 늘 옆에 있었다. 그와 함께 웃을 수도 있었고, 그에게 화를 낼 수도 있었다. 때로 좀 난처한 상황을 연출하기도 했지만 그래도 그는 언제나 다른 사람을 도와줄 마음을 지니고 있었다. 물론 요르게는 그에게 도움을 청하느니 차라리 혀를 깨물고 말겠지만. 헤르만은 그녀—그가 아니라!—의 차를 벌써 두 번이나 고쳐주었고, 보일러를 들여놓아 주었고, 시내에 있는 관청 사무실을 그녀에게 소개시켜주었다. 거기서 그녀는 스페인어를 독일어로 번역하는 일을 해왔는데, 일 년 반 전부터는 독일어를 스페인어로도 번역했다. 이 부업 덕에 그녀는 상당한 돈을 저축할 수 있었다. 그녀는 지금 그 돈을 그녀의 여행 경비와 드 후베란트 본가를 위해 썼다. 본가를 제대로 돌보는 일을 토마스한테만 맡겨놓을 수는 없었기 때문이었다. 그러나 에스더는 아들을 떠올리지 않으려고 애썼다. 용기를 잃지 않으려면 아들을 떠올리는 일 따위는 애초에 하지 않아야 했다. 이렇게 헤르만 로벡이 옆에 있으면 그녀는 자신이 무척 강하다고 느꼈다. 그녀는 요르게와의 말없는 논쟁을 될 수 있으면 출발하기 직전까지 미룰 생각이었다. 그리고 그의 자존심과 냉담함에 절대로 절망하지 않을 작정이었다.

"맙소사, 남편은 대체 어디 계신 거예요?"

마리타 로벡이 소리쳤다. 그녀는 물가까지 또각거리며 내려가서 바다를 눈여겨본 것 같았다.

"요르게가 없어졌어요!"

에스더는 시선을 들었다. 그녀는 그렇게 쉽게 호들갑을 떨지는 않았다. 한눈에 그녀는 알아낼 수 있었다. 그녀는 그가 여느 아침과 다름없이 오늘 아침에도 어디에 있는지 단박에 알아보았다.

"고깃배 뒤에 있어요."

그녀가 대답했다.

헤르만은 한숨을 내쉬며 카메라를 주섬주섬 담았다. 중간에 끼어 든 이 소란 때문에 망쳐버린 자신의 쇼를 더 이상 진행하고 싶지 않은 모양이었다. 잠시 그는 자갈에 파묻힌 발을 꼼지락거리더니 갑자기 힘겹게 몸을 일으켜 세웠다.

"우리 한잔하러 갑시다."

크리스티안

그는 방송국에서 차를 타고 집까지 삼십 분은 달려왔지만 침묵을 향한 그의 욕구는 여전히 남아 있었다. 이제 겨우 열한 시. 하루는 아직

한창 진행중이었는데도 그는 이미 수많은 사람들에게 말을 했고 또 많은 사람들의 얘기를 들어주어야 했다. 크리스티안 드 후베란트는 차가 별로 다니지 않는 좁은 골목으로 들어서는 대신에 ― 리카르다와 그가 사는 집은 그 골목길에 있었지만 ― 시내를 벗어나는 길 쪽으로 내처 차를 몰았다. 이 시간에 집으로 돌아갈 수는 없었다. 벌써 또 얘기를 들어주고 얘기를 하고, 그러고 싶지 않았다. 지금 이 순간 그에게는 자신을 휘감고 있는 차 안의 정적이 더 필요했다. 크리스티안은 보행자가 없는데도 횡단보도 앞에서 브레이크를 밟으며 고개를 저었다.

그는 자신이 어떤 여자에게 함께 가정을 이루고 살자고 한다면 그 대답은 "좋아!" 외에는 있을 수 없다고 늘 생각해왔다. 사춘기 이후로 그는 그런 확신을 키우며 살아왔다. 많든 적든 간에 어쨌거나 아이를 꼭 원하는 여자들이 주변에 있을 거라고 믿었다. 그리고 지금까지 그가 아이 없이 살아온 이유는 오로지 남자로서 그리고 애인으로서 자신이 정책적으로 유능했기 때문이라고 생각했다. 그는 그런 얘기가 나오지 않도록 전략적으로 행동했고, 얘기가 나와도 노련하게 미루면서 번식욕 강한 세포와 종種의 분노를 요리조리 피해왔다고 생각했다. 어제까지는 그랬다. 어제 그는 리카르다를 식사에 초대했고, 그녀가 하루를 어떻게 보냈는지 말하도록 놔두었고, 귀담아들었다. 그런 다음 그는 그녀에게 청혼했다. 그는 그녀의 손을 잡고 속삭였다.

"당신이 내 아이를 낳아주었으면 좋겠어."

그런데 그녀는 그의 말에 동의하지 않았다. 리카르다는 아무 말도 하지 않았다.

그는 다시 또 브레이크를 밟아야 했다. 사거리에는 차들이 밀렸다. 그의 앞뒤로는 문 네 짝짜리 차와 콤비 자동차들밖에 없었다. 옆에 멈취선 폴로에는 젊은 엄마가 운전석에 앉아 있었고, 뒷좌석에는 유아용 안전의자, 양옆 창에는 햇빛 가리개가 있었다. 여자는 어깨 너머로 뒤쪽을 향해 뭐라고 소리를 지르면서 약간 어두운 공간을 더듬거리며 뭔가를 찾고 있었다. 크리스티안의 시선을 눈치 챈 그녀는 그를 향해 미소를 지었고, 그도 미소로 답해주었다. 그녀가 찾은 것은 커다랗고 둥근 눈알과 단추로 만든 코 옆에 뻣뻣한 수염이 몇 줄 달린 테디곰 디자인의 햇빛 가리개였다. 테디곰은 뻣뻣한 수염이 없었다. 그럼 고양이인가? 진짜 아빠라면 그런 것쯤은 금세 구별했을 텐데.

어제까지만 해도 크리스티안은 자기도 모르게 앞으로 열 달 후의 일을 떠올려보았다. 늦어도 초봄이나 초여름쯤에는 아이가 태어날 것이다. 그가 생각하기에 시기적으로 나쁘지 않았다. 그러다가도 문득 이런 변화는 좀 이른 게 아닌가 하는 생각이 슬며시 들기도 했다. 아이가 생기면 그녀의 생활이 완전히 뒤바뀔 테니까. 그렇다면 지난여름이 리카르다와 단둘이 보낸 마지막 여름이 될 텐데, 겨우 몇 주밖에 되지 않았다! 그들은 아직 함께 휴가를 보낸 적도 없었다. 어쩌면 그녀로서는 한동안은 아무 신경도 쓰지 않고, 아무런 책임감이나 양심의 가책을 느끼지 않고, 둘이서만 지내고 싶어 하는 게 당연할지도 몰랐다. 하지만 그는 서른세 살이었고, 리카르다는 겨우 한 살 아래였다. 그의 생각이 맞다면, 그녀는 지금껏 그녀의 삶을 충분히 즐겼고 양심의 가책을 전혀 느끼지도 않았다. 그가 "당신이 내 아이를 낳아주었으면 좋겠어"라고 그녀에게 말한 것은 "지금이 아니면 소용없어!"라는 의미였다.

리카르다는 침묵을 지켰다. 그녀는 그를 잠시 바라보더니 접시를 뚫어지게 내려다보며 아무 말도 하지 않았다. 반면에 그는 침묵을 은근슬쩍 넘기려고 지나치게 애를 썼다. 그러다가 그녀는 원래 자신이 하던 얘기로 돌아갔고, 그는 점점 더 조용해졌다. 그녀는 새로운 의뢰인인 호전적인 부동산 중개인에 대해서 그리고 자신이 지금 맡고 있는 소송에 대해서 얘기를 이어 나갔다. 그 얘기말고는 어떤 말도 하지 않았다. "지금이 아니면 소용없어"라는 질문에서 그건 "싫어"라고 대답하는 것이나 다름없었다.

그는 점점 더 도시 외곽으로, 꿈의 궁전들처럼 보이는 주택가 그리고 연립주택 단지가 양옆으로 늘어서 있는 쪽으로 다가가고 있었다. 발코니에는 위아래가 하나로 붙은 아이들 놀이옷과 아기 옷들이 걸린 빨랫줄이 보였다. 어린 꼬마 녀석을 무동 태운 회색 수염의 아버지는 장을 본 물건들이 가득 담긴 유모차를 밀고 가고 있었다. 크리스티안은 사방에서 그의 시선을 붙잡는 그런 장면들을 보지 않으려고 애썼지만, 그것들을 무시하기가 점점 더 힘겨워졌다.

그는 아주 오랫동안 좌우를 살필 겨를도 없이 자신의 길을 갔다. 목표를 정했고, 달성했고, 또 더 높은 목표를 정했다. 가정을 꾸려야 한다는 압박감 따위는 전혀 없었다. 누군가에게 붙잡혀 주저앉고 싶은 마음도 없었다. 조그마한 사설 방송국에서 데뷔를 한 이후 그는 지금껏 위로 올라가기에 급급했다. 그런데 요즘 들어 갑자기 그는 더 이상 급할 게 없다는 생각이 들기 시작했다. 이제 그는 근본적인 변화를 받아들일 마음의 준비가 다 되었다고 느꼈다. 그는 지금껏 목표를 향해 앞만 보고 직선적으로 살아왔지만, 앞으로는 가족을 위해 기꺼이 책임질 각오가 되어 있었다. 이제 그는 완벽하게 준비되어 있었다. 그토록 오랫동안 저항해온, 자신의 의지로 막아온 본성의 소리에 귀를 기울이고, 본성의 결정을 따라 조화로운 삶을 살아야겠다는 마음이 처음으로 들었다. 크리스티안은 어느 정점에 도달해 있었다. 그는 성인으로 살아오는 동안 여태 흐름을 거슬러 오른 셈이었으니, 이제는 한 번쯤 그 흐름에 몸을 내맡기고 싶었다. 그는 자신이 이 세상에 동의하기만 하면, 리카르다의 합의만 있으면 된다고 믿었다. 하지만 어젯밤 그가 그녀에게 이 얘길 꺼냈을 때 그녀는 무척 피곤한 상태였다. 그녀는 식사를 마치고 나면 늘 금세 피곤해했다. 그런데도 그는 집에 도착한 후에 잠들기 전에 마시는 술을 한 잔씩 더 마시고 나서 다시 그 문제를 끄집어냈다. 한 마디, 아니 두어 마디만 듣고 나면 그녀가 환하게 미소 지으며 자신의 청혼을 받아들일 거라고 확신했기 때문이었다. 하지만 그녀는 미안하다는 말을 남기고는 자러 갔을 뿐이었다.

"너무 기분 나빠하지 않았으면 좋겠어."

그녀가 말했다.

그것은 거절이나 다름없는 게 아니라 확실한 거절이었다. 아니면 그녀가 시간을 필요로 한다는 뜻이었을까?

크리스티안은 여자가 생각할 시간을 필요로 하리라고는 한 번도 생각해본 적이 없었다. 그것도 자신이 함께 가정을 꾸리기를 원하는 여자가.

"난 좀 있다가 갈게."

그는 이렇게 말하고는 그녀에게 가벼운 키스를 해주었다. 텔레비전을 켤 생각도 못하고 그는 어쩔 줄 몰라 하며 소파에 가만히 앉아 있었다. 세면대 위에 놓인 크림 뚜껑이 달그락거리는 소리, 전동 칫솔이 들들거리는 소리가 목욕탕에서 들려왔다. 그는 내일 아침에 방송을 해야 함에도 불구하고 잠을 청할 수 없었다. 집은 점차 조용해졌다. 거리에서도, 도시에서도 아무 소리도 들려오지 않았다. 크리스티안은 다시 모든 것을 제대로 따져보고 싶었지만 머릿속이 텅 비어버렸다.

아마도 한두 시간은 그렇게 앉아 있었을 것이다. 손에 든 잔을 빙빙 돌리면서 그는 텅 빈 생각이 피곤으로 바뀔 때까지 기다렸다. 그러다가 어느 순간, 너무 늦게, 그는 더 이상의 생각을 포기했다. 그는 앉았다기보다는 거의 누운 자세로 기대고 있던 소파에서 몸을 일으켜 마침내 침실로 갔다. 그는 리카르다가 덮고 있는 이불 속으로 미끄러져 들어갔다. 어둠 속에서 그녀 쪽으로 몸을 돌렸을 때 그는 그녀가 아직 눈을 뜨고 있다는 걸 알았다.

그녀는 지금이라도 청혼을 받아들일 수도 있었을 것이다. 하지만 그녀는 아무 말 없이 그저 그를 바라보기만 했다. 처음으로 그는 그녀가 어쩌면 두려워하고 있는 건지도 모른다는 생각이 들었다.

"우리, 내일 얘기하자."

그렇게 말하며 그녀의 어깨에 손을 얹었지만, 그것은 그녀를 위로하기 위해서라기보다는 오히려 옆에 누워 있는 사람이 그녀가 틀림없다는 것을 자신에게 확신시켜주기 위해서였다. 리카르다가 정말로 아이를 원하지 않을 수도 있다는 생각은 아예 하지도 말라고 그의 안에서 말하고 있었다.

"당신이 어떤 결정을 하든지 난 받아들일 준비가 돼 있어."

그는 아주 나지막한 목소리로 이렇게 말하는 자신의 말을 들었다.

"지금처럼 이렇게 계속 지내는 것도 괜찮아."

그는 그녀의 눈빛이 단순한 거절이 아니라 이제는 영원히 끝장이라고 말하고 있다는 것을 알아차렸다. 리카르다가 자신보다 훨씬 더 단호하고 집념이 강한 사람이라는 게 이제야 비로소 분명해진 셈이었다. 진작 그가 이 사실을 알아차렸어야 했다. 그랬다, 그녀는 틀림없이 그런 생각을 갖고 있었다.

그가 "아무것도 달라지지 않아"라고 굳이 말했던 이유는, 다만 지금부터라도 몇 시간이나마 그녀가 잠을 잘 수 있도록 하기 위한 배려였다. 지금까지 그들은 아이를 갖지 않았고, 그렇기 때문에 그녀의 거절은 아무런 변화도 없다는 사실을 의미했다. 어쩌면 이미 오래전부터 그녀의 머릿속에는 거절이 확고하게 자리 잡고 있었는지도 몰랐다. 아마도 그들이 사귄 이후로 계속 그런 생각이 들어 있었을 것이다. 다만 그가 그걸 몰랐을 뿐이었다. 그게 유일한 차이였다. 그런데 바로 그 차이로 인해 모든 게 달라졌다. 그는 잘못된 전제 조건을 머리에 담은 채 이 여자와 함께 살았을 뿐만 아니라, 그녀를 제대로 알지도 못했다. 그는 자신이 함께 아이를 낳고 살자고 청하면 틀림없이 그녀가 받아들일 거라고 확신하고 살아왔지만, 그녀는 청혼을 받아들이지 않았다. 그동안 그녀는 내내 그런 여자였다. 다만 이제야 비로소 그 사실이 드러났을 뿐이었다.

그녀는 벌써 다시 눈을 감고 자고 있었다.

요르게

그동안 규칙을 엄격하게 지키고 섬에서 오 분 이상 머물지 않으려 노력했던 것이 그에게 얼마나 큰 도움이 되었는지는 마지막 몇 미터에서 드러났다. 다시 헤엄쳐 돌아가는 길에 가볍게 스치는 듯한 고통이 엄습했고, 그가 물속에서 몸을 쭉 펴자 고통은 유연한 동작으로 그의 몸을 주물럭거렸다. 점점 더 자주, 점점 더 깊게 요르게는 빛을 받아 출렁이는 수면 아래로 잠수했다. 물속에서는 몸 안으로 침입할 틈을 찾지 못하는 고통은 그가 한 번씩 쭉 나아갈 때마다 흩어져버렸다. 그는 이따금 등을 돌려 병들어 죽어가는 물고기처럼 하늘을 향해 배를 드러내고 누웠다. 하지만 그가 숨을 멈추고 공기가 폐 속에 머물러 있도록 애쓰는 한, 그가 자신의 몸을 완전히 막아버리는 한, 고통은 그를 공격할 틈을 찾을 수 없었다.

마지막 몇 미터를 남겨두고서야 비로소 그는 물속에 오래 있어서 차가워진 뼈를 바늘 끝으로 찌르는 듯한 고통을 느끼기 시작했다. 고통은 발가락과 손끝에서 시작되었다. 처음에는 약간의 꿈틀거림만 느껴질 뿐 그다지 심각하지 않았다. 하지만 고통은 집요하고 대담했다. 규칙적으로 움직이는 모든 것에게 그러하듯, 고통은 근육을 가만 내버려두었다. 종아리, 허벅지, 어깨에는 관심이 없었는지, 그것들을 단숨에 뚫고 들어와 곧장 뼛속을 공격했다. 고통은 몸을 부르르 떨게 하며 척추를 타고 오더니, 차가운 손으로 요추를 어루만졌다. 그러고는 자신의 음흉한 뜻을 완성하기 위해 천천히 성긴 뼛속으로 손톱을 들이밀었다.

요르게는 자갈 해안에 이르렀다. 몇 분만 더 섬에서 쉬었더라면 이제는 그림자처럼 그를 따라다니는 고통에 굴복할 수밖에 없었을 것이었다.

물 밖은 하루의 시끄러운 소음으로 가득했다. 밤늦도록 이어질 귀뚜라미와 매미 소리 그리고 돌투성이 바닥의 아우성이 들려왔다. 언덕과 테라스에서 점토가 눌려 갈라지는 소리도 들려왔다. 그 소음들 속에서 요르게는 물속에서처럼 여전히 파도의 끝에서 빛이 바스락대는 소리와 자신의 호흡 소리를 들을 수 있었다.

바다로 인해 차가워진, 뭍을 낯설어 하는 관절을 움직여 그는 에스더가 앉았던 자리까지 쓰러질 듯, 쓰러질 듯 걸어갔다. 내리꽂는 햇빛에 녹아버리기라도 하듯 자갈은 발밑에서 아무 저항 없이 주저앉았다. 요르게는 돌을 밟으며 걸었다. 마비된 그의 발바닥으로는 아무런 느낌도 전해지지 않았다. 다만 바닥에서 스멀스멀 피어오르는 대기 덕에 열기를 감지할 수 있었다. 해변은 너무 밝아서 오히려 아무것도 보이지 않았다. 그런데도 요르게는 시선을 내리지 않고, 만 위로 몸을 굽혀 뜨거운 입김으로 땅을 구워대는 태양을 바라보았다. 그는 아직도 물에 녹아든 세상을 보고 있었다.

지프차가 서 있었다. 에스더와 로벡 부부는 벌써 메렌데로에 가 있었다. 에스더는 수건을 놓아두었고, 그의 물건을 정리해놓았다. 잠시 그는 그녀의 보살핌의 흔적을 그림처럼 들여다보다가 보송보송한 수건에 얼굴을 묻었다. 피로가 몰려들었다. 고통이 사라진 지금 그의 팔과 다리, 가슴에 피로가 자리를 잡았다. 요르게는 섬에서 하고 싶었지만 할 수 없었던 것을 하기 위해 이 자리에서 당장 무릎을 꿇고 싶었다. 그는 그저 뜨거운 마른 돌 위에 누워, 그 열기를 몸으로 받아들이고, 자신의 뼛속에서 그 열기를 느끼고 싶었다. 그렇게 담장에 올라앉은 한낮의 파충류처럼 움직이지 않고, 숨도 쉬지 않는 것이 지금 이 순간 그의 가장 큰 소원이었다. 그는 피곤함에 몸을 맡기고 싶었다. 쉬고 싶었다. 아무것도 하고 싶지 않았다.

단 한순간만이라도.

하지만 고통은 조금 누그러졌을 뿐 정말 사라진 건 아니었다. 요르게는 발밑에 착 달라붙은 그림자처럼 틈을 노리고 있는 현실을 알아차렸다. 그가 잠시라도 약점을 보이기만 하면, 자신에 대한 냉혹함을 조금이라도 누그러뜨리기라도 하면, 그래서 자신의 몸을 엄격하게 닫아버리지 않으면, 고통이 다시 엄습하리라는 것을 알고 있었다. 요르게는 여기서 주저앉거나 누워서는 안 된다는 것을 알고 있었다. 그 틈을 이용해 고통은 기세등등하게 자신을 덮쳐, 다시는 일어서지 못하게 하리라.

그는 수건을 팔 너비로 팽팽하게 잡아당겨 등의 소금을 대충 털어내고는 피곤하고 물에 불은 피부를 마치 갈아버리려는 듯 문질렀다. 그러고는 자리에 앉지도 않고 곧바로 카키색 셔츠와 반바지를 입고 샌들을 신었다. 그는 마지막으로 섬을 향해 시선을 던졌다. 마치 그 섬에 자신의 일부가 아직 남아 있기라도 하다는 듯이. 그런 다음 성큼성큼, 그러나 약간 부자연스러운 걸음으로 밀짚 지붕을 얹은 작은 백사장의 바bar로 걸어갔다. 그곳에서는 헤르만 로벡이 오스트레일리아의 음주 습관에 대해 지껄이고 있었다. 그렇지만 요르게는 그의 말을 거의 듣지 않았다. 그의 귀에는 여전히 바다를 품은 죽은 조개의 쏴아 소리만 들려왔다.

요르게가 그에게는 약간 낮은 밀짚 지붕 아래로 들어서자 로벡이 자리에서 몸을 일으켰다. 요르게가 몸을 약간 굽히자, 그의 이웃은 그저 등을 좀 수그리고 발끝을 까딱거리며 맞아주었다. 두 남자는 악수를 했다. 로벡은 무슨 말인가를 하며 제일 큰 소리로 웃었다. 요르게는 부드럽게 미소 지으며 아직도 물소리가 밀려드는 머리를 조금 숙였다. 마치 그 말에 대해 생각하고 있다는 듯이. 하지만 그는 그곳에 더 머물지 않고 탁자 주위를 빙 돌아 걸어갔다. 마리타 앞에서 그는 말없이 약간 고개를 숙여 인사했는데, 그저 고개만 까딱한 것에 불과했다. 에스더와는 시선을 주고받았다. 헤르만 로벡이 이미 의자를 약간 당겨 그녀 옆에 자리를 내주었는데도 그 자리에 앉지 않은 그는 사과라도 하듯 가볍게 그녀의 어깨를 토닥거렸다.

그는 그렇게 할 수밖에 없었다. 고통이 이미 그의 자리에 앉아 있었다.

그 대신에 요르게는 수영이 끝나고 바에 오면 언제나 그랬듯, 아무 표정 없이 서서 한결 같은 동작으로 판매대 뒤에 선 남자가 건네준 많이 볶은 진한 커피를 받아들었다. 그는 조금씩 적당하게 자신에게 알맞은 쓴맛을 삼켰다.

요르게는 최후에 대한 생각과 싸우기로 결심했다. 그가 지치거나 항복하는 낌새만 보이면 맞닥뜨리게 되는 생각이었다. 이제 미뤄두어서는 안 되었다. 생각을 중지하거나 그냥 내버려두는 것은 더더욱 안 되었다. 그러기에는 고통은 이미 발뒤꿈치까지 바짝 다가와 있었다. 그는 그를 위한 생일잔치도 어떠한 파티나 휴가도 더 이상 즐길 수가 없었다. 그에게는 뒤를 돌아볼 여유가 없었다. 그는 계속 앞으로 나아가야만 했다.

요르게는 말없이 잔을 내려놓고 소금기와 커피로 인해 텁텁하고 메마른 입을 헹구기 위해 물을 한 모금 마셨다. 그러고 나서 미리 세어둔 동전을 가슴팍의 주머니에서 꺼내 판매대 위에 올려놓았다. 막 나가려고 할 때 그는 에스더의 질타하는 눈초리와 마주쳤다. 하지만 그는 아무 말도 할 수 없었다. 그녀에게 아무런 해명도 할 수 없었다. 그녀 옆자리에는 고통이 자리를 차지하고서, 그늘에서 편안히 몸을 쭉 편 채로 때가 되기를 기다리고 있었다.

"당신 부인이 우릴 떠나려고 하네요."

요르게는 마리타 로벡의 목소리에 담긴 교태스러우면서도 주의를 끄는 앙칼진 말투를 파악했다.

"부인을 이렇게 가게 내버려두실 건가요?"

"겨우 두 주뿐인걸요 뭐."

에스더는 자리에서 일어나며 서둘러 말했다. 그녀는 요르게를 애써 외면하고 있었다.

"혼자서 두 주나 여행하다니, 이건 세계사에 나올 일 아닌가요?"

마리타는 일부러 놀랍다는 듯한 표정을 지으며 아주 큰소리로 말했다.

"부인 나이에는 너무 긴 시간이잖아요!"

"혼자 놔두면 얼씨구나 하는 남자들이 많아."

헤르만이 숨을 헐떡거리며 재빨리 말했다. 그렇게 하지 않았으며 어느 누구도 그가 한 말에 주의를 기울이지 않았을 것이다.

"하필이면 당신이 그런 말을 하다니! 내가 혼자 쇼핑이라도 가면 아주 지루해서 못 견뎌하면서."

"내 돈으로 하는 쇼핑 말이군!"

"그냥 저이의 생일을 준비하려는 것뿐이에요. 그래야 저이가 신경 쓸 일이 없을 테니까요."

에스더는 나지막하게 설명하며 요르게가 어떻게 받아들이는지 보려고 조심스럽게, 약간은 조마조마한 표정으로 남편의 눈길을 살폈다.

하지만 요르게는 다른 데 정신을 팔고 있었다. 그의 얼굴은 고통으로 일그러져 있었다. 그는 절대로 긴장을 풀지 않겠다고 다짐하는 중이었다. 시간이 지날수록 더 힘들어지겠지만 그래도 내일 또 헤엄쳐 섬으로 갈 거라고, 똑같은 길로, 똑같은 방식으로 섬에 갈 거라고 다짐하고 있었다. 요르게는 물러설 마음이 조금도 없었다.

"잔치는 소박하게, 아주 검소하게 할 거예요. 주말에만 할 거거든요."

에스더는 속삭이듯 덧붙였다.

"나흘 반 정도만 독일에 있다가 다시 돌아올 거예요."

요르게는 여전히 아무런 반응이 없었다.

"고작 그 며칠 있겠다고 그런 수고를 한단 말이에요?"

마리타가 예리하게 물었다. 어떤 이유인지는 모르겠지만 그녀는 이 대화가 마음에 드는 모양이었다.

"아, 그렇다면 진짜 파티는 여기서 하죠. 기록을 남길 필요도 없고 귀찮은 친척들도 필요 없어요. 내가 메렌데로를 빌릴게요. 우리가 백사장을 성대한 파티장으로 꾸며봅시다."

헤르만은 허리띠를 엉덩이 위로 끌어올리고, 요르게 옆에서 몸을 쭉 폈다.

"아무 문제없어요. 내가 고객 몇 명만 초대해도 모든 비용이 충당될 거예요."

그러고는 요르게의 어깨에 한 손을 올려놓으며 덧붙였다.

"물론 당신이 저기 위에 있는 당신의 산에서 파티를 하고 싶다면 상황이 달라지겠죠. 내 차로 갈 수 없는 곳도 있으니까."

요르게는 얼굴을 찌푸렸다. 로벡은 그의 표정을 보고 즐기는 눈치였다. 그렇지만 그건 로벡 때문이 아니었다. 고통도 자리에서 일어나 어느덧 그의 옆자리를 차지했는데, 로벡보다 훨씬 더 집요했다. 고통은 그의 왼쪽에 착 달라붙어서 목덜미의 척추를 가지고 놀았다. 물론 요르게는 그렇게 쉽게 겁먹을 사람이 아니었다. 그는 자신을 쫓아온 고통을 피해 도망치지 않았다. 언제나 그랬듯이 그는 적에게 이마를 들이밀고 별로 서두르는 기색도 없이 이렇게 말했다. "얘기나 좀 합시다."

"잠깐이라도 앉지 그래요?"

어디선가 에스더의 목소리가 들려왔다.

"헤르만이 차로 우릴 데려다주겠대요. 차라도 마시고 가요."

요르게는 고통에게 등을 돌리며 아내를 바라보았다.

"당신은 좀더 있구려. 난 먼저 가볼 테니."

그는 자신의 목소리가 제안처럼 들리게 하려고 애를 썼다. 하지만 그도 에스더도 알고 있었다. 그것은 명령이나 다름없다는 것을. 요르게는 더 이상 머뭇거리지 않고 밖으로 나갔다. 고통이 그에게 따라오라고 명령하고 있었다.

크리스티안

리카르다의 차는 입구에 세워져 있었다. 이웃집의 울타리 때문에 크리스티안은 울타리와 같은 높이에 와서 후진했을 때에야 비로소 차를 보았다. 그녀는 집에 있는 것 같았다.

그녀가 없다면 그는 뭘 해야 할지 알 수가 없었다.

크리스티안은 차 문을 잠그고 큰 숨을 내쉬었다. 그는 잠시 그녀가 오늘 밤늦도록 사무실에서 미팅을 하지 않는 것이 자신에게 순응하려는 행복한 징조가 아닐까 생각했다. 하지만 어제 그녀는 소장訴狀을 준비하기 위해서 며칠은 집에서 일하게 될 거라고 그에게 분명히 말했다. 어찌 되었든 중요한 건 그녀가 집에 있다는 사실이었다.

어떻게 된 건지, 한참을 돌아다니다 왔건만 기대했던 안정과 태연함은 생겨나지 않았다. 크리스티안은 자신이 침묵을 지키고 있다는 사실이 점점 더 불만스러워졌다. 시간이 지나면 지날수록 혼자서는 풀 수 없는 문제에 직면해 있다는 감정이 더 강해졌다. 그는 리카르다가 필요했다. 자기가 지금 무슨 문제에 부닥쳐 있는 건지 알아내야 했으니까! 그것이 또다시 말하고 듣고, 듣고 말하는 과정이라 할지라도.

물론 그는 갈등을 피하기 위해서 자신이 어떤 태도를 취해야 하는지 잘 알고 있었다. 다른 여자들이 그에게 아이를 원한다는 말을 처음으로 내비쳤을 때 자신이 그들에게 어떻게 했는지 그는 아주 또렷하게 기억하고 있었다. 그는 무엇보다도 당시 자신이 무엇을 원했는지, 그들이 어떻게 행동하길 바랐는지 잘 알고 있었다. 그들은 그 얘기를 그냥 덮어두고 다시는 꺼내지 않는 게 상책이었다. 그 스스로 그 얘기를 다시 거론할 때까지 참아야 했다. 물론 그들은 꽤 오랜 시간을 기다려야 했다. 그러면 한동안은 아무 문제가 없었다.

하지만 이번에는 그의 입장이 달랐다. 그는 리카르다가 그 얘길 꺼낼 때까지 기다리고 싶지 않았다. 예전에 그가 그랬듯이, 그녀가 교묘하게 그 얘길 피하고 있었다는 사실을 나중에 확인하게 되는 게 싫었다.

그는 꽤 오래 돌아다녔다. 시골길을 이, 삼십 킬로미터는 좋이 달리며, 들판과 소나무 보호 지역 그리고 버려진 농가와 학교가 없는 길가의 작은 마을들을 지나쳤다. 리카르다의 눈에 띌 가능성이 없는 곳에서 내내 움직인 셈이었다. 그는 사 년이나 함께 살아왔지만 갑자기 너무나 낯설게 느껴지는 여자에게 무슨 말을 해야 하는지 몰랐다. 그가 어제 그녀의 다른 면을 알게 되었기 때문에 그녀가 낯선 게 아니었다. 그가 이미 알고 있던 그녀의 일부분이 갑자기 그녀의 모든 것인 양 느껴졌고, 마치 자기보다 리카르다가 훨씬 더 명예욕이 강하고 단호하고, 결단력이 있어 보였기 때문이었다.

그는 여전히 첫마디를 어떻게 꺼내야 할지 알지 못했다.

그러다가 갑자기 길 한가운데서 집으로 돌아가기 위해 차를 돌리는 순간, 크리스티안은 그것만이 올바른 행동이라고 확신했다. 대화를 하기만 하면 그녀가 더 나은 해결책을 제시할 수도 있었다. 그러자 갑자기 리카르다의 목소리가 듣고 싶어서 한순간도 지체할 수 없었다. 하지만 지금은 조금 전의 그 느낌마저도 사라져버렸다.

"당신 정말로 아이도, 가족도 원하지 않아? 앞으로 평생 지금처럼 이렇게 살고 싶어? 정말?"

그는 이렇게 말할 수가 없었다. 이래서는 좋은 대화가 이루어질 수 없을 테니까.

크리스티안은 차에서 내려 차를 한 바퀴 돌아 잠깐 옆 좌석 문손잡이를 움직여보았다. 전체 문은 자동으로 잠기게 되어 있었다. 하지만 그는 자동차를 몰고 다닌 이후로 이러한 확인 절차를 의식적으로 실천해왔다. 오늘은 이 행동에도 다른 때보다 시간을 더 끌었다.

순간 리카르다가 팔에 아이를 안고 거실 창에 서서 아이와 함께 그에게 손을 흔드는 장면을 본 것만 같았다. 하지만 그는 이러한 환상을 금세 지워버렸다.

그녀가 아침식사를 하면서 그를 기다리지는 않으리라. 리카르다는 늘 아침을 아주 늦게 먹었다. 대신에 점심은 건너뛰었다. 이런 면에서도 그녀는 달라져야만 하리라. 지금은 열두 시 반이 다 됐으므로, 리카르다의 인내심 많은 위를 감안한다 하더라도 너무 늦은 시간이었다. 거실 창에는 아무도 보이지 않았다.

크리스티안은 천천히 대문을 열고 문간의 우편함을 살펴보았다. 리카르다가 우편물을 벌써 가져간 것 같았다. 옆집 일층 현관문 앞에는 오늘의 최신 소식을 전달하기에는 너무 늦은 시간인데도 신문이 그대로 놓여 있었다. 아버지가 된다면, 집으로 오는 기분은 완전히 다를 것이다. 기다리는 사람이 있다면 참 좋을 텐데. 그러나 이런 생각은 그를 나약하게 만들었다. 지금은 나약해져서는 안 되었다. 리카르다와의 대화에 집중해야 했다.

그녀가 자신의 일과 지금 처한 상황에 긴밀히 연결되어 있다는 것을 그는 과소평가해왔다. 그녀가 그보다 훨씬 더 일과 자기 자신을 동일시하는 게 분명했다. 그녀는 그 자리를 얻기 위해 훨씬 더 힘들게 투쟁해야 했다. 그녀가 그와 비슷한 상태일 거라고 가정하고 출발한 것부터가 너무나 단순했다. 그는 그녀도 자신처럼 경력을 쌓느라 피곤했다기보다 언제나 똑같은 일과 반복되는 패턴에 조금 지루해하는 거라고 생각했다.

어쩌면 먼 안목으로 볼 때 변호사로서의 그녀의 일은 표면적으로는 매우 다양해 보이는 저널리즘 관련 직종보다 더 큰 의미가 있는지도 모르겠다. 어쩌면 리카르다는 그보다 훨씬 더 질긴 걸 수도 있었다. 그리고 일이 늘 되풀이되기 때문에 쉽게 포기하지 않는 건지도 몰랐다.

아마 그녀도 그를 놓고 이런 생각들을 다 해봤을 것이다.

크리스티안은 마지막 계단에 올라 현관문 앞에 멈춰 섰다. 그녀는 내내 그가 가정적인 사람이 아니라고 판단했을지 몰랐다. 지금까지 그녀가 그렇게 생각하지 않도록 그가 노력한 적이 단 한 번도 없었으니까. 리카르다는 모든 경우를 다 예상해보았을 테지만 그가 아이를 원한다는 것만은 생각지도 못했을 것이다. 그의 제안에 그녀가 감격하지 않아서 그가 놀랐던 것보다 그 제안에 그녀가 받았을 충격을 먼저 생각했어야 했다. 어젯밤 전혀 딴 사람하고 마주앉아 있는 것처럼 느꼈던 사람은, 그동안 낯선 사람과 함께 살았던 사람은 그가 아니라 그녀였다.

이제 그는 무슨 말을 해야 할지 전혀 알 수가 없었다.

크리스티안은 벨을 누르지 않았다. 그는 한참을 뒤적거려야 비로소 맞는 열쇠를 찾을 수 있다는 듯이 머뭇거렸다. 리카르다가 일하는 데 방해가 되고 싶지 않았다. 그는 조심스레 문을 열었다. 안은 조용했다.

작은 음악 소리나 종이를 뒤적거리는 소리도 들리지 않았다.

"리카르다!"

그는 복도에서 그녀의 이름을 부르며 가방을 내려놓고, 안에서 들을 수 있을 정도로 인기척을 냈다.

"나 왔어."

에스더

집으로 가는 길에 에스더는 로백 부부와 함께 마을의 '슈페르메르카도Supermercado'에 들렀다. 그곳은 입구에 국제적인 체인점 이름이 빛바랜 채로 커다랗게 걸려 있고, 진열대 사이가 비좁은 작고 혼잡한 가게였다. 거기서 그녀는 기름기 적은 햄 반 파운드와 갓 구운 길쭉한 흰 빵한 덩어리를 샀다. 수영을 한 요르게에게는 약간 맛이 강한 음식이 필요할 거라고 그녀는 생각했다. 물론 이틀 지난 보카디요스(Bocadillos: 스페인에서 흔히 먹는 샌드위치─옮긴이)에 버터와 마늘즙을 발라 구워 내놓아도 아무 소리 없이 잘 먹을 테지만. 어쨌든 요르게는 남은 빵은 어디 있냐고 물어볼 것이다. 그는 맛있게 먹을 수 있는 상태가 아니라 해도 음식을 버리는 건 절대 용납하지 않았다. 그의 이런 완강한 태도는 온 식구에게 되새기고 싶지 않은 고통스런 기억을 남겨주었다.

빵 칼로 그녀는 하얗고 푹신한 빵 덩어리를 반으로 갈라 양쪽에 올리브기름을 떨어뜨렸다. 요르게 때문에 보통 시장 상품이 아닌 양념장 옆에 놓아둔 상표 없는 유리병에 담긴 진하고 약간 쓴맛이 도는 기름을 사용했다. 정원에서 직접 딴 올리브로 만든 것이었다. 언덕 높은 곳에 있는 야생 올리브나무는 수확이 그리 많지 않았고 꽤 딱딱한 열매를 맺었는데, 그것을 섞어 만들었다. 그것까지 다 따는 것이 마을 농부들에게는 도저히 수지가 맞지 않는 것 같았다. 요르게는 골무 모양의 초록색 열매가 든 바구니 여러 개를 자랑스러운 표정으로 마을에서 공동으로 사용하는 분쇄기까지 옮겼다. 나중에 보니 한 통 반 정도 되는 끈적끈적한 기름이 걸러졌다.

침착한 손으로 에스더는 햄을 얇게 자르면서 개수대 옆에 난 창문을 통해 정원을 내다보았다. 요르게는 토마토의 성숙도와 무게를 파악하고 있었다. 그는 정원을 사랑했다. 그는 그곳에서 자라는 모든 것을 사랑했다. 요르게는 어린 가지에서 시든 잎을 두 개 따내고 헐거워진 막대기 밑의 흙을 다듬었다. 그리고 나서 그늘이 얼룩덜룩 무늬를 그려놓은 땅바닥에서 지친 짐승의 등처럼 슬며시 솟아오른 호박 쪽으로 갔다. 오늘 식탁엔 토마토가 없겠군.

에스더는 반으로 가른 빵 위에 얇게 자른, 보랏빛 도는 싱싱한 햄을 잘 올려놓았다. 그러고는 남은 햄을 요르게가 금방 먹지도 않을 온갖 것들을 보관하는 커다란 냉장고에 넣어두었다. 가끔 그녀는 야채 박스에서 쭈그러든 피망이라든지 비닐봉지에 담긴 채로 갈색으로 변해 가는 니스페로스(Nísperos: 작은 노란 과일. 생김새는 자두와 비슷하나 살구와 복숭아의 중간 맛—옮긴이)를 몰래 치우곤 했다. 하지만 요르게는 언제나 남은 재료들을 눈여겨봐두었다. 그래서 에스더는 뭉그러진 야채와 과일들을 다 내다버리지는 않았다. 남편에게 어떤 요리를 해도 먹을 수 없는 상태라는 것을 증명하기 위해서.

출발 전에 그녀는 냉장고에 고기, 치즈, 계란을 충분히 채워놓을 생각이었다. 그래야 자기가 집을 비우더라도 요르게가 집에 남은 재료만으로 견디지 않을 거라고 안심할 수 있을 테니까. 그녀는 요르게가 늘 같은 것만 먹지 않도록, 또한 주변 사람들과 완전히 담을 쌓고 살지 말도록 늘 강요해야 했다.

요르게는 언제나 강요해야만 겨우 반응을 보였다.

요르게의 삶에 영향을 미치기 위해 그렇게 계산적이어야 한다는 게 그녀를 슬프게 했다. 하지만 그녀가 그렇게라도 하지 않으면 그의 외로운 삶은 언제나 같은 자리에 고정되어 있는 기준점을 중심으로 돌 뿐이었다. 요르게는 자신에게 무엇이 부족한지도 생각하지 않았다. 심하게 흔들거리는 의자를 교환한다든지, 그를 한없이 불편하게 하는 낡은 침대 매트리스를 버리고 새 것을 장만할 때면, 그는 조금씩 바꾸어나가는 상황을 아무 이의 없이 받아들였고, 적응해나갔다. 하지만 그가 먼저 새것으로 바꾸자고 제안한 적은 한 번도 없었다. 그는 아예 그럴 생각조차 하지 않았다.

지금 돌이켜보니, 그가 원하든 원하지 않든 그의 여든 번째 생일을 준비하기 위해 독일에 이 주간 다녀오겠다고 그에게 대놓고 말하지 못한 것이 속상하기도 했다. 그녀는 마리타 로벡이 자신의 계획을 듣자마자 떠들어댈 거라는 사실을 알고 있었다. 그리고 그 얘기를 들은 요르게가 자신에게 어떤 행동도 하지 않을 거라는 점도 충분히 예상하고 있었다. 로벡 부부 앞에서는 물론이요, 집에 단둘이 있을 때도 그는 그 얘기를 결코 꺼내지 않을 터였다. 요르게는 싸움을 피했다. 사람들을 피하듯. 그리고 자신의 생활에 방해가 되는 다른 모든 것을 피하듯. 그는 차라리 상황을 돌이킬 수 없을 때까지 기다렸고, 그런 다음 그 상황에 순응했다.

지금까지와는 달리 에스더는 이번 상황을 강하게 밀어붙였다.

규칙적으로 우는 귀뚜라미 소리 너머로 그녀는 요르게가 양동이를 매달아놓은 녹슨 밧줄이 삐걱거리는 소리를 들었다. 그들의 땅 저 아래 있는 작은 개울에서 물을 길어 정원에 대기 위해 마련한 밧줄이었다. 몇 주 동안 비가 내리지 않았다. 그저 졸졸 흐르는 작은 개울에 지나지 않았지만, 그래도 물길은 빛바랜 돌들과 자갈 더미를 지나 계곡까지 구불구불 이어졌다. 요르게는 개천이 바싹 마르고, 집 뒤쪽에 마련한 빗물통마저 바닥을 드러내야 비로소 호스를 이용해서 정원에 수돗물을 주었다.

요르게는 물 조리개와 삽을 들고 창문 앞을 지나 서둘러 토마토 쪽으로 가고 있었다. 토마토의 시들시들한 가지에 신선한 물을 주고 뿌리 근처의 흙을 부드럽게 적셔주려는 것 같았다. 에스더는 그의 근심어린 얼굴이 줄기 부근의 흙을 두 엄지손가락으로 꾹꾹 눌러주면서 부드럽게 펴지는 모습을 지켜보았다. 식물을 보살피는 이런 애정을 주변 사람들에게 보여주었다면 그는 사람들에게도 사랑을 받았을 것이다.

하지만 그는 그렇게 할 수 없었다.

에스더는 나머지 절반의 빵이 담긴 접시를 쟁반에 올려놓고, 자신이 준비한 오이 샐러드에 식초와 기름을 — 이번에는 상표가 있는 기름을 사용했다! — 뿌리고 후식으로 오렌지를 두 개 올려놓았다. 그런 다음 그녀는 이 소박한 점심식사를 들고 밖으로 나가, 낮에도 지내기에 적당한 지붕이 덮인 동쪽 테라스로 갔다. 늘 그렇듯 한시 정각이었다. 에스더는 식탁을 차리고 물과 포도주를 준비한 뒤, 한 줄로 늘어선 막대 모양의 풍경을 손으로 건드렸다. 바람에 움직이듯 서로 부딪히며 내는 소리는 식사가 준비되었다고 요르게에게 알리는 신호였다.

그녀는 그를 두려워하지 않았다. 그녀는 어떤 싸움이든, 어떤 언쟁이

든 맞부딪칠 준비가 되어 있었다. 이제 와서 자신을 포기하게 만들 일은 아무것도 없었다. 최근에는 그런 일이 거의 없었지만, 요르게의 분노는 온 가족을 두려움에 떨게 했다. 하지만 그녀는 그것도 전혀 두렵지 않았다. 오히려 그녀는 그런 벼락이 치길 원했다. 그래야 그의 면전에 대고 말할 수 있기 때문이었다. 그녀는 마리타 로벡이 필요 없었다.

요르게는 정원이 아니라 손과 얼굴을 씻느라 집에서 나왔다. 젖은 머리카락 몇 개가 이마에 붙어 있었다. 카키색 셔츠의 가슴께에는 물이 튀었는지 젖어 있었고, 겨드랑이 부근은 땀의 흔적이 완연했다. 요르게는 말없이 자리에 앉아 기도하기 위해 두 손을 모았다. 허연 머리카락, 바깥에서 지내느라 많이 그을린 가죽만 남은 피부, 그리고 주름이 깊게 파인 입을 지닌 키가 크고 마른 남자.

에스더는 그를 바라보았다. 그는, 이를테면 헤르만 로벡과 같은 사람 옆에 서 있을 때면 그를 더욱 돋보이게 하는 그 엄격함과 위엄을 유지하고 있었다. 하지만 지금과 같은 순간에는 바로 그의 그런 태도가 그녀를 절망으로 내몰았다. 에스더는 그 확고한 자신감의 대가를 알고 있었다. 날마다, 육십 년 동안 매일 그녀가 그 대가를 지불해왔으니까. 하지만 그녀는 더 이상 그것 때문에 모든 걸 희생하고 싶지 않았다.

"드세요."

그녀가 말했다.

요르게는 그녀가 자신이 직접 짠 올리브기름을 사용했는지 아닌지 살펴보지도 않고, 햄을 올려놓은 빵을 칼과 포크를 이용해 잘라먹었다. 오이샐러드를 먹어보더니 그는 인정한다는 듯이 눈썹을 치켜세웠다. 시장에서 사온 발사미코 식초라는 것을 알아차리지 못한 것 같았다. 그러더니 "맛있게 들어요"와 비슷한 말을 중얼거리고는 식사를 시작했다. 그는 배가 고팠던 모양이었다.

에스더는 아무 말도 하지 않았다. 그녀는 입술을 꼭 다물고 그들 사이의 침묵을 지키고 있었다.

요르게는 씹었다.

"새 빵이오?"

빵을 두 입째 베어 먹으며 그가 물었다.

"어제 먹던 건 어쨌소?"

"그저께예요. 오늘 저녁에 데우려고요."

요르게는 고개를 끄덕였고, 빠르면서도 정확한 동작으로 계속 씹었다. 에스더는 무엇이 그를 그토록 서두르게 만드는지 물어보고 싶었다. 하지만 그를 멈추게 하는 유일한 방법은 침묵뿐인 것 같았다.

그녀의 배신에 대해 말을 꺼내야 하는 쪽은 요르게였다.

접시를 절반쯤 비우고 나서야 그는 땅이 너무 메말랐다는 얘기를 꺼냈다. 대화라기보다는 그저 자기 자신한테 자신의 바람을 늘어놓는 것이었다. 산 위쪽에 구름이 약간 낀 것으로 봐서 어쩌면 곧 비가 내릴지도 모른다고, 개울이 넓어지는 지점에 가면 길어다 쓸 물이 있을지도 모른다고 그는 말했다. 그는 그녀가 미리 말하지 않은 여행에 대해, 그리고 그의 등 뒤에서 계획되고 있는 생일잔치에 대해서는 아무 말도 하지 않았다.

침묵을 지키며 앉아 있는 에스더의 마음이 흔들거렸다. 이제 더 둘러댈 필요도 없이 이렇게 물어봐야 하는 건 아닐까? 당신, 마리타가 한 말 이해했어요? 당신도 들었죠? 내가 당신이 알아서는 안 되는 일을 마리타와 헤르만한테 털어놨어요. 당신이 당신 아내한테서 들을 수 없는 말은 이웃을 통해 들어야 한다는 사실이 분명해졌나요?

하지만 그녀는 아무 말도 하지 않았다.

계속 아무 말도 하지 않고 그가 어떤 신호라도 보내오기를 기대하고 있는 것이 어쩌면 비겁한 행동인지도 몰랐다. 그렇지만 그녀의 모든 질문은 결국 단 하나의 의미였다. 뭐라고 말 좀 해요! 에스더는 계속 침묵을 지키면서도 어쩐지 자신이 지고 있다는 느낌이 들었다. 요르게는 그저 수십 년 동안 식탁에 앉은 가족의 일원처럼 이 상황을 받아들이고 있었다. 하지만 그녀는 너무나 힘이 들었다.

모든 일이 언제나 이렇게 돌아갔다. 거의 모든 일이.

늘 하던 대로 물에 적당한 양의 포도주를 섞어주려고 했을 때 요르게가 자기 잔을 들어올렸다.

"물만 주겠소?"

그는 그녀가 물을 따라줄 때까지 턱의 움직임을 중단했다. 당연히 그는 그녀에게 그 이상의 설명을 해주어야만 했다. 그런데 수돗물이 담긴 잔을 입으로 가져가면서 요르게는 그녀가 아니라 아무도 없는 맞은편에 시선을 고정시킨 채 잔을 비웠다. 에스더는 남편과 둘만 있는 게 아니라는 이상한 감정에 사로잡혔다. 그곳에는 셋이 있었다. 요르게, 침묵 그리고 그녀.

그녀는 자신의 기다림이 쓸데없는 짓이었다는 것을 깨달았다. 요르게한테서는 아무 말도 들을 수 없을 것이다. 폭풍 같은 질타는 고사하고 화가 나서 지르는 소리도 들을 수 없을 것이다. 요르게는 자신을 곤란하게 만든 그녀가 그것을 즐기도록 내버려둘 리가 없었다. 그는 그녀의 얄팍한 꾀에 빠져 그녀 뜻대로 따라주는 것이 그의 권위에 맞지 않는다고 생각하는 게 틀림없었다. 에스더는 슬펐다. 그녀는 요르게를 흥분시키려고 했다. 그녀는 아무런 실체도 느낄 수 없었던, 그가 평생 지

녀온 마음의 평정을 잠깐이나마 잃게 하고 싶었다. 그렇지만 이제 그녀
는 자신이 정말 원했던 것은 그게 아니었다는 사실을 인정해야만 했다.
그녀는 그가 마음속으로나마 그녀의 모든 노력을, 나중에라도 인정해
주기를 바랐다. 아니 더 나아가 제발 그렇게 해달라고 그녀에게 요구하
기를 바랐다.

하지만 그녀는 그런 생각을 하는 것조차 엄두가 나지 않았다.

지금, 그녀가 꾸민 싸움은 아예 일어나지도 않았다. 슬픔에 잠긴 에
스더는 고개를 저었고, 그녀의 접시를 밀어두었다. 이 식탁에 셋이 따
로 앉아 있는 게 아니었다. 요르게와 침묵은 같은 편이었다. 그녀만이
혼자였다.

에스더는 여행을 떠날 테고, 요르게가 거절하지 못하도록 잔치를 준
비할 생각이었다. 그는 나중에 그녀를 따라가서 여든 번째 생일을 독일
에서 보내게 될 터였다. 그녀가 계획한 대로 모든 게 일어날 것이다. 그
렇지만 그녀는 벌써부터 실망스러웠다.

"로벡 부부하고 한 번 더 장을 보러 갈 거예요. 당신이 이 주 동안 먹
을 것을 사려고요. 혹시 뭐 특별히 필요한 거 있어요?"

에스더는 이렇게 묻는 자신의 목소리를 들었다. 하지만 그녀는 이미
그 대답을 알고 있었다.

"아니, 없소."

요르게가 말했다.

그녀는 혼자서 말했을 뿐이었다.

에스더가 할 수 있는 일이 더 이상 없었다. 그녀는 그 자릴 떠나고 싶
었지만 그럴 수 없었다. 요르게가 그녀보다 먼저 움직였다. 그는 빠른
동작으로 입가를 두어 번 닦더니 곧바로 자리에서 일어났다.

"오늘은 낮잠을 자지 않을 거요."

이렇게 말하며 그는 보이지 않는 상대에게 짧은 눈길로 작별 인사를 했다. 그녀는 대꾸하지 않았다.

에스더는 그가 고리가 달린 낡은 등산화를 신는 소리를 들었다. 그녀는 현관 타일을 울리는 등산화 소리를 들었다.

그리고 문이 닫혔다.

크리스티안

리카르다는 아침식사를 하면서 그를 기다리지 않았다. 그렇지만 그래서 그의 마음이 가벼워진 것은 잠시뿐이었다. 조심스럽게 그녀의 이름을 불러본 뒤에 크리스티안은 서재 문을 가만히 두드리고 안을 들여다보았다. 책상 위에는 뒤죽박죽이 된 서류더미 옆에 차가 담겨 있는 보온병, 이미 사용한 여러 잔들, 먹다 만 잡곡 섞인 막대초콜릿 등이 놓여 있었다. 가만있어도 된다는 듯한 제스처를 취하며 그는 자신이 왔다는 것을 알리고 곧바로 돌아 나왔다.

잠시지만 리카르다는 그를 바라보았고 미소로 인사를 대신했다. 친절한 미소였지만, 그렇다고 해서 그가 넘어갈 수 있도록 다리를 놓아준 것은 아니었다. 지금은 적당한 때가 아니라는 건 분명했다.

"삼십 분만."

그래도 서류로 다시 시선을 돌리기 전에 그녀는 이렇게 말했다.

"그 다음에 우리 같이 커피 마시자."

크리스티안은 고개를 끄덕였고 지금은 사라져야 한다는 걸 인정했다. 지금은 다른 방법이 없었다. 그는 커피를 원하지 않았다. 그것도 낮잠 자기 직전의 커피는. 그가 원하는 것은 대화였다. 하지만 그는 '커피'를 그 나름으로 이해했다.

그의 걸음은 부엌으로 이어졌고, 뭔가 먹을 것이 있나 찾아보았다. 방송 전에 겨우 작은 빵에 뭔가 끼워서 먹었을 뿐이고 나중에 바나나 하나를 더 먹었다. 하지만 식욕은 곧 사라졌다. 개수대 주변에 놓여 있는 쭈그러든 티백이 갑자기 그를 너무나 우울하게 만들었다. 한동안 그는 창턱 옆에 있는 갈색 음식물 쓰레기 종이봉투에 담긴 거뭇한 점이 몇 개 있는 바나나 껍질을 뚫어지게 쳐다보다가, 그 다음에는 씨를 파낸 피망의 꼭지 부분을 말없이 바라보았다.

모든 게 정신적인 작업을 향한 욕구와 신체적 필요 사이에 균형을 맞추기 위한 리카르다의 노력의 산물이었다. 그녀는 정말 평생 이렇게 살고 싶은 걸까?

크리스티안을 사로잡은 속절없다는 느낌에는 꽤 복잡한 면이 있었다. 아무 생각 없이 그는 냉장고를 열어 보고 그의 얼굴에 와 닿는 차가운 공기를 한정 없이 느끼고 있었다.

그는 아무것도 먹지 않기로 했다.

우유 거품 기능을 갖춘 에스프레소 기계, 토론토에서 가져온 은빛 셰이커, 지방 함유량을 알려주는 도표, 어느 다이어트 프로그램에서 제공한 안심하고 먹어도 좋은 식단. 이 모든 건 그녀의 완강한 자존심을 지켜주는 장비들이 아닌가! 이 집은 그런 것들로 가득 차 있었다!

식당의 조리대 위에는 늘 그렇듯 그의 우편물이 놓여 있었다. 하지만 크리스티안은 그것들을 살펴보지 않았다. 그는 그냥 거실로 가서 소파에 앉아 자신의 아이가 구석에서 팔을 벌리고 그를 향해 콩콩거리며 달려올 때까지 기다렸다.

갑자기 가정적인 남자로 변한 그의 모습에 충격을 받았다고 여기기에는 리카르다는 지나칠 만큼 열심히 일했다. 그 역시 어젯밤 충격을 받았지만 자신의 의무를 다하기 위해 오늘 새벽 다섯 시에 방송국으로 갔다. 리카르다와 그는 전혀 닮지 않은 사람들이 아니었다. 그들은 둘 다 자신의 일을 했다. 다른 모든 건 그 다음이었다.

그녀는 그의 제안을 심각하게 받아들이지 않았을 수도 있었다. 그녀는 그의 제안을 남자들 역시 속수무책일 수밖에 없는 단순한 호르몬의 변화로, 그러니까 갑자기 중요한 걸 혼자만 놓치고 있다는 일시적인 감정으로 여겼을지도 몰랐다. 그 역시도 일단 그런 의심이 들었다. 크리스티안은 자식을 번성시키려는 욕망과 환상을 잘 알고 있었다. 그것으로 인해 현대 인간의 진보가 유지되고 있다는 것도. 친한 사람의 집에 갔을 때 그 집 아기는 잘 울지도 않고 밤새 잘 잔다는 말을 들으면 누구나 갑자기 그런 아기 하나 있었으면 하고 바라게 되지 않던가. 공원 의자에서 갓난아기를 품에 안고 있는 부부를 보면 그들이 구현하고 있는 삼위일체의 그림 속으로 끼어들어 그 일부분이 되고 싶지 않던가. 하지만 그는 그렇게 가벼운 기분으로 그런 말을 꺼낸 건 아니었다.

크리스티안은 철저하게 따져보았다. 종을 유지한다는 명목으로 인간을 매어놓기 위해서 자연은 때로 바로 그것을 성취하는 게 인간의 소원인 것처럼 속이곤 했는데, 그는 나름대로 재주껏 그 덫에서 빠져나갔다. 어렸을 때는 갖고 놀 수 없었던 모형 기차레일 놀이 정도의 가벼운 문제였다면 그는 지금 아무 말도 꺼내지 않았으리라. 그렇지만 그는 자신에 대해 생각하는 게 피곤했다. 항상 자기 자신만의 삶을 바라보는

데 지쳐 있었다.

가족이 생김으로 해서 어떤 희생과 단념을 대가로 치르게 된다 하더라도 그는 기꺼이 가족을 돌볼 생각이었다. 그는 무엇이든 자기 마음대로 할 수 있는 공허한 놀이에서 벗어나 이제는 책임을 지고 싶었다. 지속적이고, 강제적이고, 피할 수 없는 책임을. 그는 리카르다와 아이를 책임지길 원했다.

그는 그런 삶에서 의미를 찾고 싶었다.

그는 자기 자신을 위해서가 아니라 그 의미를 위해서 모든 것을 할 마음의 준비가 되어 있었다. 겨우 시간이 나서 밤잠을 자다가 느닷없이 깨어나 우는 아이를 팔에 안고 집안을 왔다 갔다 걸어야 할 테고, 아침에는 방송이 끝나자마자 곧바로 아이가 예방주사를 맞을 수 있도록 소아과 의사한테 달려가야 하리라. 생명을 이어나가는 동안 저절로 생겨나는 이 모든 의미를 위해서라면 심지어 몇 번이라도 그 대가를 치를 수도 있었다. 리카르다와 아이에게 좋은 남편이자 아버지가 된다는 자부심을 위해서라면 기꺼이.

"당신이 내 아이를 낳아주었으면 좋겠어."

이 말은 그가 아주 오랜만에 내비친 진심이었다. 크리스티안은 이 말의 결과에 대해 꽤 많은 생각을 해왔다. 그는 이제 물러설 수 없었다. 더군다나 그는 오, 이런 제기랄, 그녀가 당연히 반길 거라고 생각했다!

삼십 분이 지난 지도 꽤 오래이건만, 그녀가 서재에서 나올 기미는 좀처럼 보이지 않았다. 그가 도착하고 얼마 있다가 리카르다는 그를 지나 급히 화장실을 한 번 다녀왔다. 그것 외에는 살아 있다는 아무런 신호도 없었다.

물론 그가 지금 약속 시간이 지났다고 일깨워주기 위해서 그녀를 방해할 수는 없었다. 그는 그녀의 일을 이해해야 했다. 그리고 그녀가 시간을 잊고 일에 몰두하도록 놔두어야 했다. 책상 앞에 앉아 있는 그녀에게는 그게 가장 좋은 일일 테니까. 그는 다만 환각과도 같은, 아니 적어도 고통으로부터 자유로운 이 휴식이 얼마나 지속될지 자문해보았다. 그 길이를 예측할 수 없는 게 이런 휴식 시간의 속성이란 것을 잘 알면서도.

아이와 보내는 시간은 얼마나 다르게 흘러갈까.

낮잠을 자긴 글렀다고 크리스티안은 생각했지만, 아쉽지는 않았다. 그는 나중에 겪게 될 수면 부족을 이런 식으로 연습할 수 있으니 상관없었다. 그는 인내심을 유지하려고 애를 썼다. 그리고 한동안 리카르다가 이 모든 것을 시험으로 여길 수도 있다는 생각에 매달렸다. 침묵, 냉담함, 이해할 수 없는 차가움 같은 완전한 거절을 의미하는 그녀의 태도는 어쩌면 그의 진심을 살피기 위한 시험인지도 몰랐다.

그는 그녀에게 증명해 보여야 했다. 그는 이 시험 역시 이겨내야 했다.

하지만 도대체 그는 무슨 권리로 리카르다가 마음속에서는 승낙했지만 일부러 그를 불안하게 만들기 위해 아닌 척하는 거라고 장담하는 걸까? 크리스티안의 생각은 매번 같은 부분에 걸려 앞으로 나아가지 못했다. 자유 의지를 가진 리카르다는 승낙도 거절도 할 수 있었다. 하지만 그는 그녀가 실제로 그렇게 할 거라고는 생각하지 못했다. 그는 자신의 아이들의 엄마가 되는 게 그녀의 정해진 길이라고 믿었다. 그리고 그 믿음은 스러질 수 없는 것이었다. 리카르다는 그의 앞에 서서 그를 잃는 한이 있어도 자신은 커리어우먼으로 살기로 결정했다고 선언할 수도 있었다. 크리스티안은 그녀의 말을 이해하고, 알아들을 수는 있겠지만, 결코 믿을 수는 없을 것 같았다. 그녀에게는 자신이 원하는 대로 행동할 수 있는, 그의 내면에서 무슨 일이 일어나도 자신은 혼란스러워하지 않을 확고하고 절대로 동요하지 않는 본능적인 무언가가 있었다. 그가 머릿속에서 그녀의 그런 면을 떠올리면 떠올릴수록, 그런 면에 다가가면 다가갈수록 그의 마음은 따뜻해졌다.

"안녕!"

리카르다가 웃으며 그에게로 몸을 수그려 그의 뺨을 한 손으로 쓰다듬었다. 크리스티안은 여러 번 눈을 끔벅거렸다. 깜빡 잠이 들었던 모양이었다. 그는 단숨에 몸을 일으켰다. 테이블 위에는 벌써 커피 잔이 담긴 쟁반이 놓여 있었다. 그가 제일 좋아하는 거품이 많이 들어간 카푸치노였다.

"방송은 어땠어?"

리카르다는 그의 옆에 앉아 잔을 들었다.

"고마워, 내가 깜빡, 어 그래 미안……."

그는 깊은 잠에서 깨어난 것 같은 느낌이 들었다.

"몇 시나 됐어?"

그녀는 손목시계를 그에게 내밀었다. 그리 긴 시간도 아니었건만 긴, 아주 긴 시간이 지나간 것처럼 느껴졌다.

"등기우편이 왔어, 스페인에서. 당신 할아버지가 보낸 거야."

크리스티안은 무슨 말인지 모르겠다는 표정으로 그녀를 바라보았다.

"아, 그리고 토마스가 전화했어."

그녀는 그의 아버지를 그냥 이름만 불렀다. 그래서 그녀가 누구를 말하는 건지 알기 위해서 일단 확인 절차를 거쳐야 하는 일이 벌써 여러 차례 있었다. 하지만 처음 만났을 때 곧바로 말을 놓아도 된다고 말한 사람은 바로 '토마스'였다.

"무슨 일이래?"

그는 이제야 좀 이성적인 문장을 말할 수 있었다.

"당신이 전화할 거라고 말했어."

2부

왜 예전에 있었던 일들, 되새기고 또 되새긴 추억들을
죄다 끄집어내서 적당한 시점에 모두들 약속이라도 한 듯한
웃음을 기대하고, 생각에 잠긴 척하며 졸도록 강요해야 하는가?
왜 하필이면 토마스가, 그런 자리에서 드 후베란트가의
확성기가 되어 모두가 듣고 싶어 하는 말을 하고, 모두 말을
꺼내지 않는 편이 더 낫다고 생각하는 것에는 침묵해야 하는가?

요르게

　산은 햇빛 속으로 사라졌다. 언덕은 하늘보다 더 밝게 빛났고, 앞쪽 길은 희미하게 어룽거렸다. 빛은 그의 발아래쯤에서 제 몸을 떨었다. 요르게는 걸으며 한낮의 열기를 피하느라 썼던 모자를 들어 올려 바람을 통하게 하고는 맨손으로 이마를 훔쳤다. 그는 모자를 좋아하지 않았다. 머리 위에 자유로운 하늘 외에는 아무것도 없길 바랐지만, 두 시 반경의 해는 너무 수직으로 내리꽂혀서 싫든 좋든 그와 신 사이에 이 우스꽝스러운 아마포 모자를 허용하지 않을 수 없었다.

　그는 쉬지 않고 먼지가 풀풀 날리는 자갈길을 올랐고, 엉덩이 높이쯤 되는 폐허가 된 성벽을 지났다. 성벽은 틈새들 속에 생긴 그늘 때문에 겨우 유지되는 것처럼 보였다. 여러 해 전부터 어떤 가축도 이곳에 방목되지 않았다. 산꼭대기에서 얼음이 녹은 물이 흘러내려 말라붙은 바닥을 적시는 봄이 되어도 마찬가지였다. 풀이 듬성듬성 나 있었기 때문에 이곳까지 올라올 이유가 없었다. 햇볕에 질린 얼마 안 되는 나무들은 끈질기게 견디며 그늘을 향해 제 몸을 굽혔다. 요르게는 올리브를 심어놓은 바닥이 무른 흙길과 돌투성이 자갈길을 따라 버려진, 사람들이 포기한 땅을 힘들게 올라갔다. 이 땅의 유일한 매력은 모든 악조건을 무릅쓰고 여전히 존재한다는 것과 부족하면 부족한 대로 영원해 보인다는 것이었다.

　오늘 그는 마을 사람들이 '예배당'이라고 부르는, 작은 함을 둘러싸고 벽을 쳐놓은 낡은 시골별장으로 가는 지름길을 따라가지 않았다. 몇 백 미터 앞에서 그는 익숙한 길을 벗어나 쪼개진 바위틈이나 갈라진 땅속으로 파고든 개울을 거슬러 올라갔다. 요르게는 가능하면 물줄기를 바싹 따라가려고 애를 썼다. 때로는 개울 바닥조차 거의 보이지 않을 정도로 가파른 곳이 나타나 방향을 바꾸어야 했다. 다만 식물이 아주 잘 자라고 있는데다 잎사귀 또한 무척 싱싱한 초록색인 걸로 봐서 저 깊은 곳에 수차水車가 있나 보다 하고 짐작할 뿐이었다.

요르게는 물이 솟아나는 근원지를 찾고 싶었다.

지난주에는 기대했던 비가 내리지 않았다. 산마루에 걸렸던 얼마 안 되는 구름은 햇볕을 견디기에는 너무 엷고 너무 하얗고 너무 가벼웠다. 산꼭대기에는 어떤 비도 내리지 않았다. 밤의 이슬이라든지 해뜨기 전에 피어오르는 약간의 안개 같은 것도 없었다. 개울은 완전히 말라붙어 있었다. 요르게는 이틀 전에 정원에 쓸 물 한 동이를 마지막으로 길었다. 그때 겨우 사분의 일 정도를 받는 데 거의 십 분이나 기다려야 했다.

가뭄은 요르게한테 큰 걱정거리였다. 그는 불안한 마음으로 여기저기 물을 찾아 나서면서도 샘이 정말 있기나 한 건지 의심스러웠다. 여러 산허리의 물길이 합쳐져서 개울이 저절로 생겨났을지도 모를 일이었다. 어쩌면 살아 있는 것이라고는 아무것도 생산하지 못하는 산을 마주하고 있는 것인지도 몰랐다.

지난밤 내내 그리고 오늘 아침 수영을 하는 동안에도 그는 골똘히 이 문제에 대해 생각해보았다. 심지어 에스더가 작별인사를 하고 빵빵거리며 경적을 울려대는 로벡 부부와 함께 공항으로 떠나는 순간에도 이 생각은 그의 머리에서 떠나지 않았다. 선팅한 차 유리 뒤쪽에서 그녀가 흰 손수건을 흔드는 모습을 언뜻 보았을 뿐이었다. 아니, 어쩌면 그건 그냥 환영이었는지도 몰랐다. 그런 생각을 하면서도 요르게는 손을 들어 올렸고, 지프차가 사라지는 모습을 지켜보았다. 그러나 머릿속에서는 어딘가에 있을지도 모를 샘에 대한 생각뿐이었다. 산을 오르는 지금 그는 이 문제가 왜 그토록 중요하게 생각되었는지 잊어버렸다.

그는 에스더가 그리웠다. 산에 갈 때 에스더가 그를 따라온 적은 한 번도 없었다. 끊임없이 반복되는 조심하라는 에스더의 당부를 그는 인내심을 갖고 들었다. 그러고는 그녀가 어깨를 으쓱해 보이는 동안 그녀를 홀로 남겨두고 떠났다. 그래도 그가 길을 나설 때면 그녀는 늘 문가에 서 있었고, 그가 돌아올 때까지 언제나 기다려주었다. 에스더는 그의 내면의 컴퍼스였다. 몇 사람으로 이루어진 그의 세계에서 그녀는 확고한 원소였다. 따라서 언젠가 그녀를 그리워하게 될 거라는 생각은 단한 번도 해본 적이 없었다. 그러나 그런 일이 일어났다.

요르게는 아내가 그리웠다.

"내일 이 시간이면 벌써 베아테 게르버네 집 거실에서 차를 두 잔째 마시고 있겠네."

어젯밤 에스더는 반은 농담처럼 반은 혼잣말처럼 이렇게 말했다. 그것이 그녀의 사고방식이었다. 언제나 여러 날 혹은 여러 주 앞서서 미리 상상하곤 했다. 지금 이 순간 그녀는 분명히 비행기에 앉아 있을 터였다. 어제 이 시간에 그녀는 오늘 비행기에 앉아 있는 것을 상상했다. 요르게는 생각을 다른 데로 돌리려고 애썼다.

그는 바위 끝에 바짝 다가가서 아래쪽을 내려다보았다. 좁은 협곡 바닥 위쪽의 식물들은 그다지 풍성하지 않았고 생기도 없었다. 위쪽이어서 개울이 적지 않게 흘러들었을 텐데도 이끼색에다 누렇게 떠 보였다. 어쩌면 바로 그런 이유로 비옥한 땅의 마지막 잔해들이 휩쓸려가고 가파르고 속이 빈 돌들 틈에 자리 잡은 식물들만이 여기서 견디고 있는 건지도 몰랐다. 요르게는 그런 의심을 떨쳐버릴 수 없었다. 어떤 이유에서인지 그는 이미 물줄기를 잃어버렸다는 느낌에 사로잡혀 있었다.

한 가지만은 확실했다. 내일 이 시간이면 그는 다시 이곳에 와서 똑같은 질문을 하고 있으리라는 것. 이렇게라도 시간을 속이기 위해서 그는 이 주 동안 날마다 그렇게 하리라. 에스더가 없어서 모든 게 달라졌다는 사실을 기억해서는 안 되었다. 오늘 저녁 그녀가 독일에 도착했음을 알리는 전화를 해올 때 그는 아무것도 보고할 게 없어야 했다. 특별한 일이라곤 하나도 없었으니까.

요르게는 모자 챙을 한 손으로 쥐고 바위벽에 생긴 석회의 흔적과 소금이나 그 비슷한 물의 흔적을 눈여겨보았다. 그는 샘이 아주 오래된 암석층 사이에 있는 더 깊은 바위 속에서 솟아나지 않는다면 땅 밑의 굴이나 터널을 통해 흘러갈 거라고 짐작했다. 그렇지만 틈과 솟아오른 곳 어디에도 폭포나 졸졸 흐르는 물, 또는 물에 씻겨 내려간 색 바랜 흔적은 보이지 않았다.

요르게는 불만스러운 표정으로 협곡에서 물러섰다. 그러고는 거기서 산의 갈라진 내부로 내려가기 위해 가파른 바위틈을 대각선으로 기어올라갔다. 아무것도 그리고 누구도 그를 기다리지 않았는데도 그는 속도를 냈다. 누군가 그의 행적을 지켜보기라도 하는 것처럼 그는 여러 번 뒤를 돌아보았다. 어제 그가 산에 오를 때 예배당까지 따라왔던 소년은 보이지.않았다. 그 아이가 오늘 숨어서 그의 뒤를 따라올 가능성은 거의 없었다. 요르게 역시 이번에는 다른 길을 택했다.

토마스

상상력을 조금만 발휘한다면, 지도에서 흰 점을 보았다고 말할 수도 있으리라. 니코틴으로 색이 바랜 거친 벽지 한가운데서 아직도 발견되지 못한 대륙을 보았다고도. 토마스가 눈을 가늘게 뜨고 지켜보면 그 점은 날씨 좋은 날 지평선에 늘어선 구름처럼 여행을 떠났다. 그가 노려보면 노려볼수록 그 점은 타원이나 사각형 같은 분명한 기하학적 형태에서 벗어나, 쏟아진 우유처럼 윤곽이 점점 퍼져버리거나, 아니면 여기저기 튄 얼룩이 시간이 흐르면서 덧없이 누렇게 혹은 누리끼리하게 변해버린 것처럼 보였다. 그것들은 그가 이곳 행랑채 지하에서 얼마나 오래 살았는지를 되새기게 했다.

토마스는 책상에 앉아 벽에 생겨난 밝은 흔적을 빤히 쳐다보면서, 좀 더 집중하기 위해 자신이 떼어놓은 사진에 생각이 미치지 않게 하려고 애를 썼다.

그렇지만 그건 별로 도움이 되지 않았다.

이제는 거의 절망스런 심정으로 그는 습관적으로 관자놀이를 문질러댔다. 그는 하도 씹어서 말랑말랑해진 볼펜 끝을 또다시 씹어가며, 자꾸만 다른 데로 쏠리는 집중력을 책상 위에 놓인, 테두리까지 꽉 차게 뭔가를 써놓은 종이에 모아보려고 했다. 그리고 말의 눈에 눈가리개를 씌우듯이 그도 손으로 눈 주위를 감쌌다. 무엇보다도 서재의 창 쪽으로 눈길이 돌아가지 못하도록 하기 위해서였다. 그는 전나무로 가려진 풍경이 자연스레 만들어내는 빛과 그림자의 유희에 매번 시간을 뺏기곤 했다.

크리스티안이 찾아오기 전에 그는 적어도 서너 문장은 더 쓰려고 했다.

어쩌면 바로 그게 문제일지도 몰랐다. 빛! 빛 때문에 뭔가가 잘 안 풀리는지도 몰랐다. 토마스는 그때까지 자신이 야행성 인간이라고 생각해왔지만, 실제로는 자신이 인식하는 것보다 훨씬 더 한낮의 빛과 날씨에 좌우되는 것 같았다. 심연처럼 그의 앞에 놓인 종이 위에 불빛이 제대로 비치게 조정하려고 스탠드의 소용돌이 모양의 깃을 아래쪽으로 잡아당기는 일이 반복되는 동안, 그는 점점 더 그 생각에 설득되었다. 지금까지 확정한 몇 줄 안 되는 문장이 번득여 눈이 부시는 것을 막기 위한 것이었지만, 그런다고 문제가 완전히 해결되지는 않았다.

다만 이런 이유로 토마스는 그의 눈에 잠시 쉴 틈을 허용했다. 모든 것을 삼키는 듯한 푸른 전나무를 따라 재빨리 아래쪽으로 향하던 그의 시선은 책꽂이의 빈 공간에서 잠시 멈추었다. 그곳에 크리스티안의 어린 시절 사진이 놓여 있었다. 사진은 지금 앞면이 밑으로 향한 채, 뒤집어놓은 인디아페이퍼판 루트비히 마르쿠제의 논문과 역사적 연구 방법론에 관한 여러 원고를 넣어둔 서류철 위에 얹혀 있었다. 사진은 나이 별로 다양했는데, 그중에서 그는 크리스티안과 베아테가 새빨간 낡은 NSU (Neckarsulmer Vereinigte Motorenwerk AG: 지금의 Audi Werk Neckarsulm. 19세기 말 독일에 있던 자동차 회사. 1969년 VW 모기업과 합병, 1985년 Audi AG를 만들어 A2, A6, A8 생산함-옮긴이) 보닛에 걸터앉아 찍은 사진을 제일 좋아했다. 이탈리아로 휴가 가는 길에 슈바르츠발트에서 자동차에 펑크가 났을 때 찍은 사진이었다. 그것이 네 번째 펑크로, NSU로서는 지나치게 많은 셈이었다. 그는 결국 NSU를 이탈리아에 두고 와야 했다. 그 후 얼마 지나지 않아 그는 박사 논문을 완전히 포기했고 교직으로 방향을 돌렸다. 베아테는 이미 고전어 특화 개혁파 김나지움(Gymnasium: 독일의 인문계 중고등학교-옮긴이)에서 두 번째 예비교사 자리를 얻었고, 곧

확실한 교육 공무원이 될 기회를 얻기 위해 노력하는 중이었다.

그는 그런 기억을 지우기 위해 추억이 담긴 사진들을 정리했다.

그렇지만 아무것도 도움이 되지 않았다.

토마스는 손에 펜을 쥐었다. 그는 자신이 할 수 있는 일을 했다. 그러나 그는 가족이 주변에 있으면 글을 쓸 수 없었다. 그것은 박사논문을 쓰면서 충분히 겪었던, 몹시도 쓰라린 경험이었다. 어쩌면 지금 그에게 도움이 될 수 있는 유일한 것은 아버지의 사진일지도 몰랐다. 그는 몇 년 전부터 그저 잠깐씩 스쳐가듯 보았을 뿐인 아버지에게 존경을 표하기 위해 이 인사말을 써야 했다. 여러 날 동안 다듬어온, 이 저주스러운, 수천 번이나 욕지거리를 퍼붓고 싶게 하는 생일잔치 인사말을. 그동안 아버지가 시킨 어떤 일보다 지금 이 인사말이 그를 몇 배나 더 괴롭혔다. 그렇지만 노인은 평생 사진을 찍도록 허락하지 않았다. 적어도 토마스가 책상 위에 세워둘 수 있는 사진은 없었다. 게다가 사실 그는 세세히 회상할 마음이 전혀 없었다. 하지만 그는 어머니에게 '선의의' 인사말을 하겠다고 약속했다. 그는 어머니에게 약속할 수밖에 없는 처지였다.

"애를 좀 써보렴."

어머니는 그렇게 말했다.

그도 그렇게 하고 있었다. 안락사를 베푸는 심정으로 토마스도 애를 써보았다.

그는 글을 쓰느라 생긴 경련으로 고통 받는 오른팔을 세게 흔들었다. 잔뜩 긴장하고서 여러 시간 동안 펜을 꽉 잡고 있느라 팔은 거의 마비될 지경이었다. 토마스는 어머니가 틀림없이 어딘가에 보관해두었을 결혼식 사진을 찾기 위해서 개집으로 건너가야 하지 않을까 생각했다.

그렇지만 일꾼들이 모든 가구와 물건에 비닐을 씌워놓았다. 거의 육십 년이나 된 낡은 결혼식 사진을 찾느라 여러 겹으로 둘러싸인 비닐을 들추면 도대체 어떤 기분이 들까? 그건 그렇다 치고, 일꾼들이 지금 이 순간 편안한 기분으로 보온병을 앞에 놓고 둥그렇게 모여앉아 커피를 마시는 중이라는 것도 어찌 보면 다행일지 몰랐다. 그가 밖으로 나가 그들의 휴식을 방해하면, 뭔가를 갈아대는 기계 소리와 벽지 바르는 소리가 이어질 터였다. 그러면 글을 쓰려는 그의 시도는 적어도 오늘은 당장 끝나버리고 말 터였다. 그는 그런 모험을 하고 싶지 않았다.

그는 크리스티안이 오기 전에 적어도 세 문장은 꼭 완성하고 싶었다. 아니 어떤 경우라 해도 두 문장도 못 쓰는 사태가 벌어져서는 안 되었다.

어머니가 그에게 집과 정원을 수리하는 일을 회사에 맡기라고, 그 비용은 아버지 모르게 어머니 자신의 돈으로 지불하겠다는, 표면적으로는 관대한 제안을 했을 때 그는 소음에 대해서는 전혀 생각하지도 못했다. 그 대가로 어머니는 토마스에게 한 가지 ─ 어머니는 실제로 '한 가지'라고 말했다! ─ 인사말을 해줄 것을 요구했다. 어쩌면 장남으로서 피할 수 없는 의무일지도 몰랐다. 하지만 어머니도 소음에 대해서는 미처 생각하지 못했다. 생각이 있는 사람이라면 집을 수리하는 일과 인사말을 쓰는 일 사이에는 청각적으로 견디기 어려운 상황이 있다는 것을 쉽게 떠올릴 수 있었을 텐데도 말이다.

어머니가 전화한 시점은 토마스가 초대장을 받아들고 여전히 충격에 빠져 있을 때였다. 특히 '모든 게 다 준비되어 있길 바란다'는 경고하는 듯한 어머니의 마지막 한 줄에서 그가 받은 충격은 엄청났다. 그는 이런 거래의 비열함을 단박에 알아챌 수 있는 처지가 아니었다. 그리고 어머니는 바로 그 점을 염두에 두었던 것이다! 어머니는 그를 믿은 적이 없었다. 다른 사람들처럼 어머니도 이 집에는 준비된 것이 아무것도 없다는 사실을 아주 잘 알고 있었다. 그러면서도 소박한, 겉으로는 전혀 악의 없어 보이는 추신을 덧붙인 것은 처음부터 한 가지만을 목표로 삼았기 때문이었다. 어머니는 그를 어려운 상황에 빠뜨린 다음, 그 곤경에서 구해주는 척하면서 그에게서 이 빌어먹을 인사말을 짜내려는 아니, 오히려 그녀가 말했듯이 그의 '가슴에 담아두게' 하려는 의도였다. 그도 처음에는 어머니의 제안에 감사한 마음이 들지 않았던가!

이런 생각은 그를 더 나아가지 못하게 만들었다.

토마스는 담배에 불을 붙여 물고 벽지의 밝은 쪽으로 연기를 내뿜었다. 글을 쓰려고 애쓰는 동안 적어도 벽을 누렇게 변하게 할 수는 있을 것 같았다. 연기를 깊이 들이마시자, 폐부 깊숙한 곳에서 꽤 친숙한 씁쓸함이 느껴졌다. 이제야 그는 분명히 깨달았다. 박사논문을 중단한 뒤로 그가 왜 아무리 보수가 형편없더라도 사무직 일보다 육체노동을 더 선호했는지를. 토마스는 힘이 들어도 땀을 쏟는 과정과 납득할 수 있는 결과를 원했다. 지금 저 옆에서 부모님의 집을 수리하는 일꾼들과 자신의 일을 바꿀 수만 있다면 얼마나 좋을까. 그는 심지어 정원에서 일하는 사내들이 부럽기까지 했다. 평생 처음으로 토마스는 정원일보다 더 하기 싫은 일을 해야만 했다. 바로 생일 축하 인사말을 쓰는 일이었다.

그는 어머니와의 이 거래를 결코 받아들이지 말았어야 했다.

그의 유일한 희망은 크리스티안이었다. 크리스티안은 직업상 언제나 정확한 어조를 골랐고, 어쨌거나 인사말로 돈을 벌고 있다고 볼 수 있었다. 이 정도의 임무는 그의 아들에게 식은 죽 먹기일 터였다. 커피와 케이크를 먹으며 삼십 분만 손가락 노동을 하면 될 터였다. 게다가 그의 아들은 여기 공사판 한가운데 사는 것도 아니지 않은가. 아들은 모든 면에 있어서 육체노동이 정신노동을 이길 수 있다는 게 무슨 뜻인지 날마다 몸소 체험해야 하는 처지가 아니었다.

크리스티안 없이 다음 문장을 시작한다는 것은 아무런 의미가 없었다.

곧 세 시가 될 것이다. 토마스는 언제나 그렇듯이 책상에 앉기 전에 손목시계를 풀어놓았다. 시간이 흘러가는 모습을 하염없이 지켜보지 않으려고 그는 모든 자명종의 숫자판을 벽 쪽으로 돌려놓았다. 하지만 얼마 안 있어 세 시가 되리라는 건 분명히 알 수 있었다. 크리스티안이 곧 도착할 때가 되었다. 그는 언제나 정확했고, 약속 시간에 늦을 때는 전화로 알려왔다. 그의 아들은 지나치게 꼼꼼하다고 할 정도로 믿을 만했다. 그런 점에서는 제 엄마를 빼닮았다.

밖에서, 전나무 뒤에서, 정원 일을 하는 사내들이 트랙터와 비슷해 보이는 잔디 깎는 기계를 발동시켰다. 기계는 거의 풀을 깎지 않았던 서재 앞쪽에 있는 몇 평의 잔디를 깎느라 덜덜거렸다. 전기톱이 출병이라도 하듯 나무와 관목에 달려들었다. 토마스는 창을 닫기 위해 일어나지 않았다. 헬멧을 쓰고, 초록색 작업복을 입은 두 남자가 떨어지는 전나무 가지를 거의 그의 코앞에서 잎을 긁어모으는 기계로 작업하면서—그 정도라면 그냥 갈고리로도 충분했을 텐데, 아마도 대단한 일을 하고 있다는 인상을 풍기기 위해서 그러는 것 같았다—그의 방으로 엄청난 배기가스를 흘려보내고 있는데도 그는 창을 닫지 않았다. 크리스티안이 그의 아버지가 어떤 상황에 처해 있고, 그런데도 무슨 일을 해야만 하는지를 제대로 파악할 수 있다면 그런 건 아무래도 상관없었다.

토마스는 책상에 앉아 귀를 기울였다. 시끄러운 모터 소리 사이에서 그는 크리스티안의 차 소리를 들은 것 같았다. 그러다가 멀리 떨어진 교회의 시계탑에서 세 시를 알리는 종소리를 듣기 위해 귀를 쫑긋 세우기도 했다. 하지만 그는 아무 소리도 듣지 못했다. 한순간 그는 자신이 수많은 나약한 희생자 가운데 한 사람이 아니라 이런 소음을 내는 사람이었으면 좋겠다는 생각이 들었다. 그는 자신의 창문 아래서 일을 하고 있는 초록색 작업복의 두 남자를 패대기친 다음, 신경을 거슬리게 하는 기계로 그들의 목을 힘껏 내려치고, 스위치를 켜버리면 어떨까 하는 상상까지 해보았다.

하지만 그는 곧 그런 생각을 떨쳐버릴 수 있었다.

에스더

탑승 대기실에서 이미 그녀는 다른 승객들의 동정어린 시선을 눈치챘다. 아파트를 공동 소유하면서 서로 다른 시기에 사용하는 말 많은 조기 정년퇴임 부부라든지, 일찍 여기에 정착한 사람들은 그녀를 과부로 여기고 있는 게 분명했다. 에스더는 그 나이에 혼자서 여행하는 유일한 여자였다. 그녀는 무늬가 큼직한 밝은 색 옷을 입고 있었고, 비행기의 냉방이 너무 추울 경우를 대비해 베이지색 실크 스카프를 목에 두르고 있었다. 물론 온통 검은색으로 치장하고 여행할 수도 있었을 것이다. 일흔이 넘어서 옆에 아무도 없이 혼자 다니는 사람은 남편이 죽었거나 아니면 별로 밝히고 싶지 않은 사연이 있을 테니까.

탑승수속을 하려고 늘어선 긴 줄에는 어린아이를 두 명 데리고 있는 우아한 스페인 여자와 똑같은 배낭을 메고 있는 이국적인 젊은 한 쌍을 제외하고는 거의 독일인들뿐이었다. 여자들은 놀랍게도 가슴을 과감하게 드러낸 옷을 입었고, 남자들은 흰 다리에 무릎까지 오는 반바지에 양말과 샌들을 신었다.

비행기 안에서 에스더는 모두 여덟 아니면 아홉 가족쯤으로 구성되어 이삼 주를 예약했던 단체 관광객의 일원일 뿐이었다. 날마다 백사장에서 뜨거운 몇 시간을 보내고 또 비슷한 시간만큼 일광욕을 하느라 잔뜩 그을린 피부 때문에 그들을 쉽게 알아볼 수 있었다. 모두 똑같은 야구 모자를 쓴 소년들의 목덜미에는 하얀 솜털 밑으로 피부가 벗겨져 있었다.

나머지 승객들은 거의 은행의 퇴직자들이거나 코스타 블랑카에 제2의 거주지를 마련해놓은 만년 휴가객들이었는데, 헤르만 로벡은 마치 자신은 거기에 속하지 않는다는 듯 그들을 '기후―이민자'라고 불렀다. 그들 대부분은 더 나이가 많았을 뿐 아니라 햇빛이 드는 자리에 앉았는데도 훨씬 창백해 보였다. 세월이 흐르면서 그을린 그들의 갈색 피부는 생기 없고 얼룩진 거의 잿빛에 가까웠다. 에스더는 자신의 팔 아랫부분을 보면서 재 같다는 생각을 했다. 그러자 요르게의 가죽처럼 질긴, 바깥에서 그을린 갈색 피부가 떠올랐다. 그의 갈색은 뜨거운 햇볕 아래서 일하는 사람들에게서 볼 수 있는 것으로, 퇴직자나 관광객의 피부와는 완연히 구별되었다.

그녀의 앞쪽 줄에는 한껏 추켜세운 올림머리를 한 두 여자 친구가 슈퍼마켓에서 파는 상품 종류에 대해 수다를 떨고 있는 동안, 그녀들의 남편 중 하나는 창가 쪽에, 다른 하나는 통로를 사이에 두고 건너편에 앉아 졸고 있었다. 그들의 목소리는 에스더에게 이상하게 귀에 익었는데, 어쩌면 이미 한 번쯤은 들어본 얘기였을지도 몰랐다. 호밀가루 빵과 독일 우유에 관한 얘기였다. 한 여자가 요즘 들어 스페인에서 이런 물건들의 질이 얼마나 좋아졌는지 칭찬하자, 다른 여자는 독일 슈퍼마켓에서는 스페인산을 쉽게 찾아볼 수 없다고 아쉬워했다. 특히 게롤트가 그렇게도 좋아하는 냉동 타파스(Tapas: 에스파냐에서 주요리를 먹기 전에 작은 접시에 담겨 나오는 전채요리)가 없는 게 아쉽다고 했다. 게롤트는 통로 건너편에 앉은 남자인 것 같았는데, 그는 아무 말도 하지 않고 반쯤 잠에 빠진 채 팔걸이를 꼭 부여잡고 있었다. 그는 얼굴이 누래서 그다지 건강해 보이지 않았고, 입 주위가 좀 날카롭고 냉담해 보였다. 오랫동안 타파스를 먹지 못한 모양이었다.

에스더는 주변을 둘러보았다. 요르게는 이런 남자들과는 달랐다. 그는 여자에게 내내 끌려 다니는 타입이 아니었다. 그는 환자가 아니었다. 물론 그도 '건장'하거나 '보기 좋은 모습'은 아니었다. 그는 아마 자신이 얼마나 젊은지 세상 사람들에게 보여주기 위해 폴로셔츠에 운동화 차림으로 돌아다닐 생각 따위는 해보지 않았으리라. 요르게는 건강한 게 아니라 강했다. 살면서 그는 필요로 하는 게 별로 없었다. 그의 아내이기 때문에 그녀는 그 사실과 대면할 기회가 무척 많았다. 그는 그녀는 물론 그 어떤 사람도 필요로 하지 않았다. 세월이 아무리 흘렀어도 에스더는 여전히 그 사실을 받아들이기 힘들었지만, 지금은 갑자기 그런 면이 자랑스럽게 여겨졌다.

비행기는 안전고도에 들어섰다. 안전벨트를 매라는 표시는 신호음이 나자 사라졌고, 곧이어 여기저기서 안전벨트를 푸는 딸그락 소리가 들려왔다. 몇몇 노인들이 조심스레 기내 화장실 쪽으로 더듬거리며 걸어갔다. 공기 중에는 음식냄새가 퍼졌다.

"파스타와 양송이를 곁들인 닭고기 요리야."

머리를 올린 왼쪽 여자가 알려주었다. 냄새를 아주 잘 맡거나, 아니면 에스더가 찾아보았으나 찾을 수 없었던 기내 팸플릿을 미리 읽어둔 것 같았다.

"내 국수 먹어도 돼."

오른쪽 여자가 말하며 게롤트의 뺨을 어루만졌지만, 그는 아무런 반응도 보이지 않았다. 에스더 바로 옆에 앉은 부부는 명령이라도 받은 듯 테이블을 아래로 펼쳐놓았다. 남자는 발그스레한 얼굴에, 훤하게 드러난 이마 위로 몇 가닥의 머리카락을 옆으로 곱게 빗어 넘긴 전형적인 예비 심근경색 환자였다. 영리해 보였지만 어딘지 엄격한 표정의 여자는 날씬했고, 꼿꼿한 자세로 앉아 있었다. 에스더는 그녀와 여러 차례 눈을 마주치려고 시도했지만 여자는 남편을 돌보느라 기력을 완전히 소진한 모양이었다. 어쩌면 그녀 역시 옆에 앉은 과부로 보이는 여자와의 대화에 얽혀드는 걸 피하고 싶었는지도 몰랐다. 혹시라도 비행기가 착륙할 때까지 장례와 관련된 온갖 일을 포함해서 살아온 얘기를 들어주어야만 하는 사태가 벌어질지도 모르니까.

에스더는 옆에 앉은 여자나 다른 사람들이 그렇게 믿도록 내버려두기로 했다. 그녀와 같은 비행기를 타고 있는 사람들의 머릿속에서는 이미 오래전에 죽은 사람인 요르게는 지금 이 시간 여느 날처럼 산을 오르고 있을 터였다. 그녀는 이런 생각을 하는 게 즐거웠다. 사람들의 그런 생각이 오히려 그에게 아무 일도 생기지 않게 할 테니까. 마치 그녀가 동정받는 것을 즐기기 위해 일부러 남편을 집에 남겨두고 온 것 같았다. 그런 동정심은 여기 있는 모든 여자 중에서도 그녀와 가장 상관이 없는데도 말이다. 기내에 있는 남자들과 비교해보면 요르게는 절대로 죽지 않을 사람이었다.

비행기 천장 아래에 달린 모니터에서 비행기의 행로를 알려주는 지도가 사라지더니 천박한 광고가 이어졌다. 대부분의 탑승객보다 거의 오십 년 정도 젊은 사람들을 대상으로 한 광고였다. 흠잡을 데 없는 몸매의 십대, 이십대가 파도타기, 수상스키, 서핑 등에서 환상적인 곡예 솜씨를 선보였다. 활동적인 휴가객들은 세계의 바다에서 잠수자의 천국을 발견했다. 비키니 차림의 미녀들은 야자수가 늘어선 하얀 모래사장 위에서 몸을 길게 쭉 펴고 홀로 누워 있었다.

이곳에 집을 소유했든, 아예 뿌리를 내리고 살든 휴가에 대한 그들의 꿈은 이미 그저 부동산 소유로 줄어들어 버렸지만, 그래도 그들 대부분은 고개를 젖히고 광고를 홀린 듯 바라보았다. 게롤트와 심장병 환자마저도 눈길을 고정시켰다. 자신들은 등장하지도 않는, 빠르게 지나가는 꿈같은 장면을 멍하니 바라보며 그들은 공허함에 넋을 잃었다.

에스더가 너무 교만해지지 않으려고 계속 애를 써야만 할 정도로 요르게는 다른 사람들보다 훨씬 더 고상하게 여겨졌다. 물론 그녀는 요르게가 옆에 없다는 사실이 이런 느낌을 더 부추긴다는 것을 분명히 알고 있었다. 그녀는 그가 지금 옆에 있었다면 어떤 자세로 앉아 있을지 잘 알고 있었다. 잔치에 참가하기 위해 그녀와 함께 여행할 때 그는 침묵으로 이루어진 유리종 속에서 무릎 위에 책을 한 권 펼쳐든 채 앉아 있으리라. 요르게는 기내에서 틀어주는 비디오에는 눈길조차 주지 않을 것이다. 그의 갈망은 전혀 다른 것을 향해 있었다. 그것은 거의 초인적인 체념으로 살아가는 무욕이라는 꿈이었다. 그의 강함은 체념에서 나왔다. 에스더가 보기에 그것만으로도 그는 광고의 세례를 받는 그녀 주변의 무리보다 우월했다. 한순간 그녀는 그가 그런 태도로 그의 인생에서 그녀마저도 배제시키고 있다는 사실을 잊어버렸다. 에스더가 그와 나눌 수 있는 건 그의 오만함뿐이었다.

그녀가 떠나올 때 요르게는 그저 그 자리에 선 채로 손을 들어올렸다. 마치 해를 가리려는 듯이. 나중에 눈으로 차를 따르고 있는 그의 모습을 보니 그는 아주 무기력하고 절망적으로 보였다. 마리타는 그녀 쪽으로 몸을 수그리고 손수건을 흔들었다. 그녀는 그렇게 하지 못했다. 에스더는 슬프지 않았다. 이별의 고통도 느껴지지 않았다. 그녀는 왠지 마음이 아프기는 했지만 그것에 대해 생각하기에는 너무 피곤했다. 요르게와의 이별은 이미 오래전에 더디게, 늘 똑같았던 일상 속에서 일어난 셈이었다.

증손자뻘 되는 남자 승무원이 와서 콧소리로 무얼 마시겠느냐고 물었다. 망설이지 않고 에스더는 샴페인을 한 잔 주문했다. 옆에 앉은 여자는 그녀가 주문하는 것을 비난의 눈초리로 지켜보더니, 자신과 남편에게는 차를 달라고 했다. 그것도 좋지. 에스더는 어깨를 으쓱하고는 등받이 건배를 했다. 그녀는 이 여행의 일 킬로미터도 후회하지 않기로 결심했다.

"지금 도망치면 평생 후회하게 될 거예요."

베아테 게르버가 전화로 그녀에게 확고히 말했다.

"결국 문제는 생일잔치가 아니잖아요. 어머니께서 식구들한테 어머니 의지를 관철시킬 힘이 있느냐 없느냐가 제일 중요한 문제예요. 아무도 어머니한테 고맙다고 안 할지도 몰라요. 하지만 어머니가 여기서 포기하시면 모두의 존경심을 잃게 될 거예요."

베아테가 매사 지나치게 원칙을 따지는 건 그녀의 마음에 들지 않았다. 에스더는 베아테가 잔치를 빌미로 잔치와는 상관없는 무언가를 자신과 식구들에게 증명해 보이려 한다는 의심이 들었다. 그러나 베아테만이 그녀의 유일한 응원군이었다. 아직은 법적으로 며느리인 베아테가 지나치게 여권운동가 같은 말투로 얘기할 때면 에스더는 그저 적당히 흘려듣곤 했다. 그래서 며느리와 통화할 때는 자신이 필요로 하는 부분만 귀담아들었다.

그때, 에스더는 베아테에게 토마스와 결혼하지 말라고 충고했다. 그리고 그들의 결혼이 실패로 돌아갔어도 다른 모든 사람처럼 별로 놀라지 않았다. 그렇게 확신에 찬 여자가 자신의 아들과 행복할 수 없다는 건 그리 놀라운 일이 아니었다. 토마스는 그녀가 아는 사람들 가운데서 가장 의존적인 사람이었다. 물론 그녀는 베아테에게 그런 말을 하지는 않았다.

지금은 잔치가 중요했고, 다른 것은 상관없었다.

그러는 사이에 알루미늄 호일에 싸인 따뜻한 음식이 담긴 쟁반이 나왔다. 닭고기다, 정말로. 에스더는 별로 식욕이 없었다. 긴장이 풀어지면서 위 속에 나른한 취기가 퍼져갔다. 이런 좋은 기분은 아주 오랜만이었다. 이 점에서는 며느리가 옳았다. 첫 발을 내딛을 만큼의 용기만 있으면 된다. 그 다음에는 모든 일이 저절로 되어가니까.

어쩌면 식사 전에 샴페인을 마시지 말았어야 했는지도 모른다.

옆에 앉은 사람들이 국수를 흘리지 않으려고 집중하는 동안 기내 비디오는 파란색으로 바뀌었다. 고도와 속도, 남은 비행시간과 목적지의 시간 등이 화면에 떠올랐다. 14시 59분. 그런데 숫자가 15시로 넘어가기 전에 각 자리마다 있는 이어폰에서 만화영화임을 알리는 활기찬 멜로디가 흘러나왔다. 올림머리를 한 여자들의 머리 위쪽으로 비스듬히 귀가 처진 갈색 개 한 마리가 흥분한 채 집 모퉁이를 질주하다가 상자에 부딪치더니, 예전에 흔히 볼 수 있던 쓰레기차에 치어버렸다.

자신의 일상으로부터 삼, 사백 킬로미터 떨어진 곳에 있는 지금에야 비로소 에스더는 자신이 하고 있는 일이 옳다는 확신이 들었다. 평소에도 그러했듯이 그녀는 요르게가 걱정되지 않았다. 그러나 그녀가 감상에 젖어 흔들릴 때는 베아테가 그녀를 도와주리라.

그녀가 그녀의 임무를 수행하기 위해서는 약한 모습을 보여서는 안 되었다. 천천히 그러나 확실하게 토마스와 베아테가 화해할 수 있는 여지가 있는지 살펴보아야 했다. 아무리 늦어도 잔치에서는 그 둘이 만나게 될 터였다. 에스더는 토마스에게 베아테 얘기를 꺼내지 않았다. 아니, 할 수 없었다. 아들이 그 핑계로 인사말을 하지 않겠다고 버틸까 봐 그런 것이지만, 그녀 마음이 편할 리 없었다. 그녀는 아들에게 친구가 공항으로 마중을 나올 것이고, 개집이 다시 살 만한 곳으로 바뀔 때까지 친구 집에서 지낼 거라고 말했다. 물론 대부분은 사실이었다. 다만 그 '친구'가 아직은 그와 부부 관계에 있는 사람이었을 뿐이다. 며느리는 아들의 체면 같은 건 안중에도 없이 그를 문밖으로 내몰았고, 기회 있을 때마다 혼자 사는 게 얼마나 편한지 자랑하곤 했다.

어쨌든 잔치까지는 아직 삼 주가 남아 있었다.

크리스티안

개집은 그에게 결코 '가족의 본가'가 아니었다. 그곳이 자신의 집이었던 적은 한 번도 없었다. 크리스티안의 가족은 토마스와 베아테로부터 시작해서 그 자신으로 끝났다. 칠, 팔십 년대의 셋집과 평지붕 방갈로 어딘가에서. 그에게는 할아버지, 할머니 댁을 방문했던 몇 번의 절망스런 일요일만 남아 있을 뿐이었다. 아무도, 특히 아버지가 제일 그랬지만, 가족끼리 잘 지내보려고 노력하지 않았다. 그래서 늙은 드 후베란트 부부를 방문하는 일은 아주 드물었다. 일 년에 한두 번 정도의 방문에서도 그들은 겨우 몇 시간 앉아 차만 마시고 왔을 뿐이었다. 그들은 늘 불문율처럼 저녁 식사 전에 그 집을 나왔다.

그렇지만 그는 정확하게 기억하고 있었다.

모든 아이들이 그렇듯 그도 거리에서, '자유로운 자연'에서 놀았다. 고모나 이모들의 점잖은 표현을 빌리자면, 그곳은 검은색 하수구들이 있는 근처 골짜기로, 다른 쪽에는 폭풍으로 엉망이 된 소나무 재배지가 있었다. 할아버지의 정원에서는 숨바꼭질 놀이나, 특히 공놀이는 금지되어 있었다. 그래서 크리스티안은 대체로 그 주변에서, 근처에 있는 농가의 근친상간으로 태어난 것처럼 닮은 아이들에 둘러싸인 채 당혹스러워하며 보내야 했다. 올라프, 외릭, 마이케, 하이케는 모두 일 년 터울로, 치아보정기만 빼고는 모두 비슷하게 생겼다. 크리스티안은 그들과 어떻게 놀아야 하는지 몰랐다. 그들도 그와 놀려고 하지 않았고, 그저 그를 빤히 쳐다보기만 했다.

하이케는 그의 삶의 첫 번째 소녀였다. 그 애는 진짜 언청이였지만 언제나 의기양양했다. 그는 학교에서 언청이라는 말을 들었을 때 그것이 우스갯소리에서만 나오는 말인 줄 알았다.

그의 사촌들이 모여든다고 해서 상황이 더 나아지는 건 아니었다. 크리스티안은 장남의 장남이었기 때문에 다른 아이들보다 몇 살 위였다. 그래서 그에게 코나 찔찔 흘리며 천지 분간을 못하는 어린애들을 돌보라는 별로 달갑지 않은 과제가 맡겨졌다. 그동안 어른들은 안에서 '대화'를 나누었다. 그 꼬마 녀석들은 끊임없이 어딘가 걸려 넘어지기 일쑤였고, 엎어지거나 뒤집어져서 다치고, 나무 위로 기어 올라가서는 내려오지 못해 울상을 지었다. 겨울에는 곧장 눈싸움을 할 수 있는 곳으로 달려갔고, 여름에는 벌집을 건드리거나 그가 만든 저수지에 빠져죽을 뻔하기도 했다. 크리스티안은 그런 소풍을 몇 차례 하고 난 뒤 자신에게 형제가 없는 것을 부모님께 매우 감사해했다.

그렇지만 그는 기억했다. 한여름, 먼지가 풀풀 날리고 소똥이 덕지덕지 묻어 있는 길의 냄새는 오랜 지인처럼 그에게 다가왔다. 초원과 목초지의 질척한 초록의 땅에 고여 있는 물에서는 하수구 냄새가 났다. 그리고 곧바로 촘촘한 갈색 모피처럼 삼림보호 지역의 땅을 덮고 있는 전나무 잎의 끈끈하고 후텁지근한 냄새로 이어졌다. 대체로 무척 축축하고 곰팡이가 피어 있었던 그곳에서 그는 사촌들을 억지로 몸을 쭉 펴고 눕게 한 뒤 잔가지와 굵은 나뭇가지들 사이로 보이는 하늘을 올려다보게 했다.

크리스티안은 기억을 되새기고 싶지 않았다. 그는 바빴다. 아버지를 만나는 일은 가능하면 빨리 끝내버리고 싶었다.

만병초 덤불과 굽은 소나무가 있는 정원 반대편 쪽에서 잔디 깎는 기계가 덜덜거리고 있었다. 잔가지와 전나무 잎을 삼키고 있는 게 분명했다. 어딘가에서 전기톱의 시끄러운 소리가 들려왔다. 개집으로 가는 문은 열려 있었고, 입구에는 페인트 통이 쌓여 있었다. 집 안쪽에서 들려오는 뭔가를 갈아대는 여러 대의 기계 소리 때문에 이가 흔들릴 지경이었다. 이 모든 일은 그의 아버지와는 전혀 어울리지 않았다.

집 쪽으로 들어서자 손수레와 작은 트럭이 크리스티안의 눈에 들어왔다. 그는 요즘 이곳에 거의 오지 않았다. 아버지가 다시 과거로 돌아간 이후로는 할아버지 할머니가 살던 때보다 올 일이 더 없어졌지만 그래도 집과 정원이 조금씩 무너져 나가는 모습은 충분히 알아볼 수 있었다. 아버지는 자신이 십자가를 지고 있다는 인상을 식구들의 머릿속에서 지워내려고 일부러 집을 방치하고 있는 것처럼 보였다. 그런데 지금, 가장의 팔십 번째 생일 잔치를 계기로 모든 걸 완전히 뒤바꾸어놓으려는 것 같았다.

크리스티안은 할머니 주소로 정중하지만 분명한 거절의 뜻을 전했다. 그는 핑계로 삼을 만한 일정이 여러 가지 있었다. 심지어 그는 바로 그 주에 있는 외부 방송을 맡을 가능성까지도 염두에 두고 있었다. 공개적으로 어느 정도 증거를 남긴 셈이니, 그 일이라면 그가 가족 잔치에 빠지는 충분한 알리바이가 될 터였다. 초대장을 받고 나서 그는 잠시 생각에 잠겼다. 재미라고는 하나도 없었던 일요일의 가족 모임에서 빠져죽기 전에 아니면 다리가 부러지기 전에 그가 구해주었던 사촌들은 지금 어떻게 변해 있을지 호기심이 일었다. 그렇지만 크리스티안의 호기심은 그저 그 정도였을 뿐이었고, 현실에서는 전혀 그렇지도 않으면서 다시 만나서 당황하고 당황한 체하는 것에 대한 역겨움에 비하면 아무것도 아니었다. 이 가족은 그에게 온통 낯설기만 했다.

반대로 리카르다는 몹시 기대하는 눈치였다. 그 자신도 잘 모르는 친척들을 그녀에게 소개하고 싶지 않다는 사실을 설명한다는 것이 과연 의미가 있을까? 그녀는 잔치가 벌써부터 '많은 얘기'를 들은 사람들을 만나게 되는 특별한 기회라고 여기는 듯했다. 물론 그녀가 알고 있는 얼마 안 되는 얘기는 그가 아니라 최근에 자주 전화하는 그의 아버지가 들려준 것이었다. 리카르다가 사적인 일에 쓸 수 있는 빠듯한 시간을 생각해 볼 때 그의 가족사는 그녀에게 지나치게 중요했다. 그녀는 하루에도 몇 번씩 그에게 빨리 '토마스'를 만나라고 졸라댔다. 그래도 그는 이 만남을 한 주 미루었다. 크리스티안은 아버지를 잘 알고 있었다. 손가락을 내밀면 곧바로 손 전체를 움켜쥘 사람이라는 것을.

아이였을 때 절망스런 심정으로 자주 올려다보곤 했던 교회의 시계 탑이 잔디 깎는 기계가 몇 바퀴 돌기 전에 분명 세 시를 쳤을 것이었다. 크리스티안은 마당을 가로질러 행랑채로 다가가 옆에 아무런 이름도 쓰여 있지 않은 아래쪽 초인종을 눌렀다. 그가 마련했던 삼십 분 중에서 이 분 삼십 초가 이미 지나갔다.

그는 리카르다한테 설득 당했다는 게 약간 화가 났다. 그녀가 속으로 그가 가족을 이끌어갈 만한 사람인지 아닌지 시험하고 있다는 느낌을 받지 않았더라면 아마 그는 이곳으로 오지 않았으리라. 리카르다는 소장을 완성할 수 있는 엿새 동안 생각할 시간을 갖자고 했다. 그녀가 맡은 부동산업자의 사건의 정황을 알아보고 법적인 상황을 검토하기 위해서는 그때까지 오로지 일에만 집중해야 한다고 그녀는 말했다. 그렇지만 크리스티안은 그녀의 일이 문제가 아니라, 그가 좋은 아들인지, 그래서 좋은 아빠가 될 수 있는지를 그녀가 판단하려는 것이 아닌가 하는 의심이 들었다. 리카르다의 결심은 어떤 이유로든 '토마스'와 그의 관계에 달려 있었다.

그녀가 아버지한테서 대체 무엇을 발견했는지 그는 알 수 없었다.

그의 아버지가 약간 잘못 맞물려 있는 현관문을 열어주었고, 초인종이 고장 났다고 사과했다. 그러고는 악수를 나눴는데, 리카르다가 이 장면을 보았다면 아마 미소를 지었을 것이다. 드 후베란트 일가는 결코 포옹을 하지 않았다.

"그래, 그러니까, 수리는 일단 개집만 할 생각이란다."

행랑채 아래층으로 이어지는 몇 개 안 되는 계단을 뒤따라 내려오며 아버지가 설명했다.

"이쪽은 나중에 하고."

계단의 상태에 대해 양해를 구한다는 뜻이었다. 엷은 초록색 페인트가 칠해진 벽은 얼룩과 손자국으로 뒤덮여 있었다. 이 집에서는 아주 오래전부터 아이들은 볼 수 없었는데도 말이다. 입구 바로 옆에는 장바구니를 고정시켜놓은 밀고 다니는 수레가 두 개 세워져 있었다. 크리스티안이 들어선 곳은 한여름인데도 찬 기운이 느껴졌다.

"잔치 준비를 시작하면서 무슨 일이 벌어졌는지 넌 아마 상상도 못할 게다. 정말 미칠 노릇이지!"

아버지는 신문 두 뭉치를 복도 한쪽에 치워놓았고, 두꺼운 겨울 코트를 옷걸이에서 내려 그 옆에 있는 장롱 안에다 던져놓았다. 그는 계속해서 미안해했다.

토마스는 여전히 잘생겼고, 머리카락은 관자놀이 부근만 약간 희끗희끗할 뿐 여전히 검었다. 헤아릴 수 없을 만큼 많은 붉은 포도주를 소비했음에도 불구하고 그는 여전히 날씬했다. 날마다 담배를 거의 두 갑씩이나 피워댔으면서도 다른 드 후베란트 가족처럼 변함없는 건강을 유지했다. 토마스는 평생 등이 휘거나 구부러질 정도로 일을 한 적이 없었기 때문에 오십 대 중반으로서는 꽤 봐줄 만한 몸매를 지녔고, 그 나이의 대부분의 남자들보다 훨씬 더 젊어 보였다. 크리스티안이 보기에 세월은 그를 비껴갔다. 그의 아버지가 여자들에게 인기가 많았다는 것을 그는 이해할 수 있었다. 그가 이해할 수 없었던 점은 왜 아버지가 도무지 아무것도 하려고 들지 않았냐는 것이었다.

"에스프레소 줄까?"

약간 쉰내가 나는 부엌에서 뭔가 뒤적거리며 토마스가 물었다. 아마도 지난주에 먹다 남은 음식이 부패되기 시작하는 것 같았다.

"얘기했지만, 시간이 별로 없어요."

크리스티안은 씻지 않은 그릇들이 산더미처럼 쌓여 있는 곳에 다가가지 않고 그냥 문가에 서 있었다. 아버지는 그런 상태가 별로 신경 쓰이지 않는지, 그 속에서 그럭저럭 쓸 만한 찻숟가락을 찾아냈다.

"그래도 에스프레소 한 잔 마실 시간이야 있겠지."

별로 주춤하는 기색도 없이 커피를 담아놓은 통과 뚜껑이 달그락거렸다.

"새 기계를 샀는데, 아주 기가 막혀……."

"아뇨, 됐어요."

토마스는 반쯤 열린 부엌문 밖으로 고개를 내밀고 그를 바라보았다.

"도대체 시간이 얼마나 있는데?"

"이십 분이요."

크리스티안은 찡그리지 않고 말했다. 그는 좋은 아들이고 싶었다. 그래서 여기에 왔다. 하지만 아버지에게 자신의 인내심의 한계를 처음부터 분명히 해두고 싶었다.

"내가 마시는 것도 안 되겠니?"

토마스는 이렇게 물으며 커피를 만들기 시작했다.

크리스티안은 아버지를 다른 시각으로 보려고 애썼다. 그는 명예심과 투지가 부족한 아버지를 동정하려고 노력했다. 그는 아버지의 크고 작은 실수 역시 좋은 쪽으로 해석하려고 굳게 마음먹기도 했다. 그는 아버지가 자신을 변호하느라 불러대는 타령 또한 아무런 이의를 제기하지 않고 들어주었고, 아버지의 산만한 면에 대해서도 화내지 않으려 노력했다. 쓸데없는 일에 정력을 낭비하는 아버지의 성향은 오로지 크리스티안에게만 먹히지 않는 독특한 유머일지도 몰랐다. 조금 좋게 해석하자면, 아버지가 여러 직업에서 실패한 것은 그의 전기를 엮는 너절한 사건들일 뿐이고, 불안정한 인간관계는 삶의 기술이라고 할 수도 있었다. 시작한 일은 반드시 끝을 내야만 한다고 도대체 누가 말했던가? 문제가 있을 때는 절대로 도망치지 말아야 한다고 어디에 쓰여 있기라도 했단 말인가?

리카르다 역시 그런 것들을 전혀 문제 삼지 않았다. 그녀는 토마스를 '흥미 있는' 사람으로, '전혀 고루하지 않은' 사람으로 받아들였다. 그는 많은 경험을 했고, 많이 읽었다. 물론 체계적으로, 아주 자세히 읽은 적은 없었지만 그래도 포도주를 마시면서 대화를 나눌 때 '교양 있는' 사람으로 평가되기에는 충분했다. 아버지하고는 모든 것에 대해 얘기할 수 있었다. 크리스티안 역시 그가 비교적 '정신적으로 풍요로운' 대화 상대라는 것을 인정했다. 물론 자신에게 뭔가 요구하지 않는다면. 그를 필요로 하지 않는다면.

누군가를 이해한다는 것과 그 사람이 자신의 아버지라는 사실은 전혀 별개의 문제였다.

크리스티안은 서재로 갔다. 서재는 술집처럼 담배 연기로 꽉 차 있었고, 그 연기 사이사이로 고운 빛줄기가 비쳐들고 있었다. 책꽂이 앞에 멈춰 서서 그는 난장판을 바라보다가 대학 시절에 사용했던 빛바랜 서류철 위에 엎어놓은 가족사진을 뒤집어보았다. 그와 그의 어머니가 고물 자동차의 보닛 위에 걸터앉아 포옹한 채 괴로운 미소를 짓고 있는 사진이었다. 이탈리아로 휴가를 가는 길에 그 차는 계속해서 멈춰 섰고, 토마스는 매번 이제 아무 문제없다고 큰소리쳤다. 그때 그는 그의 아버지가 결코 믿을 수 없는 사람이라는 걸 분명히 깨달았다.

그러나 리카르다는 토마스의 '견해'를 칭찬했다. 토마스가 자기 자신에게 아주 많은 관용을 요구하기 때문에 그녀가 그렇게까지 관용을 베풀게 되었다는 건 파악하지 못했다. 그녀는 그를 자립적이지 못하다거나 빌붙기를 좋아한다고 표현하는 대신에 '생각이 젊은' 사람이라고 했다. 이제는 연금 걱정을 진지하게 해야 할 나이인 사람에게는 어딘가 부자연스럽고 우스꽝스러운 말인데도 말이다. 이 남자가 어떤 평범한 기준을 들더라도 실패자라는 사실을 그녀는 언급조차 하지 않았다.

리카르다는 나약한 사람을 아버지로 갖는다는 게 어떤 건지 모르는 것 같았다. 만약 그녀가 그 점에 대해 조금이라도 생각해보았다면 가장 비판받아야 할 점을 그렇게 아첨 섞인 말로 무마하지는 않았을 것이다. 하지만 이런 생각도 다 소용없었다. 그는 좋은 아들이 되려고 노력해야 했다.

미리 데운 에스프레소 잔을 엄지와 검지 사이에 들고 토마스가 방으로 들어와 그의 옆에 섰다. 한동안 두 사람은 아무 말 없이 이미 금이 가기 시작한 시절의 사진을 들여다보았다. 그러더니 그의 아버지가 입술을 모아 커피를 한 모금 마셨다. 그는 영원히 끝나지 않을 듯 천천히 마셨다. 마치 밀리미터마다 혼신의 주의력을 쏟아야만 한다는 듯이 조용히, 아주 집중해서. 그가 사소한 일들에서 즐거움을 얻는 사람이라는 것을 그의 착한 아들은 헤아려주어야 하리라. 크리스티안은 아버지의 손과 약간 떨리는 손가락에서 아버지가 이 순간 얼마나 담배를 원하는지 알아챌 수 있었다. 토마스는 카페인과 니코틴의 생기 있는 혼합을, 그의 혀는 커피 맛에 연기 맛이 더해지기를 간절히 원하고 있었다. 다만 토마스는 지금 그를 배려하기 위해서 체념하고 있을 뿐이었다. 예전부터 그것이 게임의 규칙이었다.

아이 앞에서는 담배를 피우지 않는다!

물론 지금의 그는 이렇게 말할 수도 있었다.

"그냥 한 대 피우세요."

좋은 아들은 그렇게 말해야 하리라. 하지만 크리스티안은 아무 말도 하지 않았다.

"네 어머니한테서 뭐 들은 얘기 없니?"

토마스가 침묵을 깼다. 그는 그가 막 '인생의 위기에' 처했을 때 그를 함께 살던 집에서 내보냈던 여자를 언급할 때면 가능한 한 거리감을 드러내는 단어를 선택하려고 고통스러울 정도로 세심하게 신경을 썼다. 하지만 토마스의 인생은 늘 위기 상황이었다.

"우린 아버지 얘기 안 해요. 뭐 그런 게 궁금하신 거라면."

크리스티안은 물론 아버지를 좀더 다정하게 대할 수도 있었다. 하지만 그는 정보원 역할이라면 아예 시작도 하고 싶지 않았다. 그는 어린 시절과 청소년기의 대부분을 부모 사이를 이어주기 위해 보냈고, 그것으로 그는 할 일을 다했다. 이제 그는 사랑의 메신저가 되거나 혹은 그들의 악의에 찬 말을 전달하느라 이리저리 왔다 갔다 하는 노릇 따위는 하고 싶지 않았다. 게다가 아버지는 그보다 훨씬 더 자주 '네 어머니'와 통화했다. 완전히 끝나지 않은 부부관계 때문에 생겨나는 많은 실질적인 문제를 이유로.

토마스는 책상에 겨우 남아 있던 공간에 찻잔을 올려놓았다. 아마도 찻잔은 앞으로도 며칠 동안 그 자리에 있을 터였다. 머뭇거리면서 그가 창가로 다가갔는데, 이상하게도 그의 등이 구부러지고 축 처져 보였다. 크리스티안은 그의 등을 빤히 바라보면서, 갑자기 그가 굉장히 늙어 보인다고 생각했다.

좋은 아들이라면 이럴 때 무슨 말을 할까? 그게 문제였다.

"몇 주 전에 방송이 끝나고 나서 어머니 전화를 받았는데, 어머니가 굉장히 화를 내셨어요. 어떤 표현 때문에 그랬는데, 저도 완전히 이해하는 건 아니었지만, 어머니는 말도 안 되는 표현이었다고 생각하셨나 봐요."

그는 이런 속내를 털어놓으면 아버지가 반가워할 거라고 짐작했다. 그렇지만 아버지의 표정은 볼 수 없었다.

"네 어머니는 늘 비판적이었다."

나이 든 남자가 말했다. 창문을 향해 선 채로.

"제가 보기에, 어머니는 점점 더 비판적이 되어가는 것 같아요."

크리스티안은 사진에서처럼 그렇게 애써 미소 짓지는 않았다.

어쩌면 두 사람이 가까이 다가갈 수 있는 주제는 베아테일지도 몰랐다. 크리스티안은 자신의 삶을 살기로 한 그녀의 결정을 전적으로 이해했다. 만약에 그녀가 결정을 내리기 전에 그에게 의사를 물어보았다면 그 역시 그렇게 하라고 조언했을 것이다. 토마스가 바뀌기를 기대하는 건 무의미했다. 그를 사랑할 수는 있을지 몰라도 개선시킬 수는 없었다. 놀라웠던 건 그들의 결별이 아니라 대단히 지적인 여자가 그런 단순한 깨달음을 얻기 위해 그토록 많은 시간을 필요로 했다는 사실이었다. 그 당시 크리스티안은 이미 오래전에 집에서 나왔고, 그래서 그 일이 그와는 별 상관이 없었는데도 어머니는 남편을 내몰면서 그도 멀리 했다. 어머니의 모든 결정을 그가 존중했음에도 불구하고, 어머니의 화살은 그에게도 날아왔다.

좋은 아들이었다면 어머니를 팔지 않고도 아버지에게 속내를 보여줄 수 있으리라. 크리스티안은 다른 경우에는 좀처럼 당황해서 말하는 법이 없었는데, 이 일에 있어서만큼은 도저히 그게 안 되었다. 아버지는 시간이 흐를수록 점점 더 침묵 속으로 깊이 빠져들었다.

그 주제는 더 이상 끌고 나갈 수 없었다.

크리스티안의 눈길이 책상 위에 놓여 있는 넘칠 듯한 재떨이에 닿았다. 지난 며칠 동안 피워댄 담배꽁초가 복잡하게 얽혀 쌓여 있었다. 여기에 꽁초를 하나 더 올려놓기 위해서는 어쩌면 재떨이를 비우는 것보다 훨씬 더 많은 노력이 필요할지도 몰랐다. 하지만 크리스티안은 확신했다. 아버지는 꽁초를 피라미드 모양으로 예술적으로 계속 쌓아올릴 것이다. 결국 다 무너져 내릴 때까지.

"언제부터 수학에 관심을 가졌어요?"

그가 물었다. 쪽지와 편지, 오려낸 신문기사가 마구 뒤섞인 위쪽에 책이 한 권 펼쳐져 있었다. 도표와 수열이 있었는데, 아주 오래전에 출간된 수학 기본서적처럼 보였다.

아버지가 고개를 돌렸다.

"그건 네 할아버지의 박사논문이야. 리카르다가 그 얘기 안 했니? 내가 인사말을 써야 한다는 거. 그것도 생일 축하 인사말 말이다. 에스더가 나한테 그걸 부탁했어. 그래서 네 할아버지의 박사논문에서 뭔가를 인용하면 어떨까 생각했지. 그런데 그게 보통 일이 아니더구나. 이렇게 오래된 물건을 도서관에서 쉽게 빌렸다고는 생각하지 마라. 두 번이나 시도했어. 처음에는 찾을 수가 없다고 하더라. 있어야 할 자리에 책이 없다는 거야. 두 번째는 수해를 당해서 다른 곳에 옮겨두었다고 하더라고. 네 어머니의 예전 동료를 만나지 못했다면, 수학선생이자 고서 수집가 말이야, 포기하고 말았을 게다. 그 사람은 마지막 몇 권 가운데 한 권을 개인적으로 소장하고 있었고, 대학 시절에 읽어보기도 했다는구나……."

왜 그는 아버지의 말을 순수하게 받아들이지 못할까? 그는 자동적으로 '나한테 뭘 원하세요?'라고 묻고 있었다.

"어쨌거나 할아버지가 여기 써놓은 건 아주 재미없는 얘기만은 아니야. 버트란드 러셀의 집합론의 패러독스라고 아니? 수학적인 집합의 당위성에 관한 거야. 그러니까 구체적으로 자기 자신이 집합에 포함되느냐 안 되느냐 하는 문제지."

토마스는 책을 집어 들고 뒤적거렸다.

"예를 들면 전체 책과 그 책이 있는 자리를 알려주는 도서관의 목록을 생각해봐. 그럼, 이 목록이 자신과 자신이 있는 위치까지 포함할 수 있을까? 만약에 그렇다면 이론적으로, 자신을 포함하지 않는 목록을 나타내는 목록을 만들 수 있어야만 하거든. 다만 이 목록이 그 자신을 포함한다면, 그럼 이 목록은 자신을 포함하는 목록을 포함하는 거야. 근데 이 목록이 자신을 포함하지 않는다면, 자신을 포함하지 않는 모든 목록을 포함하지 않는 목록이 되고. 이해했니?"

아버지는 왜 자신이 무엇을 원하는지 그냥 말할 수 없는 걸까?

"그걸 어떤 식으로든 이용할 수 있을 거라고 생각했다. 내가 무슨 말을 하는지 네가 이해했으면 좋겠구나. 이를테면 이런 생각을 한번 해본다는 뜻이야. 드 후베란트 가족이 구성원 외에도 그 자체로 존재하는 것, 그러니까 어떤 공동분모 같은 걸 지니고 있는지 궁금하거든. 근데 그게 최소한의 공통분모를 말하는 게 아니라—사실 이런 표현은 비수학적이긴 하지만—가족을 구성하는 어떤 분모를 뜻하는 거지. 각자 다른 점도 많이 있고 또 일치하는 점도 있긴 하겠지만 그래도 크게 보아서는 그 틀에 맞는, 세대 차이나 다양성 따위를 모두 감싸는 염색체 같은 거 말이야. 그러니까, 내 말은 이런 일을 계기로 해서 이렇게도 질문해볼 수 있다는 거지. 우리가, 그러니까 드 후베란트 일가가 각각의 사고와 태도와는 무관하게 자신을 포함하는 하나의 가족일까? 아니면 우리 역시 자신을 포함하지 않고, 우리가 누구인지, 어디에 속하는지 잘 모르는 집합들의 집합에 속하는 건 아닐까? 나는 그게 정말로 생각해볼 만한 가치가 있다고 여긴단다. 물론 그새 이 생각이 너무 복잡하다고 생각해서 던져버리긴 했다. 뭐 생일잔치 인사말이지 강연이 아니니까."

"물론이죠."

크리스티안은 말했다. 그러고는 기다렸다.

아버지는 책을 덮고 그를 바라보았다.

"거기서 끌어낼 수 있는 건 'Quod erat demonstrandum(수학에서 어떤 정리의 증명이 완벽하게 끝났다는 말. 한마디로 증명이 끝났다는 표시로 사용된다-옮긴이)이라는 문장뿐이었지. 그런데 팔십 년의 삶을 회고하는 인사말 속에 넣기에는 별로 적당해 보이지 않더구나."

토마스는 잠시 쉬었다. 그는 일단 입술을 좀 적시고 나서 계속 침묵을 지켰다.

"어떤 것 같으냐? 전문가로서 네 의견 말이다."

그는 잠깐이지만 끝나지 않을 것 같았던 휴식 뒤에 이렇게 물었다.

이게 본론이었군.

"전 물론 안 할 거예요."

크리스티안이 말했다.

"전 아버지의 인사말을 대신 써주지 않을 거예요."

그의 아버지는 당황한 것 같았지만 겉으로 드러내지는 않았다. 토마스는 표정 없는 얼굴로 그를 바라보았다.

"'아버지의 어머니'가 생일잔치의 인사말을 써달라고 부탁했다면 아버지가 그걸 써야만 해요. 아버지가 아니면 누구도 쓰지 못해요. 저는 그 일에 끼어들 생각이 전혀 없어요."

크리스티안은 책상에서 재떨이를 집어 들고는 부엌으로 갔다.

"누가 끼어들라고 했니? 한두 장면에서 네가 좀 도와주기만 하면 된다."

토마스는 아들의 말을 반박하면서 그를 뒤따라가 어렵게 쌓아올린 담배꽁초를 어렵게 쌓아놓은 쓰레기 더미에다 쏟아버리는 모습을 지켜보았다.

"너하고 이렇게 얘기를 하는 것만으로도 벌써 꽤 도움이 되고 있어. 네가 러셀의 집합론의 패러독스 대해 얘기하지 말라고 말해주는 것만으로도 나한테는 아주 중요한 조언이 된다고."

"아버지를 도와줄 수 없어요. 죄송해요."

크리스티안은 이제야 제 모습을 드러낸 조악한 재떨이를 아버지한테 건네주었다. 그리고 나서 그는 계속해서 복도를 지나 문 쪽으로 걸음을 옮겼다.

"기다려, 크리스티안!"

그는 아버지가 자기 어깨를 잡거나 아니면 어떤 식으로든 자기를 멈추게 하지 않으리라는 것을 알고 있었다. 드 하우베란드가에는 포옹만 없는 게 아니었다. 그들은 서로를 절대로 건드리지 않았다.

"너한테는 이게, 식은 죽 먹기잖니. 크리스티안, 내 말 들어!"

그들은 벌써 계단까지 나왔지만 아버지는 여전히 아무런 행동도 취하지 않았다. 하다못해 어깨조차 두드리지 않았다.

"난 여기서 벌써 여러 날 동안 제기랄, 벌써 일주일이나 앉아서 노력했다. 게다가 이런 끔찍한 환경을 보려무나. 소음과 먼지, 일꾼들, 이건 정말 지옥이다! 제발 좀 둘러봐라. 이런 데서는 누구도 제대로 일을 할 수 없어……."

그들은 마당을 가로질렀다. 미래파풍의 보호복을 입은 남자가 화염 방사기를 들고 돌아다니며 잡초를 태워죽이고 있었다.

"벌써 세시 반이에요. 진작 출발했어야 해요."

토마스는 물론 시계를 차지 않았다.

"우리 둘이서 하면 몇 분 안에 끝낼 수 있을 게다. 잠깐만 진정하고 앉아서 함께 인사말을 생각해보자꾸나. 그게 다야."

"어디까지 쓰셨는데요?"

자동차를 향해 걸어가면서 뒤돌아보지도 않고 크리스티안이 물었다.

"쓰는 중이야. 여러 가지 버전이 있어!"

그는 아버지가 자기를 붙잡아 세우기를 원했다. 그랬다면 그는 아버지의 손목을 잡아 경찰이 하는 것처럼 팔을 뒤쪽으로 꺾으리라. 그는 오래전부터 그런 상황을 바라왔다. 리카르다는 이 얘길 듣고도 싱긋 웃기만 할까? 여전히 드 후베란트가의 사람들은 '무슨 일에든 몸을 내던지지 않는다'고 주장할까?

"그래, 그렇다면……."

토마스, 그의 뒤를 따라오는 이 겁쟁이는 이어갈 말을 찾고 있었다.

"네가 말했던 그 반대 이유 말인데……. 할머니는 네가 인사말에 참여했다는 걸 알면 정말 기뻐할 게다. 우리는, 둘 다 장남이잖니. 노인한테는 그러니까 공동작업이라고……."

아버지가 그의 도움을 필요로 할 때만 연락한다고 생각하고 싶지 않았다. 하지만 상황이 늘 그랬다.

"하지 않겠다고 말씀드렸잖아요. 그걸 글로 써드려요?"

리카르다가 그의 말을 들을 수 없다니 유감이었다. 토마스가 여전히 다른 사람에게 책임을 전가하려고만 들고, 심지어는 자기 아버지의 여든 번째 생일을 기념하는 인사말조차 다른 사람에게 떠맡기려고 하는 소리를 그녀가 들었어야 했는데.

"그런 이유가 아니더라도, 전 그분을 잘 몰라요."

"그래 그거야. 지금이 네가 할아버지를 알 수 있는 최고의 기회야!"

토마스는 소리쳤지만, 그때 크리스티안은 이미 차에 앉아 문을 닫았다. 착한 아들이라도 가끔은 강하게 나가야 했다.

요르게

행군이라도 하듯 쉬지 않고 한 걸음 한 걸음 나가고 있는데도 요르게는 산을 느낄 수 없었다. 어제 예배당으로 그를 따라왔던 소년이 계속 신경 쓰였다. 루이자 메자의 아들 가운데 한 녀석으로 혼혈아였는데, 여럿이 뒤섞여 노는 아이들 가운데서도 유난히 눈에 띄었다. 여러 나라 여권을 가지고 있었다는 아이의 아버지는 루이자 메자의 넓은 치마폭 아래서 몇 번이고 도피처를 찾았던 아프리카에서 온 불법 체류자 가운데 한 사람이었다. 아이의 피부색은 물라토(백인과 흑인 사이의 혼혈아-옮긴이)다운 갈색이었고, 목 주변과 무릎 주위에 검은 얼룩이 있었다. 불뚝 솟은 아이의 광대뼈는 열두어 살 정도 되는 아이의 얼굴에서는 너무 도드라졌고, 아마도 어머니에게서 물려받았을 특유의 거만한 표정은 유난히 시선을 끌었다. 게다가 아이의 눈은 어두운, 거의 새까만 색이었고, 윗입술은 잘 보이지도 않을 만큼 얇았다. 아이의 형제들은 메자의 두툼한 입 모양을 물려받았지만 이 아이의 입술만은 거의 선에 가까웠다.

마을에서는 모두 아이를 그저 '사생아'라고 불렀다. 요르게는 아이의 진짜 이름을 몰랐다. 주변이 텅 비어 있지 않았다면 그는 그 아이에 대해 생각하지 않았을 것이다.

루이자 메자는 몇 년 전까지 이곳에 하나밖에 없는 식당을 운영했는데, 혼동할 우려가 없었기 때문에 그냥 '레스토랑'이라고 불렸다. 사실 바에 더 가까웠지만 그녀가 그렇게 주장했다. 루이자의 첫 번째이자 유일한 남편은 일찍 죽었거나 아니면 예전부터 전설로만 존재했다. 그 여자가 혼자 사는 것 말고 다른 모습을 상상하기는 어려웠다. 그녀는 힘들고 험한 일을 하는 안달루시아 여자였다. 그녀의 팔뚝은 튼튼했고, 목소리는 저돌적이어서 거리에 있는 아들딸들을 마음대로 조정할 수 있었다. 그녀는 밤낮으로 판매대 뒤에 서 있으면서도 아이들을 가만히 놔두지 않았고, 이따금 손님의 특별 주문을 직접 들어주기 위해 나지막한 부엌문으로 사라지곤 했다. 그렇지만 그녀는 시중을 들지 않았다. 루이자 메자는 지배자였다.

그녀의 왕국은 좁은 식탁과 긴 나무의자, 터널처럼 생긴 낮은 천장으로 이루어져 있었다. 그녀는 매해 레스토랑 천장을 새로 칠했지만, 지저분한 술집 같은 인상을 좀처럼 지우지 못했다. 처음에 멋모르고 그 집에 발을 들여놓은 사람은 어쩔 수 없이 이베리아 오지의 연기로 자욱한, 악명 높은 — 우악스런 손과 괴상한 이빨을 지닌 농부들이 밤새 마을에 하나밖에 없는 창녀를 공유한다는 — 마을 선술집을 떠올릴 수밖에 없었다. 그렇지만 그녀의 단골손님들은 오전 일찍 그곳으로 와서 웅 크리고 앉아 부채질이나 하고 있는 이들로, 기생집을 드나드는 남자도 술고래도 아니었다. 그들은 대체로 착실한 독일의 연금 생활자나 노년층이었다. 그들은 루이자 메자의 전설적인 약초차를 수없이 들이켜면서 오래전에 예정된 의사 방문이나 종합병원 체류를 피하고 싶어 했다.

그녀의 건강차의 치료 능력에 대해 논란이 없는 건 아니었다. 대충이나마 그 차에 무엇이 들어가는지 아는 사람은 아무도 없었다. 각각의 약초에 대해서도 의견이 분분했다. 루이자 메자의 차 요법의 혜택과 기적은 약초를 섞는 방법보다 개개인의 고단한 얘기를 귀담아듣는 그녀의 인내심에서 기인한다는 말도 있었다. 그녀에게라면 아픈 마음을 털어놓을 수 있었고, 마음의 짐을 내려놓거나 근심을 덜어서 줄 수도 있었다. 남의 얘기를 귀담아듣는 루이자의 장점 그리고 온갖 질병의 과정과 그 특성에 관한 그녀의 지식은 정통 의학이 추구하는 방식과 비슷한 면이 있었다. 그녀는 환자인 손님 개개인의 얘기를 이해심을 가지고 들어준 다음, 손님의 지극히 개인적인 고통을 완화해주기 위한 특별한 약초를 준비했다. 그래서 단골손님을 위해 그녀가 차를 담아 보관해둔 병에는 '얼그레이' 혹은 '카밀레'가 아니라 '칼 루트비히 뮐러' 또는 '헤르만 마이어 2세' 등이 쓰여 있었다.

루이자 메자의 손님들을 보면 레스토랑은 술집이라기보다 기적의 치료사의 대기실 같았다. 그곳에는 거의 남자들만 왔다.

요르게는 그 무리에 속하는 것을 싫어했고, 루이자 메자의 바에 앉은 병자들의 동료가 되는 것을 혐오했다. 다른 사람들의 병을 공유하고 싶은 생각도 없었고, 비참함의 정도를 마음속으로 비교하는 약자들과의 경쟁에서 승리하고 싶은 생각은 더욱이 없었다. 그는 그들의 두려움과 한탄을 비겁함으로, 그들의 구걸과 동정을 경박함으로 여겼다. 요르게에게 고통의 동지는 필요하지 않았다. 고통에 맞서는 그의 투쟁은 어느 누구하고도 상관없는 일이었다. 그것은 그가 관리해온 남모르는 적이었다. 에스더조차도 알지 못했다. 해가 갈수록 그는 이 은밀한 투쟁이 점점 더 힘에 부쳤다.

고통이 그를 제압하려 하면, 밤에 무방비 상태인 그를 덮쳐 납덩이같은 손으로 그를 마비시키려 하면 요르게는 루이자 메자를 찾아갔다. 새벽 일찍, 레스토랑이 아직 문을 열기도 전에 그는 그녀의 약초 정원의 격자문을 두드렸고, 그녀를 따라 말없이 화단 사이를 지나갈 때는 언제나 먼 곳에 시선을 두고 반 발짝 뒤처져서 걸어갔다. 그녀의 손을 바라봐서는 안 된다는 것이 불문율이었다. 루이제가 꺾은 잎과 꽃이 그녀의 앞치마 자락에 감춰지는 것을 누구도 보아서는 안 되었다. 그것들 가운데 어느 것이 크고 작은 절구 속에서 빻아지는지, 아니면 칼로 난도질을 당하는지는 어깨 높이의 부엌문 뒤에 숨겨진 비밀이었다. 고통으로 얼굴이 일그러진 요르게는 긴 형광등 하나만 밝혀진 술집 원형 천장 아래서 어슬렁거리는 밤의 냄새, 남자의 진한 땀 냄새, 그리고 이미 쏟아낸 수다의 입김에 둘러싸여 기다렸다.

아이는 언제나 근처에 있었다. 아이는 한순간도 그의 눈에서 벗어나지 않았다.

아이는 먼지를 닦는 부드러운 천으로 천천히, 아주 느리게 물건들의 실루엣을 닦고 있었다. 소리 없이 재떨이와 촛대, 포도주 잔과 소주잔을 반짝거리게 닦으며, 자기 손에 물건이 잡힐 때마다 무슨 말인가를 속삭였다. 아이는 어머니의 술집에서 사람들이 사용하는 모든 언어를 되살려냈다. 선잠이라도 자듯이 근처에 있다가 깨끗한 그릇을 가져다주고 더러운 그릇을 치우는 것을 옆에서 거들 때 그가 주워들은 언어들이었다. 아이는 독일어, 영어, 네덜란드어만 할 줄 아는 게 아니라 그 얇은 입술로 다른 대륙의 이국적인, 알파벳과는 완전히 다르게 생긴 언어도 발음할 줄 알았다. 그들은 드문드문 아주 늦은 시간에 레스토랑으로 오곤 했지만, 아이는 도망자들이나 범법자들의 흥분한 듯한, 도피와 저주를 연상시키는 어투를 능란하게 흉내 냈다.

바다 건너편에서 사용하는 그런 말들은 전부 아이의 아버지가 사용하는 모국어일 수도 있었다.

요르게는 자신의 방문이 얼마 안 되는 이 집의 고요한 시간을 방해했다는 것을 알고 있었다. 고통이 그에게 선택을 허용했더라면 그는 결코 이곳을 찾지 않았으리라. 때때로 그는 루이자 메자가 부엌에서 그를 위한 차를 끓이는 동안, 누구의 눈에도 띄지 않으려고 아무런 동요 없이 영원히 이어질 것만 같은 여명 속에 서 있었다. 그는 소년이 완전히 몰입한 상태에서 중얼거리는 소리를 듣지 않으려고 노력했다. 소년에게는 그 소리와 자신이 말을 거는 대상만이 이 세상에 존재하는 것 같았다. 소년은 중얼거렸고, 그러면서 물건들을 깨끗이 닦아냈다. 하지만 요르게는 피부에 와 닿는 희미한 어둠 속의 시선을 느낄 수 있었다.

아이는 이미 오래 전부터 그를 눈여겨보고 있었다. 그래서 그는 언제부터인가 아이가 그를 뒤따라오는 것이 당연하다고 생각했다. 요르게는 소년의 이름을 몰랐다. 그러나 그는 단박에 그 아이가 '사생아'라는 것을 알아보았다.

산의 돌밭 깊은 골짜기로 내려가면서도 그는 물줄기를 발견하지 못했다. 서늘하고, 햇살이 전혀 들지 않는 텅 빈 협곡의 급경사에는 축축한 곳도 있었다. 그렇지만 샘이라고 추정될 만한 것은 어디에도 없었다. 물론 밧줄이나 철끈 없이는 이 협곡의 바닥에 닿을 수 없었다. 요르게는 돌아서고 말았다. 그 사이에 그는 예배당에 거의 도착해 있었다. 한 걸음 내딛을 때마다 조심조심 집중해야 하는 험한 좁은 길을 걷다가 잠깐 위를 바라보았을 때 시골별장의 뒷면이 그의 눈에 들어왔다. 햇빛과 바람 때문에 빛이 바랜 별장의 벽돌은 점토색 모르타르 사이에서 하얀 뼈처럼 도드라졌다. 요르게가 체계적으로 목표물에 다가가는 데는 햇볕과 가파른 길 그리고 갈증마저도 아무런 방해가 되지 않았다. 그는 끝없이 계속 올라갈 수도 있을 것만 같았다. 아무리 피곤해도 이겨낼 수 있었다.

이제 그는 물줄기를 머릿속에서 지워버렸다. 그는 샘을 포기했다. 소년이 만약 뒤따라오고 있다면, 절반쯤 따라왔을 거라고 그는 생각했다. 하지만 요르게는 뒤돌아보지 않았다. 그가 오르고 있는 코스에서는 쓸데없는 행동을 할 수 없었다. 그저 가끔 그는 손끝으로 코에 난 땀방울을 닦으려 했지만 땀은 이미 오래전에 말라 있었다. 때로는 이마를 문지르거나 가볍게 닦아내기도 했다. 그러나 더 이상 땀은 흘러내리지 않았다. 모자 속 그의 살갗에는 까슬까슬한 소금만 남아 있었다.

그는 최근 며칠 동안 아주 잘 싸웠다. 그는 강도를 더 높였고 조금의 휴식도 자신에게 허락하지 않았다. 점심을 먹으면서 곁들이던 포도주와 식사 후 잠깐씩 자던 낮잠을 포기하는 건 그에게 어렵지 않았다. 낮잠은 그의 의지를 너무 나약하게 만들었고, 저항을 쉽게 단념하도록 만들었다. 그는 힘겹고 메마른 자신의 일상에 고통이 발붙일 여지를 주지 않았고, 이미 오래전부터 그의 일부가 되어 익숙해진 습관이라 해도 이런 투쟁에 도움이 되지 않는 모든 절차를 희생했다. 요르게는 자신이 하는 일이 점점 줄어들수록 더욱더 강해진다는 느낌을 받았다. 그러나 고통은 그의 의지의 폭압 앞에 굴복하지 않는 대신에 에스더가 남기고

간 공허에는 굴복했다.

그녀가 필요했지만, 그보다 더 필요한 건 그가 매일 아침 새롭게 일깨우는 투지였다. 그는 하루하루를 이 투지로 버텨냈다. 그는 그녀에게만 버림받은 게 아니라 자신의 가장 친한 적으로부터도 버림받았다. 그는 자유로운 게 아니라 버려졌던 것이다.

곤경 속에서 그는 루이자 메자를 떠올렸다. 그녀의 정원을, 그녀의 치료를. 그녀는 그의 고통을, 그의 침묵을 이해했다. 그가 별말을 하지 않아도 그녀는 매번 그를 자신에게로 데려온 것이 무엇인지 정확하게 알았다. 희한하게도 열기를 식혀주는 민트와 마편초 맛이 나는 차로 그녀는 그가 고통에 마비되지 않도록 도와주었고, 다시금 움직일 수 있도록 해주었다. 그렇지만 공허함에 마비되지 않도록 구해줄 차는 이 세상에 없었다. 루이자 메자가 그를 이해하기 때문에 그는 지금 그녀를 찾아갈 수 없었다. 그녀 앞에 서면 그저 창피할 테니까.

허무를 달래줄 차는 세상에 없었다.

그는 걸음을 늦추지 않고 예배당으로 다가갔다. 벽을 따라 그늘이 드리웠고, 유리 없이 뻥 뚫린 창에서 냉기와 축축한 기운이 풍겨 나왔다. 요르게는 자신이 기도를 드리는 폐허가 된 건물로 들어서지 않았다. 위로를 약속해줄 수는 없어도 햇볕과 무더위는 피하게 해주었을 텐데도. 그는 쉬고 싶지 않았다. 그의 모든 노력은 무기력했고, 공허를 밀어내기에는 너무 어리석었다. 수년간, 아니 수십 년간 고독하게 살았는데도 삶의 공허를 이토록 모르고 있었다니, 너무 어처구니없었다. 여전히 그는 공허를 지배하지 못했다. 그는 그와는 달리 마을 술집의 어린 소년이 다른 사람 없이 어떻게 견디는지, 허무 속에서 허무와 더불어 어떻게 고요하고 조화롭게 지내는지를 떠올려 보았다. 소년은 목사나 신부한테 배우지 않았지만 혼자 지낼 줄 아는 재능이 있었다. 아이는 자신이 사생아라는 점을 이용했고, 자신의 행복을 위해서는 마을의 어느 누구도 필요하지 않다는 것을 잘 알고 있었다. 아이는 버려지지 않았다. 새처럼 자유로웠을 뿐이다.

정말 자유로웠다.

요르게는 정신집중 면에서 아이보다 못하다고 느꼈다. 그는 진정한 심오함에 다다르지 못했다. 어제도, 그 전에도 이미 여러 번이나. 소년 때문에 그렇게 된 것은 아니었다. 존경심으로 가득 찬 아이는 그와는 약간 거리를 두고 예배당에 들어섰고, 요르게에게 자신의 묵상에서 거의 잊고 있었던 경외를 불어넣었다. 그리고 아이는 그와 똑같이 행동했다. 아무것도 없는 바닥에 무릎을 꿇고 기도를 하기 위해 손을 입술 앞에 모았다. 아무것도 묻지 않고 아이는 그와 함께 기도의 고요함을 나누었고, 요르게가 두세 번 묵주 기도를 한 후 예배당을 떠나야 비로소 몸을 일으켰다.

헛수고였다. 그는 진정한 심오함에 다다르지 못했다.

소년은 그의 패배를 알아차렸을 것이다. 고독을 그토록 잘 알고 있는 사람이라면 이 교만한 늙은이가 —이제까지의 힘겨운 노력에도 불구하고— 신앙심에 소질이 없다는 사실을 모를 리 없었다.

소년이 다시 오지 않는다 해도 그리 놀라운 일이 아니었다.

요르게는 예배당을 빙 돌았다. 이제 목표지에 도착했기 때문인지 이상하게 힘이 빠졌다. 그는 지난 며칠 동안 힘겹게 싸웠지만, 앞으로 다가올 투쟁과 비교하면 아무것도 아닐지 몰랐다. 그는 어떤 약점도 어리석음도 허용하지 않기 위해 세상의 다른 어느 적보다도 자기 자신에게 더 눈에는 눈으로 대적했다.

그런 순간마다 그는 그를 끈질기게 따라다니는 피곤과 나이를 실감했다.

입구에 멈춰 선 그는 계곡 아래쪽을 내려다보다가, 멀리 바다의 푸른 굴곡을 바라다보았다. 무한히 이어지는 바다의 표면은 수증기가 피어오르는 수평선에서 사라져갔다. 요르게는 의식적으로 자신이 올라왔던 가파르고 띄엄띄엄 이어지는 길을 외면했다. 소년이 마을 쪽으로 내려가기 위해 선택했을 조금 넓은 길도. 그는 아무것도 기다리지 않았다. 소년의 나붓거리는 까만 머리카락도, 확실하고 단호한 발걸음도, 뻣뻣한 긴 다리로 그에게 뒤처지지 않으려고 우스꽝스러울 정도로 열심히 따라오던 모습도. 요르게는 소년이 나타나기를 더 이상 기대하지 않았다. 그저 자신이 혼자라는 사실을 확인하려 했을 뿐이다.

그리고 그는 혼자였다.

마을에서 예배당으로 오르는 길에는 아무도 보이지 않았다. 햇빛 속에서 먼지가 밝게 타올랐고, 하얗고 고불고불한 실개천은 타들어갔다. 빛이 모든 것에서 실개천만 잘라낸 것 같았다.

요르게는 인상을 찌푸리려고 노력했다.

그는 이런 광경을 예상했지만 어떤 만족도 느낄 수 없었다. 허무를 각오한다는 것은 불가능했다.

공허는 그를 압도했다.

조용히, 이제 조금 진정된 기분으로 그는 몸을 돌려 겨우 얼기설기 붙여놓은 판자문을 밀고 예배당으로 들어갔다. 그는 맨바닥에 주저앉아 손을 모아 입술 앞으로 가져갔다. 그는 소년에 대한 모든 기억을, 소년의 조용한 기도, 그리고 어제까지만 해도 일으켜 세우지 않을 것만 같았던 더럽고 상처 난 무릎에 대한 기억까지도 밀어냈다. 요르게는 눈을 감았다. 그는 너무나 실망했지만 한편으로는 마음이 가벼워지기도 했다. 그리고 언제나 그렇듯이 외로움을 떨쳐냈다.

그가 다시 눈을 떴을 때 소년은 이미 무릎을 꿇은 채 거기 있었다.

잠시 동안 아무 일도 일어나지 않았다. 예배당은 지나가는 시간과 지나간 시간으로 채워져 있었다. 요르게는 피부에 와 닿는 소년의 눈길을 느꼈다. 소년의 끈질긴 호기심을.

밖에는 낮이 벽 사이에 깃든 고요는 건드리지 않으며 지나가고 있었다.

"어떻게 기도하는지 내가 보여줄까?"

요르게는 결국 묻고 말았다. 아이가 아무것도 느끼지 못하도록 할 수 없었다. 그는 기쁨과 놀라움을 눈치 채지 못하게 막을 힘이 없었다. 소년은 그를 바라보며 두세 번 눈을 깜빡거렸다. 누군가가 자신에게 말을 걸었다는 사실에 무척 놀란 것 같았다. 하지만 아이는 요르게가 그동안 지켜온 의식을 자신을 위해 중단했다는 것에 놀랐을지도 몰랐다.

"어떻게 신에게 기도하는지 가르쳐줄까?"

요르게는 되물었다. 그의 목소리는 이제 상황에 맞게 엄하고 확고하게 들렸다.

소년은 한순간 멈칫하더니 천천히, 거의 눈에 띄지 않게 고개를 저었다.

"아뇨. 수영을 가르쳐주세요."

소년이 말했다.

토마스

그는 크리스티안과의 만남이 자신에게 영감을 주리라는 것을 알고 있었다. 아주 오랜만에 그는 매우 유연하게, 단숨에 글을 써 내려갔다. 지금의 이 창조적인 영감은 대학 초기 때나 느껴봤던 것이었다. 지금의 이 엄청난 에너지, 엄청난 작업 열의는 스스로도 믿기지 않았다. 그는 새로 태어난 기분이었다.

토마스는 일주일이 다 가도록 아무런 성과도 없이 끙끙대던 인사말을 크리스티안이 왔다 간 이후로 서너 시간 만에 완성할 수 있었다. 그는 시계를 한 번도 쳐다보지 않았고, 에스프레소나 담배를 위한 휴식 시간마저 떠오르지 않을 만큼 집중했다. 물론 그는 문장 여기저기를 손보거나 생각을 좀더 분명하게 정리해야 했다. 그러나 그가 지나치게 세세하게 신경 쓰지 않았기 때문에, 어휘 하나하나를 정밀 저울에 놓고 달지 않았기 때문에 글을 쓰는 동안의 모든 암초와 심연을 헤쳐 나갈 수 있었다. 인정하고 싶지는 않았지만, 이렇게 몰입해서 생일 인사말을 끝냈다는 것은, 지독히도 꼼꼼한, 거의 자기 자신을 질식시키는 평소의 완벽주의에 대한 승리라고 볼 수 있었다.

토마스는 빽빽하게 쓴 스무 장의 종이를 손끝으로 툭툭 쳐서 하나로 모았다. 창조적 영감이 그를 가득 채웠다. 좋은 작품이 나왔다. 부피는 작은 편이지만 그의 이름에 걸맞은 작품이었다. 그는 대충대충 쓰거나 쓱쓱 해치운 게 아니라 모든 걸 참아가며 오랜 시간 버텨서 완결판을, 말 그대로 얻어냈다. 그의, 그래, 그의 작품은 모든 정신적 고양 면에서나 생각의 경쾌함에 있어서 아들의 날렵하면서도 적당한 호감을 불러일으키는 손가락 운동과는 차원이 달랐다. 이렇게 되고 보니 크리스티안이 관여하지 않았던 것이 오히려 다행이었다! 오랫동안 겪은 절망과 부진이 오히려 지극히 개성적인 글을 쓰는 데 도움이 된 것 같았다. 크리스티안이 옳았다. 그것은 토마스, 오직 그만이 쓸 수 있는 인사말이었고, 그는 바로 이렇게밖에, 다른 식으로는 도저히 쓸 수 없었다. 들을 수 있는 귀를 가진 사람이라면, 볼 줄 아는 눈을 가진 사람이라면 고통—창작의 고통이라 할지라도—이 마침내 그 속에 녹아들어 그 안에서 싹을 틔우고, 너무 아름다워서 오히려 가슴 아픈 꽃으로 피었다는 것을 인정해야만 했다.

지금 그의 책상 위에 반듯하게 놓인 것은 단순한 인사말이 아니었다. 이것은 그의 유언이었다.

토마스는 의자 등받이에 몸을 기대고, 머리 뒤에서 손을 깍지 끼었다. 갑자기 인사말을 하기까지 아직도 삼 주나 기다려야 한다는 사실이 좀 애석하다는 생각이 들었다. 게다가 비교적 작은 모임에서 그의 연설을 향유해야 했다. 모든 손님이 나중에 그들의 친구들과 지인들에게 그의 연설에 대해 얘기한다고 해도, 그 규모는 다 합쳐봐야 그야말로 소박한 수준이었다. 다른 한편으로 생각해보면, 남아 있는 삼 주는 글을 차분한 마음으로 깨끗하게 옮겨 쓰고 어쩌면 있을지도 모를 출판 기회를 알아볼 수 있는 충분한 시간이 될 터였다. 갑자기 그는 자신에게 주어진 시간을 인식했다. 갑자기 세상의 모든 시간이 그의 것이 되었다.

잔치에 관한한 토마스는 자신의 의무를 다했다.

그런데도 그는 뭔가 일을 벌이고 싶다는 강한 욕구를 느꼈다. 그는 의자를 뒤로 밀고 작업하느라 몇 시간 동안이나 앉아 있던 책상에서 벗어났다. 잠시 동안 그는 이날을 축하하기 위해 긴 산책을 할지, 아니면 좋아하는 이탈리아 식당에 가서 자신에게 맛있는 음식을 사줄지 고민했다. 그런데 이렇게 할 만큼 자기 자신에게 상을 주기 위해 써오던 방법들을 실행할 만큼 감격스러운 일은 아닌 것 같았다. 대신에 진심으로 청소를 하고, 쓰레기를 치우고, 물건을 내다버리는 게 급선무라고 느꼈다! 갑작스레 정리에 대한 집착으로 생각이 바뀐 것에 놀라기도 전에 그는 이미 앞으로 재생 휴지로 변신할 대상들을 찾느라 책상 가장자리에 놓인 것들을 꼼꼼히 살피고 있었다.

그는 드디어 광맥을 찾았다.

이 보상은 벌이라고 혼동할 만큼 그것과 닮았다. 그러나 토마스는 이 순간 잔뜩 쌓아놓은 난해한 메모들, 곰팡이가 핀 잡지, 눌려서 납작해진 거의 읽지 않은 책들을 상자에 넣어 단호하게 마당에 있는 건축 현장의 쓰레기를 담는 컨테이너에 내다버리는 것 말고 더 기분 좋은 일을 상상할 수 없었다. 그는 거추장스러운 짐을 던져버리고 자신의 과거를 청산해 백지 상태로 만드는 것이 즐거웠다. 종이 한 장 한 장이 쓰레기로 변할 때마다 그는 자신이 더 가벼워지고, 홀가분해지고 있다는 걸 느꼈다. 좀 과장하자면 더 젊어지는 기분이었다. 매 손길마다 그는 여태까지 느껴보지 못했던 느낌, 바로 옳은 일을 한다는 느낌이 들었다.

그는 작별했다. 자기 자신과.

이날은 평범한 날이 아니었다. 토마스에게 있어서 이날은 새로운 삶의 시작이었다. 그의 잔칫날이었다. 그의 영 번째 생일날이었다!

하지만 그는 '화장실 사용금지 규정'을 어디쯤 집어넣는 게 좋은가 하는 문제를 다시 한 번 검토해야 한다는 생각에 빠져들었다. 그가 이 잔치를 진짜 잔치라고 생각한다면 — 그러니까 퉁명스런 형제들, 사촌들과 나란히 식탁에 앉아 있는 상황 말이다 — 순전히 음식 맛을 배려해서라도 적어도 소화라는 주제가 그의 연설에서 전체적으로 너무 많은 비중을 차지하는 건 아닌지 고려해봐야 했다. 자신의 이야기가 설득력 있게 들리도록, 그의 아버지가 그와 동생들에게 식사 후 적어도 두 시간 동안은 화장실에 가지 못하도록 막았다는 것을 참석한 사람들에게 아주 상세히 묘사해야만 할까? 식사 후에 아무도 '목욕탕에 가지' — '화장실 사용금지'라고 말하지 않으려는 아버지의 표현 방식이었다 — 못하도록 아버지가 얼마나 엄격하게 감시했는지를 모든 친척에게 알려야 할까?(화장실 사용금지 시간 외에도 아버지는 '화장실에 가다'라는 표현 대신에 무척이나 정중하게 '목욕탕에 가다'라고 표현했다. 하지만 진짜 목욕을 하러 가는 것도 아니면서 굳이 번거롭게 목욕탕이라고 주장하는 것도 우스웠다.) 이 모든 건 감사할 줄 모르는 아이들이 아버지가 땀을 흘려서 벌어들인 일용할 양식을 곧장 하수구로 배출해버릴 거라는 생물학적 무지에서 비롯되었다. 물론 드 후베란트가에서 '하수구'라는 표현을 사용한 적은 한 번도 없었다. '물고기들'이라고 했을 뿐. 그래서 요르게는 자연스런 신진대사의 정당함을 무시하면서까지 일단 그가 마련한 음식을 '완전히 소화해야'만 아이들이 '목욕탕에 가서' '물고기들에게 먹이를 내놓도록' 허락해주었다.

토마스는 청소를 중단하고 벌써 절반은 깨끗하게 치워진 책상에 앉아 화장실 사용금지에 관한 부분에 특별히 주의를 기울이면서 원고를 다시 한 번 눈으로 읽어 내려갔다.

비꼬는 어조를 조금 강화하고, 식욕을 떨어뜨릴 만한 세부 묘사를 적당히 삭제하면, 후베란트 집안의 규칙이라든지 화장실에 관한 규정으로 살짝 빠지는 것도 재미난 일화로 봐줄 수 있을 것 같았다. 물론 그 부분은 원고에서 거의 한 장 반 정도를 차지하고 있어서, 약 팔분가량의 인사말 가운데 부수적으로 항문에 관한 유머를 소개했다고 보기에는 눈에 띄게 긴 편이었다. 또한 흔히 하듯 마지막에 가서 긴장을 풀어주고 웃음을 터뜨리게 하려는 의도로 치기에도 너무 고집스러워 보였다. 거기다 강박관념이 조금 심하게 드러나 있었다. 그러나 토마스는 이 부분이 확고한 인상을 심어줄 수 있다고 확신했다. 크리스티안의 도움 없이도. 아무 문제가 없었다.

여기까지!

그 다음에 쓴 것들은 그대로 놔둘 수 없었다. 토마스는 떨리는 손으로 한 줄 한 줄 읽어 내려가면서 삭제할 부분을 골라냈다. 그의 생일잔치 인사말에서 그와 형제들이 식사 중이나 시간보다 일찍 급한 볼일이 생기면 어떡하나 하는 걱정에서 배불리 먹지도 못했다는 애기에는 누구도 관심이 없을 것 같았다. 식사와 식사 사이에 뭘 먹고 싶거나, 아니면 몰래 화장실에 가기 위해 그들이 어떤 꾀를 내야 했는지 누가 관심을 갖겠는가. 반면에 요르게는 점점 더 자식들을 불신하게 되었고, 나아가 주변에 개똥이 보일 때마다 혹시나 자기 자식들이 그런 건 아닌지 의심하는 지경에까지 이르렀다. 저녁 식사 후면 그들을 압박하고 괴롭혔던 악몽은 딱딱한 아버지의 손에 대한 아주 구체적인 두려움과 합쳐져 몸에 영향을 미쳤다. 그 증상은 소화불량과 변비에서부터 장폐색에 이르기까지 점점 더 심해졌다.

요즘에도 그는—형제들이 이 사실을 분명히 증명해줄 수 있으리라—많은 사람들이 모인 연회에서나 특별히 곧장 화장실에 가는 것이 예의에 어긋나는 것으로 보이는 공적인 자리에서는 언제나 괄약근과 투쟁을 해야 했다. 어린 시절에 겪은 과도한 통제와 횡포, 타인의 결정에 대해 소화 기관 전체가 일종의 지속적인 반항을 보임으로써 복수라도 하려는 것 같았다. 형제들 역시 겪었던 일이므로, 그들에게 더 이상 침묵하지 말라고 부탁할 수도 있었다. 솔직히 털어놓자면 그는 예나 지금이나 여전히 언제 설사가 나올지 모른다는 공포에 시달렸다. 실제로 위장에 쉽게 탈이 나거나, 예측할 수 없는 설사가 급습할 때마다 대책 없이 당하고 있는 중이었다. 그는 소화시켜야 한다는 어린 시절의 억압에서 결코 벗어나지 못했다. 그는 자신의 육체와 그 어두운 욕망에 무기력하게 끌려 다녔다. 그래서 ― 문자 그대로 그렇다는 건 아니지만 ― 자유가 없었던 부모님의 집을 떠나면서 또 다른 자유롭지 못한 상태로 비틀거리며 들어섰다는, 아버지의 폭압에서 몸의 폭압으로, 아니 좀더 현실적으로 표현하자면 기저귀를 차는 단계에서 곧장 요실금의 단계로 넘어가버린 느낌이 들었다.

깜짝 놀라서 토마스는 원고를 밀쳐두었다. 이 부분에 이르자 즐거움이 그만 사라져버렸다!

그는 천천히 스물까지 셌다. 아마도 최초의 자기 비판적인 과민반응이 문제라고 할 수 있겠지만, 어쨌든 토마스는 그 순간 더 이상 읽고 싶지도 않았고, 읽을 수도 없었다. 심지어 청소할 기분마저 사라졌다. 그가 알고 싶은 건 단 한 가지였다. 그때 도대체 무슨 생각을 했던가! 어떻게 이토록 희망이라곤 하나도 없는 상태에 이르고 말았는가? 그런데 이것이 그의 잔치 인사말의 전부가 아니었다! 그가 지금 착각하고 있는 게 아니라면 이제 엄청난 최후가 이어질 차례였다. 모여든 손님들에게 그는 이렇게 협박할 참이었다. 그의 어린 시절을 기념하기 위해 지금부터 두 시간 동안 화장실 문을 잠가놓겠다고! 아니, 그가 지금 이런 상황을 재밌게 여기고 있단 말인가?

그는 눈을 가늘게 뜨고서 책상 위를 더듬거리며 담배를 찾아보았으나 찾을 수 없었다. 어쩌면 그는 ― 나중에 후회할 짓을 저지르기 전에 — 일단 크리스티안에게 전화를 해야 할지도 몰랐다. 둘 다 안심하기 위해서는 연설문을 적어도 한 번, 딱 한 번만이라도 아들과 함께 읽어보는 게 나을 것 같았다. 아들이 내켜하든 내켜하지 않든 간에. 결국 토마스가 자신의 작업을 스스로 평가하기는 매우 어려웠다. 자기 회의적인 성향인 그는 원래부터 자신을 믿지 못했고, 그게 아니더라도 자신의 틀을 깨지 못하는 사람이었다. 그러므로 그의 아들에게 달려 있었다. 사람들은 크리스티안이 깊이가 부족하고, 직업상 피상적인 글만 쓴다고 말할 수도 있겠지만, 토마스는 아들이 상황에 맞는 가장 적절한 어휘를 찾아내는 능력이 있다고 믿었다.

토마스는 결국 담배를 찾아내 불을 붙였다.

한동안 그는 담배를 피우는 자신을 곁에서 바라보았다.

애초에 그가 기대했던 게 맞긴 맞았다. 크리스티안에게 할아버지에 대해 알려줄 최고의 기회! 이 생각이 그에게 글의 갈피를 잡을 수 있도록 해주었다. 크리스티안은 그가 거의 불가능하다고 믿었던 창조력을 발휘할 수 있게 해주었고, 그것만으로도 아들의 역할은 충분했다. 토마스는 자신의 메시지를 전달해줄 사람이 필요했다. 무엇인가를 말할 수 있는 구체적인 대상이. 몇 번이나 아무런 성과 없이 책상에 앉아 있던 시간들이 충분히 증명하듯이 그는 말로 현혹하는 연설에는 소질이 없었다. 생일을 맞은 사람을 위한 축사에서 토마스 자신이 겪은 일들을 들려준다는게 대체 무슨 의미가 있겠는가. 더군다나 요르게 스스로 이미 더 환히 꿰고 있는 이야기라면. 아니, 아버지가 이미 오래전에 그에게 자신의 의견을 말할 권리, 더 나아가 '진실'을 말할 권리를 박탈한 뒤로는 그가 자신의 삶을 되돌아보기 위해서 아버지를 떠올릴 필요는 결코 없었다. 다른 한편으로 거기 온 사람들한테 이미 다 아는 얘기들을 다시 늘어놓는 게 도대체 무슨 소용이 있단 말인가? 왜 예전에 있었던 일들, 되새기고 또 되새긴 추억들을 죄다 끄집어내서 적당한 시점에 모두들 약속이라도 한 듯, 의당 그래야 한다는 듯, 아, 그래, 혹은 오, 그랬지, 하는 반응을 이끌어내고, 예정된 웃음을 기대하고, 생각에 잠긴 척하며 졸도록 강요해야 하는가? 왜 하필이면 그가, 토마스가, 그런 자리에서 드 후베란트가의 확성기가 되어 모두가 듣고 싶어 하는 말을 하고, 모두 말을 꺼내지 않는 편이 더 낫다고 생각하는 것에는 침묵해야 하는가? 그것도 이 가족 가운데 가장 큰 희생자이자, 그들의 우스꽝스러운 자만심의 희생자인 그가?

그를 빼고 하라!

그는 그들의 잔혹함을 미화하거나 그들의 거짓말을 축복하거나, 그들 스스로를 기만하도록 도울 생각이 없었다. 그들이 인정하고 싶지 않았던 것들, 세련된 거짓말쟁이들의 감수성에 화를 집힐 수 있는 것들에 망각의 베일을 씌우고 싶지 않았다. 그럴 수는 없었다. 그는 침묵에 동조하지 않으리라. 그는 아버지를 위해 모범생 노릇을 하고 싶지는 않았다. 지나간 시간을 사람들이 듣고 싶어 하는 대로 떠벌리다가 마지막에 가족의 수장이 동의한다는 듯 고개를 끄덕이며 "수고했다, 내 아들 아주 잘했어. 이제 자리에 앉거라!" 하는 말을 듣는 열성적인 학생 노릇을 한다는 생각만 해도 끔찍했다. 자신이 그렇게 할 거라고 어머니가 기대했다면 그건 그녀의 착각이었다.

이제 크리스티안이 요르게가 정말로 어떤 사람인지 알 때가 되었다.

토마스는 자신이 특별히 좋은 아버지라고 생각하지 않았다. 베아테가 그에게 늘 힐난했듯이 아이들이 질서와 신뢰를 그 무엇보다 필요로 했다면 그는 적당한 사람이 아니었다. 물론 그는 안정적인 교육이 아이들이 실제 삶을 사는 데 어떤 준비를 시켜주는지 알지 못했다. 그의 개인적인 경험에 따르면 그런 교육은 도리어 아이들을 불안정하게 만들 뿐이었다. 그러므로 교육적인 시각에서 볼 때 크리스티안의 교육에 대한 그의 기여는 아주 모자랐다. 그래도 그는 한 가지 점에서는 자신이 자랑스러웠다. 그는 아들을 요르게한테서 떼어놓았고, 체계적으로 할아버지의 영향력에서 아들을 벗어나게 해주었다. 자기 자신과 형제들은 구할 수 없었지만 적어도 크리스티안만은 구해냈다. 노인이 그의 아들을 맘대로 할 수 없게 만드는 것이 그의 교육의 유일한 원칙이었고, 지금까지 확고하고 완강하게 그것을 잘 지켜왔다.

당연히 요르게는 손자를 찾기에는 너무 거만했다. 그가 초대를 한 적은 한 번도 없었고, 그의 일상에 방해만 되는 가족 모임이나 다른 소란스러운 행사에서도 냉담하게, 거의 적대적으로 대했다. 그와 베아테에게 주기적으로 간청하는 사람은 에스더였다. 에스더는 그들이 아이들 집에서 살지 않아도 좋으니 적어도 방문은 해달라고, 휴가를 그 집에서 보내지 않더라도 가족잔치에는 참석해 달라고, 그 집에서 밤을 보내고 싶은 생각이 없다면 잠시 와서 커피라도 한 잔 마시라고, 자기들하고는 아무것도 하고 싶지 않다면 최소한 "잘 지내시나요!"라는 안부 정도는 해달라고 부탁했다.

"불쌍한 어머니, 손자가 얼마나 보고 싶었으면……."

베아테는 시어머니의 전화에 마음이 약해지곤 했다. 그러나 토마스는 그들과의 만남을 꼭 필요한 일로 제한했고, 어떠한 예외도 허락하지 않았다. 베아테가 잠자리를 거부하겠다고 협박하고, 계속 그렇게 냉랭하게 굴면 심지어 생활비를 줄이겠다고 말했지만 그는 끄떡도 하지 않았다. 그는 요르게도 초대받았다는 그 한 가지 이유로 크리스티안을 데리고 조카딸들의 합동세례식에 가는 것조차 거부했다. 그가 한 번 아니라고 하면 누구도 바꾸어놓을 수 없었다. 심지어 아이가 할아버지한테 가고 싶다고 했더라도 그는 절대 보내지 않았을 것이다. 물론 에스더가 통화할 때 거짓말을 했던 것처럼 아이가 더 자주 할아버지 댁에 가고 싶어 한 적은 한 번도 없었다. 토마스는 그 점에 있어서만큼은 절대로 타협하지 않았고, 언제나 자신의 원칙에 충실했다. 거기엔 그의 자존심이 걸려 있었다. 그러자 언제인가부터 그의 어머니도 체념하게 되었다.

크리스티안, 베아테 그리고 그는 부모님 댁을 일 년에 두 번 방문했다. 모두 모이는 생일에만. 그것으로 충분했다. 그 경우에도 그들은 대체로 제일 늦게 나타나서 제일 먼저 갔다. 형제들의 시기어린 눈길을 받으며. 그의 동생들은 불행해진 오빠보다 더 눈에 띄는 행동을 할 엄두를 내지 못했다. 그럴 수 있었다면 그들은 그보다 먼저 자리를 박차고 일어났을 것이다. 하지만 그는 장남으로서 실망시킬 수 있는 특권을 이용했다. 그는 예의 같은 건 전혀 고려하지 않았다. 크리스티안을 위해서 그는 그렇게 했다.

토마스는 아들이 가는 곳마다 따라다녔다. 요르게가 근처에 있으면 그는 아들 곁에서 결코 떨어지지 않았다. 크리스티안이 할아버지한테 "안녕하세요!" 하고 인사할 때면 그는 늘 아들 옆에 서 있었다. 노인이 그를 머리끝에서 발끝까지 훑어보든 말든. 노인이 손자에게 짧은 문장으로 어색하게 "공부는 잘하고 있냐?" "운동은 제대로 하고 있는 거냐?" "나중에 뭐가 되고 싶은 거냐?" 등의 질문을 해댈 때, 그는 아들의 어깨에 손을 얹었다. 아들이 용감하게 요르게의 눈을 똑바로 바라보며 "네", "아니오" 또는 "그저 그래요" 등으로 대답하는 동안 그는 아들 곁을 지켰다. 크리스티안이 그런 식으로 짧게 대답하는 것을 아내는 늘 못마땅하게 여겼지만, 토마스는 아들을 꼭 잡아주었다. 그가 늘 아들 곁에 있고, 필요한 경우에는 언제든 끼어들어서 보호해줄 수 있다는 확신을 아들에게 주고 싶었다. 크리스티안은 자신과 무척 닮아서 낯설지 않은, 언제나 자신의 질문에 대한 답을 이미 다 알고 있다는 듯이 행동하는 엄격하고 늙은 할아버지 앞에서 겁을 먹을 필요가 없다는 사실을 알아야만 했다. 요르게는 그의 아들에게 거의 심문하듯이 물었다. 매번 공손하지 못하게 짧게 대답한다고 야단치는 베아테와는 달리 토마스는 아들이 영리하게 군다고 생각했다. 그 심문에서 아들이 자신에 대해 털어놓지 않는 건 잘한 일이었다. 그 시간이 지나고 나면 그는 아들에게 나가서 놀라고, 되도록 멀리 가서 놀라고 했다.

그는 그 집에서 나오자마자 아들에게 아이스크림을 사주는 것을 한번도 잊지 않았다.

크리스티안이 자신의 영향권에서 벗어나면 요르게와 그는 잠시 팔짱을 끼고 마주섰다. 노인은 감정을 드러내지 않은 채 계속 질문을 이어나갔다. 이제 토마스 차례였다. 아버지는 박사논문은 어떻게 되어 가는지, 직장을 구했는지, 집안일을 하는 남자로서 무엇을 느끼는지 등을 아들에게 물었다. 그렇지만 아버지의 관심은 대체로 오래 지속되지 않았다. 그의 질문은 더 이상 아들에게 영향을 미치지 않았다. 토마스는 이제 아들이 안전한 곳에 있다는 것을 알고 있었다.

예전에 가끔은 그도 누군가가 그의 뒤에 서서 그의 어깨에 손을 올려놓았으면 하고 바랐다. 하지만 그러기에는 이미 너무 늦어버렸다.

그는 자신의 어떠한 감정도 요르게가 알아차리지 못하게 했다. 하지만 토마스는 손자를 떼어놓고, 장남의 장남, 그러니까 '가계 계승자!'의 얼굴을 거의 볼 수 없게 만든 것이 노인에게 심한 모욕감을 주었다는 것을 요르게의 서늘한 얼굴에서 느낄 수 있었다. 이런 태도라면 아직도 남아 있을지 모를 화해의 여지를 확실하게 날려 보낼 수 있었다. 토마스는 그의 아버지에게 너무나 많은 것을 약속해줄 수 있는 장래가 촉망한 손자와 아버지 사이에 그가 서 있다는 사실이 아버지의 영원불멸한 화를 불러일으켰다는 것을 잘 알고 있었다. 하지만 그런 건 아무래도 상관없었다. 그는 자신의 어린 시절을 짓눌렀던 냉혹함에 크리스티안이 걸려들지 않도록 막아서야 했다. 베아테의 시각에서는 그의 이런 태도가 아들의 교육에 '교육적으로 가치 있는' 도움이 아니었다. 그러나 토마스는 그가 가장 중요하다고 생각하는 본능에 충실했다. 그것은 다른 어떤 교육적 헛소리보다 훨씬 우선이었다. 그는 아이를 보호해야만 했다.

오늘까지 그는 가족들에게서 크리스티안을 온몸으로 지켜왔다. 그래서 아들은 바로 설 수 있었고, 그 상태를 유지할 수 있었다. 그는 아들을 위해, 아들 때문에 싸웠다. 그것이 그의 삶에서 그가 우위를 선점한 유일한 투쟁이었다. 그리고 그 싸움에서만큼은 아버지가 패배자였다. 이제 크리스티안은 혼자서 노인과 맞설 정도로 강해졌다. 그의 아들은 더 이상 어깨에 손을 올려놓을 누군가를, 뒤에 서 있을 누군가를 필요로 하지 않았다. 토마스에게는 이제 마지막으로 아들에게 해줄 일이 남아 있었다. 아들에게 요르게가 정말 어떤 사람인지 알려주는 건 그의 책임이었다. 인사말을 "너의 할아버지에 대해 알려줄 좋은 계기로구나"로 시작하는 건 잘한 것 같았다. 그리고 그건 다른 방식으로는 도저히 할 수 없는 것이었다. 왜냐하면 그는 이 인사말을 노인을 거룩하게 칭송하기 위해서도 아니고, 손님들을 교화하기 위해서도 아닌, 다만 크리스티안을 위해 썼기 때문이었다. 그는 아들을 위해, 아들에게 진실을 말하기 위해 이것을 썼다. 그러므로 화장실 사용 금지 부분이 취향에 따라 조금 불편할 수는 있어도 결코 문제가 되지는 않았다!

(그는 일단 그 부분을 괄호 속에 넣게 될 것이다.)

토마스는 미친 짓을 하지 않기로 결심했다. 그는 우선 이미 써놓은 내용이 자리를 잡을 때까지 기다리기로 했다. 그동안 그는 청소를 마저 했다. 절대로 공황 상태에 빠져 들면 안 되었다! 그는 그의 이 불안이 인사말 때문이 아니라 잔치를 예고한 아버지의 질긴 그림자 때문이라는 것을 알고 있었다. 하지만 이번만은 — 유일하게 그리고 마지막이기를! — 결코 주눅 들지 않으리라.

그는 인사말을 하게 될 것이다.

토마스는 책상에서 벌떡 일어나 상자를 하나 더 찾기 위해 지하실로 달려갔다. 첫 번째 상자는 이미 터져버릴 지경이었다. 한 번에 서너 계단씩 뛰어 내려가는 동안 베아테의 동료교사에게 전화를 해야 한다는 사실이 떠올랐다. 평범한 사람이라면 도저히 읽을 수 없는 아버지의 박사논문을 돌려주어야 했다. 불행한 일이 벌어지기 전에, 그러니까 수해로부터 구출한 이 마지막 책이 쓰레기로 변하기 전에 그 교사가 당장 그 책을 여기서 가져가는 게 상책이었다. 그런데 그 책이 대체 어디에 처박혀 있지?

토마스는 지나가면서 쓰레기를 담은 컨테이너 쪽으로 눈길을 돌려, 구석에서 조인트(하시시나 마리화나를 섞어 말은 담배-옮긴이)를 나눠 피면서 바보처럼 킥킥거리고 있던 페인트공 두 명을 눈빛으로 쫓아냈다. 그들을 일하러 돌려보내면서 그가 더 화가 났던 건, 자신이 맛만 보고도 적어도 몇 종류나 되는 삼을 구별할 수 있었고, 용매에 의해 그것들이 어떻게 대뇌엽을 무력화하는지 잘 알고 있는 처지였기 때문이었다.

그의 시선이 미치는 한 컨테이너에는 종잇조각뿐이었다. 아버지의 박사논문은 공기 속으로 흩어졌다. 도서관에서 이미 멋들어지게 표현했듯이 '찾을 수 없음. 지정된 자리에 없음'—Quod erat demonstrandum!(증명 끝!)

화염방사기가 죽인 잡초의 재가 저녁 바람을 타고 마당 쪽으로 흩날려, 마력이 꽤 되는 잔디 깎는 기계로 인해 공중으로 회오리쳤다가 여기저기 흩어졌던 갈색이나 엷은 초록색 줄기와 서서히 뒤섞였다. 정원 관리 업체에서 나온 사람은 기계광이라 소박한 빗자루를 손에 쥐고 쓰레기를 치우는 행동은 자신의 권위에 맞지 않는다고 생각한 모양이었다. 그렇지만 그것도 이제 끝이었다. 이제부터는 그가 힘겹게 지켜내려 했던 안락한 시간을 포기하고 직접 보수공사를 감독할 테니까. 일꾼들에게만 맡겨두는 건 낭패를 보기 십상이었다. 그들에게는 이제 놀랄 일만 남았다.

사람들이 그의 말을 듣지 않는다 하더라도 이제는 말을 하리라!

다행스럽게도 그는 제때 자신이 큰 실수를 하고 있다는 사실을 알아차렸다. 화장실 사용 금지에 관한 부분을 부드럽게 수정하거나 줄이거나 빼버리는 것은 잘못된 방법이었다. 오히려 그것을 더 확실하게 해두어야 했다! 그 부분을 더 보강해서 그것의 불쾌하고 비정상적인 면을 강조해야 했다. 어떤 경우에도 그가 아버지 때문에—단순히 아버지에 대한 생각에 지나지 않는다 해도!—사실을 명확히 밝히지 않고 넘어가는 일이 있어서는 안 되었다. 여태까지 살아오면서 그는 아무것도 명확히 하지 못했다. 이제는 그런 태도를 버려야 했다. 드디어 말할 때가 되었다!

토마스는 계단을 날듯이 내려가 두 번째 상자를 복도로 끌어다놓고는 서둘러 책상으로 돌아갔다. 이제야 사태가 정확히 파악되었다. 아버지를 향해 내뱉고 싶은 분노의 말들이 손끝에서 또렷하게 느껴졌다. 단호하게 그는 전화기를 들었다. 더 쓰기 전에 적어도 어머니에게만은 경고할 생각이었다. 그러다가 이곳에 와서 함께 지내겠다고 한 친구의 전화번호를 어머니가 주지 않았다는 데 생각이 미쳤다. 그렇다면 그에게는 달리 방법이 없었다. 싫든 좋든 간에 여러 달 동안 한마디도 나누지 않은 여동생 가운데 한 명한테 전화를 해야만 했는데, 일단 둘 중에 누구한테 빚이 적은지, 그리고 어느 정도를 갚을 수 있을지를 기억해내야 했다. 어쨌거나 여동생들이 그가 집수리 대신에 인사말을 떠맡게 된 거래에 대해서는 전혀 눈치 채지 못하도록 신경을 쓰면서 어머니의 전화번호를 알아내야 했다. 사실 여동생들은 오래전부터 그가 돈 한 푼 내지 않고 행랑채에 살면서도 게으름을 피우고, 관리인이라는 명목으로 월급을 받고, 그러면서도 자기가 해야 할 일을 다른 사람에게 떠넘긴다고 생각하는 눈치였다.

일단은 집수리 공사의 책임자한테 물어보는 게 현명했다. 어머니는 색깔 때문에 그 사람과 연락을 하고 있을 터였다. 그러면 어머니의 연락처를 알고 있을지 몰랐다. 그렇지만 낯선 일꾼한테 자기 어머니의 연락처를 알려달라고 말할 때에는 적당한 해명이 필요했다. 그런데 토마스가 장황한 변명을 일삼기도 전에 선량한 남자는 곧바로 휴대전화 속의 전화번호를 그에게 주었다. 행운은 유능한 자의 몫이었다! 토마스는 수화기 걸이를 한 번 누르고 곧장 숫자를 눌렀다.

에스더의 비행기가 연착되지 않았다면, 가방을 잃어버리지 않았다면, 연결버스가 막히지 않았다면, 어머니와 친구는 벌써 집에 도착했을 수도 있었다. 토마스는 더 이상 기다릴 수 없었다. 당장 전화를 해야 했다! 그렇지만 벨이 두 번 울리자마자 벌써 자동 응답기의 테이프가 돌아가기 시작하더니 아주 예전에 만들어놓은 것 같은 목소리가 들려왔다. 토마스는 곧바로 수화기를 내려놓으려고 했다. 그런데 그 목소리가 낯익었다. 그러고 보니 번호 역시도 눈에 익었다.

베아테!

에스더

"구두를 벗고 의자를 좀더 뒤쪽으로 젖히세요."

"몇 킬로미터만 가면 되는데 뭘……."

"그래도 벗으세요. 그럼 훨씬 편하실 거예요."

에스더는 구두를 벗는 것조차 힘들었다. 비행기에서 내내 앉아 있었더니 다리가 무겁고 물이 가득 찬 듯 잔뜩 부어 있었다. 앞으로 몸을 숙이고 고리를 벗기는 동안 머리로 피가 쏠렸다. 잠시 후 구두는 부드러운 소리를 내며 벗겨졌다. 발은 신발 밖으로 나오자마자 풍선처럼 부풀어 오르기 시작했다.

"이젠 구두를 못 신을 거 같구나."

그녀가 한숨을 내쉬었다.

"다리를 올려놓으세요. 트렁크에 욕실화가 있어요."

베아테가 차분하게 말했다.

에스더는 몸을 뒤로 기대고 글러브박스 아래쪽에서 발가락을 움직여 보았다. 천천히 감각이 되살아났다. 그녀는 사탕통과 유리창 닦는 걸레 사이에 발을 놔두었다.

"고맙구나."

그녀는 이렇게 말하며 베아테를 바라보았다. 베아테는 몸을 꼿꼿이 세운 채 운전을 하면서 길을 똑바로 바라보았다. 저녁 햇살 속에서 보니 그녀의 옆모습은 더 까칠해 보였다. 베아테는 공항에서 만났을 때보다 더 남성적인 느낌이 들었다. 그녀는 짧은 커트머리를 했는데, 더 젊어 보일 수도 있는 머리 모양이었지만 머리끝에는 이미 흰머리가 나 있었다. 아마도 베아테는 단지 편리하다는 이유로 이 머리 모양을 골랐을 터였다.

"얼마 전까지는 이 여행을 어떻게 해야 할지 상상하면서 마음만 바빴는데……. 그런데 지금 여기 와 있구나……."

베아테는 말없이 살짝 입술을 움직여 희미하게 미소를 지었다. 규칙적으로 그녀의 얼굴에 그림자가 드리우면서 푹 꺼진 볼 위에 선이 생겨났다. '남성적'이라기보다는 차라리 인디언 같다고 해야 맞을 것 같았다.

공항에 도착했을 때 에스더는 처음에 깜짝 놀랐다. 베아테와 통화할 때까지만 해도 토마스의 생동감 있고 영리한 아내를 생각하고 있었다. 베아테는 가족 중에서 오해를 살까 봐 전전긍긍할 필요 없이 진지하게 대화할 수 있는 유일한 여자였다. 그녀는 열심히 일하는 젊은 여선생의 인상을 풍겼는데, 그런 이미지는 외국어를 전공한 자신의 예전 모습과 어딘지 모르게 닮아 있었다. 그런데 세관을 통과하고 나니 뜬금없이 나이 든 인디언 여자가 그녀를 기다리고 서 있다가 팔을 벌렸다.

에스더는 고개를 돌려 휙휙 지나가는 초록의 나무 사이로 태연하게 펼쳐진 넓은 땅을 바라보았다. 초원과 목초지, 무덤, 울타리, 어둠 속에 떼를 지어 선 가축의 일렁이는 그림자, 그리고 수평선가의 수풀과 나무들의 굴곡이 밤을 흠뻑 머금고 땅으로 내려앉은 검은 구름처럼 보였다.

저 멀리 갯땅(북해 연안의 평평하고 아주 비옥한 저지—옮긴이) 위에 한 줄로 늘어선 풍차들은 느릿한 날갯짓으로 생기 없는 하늘을 가르고 있었다.

"뭐 덮을 거라도 드려요?"

베아테의 목소리가 들려왔다.

"나한테 너무 잘해주면 나중에 내가 떨어지지 않아서 귀찮아질걸."

"뒷좌석에 담요가 있어요. 필요하면 쓰세요."

시트에서는 여전히 비스킷 가루와 담배로 찌든 냄새가 났다. 아마도 토마스가 예전에 이 안에서 피웠던 담배 탓이다. 그가 끊이지 않고 피워대던 담배에 대한 그리 유쾌하지 않은 기억이 아득하게 스쳐갔다. 별로 떠올리고 싶지 않은 기억이었다. 베아테와 토마스가 얼마나 싸웠을지, 여기, 이 차 안에서 어떤 비난들이 큰 소리로 오고갔을지, 그들이 주차장에 차를 세워둔 채 전조등을 아래로 조정해놓고서 이렇게 앉아 얼마나 많은 약속과 화해를 했을지, 그리고 마침내 완전히 인내심을 잃어버린 베아테가 토마스를 거리로 내몰고 혼자서 이 차를 몰게 될 때까지 얼마나 많은 기회들이 사용되지 않은 채로 남아 있었을지, 에스더는 그 어떤 생각도 하고 싶지 않았다. 그녀는 말끔히 지워내고 다 털어냈다. 그러나 차 시트에는 여전히 냄새가 남아 있었다.

"그래."

에스더는 한숨을 내쉬며 생각을 멈추었다.

초원, 목초지, 무덤, 밤.

희미한 불빛 속에서 옆에 앉아 있는 인디언 여자는 손가락을 두 개 올려 깜빡이를 켜고, 새가 머리를 돌리듯 왼쪽 차선으로 들어섰다.

그녀는 전화상에서 자신과 그렇게 잘 통하던 그 여자가 아닌 것 같았다.

"짐을 찾는 데 시간이 오래 걸려서 미안하구나. 그런데 정말이지 다른 사람들은 집안 살림을 전부 다 들고 왔는지 원……."

인디언 여자의 얼굴에는 아무런 동요가 없었다.

"거기 앉아서 사람들을 관찰했어요. 공항은 사실 커다란 동물원이나 다름없거든요."

그녀의 목소리는 자동차 엔진 소리와 섞였다. 깊고, 조금은 거칠었지만 익숙한 목소리였다.

"마치……."

에스더는 눈을 감았다가 곧 다시 떴다.

"학교 소풍이라도 가는 기분이 들었던 거 같아."

"요즘엔 학생들이 공항을 저보다 더 잘 알아요."

다시 그림자 같은 두 손가락이 희미하게 빛나는 기계 장치를 스쳤다. 한 번 더 깜빡이. 옆모습이 마치 독수리 머리처럼 보이는 인디언 여자는 이번에는 오른쪽 차선으로 들어섰다. 맞은편에서 오는 헤드라이트 불빛이 그녀의 짧은 회색빛 깃털을 비추었다.

에스더는 창밖을 내다보았다.

요르게 없이 고향에 오니 남다른 느낌이었다. 그가 없으니 마치 전혀 다른 나라를 여행하는 듯한 기분마저 들었다.

그녀는 베아테가 별 의미 없는 얘기라도 계속하기를, 학교에서 있었던 일이라든지 뭐 그 비슷한 얘기라도 들려주기를 바랐다. 그녀는 낯설지만 익숙한 그녀의 목소리가 듣고 싶었다. 그녀는 베아테의 말을 기꺼이 귀담아들으며 솜으로 귀를 막은 듯한 편안하고 먹먹한 상태에 빠져들고 싶었다. 그렇지만 에스더는 그렇게 해서는 안 된다는 것을 알고 있었다. 그녀에게는 수행해야 할 임무가 있었으므로 정신을 차려야 했다. 그리고 그 임무는 베아테와 토마스가 적어도 잔치 동안만이라도 잘 지낼 수 있도록 만드는 것에서 시작해야 했다.

화해까지는 그녀도 엄두가 나지 않았다.

베아테의 집에서 날씨가 좋을 경우를 예상하고 잔치를 준비하는 일이 그나마 에스더가 해야 할 일들 중에서도 쉬운 편에 속했다. 그녀는 처음부터 당연한 일이었는데도, 며느리에게 잔치에서 토마스와 만나게 되리라는 걸 설명하기가 어려웠다. 에스더는 베아테가 어쩌면 그것 때문―그녀를 돕기 위해서만이 아니라―에 잔치를 그렇게 반겼기를 바라고 있었다. 그런데 지금 시트 냄새는 다른 생각을 불러일으키고 있었다.

어쩌면 두 사람이 다시 만나지 않는 것이 더 나을지도 몰랐다.

아무리 머리를 굴려봐도 사방에서 어려움이 그녀에게 닥쳐오고 있다는 생각만 들었다. 토마스가 베아테에 대해서, 그러니까 잔치 준비에 베아테가 개입되었다는 사실에 대해서 전혀 모르고 있다는 걸 베아테에게 어떻게 설명해야 할까? 그리고 그녀가 함께 준비해왔다는 사실을 토마스에게는 또 어떻게 설명해야 할까? 어떻게 해야 토마스가 속았다는 느낌이 들지 않을까? 도대체 어떻게 해야 베아테를 핑계로 그가 가족 모임 자체를 거부하지 않도록 할 수 있을까? 조심스럽게 베아테에 대해서 마음의 준비를 하게 할 방법이 있다 할지라도, 막상 그녀와 한 공간에 있게 되었을 때 과연 토마스는 어떤 행동을 보일까? 붉은 포도주에 절은 토마스는 시간이 흘러 밤이 될수록 얼마나 괴팍하고, 심술궂고, 무례하게 행동할까? 게다가 하필이면 토마스가 인사말을 한다는 것에 대해 베아테는 또 어떤 반응을 보일까?

그녀는 베아테에게 털어놓아야만 했다. 빠르면 빠를수록 좋았다. 그녀는 토마스가 인사말을 가능하면 저녁 일찍 할 수 있도록 계획을 세웠다. 저녁 식사 전에, 포도주에 취하기 전에 하는 게 가장 좋았다. 에스더는 그를 단상으로 불러낼 말을 떠올렸다. 분위기를 부드럽게 할 소박한 말로 환영인사를 하는 게 좋으리라. 저녁 시간을 어떤 순서로 채워넣을지 그녀는 베아테와 빨리 의논해야 했다. 그렇지만 그러기 위해서는 먼저 사실을 다 털어놓아야 했다. 그것도 토마스한테 잔치 인사말을 맡겨놓은 이래로 그녀의 마음을 짓누르고 있는 돌덩이를 눈치 채지 못하게 하면서. 겉으로는 그저 슬쩍 지나치듯이 대수롭지 않은 비밀처럼 들려주려면 너무나도 당연한 일이라서 깜빡 잊었다는 듯이 넘어가려면 적절한 순간을 포착하는 일이 중요했다.

"그럼 내일 점심에 시식하러 갈까?"

에스더가 힘없는 목소리로 물었다. 그녀는 연기를 잘할 줄 몰랐다.

"너무 힘드시지 않으면요."

베아테의 목소리가 들려왔다.

"사람들이 손으로 집어 먹는 음식Fingerfood을 좋아할지 모르겠어요. 파티 서비스 사람들 말로는 시식은 공짜라니까, 그쪽에서 초대하는 걸로 생각해도 될 것 같아요. 그렇죠?"

"그럼, 그럼."

그녀는 맞장구를 쳤다.

"계획을 짜면서도 잔치를 즐겨야 한다는 생각이 들어요."

에스더는 잠시 기다렸다. 목소리는 더 이상 말이 없었다.

"나도 그렇게 생각해, 베아테."

그녀는 중얼거렸다. 하지만 인디언 여자를 바라보지는 못했다. 그녀의 목소리는 점점 더 낮아졌다.

"그렇게 하는 게 좋겠지."

에스더는 며느리에게 아무것도 숨기고 싶지 않았다. 결국 그녀는 적절한 순간이 오면 모든 걸 털어놓게 되리라. 다만 베아테뿐 아니라 어느 누구도 토마스의 인사말과 집수리 비용을 놓고 자신이 거래를 했다는 사실을 알아서는 안 되었다.

하늘은 먹물을 풀어놓은 듯했고, 땅 위로 짙은 푸른색 물결을 흘려놓고 있었다.

"일단 저희 집으로 가서 짐을 좀 정리한 다음에 뭐라도 마시러 가요. 시장하시지 않으면요."

목소리가 그녀를 현실로 되돌아오게 만들었다.

"아니, 괜찮아. 비행기에서 뭘 좀 마셨더니 생각이 없구나."

비행기 안에서 한잔 했다는 게 에스더는 약간 무안했다. 그렇지만 샴페인의 효과는 금방 사라졌고, 지금은 그저 피곤할 뿐이었다. 피곤이, 샴페인이 몰고 온 피곤이 스멀거렸다. 베아테는 평소에 집에서 요리를 해먹을까? 밖에서 식사를 할 때도, 지금 자동차를 몰 듯이 건드릴 수 없을 정도로 자신감에 차 있고 단호한 모습일까?

"내일을 위해서 위를 약간 비워두는 게 낫겠어."

너무 늦게, 너무 낮게 에스더는 덧붙였다. 임무가 시작되자마자 이내 엄청난 피곤이 몰려들었다.

그저 좀 피곤할 뿐이겠지, 하고 그녀는 되뇌었다.

어딘가에서 신선한 공기가 스며들어와 그녀의 이마와 관자놀이를 스쳤다. 어쩌면 이음새가 헐겁거나 창문 틈이 조금 열려 있었는지도 몰랐다. 에스더는 가느다란 공기의 흐름에 얼굴을 맡긴 채 눈을 감았다. 그녀는 비 냄새를, 땅에서 피어오르는 축축한 냄새를 맡았다. 잠시 그녀는 그 냄새에 몸을 기대고 추억 속에 잠겼다. 이 모든 게 너무나 그리웠던 것도 같았다. 에스더에게 울적함이, 이유를 할 수 없는 오래된 슬픔이 밀려들었다. 그녀는 그런 감정 때문에 마침내 자신이 집에 돌아왔다는 사실을 느낄 수 있었다.

"이따가 요르게한테 전화하라고 일러주겠니?"

그녀는 눈을 뜨지 않았다.

인디언 여자는 아마도 고개를 끄덕였을 것이다. 에스더는 그녀의 대답을 듣지 못했다.

베아테를 속이고 있다는 건 그녀에게 큰 부담이었다. 친딸들한테 비밀이 있는 것보다 훨씬 더 어려웠다. 가족 관계를 유지하려면 다양한 속임수가 필요했기 때문에 자녀들에게 너무 솔직해서는 안 되었다. 에스더는 힘겨운 일이 있을 때면 며느리에게 전화를 걸었고, 그러면서 힘을 얻곤 했다. 그녀는 토마스가 얼마나 비뚤어진 녀석인지 너무나 잘 알고 있었다. 그가 집을 떠났을 때, 그녀가 아닌 다른 사람이 그의 짐을 떠안게 된다는 것이 늘 마음에 걸렸다. 그녀는 아들이 부끄러웠다. 그렇다고 평생 아들을 대신해서 사죄할 수는 없었다. 토마스와의 결혼을 결정한 사람은 베아테 자신이었다. 그녀는 오랫동안 그와 사귀었고, 그를 잘 알았다. 에스더는 그녀에게 아들에 대해 분명하게 경고했다. 베아테는 그녀의 말을 잘 새겨들었어야 했다. 베아테조차 토마스를 바꾸어놓지 못했다. 그런데 이상하게도 그 사실이 에스더를 안심시켰다.

에스더는 두 사람의 행복과 불행에 대한 책임감을 떨쳐버릴 수 없었다. 오늘까지도. 다만 지금 이 순간 그녀는 너무 피곤했다.

왜 모든 것을 지금 그대로 놔둘 수 없을까? 삶이 갈라놓은 것을 왜 다시 이으려고 할까? 왜 이 잔치를 하려고 할까?

"자, 여기요."

인디언 여자가 뒤쪽을 더듬거리더니, 그녀에게 담요를 건네주었다.

"아니, 괜찮다니까……."

"추우실 거예요."

그녀는 한기를 느끼기는 했지만, 그래도 쾌적한 기분이었다.

"찬바람을 좀 쐬니 기분전환이 되는걸. 스페인은 내내 무더웠거든."

에스더는 자신이 왜 이렇게 꾸며대는지 스스로도 잘 이해가 되지 않았다.

"정말이야. 난 비가 좋단다. 가끔 집이 그리웠던 건 오직 비 때문이었을 게다."

"여기도 오랫동안 비가 내리지 않았어요."

"내 말이 무슨 뜻인지 넌 알 거야."

에스더는 이렇게 말하며 결국 담요를 받아들었다. 갑자기 고마운 생각이 들었다. 그녀는 담요로 가슴과 어깨를 감쌌다. 인디언 여자의 손이 도마뱀처럼 어둠 속에서 재빨리 핸들로 돌아갔다.

어쩌면 베아테가 자신의 속을 빤히 들여다보고 있다는 느낌이 들어서 그녀를 마주하기가 그토록 어려웠는지도 몰랐다.

곧바로, 그녀를 무력하게 만드는 따뜻한 기운이 온몸에 퍼졌다. 에스더는 보드라운 양털 같은 담요에 턱을 파묻었다. 세상에는 자신이 상관할 수 없는 일이 있었다. 그녀가 감당하기에는 너무 큰 일도 비일비재했다. 모든 면에서 전략적으로 행동하면서 이중 게임을 벌이는 건 사실 아무 의미도 없었고, 그러기에는 그녀가 너무 약했다. 그녀는 누군가를 의지해야 했다. 그러자 에스더는 진실을 말하는 게 더 이상 겁나지 않았다. 오히려 인디언 여자가 이미 다 알고 있을까 봐 두려웠다.

"베아테……."

"네?"

만약 지금 통화 중이었다면 그녀는 모든 걸 털어놓았을 수도 있었을 텐데.

"혹시 내가 잠들면 깨워주겠니?"

"거의 다 왔어요."

달래는 듯한 태도를 취하며 인디언 여자가 다시금 깜빡이를 켰다. 그녀는 평온 그 자체였다. 에스더는 지금 이 순간 그녀의 어깨에 기대고 싶다는 생각 외에는 아무 것도 떠오르지 않았다. 그들은 곧 고속도로를 벗어났다.

슈퍼마켓과 주유소, 조명 광고판이 이어지다가 스탠드를 켜놓은 거실 창, 형광등이 밝게 켜진 부엌, 한 줄로 늘어선 가로등 그리고 불을 켜놓은 주택가의 다양한 형체가 번갈아가며 나타났다. 점점 거리와 상점들이 늘어났다. 한때는 그 이름들만으로도 하나의 말이 될 정도로 그녀에게 일상적인 것이었다. 그렇지만 에스더는 그 단어들을 오랫동안 입에 담지 않았고, 그녀에게서 잊힌 음절들은 시의 언어들처럼 환상적으로, 비현실적으로 울려왔다.

너무나 많은 것이 변해 있어서 한눈에 알아보기 어려웠다. 차를 타고 지나치는 동안 향수에 젖을 시간도 없이 새롭게 변신한 많은 것이 에스더의 눈을 채웠다. 그렇다고 해도 어디가 어딘지 분간하지 못할 정도는 물론 아니었다. 많은 변화 속에서도 그녀가 겪은 세월을 함께 지켜본 집들과 담들이 여전히 곳곳에 남아 있었고, 그것들 역시 그녀처럼 유행에 많이 뒤처져 있었다.

그녀는 차가 교차로나 신호등 앞에 멈출 때마다 잠깐이라도 더 눈여겨보았고, 그러면 지난 세월의 흔적이 어슴푸레 모습을 드러냈다.

밤의 도시는 냉랭한 표정을 짓고 있었지만 그래도 에스더는 이곳을 알아볼 수 있었다. 그렇지만 그녀는 이 거리를 서둘러 걸어갈 때, 상점에서 상점으로 돌아다닐 때, 세 아이를 키우면서 남편의 기분을 살펴야 했을 때는 어떤 느낌이었는지 잊어버렸다. 당시 그녀가 걸었던 길은 기억이 났지만, 그때의 느낌은 기억나지 않았다. 에스더는 자신에 대한 세세한 추억 없이도 생각보다 많은 장소가 기억 속에 남아 있다는 사실에 놀랐다. 여기서 살았던 그녀 자신보다도 장소가 훨씬 더 익숙하게 다가왔다.

에스더는 차에서 내려 인디언 여자의 뒤를 따라갔다. 트렁크를 꺼내 보도 위로 내려놓기 전에 새 머리의 여자는 모이를 쪼아 먹듯 자신의 머리를 좌우로 움직였다. 에스더는 앞서 갈 수 없었지만, 그녀가 이미 여러 번 되새겨온 새를 닮은 여자의 행보를 모두 알고 있었다. 낯선 욕실화의 찍찍거리는 소리가 그녀의 발꿈치를 따라오고 있었다.

어제 이 시간에는 자신의 임무가 오늘 얼마나 무의미하게 될지 전혀 생각하지 못했다.

'B. 게르버' 대문 옆 문패에는 그렇게 쓰여 있었다. 마치 예전부터 거기 있었던 것처럼. 며느리가 혼자 살기 시작하면서 토마스가 여기 살았던 시절보다 더 자주 찾아왔기 때문에 에스더한테 그런 느낌이 들었을 것이다. 굽이 낮은 구두를 신은 인디언 여자는 거의 소리를 내지 않고 계단을 올라갔다. 반면 에스더가 신경을 쓰는데도 욕실화에서는 점점 더 큰 소리가 울려나왔다. 그녀가 리놀륨에 발을 대면 스펀지에 모래가 들어간 것처럼 서걱거렸다.

그녀의 임무가 갑작스레 무의미하게 느껴진 것보다 자신의 모든 계획이 수포로 돌아가고 허무해진다니 얼마나 홀가분한가 하는 생각이 에스더를 더 놀라게 했다.

거실에 들어서기 전에 그녀는 마치 계속 여기서 살고 있는 사람처럼 욕실화를 벗고 맨발로 바닥을 밟았다.

에스더가 지낼 방을 보여줄 필요는 없었다. 하지만 인디언 여자는 그녀에게 문을 열어주었고 천장의 불을 밝혀주었고 트렁크를 들여놓아주었고 커튼을 닫아주었다. 에스더는 꼼꼼하게 둘러보지 않고도 이미 베아테가 자기 때문에 청소기를 돌리고 걸레질을 했다는 것을 알 수 있었다. 다 잘 정돈되어 있었고 깨끗했지만, 왠지 고독해보였다. 이 집이 베아테 혼자 쓰기에는 너무 큰 게 아닌가 하는 그녀의 오랜 걱정을 확인한 셈이었다.

그녀가 쓸 방은 아이 방이었다. 그녀는 손자가 이 방에서 지내는 것을 한 번도 본 적은 없지만 아이 방이라는 걸 알 수 있었다. 베아테가 토마스에게 부부의 침실을 사용하지 못하게 하고 나서는 그가 잠깐 이 방에서 지내기도 했다. 그가 이 방에 살았던 기간은 아주 짧았으므로 그의 흔적은 거의 남아 있지 않았다. 바닥에 깔아놓은 양탄자에 쥘트(Sylt: 독일 최북단에 위치한 섬. 관광지로 유명함-옮긴이) 섬 모양의 붉은 포도주 얼룩과 침대 머리맡 쪽 벽지의 번들거리는 자국 외에는. 토마스는 몸을 일으키지도 않은 채 종일 침대에 누워서 책을 읽으며 보낼 때가 많았다. 그녀는 그의 이런 버릇도 고쳐놓지 못했다.

베아테는 베개를 들어 탁탁 쳤다. 그러고는 텅 비어 있는 책꽂이에 외롭게 놓여 있던 재떨이를 주머니에 넣었다. 두 사람의 눈길이 마주쳤다.

"그냥 놔둬도 돼."

에스더가 말했다. 이제 말을 꺼내야 할 때가 되었고, 진실을 털어놓아야만 했다. 지금 이 공간은 토마스에 대한 생각으로 가득했고, 둘 다 그것을 느꼈으니까. 이 주제에서 벗어나려면 둘이서 번갈아가며 춤이라도 추어야 할 판이었다. 베아테는 그냥 나가지 않고 머뭇거렸다.

"잠이 잘 오게 뭐라도 한잔 마실까요?"

그녀는 약간 수줍은 듯 미소를 지었다.

마음을 터놓고 얘기하기에는 지금도 늦지 않았다. 그렇지만 에스더는 그저 고개를 끄덕이며 가방을 열어서 잠옷을 꺼냈을 뿐이었다. 그리고 부드럽게 덧붙였다.

"금방 나갈게."

집에 들어선 후로 인디언 여자는 자신에 대한 모든 통제력을 잃어버린 것처럼 보였다. 혼자 사는 여자에게 방들은 너무 높고 너무 넓었다. 베아테조차도 이 집에서는 방향 감각을 잃었다. 그렇다고 해서 에스더의 기분이 좋았던 건 아니었지만, 그래도 왠지 힘이 되었다.

그녀는 개집에서 지낼 때를 대비해 챙겨온 실내화를 찾아 신었고, 블라우스와 치마들은 옷장에 걸어두었다. 물론 그것들은 나중에 한 번 더 다려야 했다. 세면도구를 목욕탕에 갖다놓으며 잠깐 거울을 보고 머리를 정돈했다. 그러다가 그녀의 얼굴에 드리운 즐거운 기색에 흠칫 놀랐다. 그러고 난 후 그녀는 부엌으로 갔다. 베아테는 혼자서 뭔가를 준비하고 있었다. 에스더는 한가운데 놓인 큰 식탁 앞에서 멈춰 섰다. 의자가 여섯 개 놓여 있지만 원래 팔 인용이었고, 지금은 한쪽 끝만 사용하는 게 확실했다. 그녀가 눈에 보이는 대로 판단해보면, 베아테는 보통좁은, 자로 잰 듯이 일정한 구역에서만 살아왔다. 언제나 같은 의자에 앉았고, 같은 길로만 다녔다. 양탄자의 색이 현저하게 차이가 났는데, 늘 다니는 부분만 바랬고, 닳아 있었다. 비루먹은 개의 털처럼 구멍이 나서 속살이 훤히 드러난 곳도 있었다. 몇 년 지나지 않아 완전히 구멍이 나고 닳아 헤질 게 분명했다. 습관 때문에 잊힌 아무도 밟지 않은 풍경 한가운데 마모된 섬들과 베아테의 닳은 길이 있었다. 에스더는 고개를 돌렸다. 며느리 역시 나이가 들었다. 그녀는 그녀의 법칙에 따랐다. 그녀가 평생 다녔던 길과 제한된 구역은 그녀 스스로 선택한 거였다.

그녀는 그 이상을 필요로 하지 않았다.

식탁 끝에 앉으면 안뜰과 앞집이 내다보였다. 한순간 에스더는 마음을 정하지 못하고 거기 그냥 서 있었다. 그러다가 부드러운 양탄자를 밟으며 베아테의 뚜껑 달린 책상 쪽으로 걸어갔다. 일찍 돌아가신 그녀의 부모님에게서 물려받은 유산이었다. 손끝으로 그녀는 흑단의 상감 세공을 더듬어보았다. 책상 뚜껑은 닫혀 있었다. 베아테는 수업 준비와 숙제 검사를 식탁에서 해치우는 모양이었다. 그녀와 그녀의 삶을 둘러싼 좁은 원 안에서. 닫힌 책상 위쪽 유리접시에는 우편물이 쌓여 있었다. 위쪽에는 공적인 편지들이 놓여 있었는데, 전기, 수도 요금이거나 학교 당국에서 보낸 것들 같았다. 수신인란에는 '베아테 드 후베란트'라고 쓰여 있었다. 에스더는 자기도 모르게 한 발 뒤로 물러섰다.

베아테는 꽤 오랫동안 자신의 성姓을 고집했고, 그럼으로써 드 후베란트의 자존심에 예리한 상처를 냈다. 그녀는 토마스가 집으로 데려왔던 여자 가운데 제일 미래가 밝아 보였고, 가장 괜찮은 여자였다. 거기다 그녀는 자립심마저 갖추고 있었다. 그러나 요르게는 그녀를 언제나 '베아테 게르버'로 대했고, 결국에는 그렇게 되었다. 그녀는 몇 년 동안이나 동거를 하다가 결국 토마스와 결혼하기로 결심했다. 그렇게 그녀가 법적으로도 드 후베란트의 일원이 되었는데도 상황은 하나도 달라지지 않았다. 그녀는 크리스티안이 학교에 들어갈 때까지 결정을 미루었다. 그녀가 가족이 되기 위해서가 아니라 아이가 학교에서 겪게 될지도 모르는 당혹스러운 상황을 예방하기 위해서 드 후베란트라는 성을 받아들였다는 추측이 아마도 맞을 것이었다. 아무튼 요르게는 상황을 그렇게 받아들였고, 다른 친척들도 요르게와 같은 의견이었다. 가족들이 모두 그녀를 '그저 게르버라는 성을 지닌 여자'로 대하는 게 베아테한테는 아무렇지도 않은 것 같았다. 아니 그것을 당연하게 받아들였는지도 몰랐다. 그렇지만 에스더는 진짜 가족이 되고 나서 극복할 수 있었음에도 불구하고 엄연히 존재했던 이 거리, 이 간격을 지금도 여전히 고통스럽게 받아들였다. 그녀 자신도 거기서 자유롭지 못하면서도. 그녀는 누군가가 며느리를 "드 후베란트 부인"이라고 부를 때마다 매번 흠칫 놀라곤 했다.

"리오하가 있지 뭐예요."

베아테는 목이 긴 큰 잔을 두 개 들고 와 잔 하나를 그녀에게 건넸다.

"토마스에 대해 얘기 좀 하자꾸나."

에스더는 좀 갑작스럽게 말을 꺼냈다.

"잔치 때문에 그래."

그 말이 얼마나 단호하게 들리는지 그녀 스스로도 놀라웠다.

지금이 적절한 때가 아니라는 건 분명했다. 하지만 그녀는 더 이상 언제가 적절한 시기인지 가늠하고 싶지 않았다.

베아테는 약간 놀랐다는 듯이, 아니 어쩌면 무슨 얘기가 나올지 궁금하다는 듯이 그녀를 바라보았다. 그녀는 에스더를 환히 들여다보고 있었다.

"토마스를 먼저 만나봐야 할 거 같구나. 모레, 토마스한테 가볼 생각이야."

에스더는 설명하면서 자신의 목소리에 조금 더 따뜻한 기운을, 조금이라도 친밀한 느낌을 더하려고 애썼다.

"하지만 먼저 너하고 의논을 하고 싶어서 그래."

베아테는 말이 없었다. 그녀의 포도주 잔이 조금 내려갔다. 그저 몇 센티미터에 불과했지만. 리오하는 짙은 붉은 빛으로, 잔의 불룩한 부분을 따라 찰랑거리며 맴돌았다. 그 순간 에스더는 인디언 여자를 되찾고 싶었다.

"토마스가 잔치에서 몇 마디 하게 될 거야. 그저 몇 마디, 내 희망이지만."

에스더는 잠시 기다렸다. 하지만 아무 반응이 없었다.

"괜찮니?"

"당연하죠."

당연한 것은 아무것도 없었다.

"인사말을 해달라고 내가 그 애한테 부탁했단다."

에스더는 고개를 숙였다. 그녀는 진실에 다가가긴 했지만 아직 다 털어놓지는 못했다.

"모르겠구나……."

갑자기 말을 잇기가 힘겨웠다.

"내가 어떻게 해야 너희가 서로를 잘 참아낼지, 실은 나도 모르겠어."

어쩌면 인디언 여자는 알지도 몰랐다.

"우린 잘 참을 수 있을 거예요."

베아테가 말했다.

"그게 힘들면, 제가 먼저 일어설게요."

"하지만……."

"하지만은 없어요. 싸움이 벌어지기 전에 제가 자리를 피할게요."

"하지만 넌 이렇게 애를 많이 썼잖니. 그리고 그 애는……"

에스더는 고개를 저었다. 그저 가만히 고개만.

"어머니를 도와드리고 싶었을 뿐이에요. 그게 다예요."

베아테는 그녀를 위로하려고 했다. 하지만 그녀가 필요했던 건 위로가 아니었다.

"전 그저 즐거운 잔치가 되기만을 바라요."

"아니다, 네가 없으면……"

"어쩔 수 없는 경우라면 제가 없어도 되잖아요."

베아테는 대화를 끝냈다. 그녀의 잔에 담긴 포도주는 안정을 되찾았다.

"나도 모르겠구나."

에스더는 정말 알 수가 없었다.

"우리, 그걸 위해 마실까? 토마스와 네가 함께하는 잔치를 위해서?"

그녀가 조심스레 잔을 들어 올리자 베아테도 그녀를 따랐다.

"아버님한테 전화하신다고 하셨죠?"

그녀가 말했다.

크리스티안

"…… 코르덴바지를 입고 앉아서 계속 담배만 뻑뻑 피워댔다고. 뭔가 생산적인 일이라곤 전혀 할 수 없는 분위기였다니까. 책상이 어땠는지 당신은 아마 상상도 못할 거야. 그냥 어지럽혀진 정도가 아냐. 먼지가 이렇게 쌓인데다 사방에 재가 떨어져 있었다니까!"

크리스티안은 엄지와 검지를 집게 모양으로 몇 밀리미터쯤 벌려 보여주었다. 그는 저녁 내내 리카르다한테 아버지에 대해 험담을 늘어놓을 기회를 엿보고 있었다. 지금은 그의 흥분이 다소 작위적이라는 느낌마저 들었다.

"아버지가 상관없다면야……."

리카르다는 이렇게 말하며 문을 열었다. 파티에서 그녀는 방금 전까지도 아주 쾌활하게 수다를 떨었지만, 지금은 짧게 말을 끊었다.

"당신 지금 어깨를 으쓱했어?"

크리스티안은 멈춰 섰다.

"지금 어깨를 으쓱했지!"

"들어와, 그만."

리카르다는 핸드백을 현관 장식장에 올려놓고 집 안으로 사라졌다. 크리스티안은 그녀를 따라 들어갈 수밖에 없었다.

"그 사람이 우리 아버지라고 알아? 이 세상에서 살아가는 방법을 나한테 가르쳐주었어야 하는 사람이라고. 내게 모범을 보여줄 사람 말이야! 내가 하루 종일 에스프레소나 마시면서 설거지를 산더미처럼 쌓아두면 당신 대체 나한테 뭐라고 할 거 같아? 당신한테 얘기하고 있잖아. 피하지 말라구!"

"늦었어. 크리스티안 이웃사람들이 깨겠어."

리카르다는 그를 지나 욕실로 들어가서 문을 닫았다.

"하지만 아버진……."

크리스티안은 목소리를 낮추고 몸을 숙여 가능하면 울림이 문틈으로 퍼지게 하려고 애를 썼다.

"내가 연설문을 대신 써주기를 바란단 말이야. 듣고 있어?"

화장실 문에 대고 얘기하는 것보다 더 고마운 대화도 있으련만.

"아버진 아무것도 하지 않았어, 리카르다. 아무 생각도 해두지 않았다고. 첫 문장조차 쓰지 않았어. 아무짝에도 쓸모없는, 무의미한 문장 몇 줄 써둔 게 전부라고!"

"어쩌면, 두려우셨을지도 몰라."

그녀는 물을 틀어놓고 손을 씻는 모양이었다.

"뭐라고? '두려우셨을' 거라고? 그 일이?"

"당신이 아버지를 위해 인사말을 써야 한다고 생각해봐. 당신도 뭘 써야 할지 막막할걸."

"나는⋯⋯."

크리스티안은 이런 대화에 말려들지 않을 작정이었다.

"나는 어쨌든 아버지가 살아 있는 동안 절대로 잊지 못할 인사말을 할 거야."

사실 마지막 말은 하지 말았어야 했다. 그렇지만 문 뒤쪽에서는 아무런 소리도 들리지 않았다.

"리카르다?"

파티에서도 그녀는 계속해서 그를 따돌렸다.

"크리스티안, 정말 당신한테 묻고 싶은 게 있는데⋯⋯ 솔직하게 대답해줄 수 있어?"

그녀는 문 바로 옆 수건걸이 앞에 서 있는 것 같았다.

"토마스가 당신한테 대체 뭘 어떻게 했기에 그래?"

"그게 문제가 아니야. 그러니까 문제는⋯⋯."

아무것도 없었다. 아버지는 그에게 아무것도 하지 않았다. 아이였을 때 때리지도 않았고, 귀찮게 한다고 벌을 주었던 적도 없었다. 토마스는 그를 가르치려고 들지 않았다. 대신에 그가 하고 싶은 대로 하도록 그냥 놔두었다. 아버지는 학교 교사나 운동 선생보다도 그에게 해준 게 없었다. 그건 그의 아버지에 대해 말할 수 있는 것 중에서 최악이었다. 물론 리카르다는 그 점 역시 인정하려 들지 않겠지만.

"…… 문제는 원칙이야. 아버지가 뭐든지 피하려고만 한다는 게 문제라고. 어떤 일이 있을 때, 실패할 수도 있다는 생각이 들기만 하면 그냥 달아나고 말아."

크리스티안은 이 말싸움을 계속하기에는 너무 지쳐 있었다.

"문제를 회피하는 데 쓰는 에너지를 반만 그 일에 쏟았어도 벌써 끝냈을 거야."

아버지한테 그런 얘기를 해주는 건 그의 몫이 아니었다. 그는 아버지를 가르쳐야 할 입장이 아니었다. 더 이상은.

목욕탕에서는 아무런 반응도 없었다. 그는 문을 두드렸다.

"리카르다!"

"당신한테 대체 뭘 어떻게 했기에 그러는지 정말로 궁금하다니까."

그녀의 목소리는 여전히 아주 가깝게 들렸지만 발음은 분명하지 않았다. 도대체 그녀는 무얼 하느라 이렇게 오래 걸리는 걸까?

"들어가도 돼?"

"즈슬"

불분명한 소리가 들려왔다.

"뭐라고?"

"치실!"

"아."

이런 식으로 계속할 수는 없었다. 크리스티안은 앉을 게 없나 싶어

주변을 살펴보았다. 피곤해서 쓰러질 지경이었다.

"난 정말 좋은 아들이 되려고 노력했어. 그런데 그게 무슨 소용이 있 겠어, 아버지가⋯⋯."

그녀에게 어떻게 설명해야 할까?

"내가 지금 아버지더러 나처럼 살라는 게 아니잖아. 아버지는 나처 럼 욕심을 내지는 않아. 좋아, 그런 거라면 어느 정도는 공감할 수 있다 고. 하지만 아버지는 그냥 손을 놔버려. 늪에서 빠져 나오려고 시도조 차 하지 않는다고. 어쨌거나 아버지도 자신의 그런 면을 알고 있어. 그 런데도 전혀 자신을 변화시키려고 하지 않잖아. 그걸 이해하지 못하겠 어. 어떻게 그렇게 삶에 무능할 수가 있냐고⋯⋯."

"어떻게 아버지한테 그런 말을 해?"

그녀의 목소리가 다시 멀어져갔다.

"제발, 크리스티안! 좀더 여유를 갖고 생각해봐. 좀 침착하라구!"

"그럼 당신 생각에는 내가 거기 가서 아버지 대신 연설문을 써줘야 한다는 거야? 그래?"

그는 이런 얘기를 꺼내지 말았어야 했다.

"당신은, 내가 평생 몇 번밖에 보지 못한 사람에 대해 말짱 거짓말이 라도 꾸며내라는 거야? 그것도 아버지가 그 사람 앞에 설 용기가 없기 때문 에? 여전히 그 사람 앞에서는 한 문장도 제대로 말할 수 없기 때문에?"

"그게 아니지, 크리스티안. 난 그저 당신이 좀 너그러웠으면 하는 거 라구."

세면대에 물이 닿는 소리, 그리고 입을 헹구느라 오골오골 하는 소리 도 들려왔다. 이제 다 끝나가는 것 같았다.

"당신은 우리 아버지를 잘 몰라서 그래."

그는 문가에 등을 기대고, 뒤통수로 나무문을 눌렀다.

"당신이 아버지를 전혀 몰라서 그런다고."

아버지가 그에게 무슨 짓을 했는지 그녀가 정말 알고 싶다면, 아이 때부터 아버지를 부끄러워한다는 게 대체 어떤 건지는 왜 묻지 않을까?

"어쩌면…… 당신이 아버지를 그저 좋은 친구 정도로 생각하는 게 더 좋을 수도 있어."

그녀가 물소리보다 크게 말했다.

"아버지는 늘 친구였어. 그것도 믿을 수 없는 친구 말이야."

크리스티안은 문에서 미끄러져 내려 주저앉았다. 친구라면 포기해버릴 수도 있었다. 차라리 진짜 적이기를 원했는지도 몰랐다. 그의 삶에서 아버지가 평생 단 한 번도 진정한 적수였던 시절이 없다는 것이, 어쩌면 그가 아버지한테 할 수 있는 가장 심한 비난일지도 몰랐다.

"당신은 다른 사람한테 기대가 너무 많아. 그게 가정을 꾸리려고 하는 당신한테 어울리는 생각인지 한 번 더 진지하게 고민해보는 게 좋을 거 같아."

"그게 무슨 뜻이야?"

문이 열렸다. 크리스티안은 가까스로 몸을 일으켰다. 리카르다는 잠옷 차림으로 그 앞에 서 있었다.

"잠깐."

그는 어이가 없다는 듯이 그녀를 쏘아보았다.

"벌써 자러 가겠다는 거야?"

"시계 좀 볼래?"

"그렇지만 지금 이 상태로 그냥 잘 수는 없어. 리카르다, 파티에 가기 전에 내가 말했잖아, 당신하고 할 말이 있다고!"

그는 그녀를 막아 세웠다.

"파티에서 너무 늦게 돌아왔잖아."

"더 있고 싶어 한 사람이 누군데?"

"내가 하루 종일, 아침부터 밤까지 책상에 붙어 앉아서 서류만 들여다보고 있는 거 안 보여? 나도 좀 사람들이랑 어울리고 싶다고!"

왜 그들은 늘 말하고 싶지 않은 것에 대해서만 얘기할까?

"그럼 오 분만! 알았지? 중요한 얘기만 해보자고."

"그게 무슨 의미가 있어?"

"자 이리 와봐."

그는 그녀의 어깨에 팔을 둘렀다.

"잠자기 전에 가볍게 한잔 하자고."

"난 벌써 가볍게 마셨어, 그것도 두 잔씩이나."

그녀는 휙 돌아서서 그를 지나쳐 침실로 향했다.

"당신이 아버지를 미워하는 분명한 이유를 알게 되면 그때 계속 얘기할게."

크리스티안은 움직이지 않았다. 그는 블라인드가 펄럭이는 소리를 들었다. 이불을 정돈하는 소리가 들려왔고, 그녀가 라디오 알람을 맞춰놓는 동안 음악이 두세 소절 흘러나왔다. 그녀는 진짜로 자러 갔다.

잠시 그는 그대로 복도에 서서 기다렸다. 견딜 수 없을 만큼 피곤했다. 물론 리카르다가 돌아오지 않으리라는 것을 알고 있었다. 그가 정신을 차리고 소파에서 하루를 더 보내기 위해 거실로 가는 데 한참이나 걸렸다. 아무 생각 없이 그는 리모컨을 손에 쥐고 텔레비전을 켰다. 소리를 죽이고 그는 여행지 소개가 나오는 프로를 켜놓았다. 섬, 야자수, 파도, 백사장.

그는 아버지를 미워하지 않았다. 다만 언제나 아버지를 이해해야만 하는 게 싫었을 뿐이다. 그들은 자주 만나지 않았다. 그는 아버지가 귀찮게 하는 걸 견디고, 아버지의 패배를 모른 척하고, 어떤 일이든 점점 더 빨리 포기하는 아버지를 배려해야 한다는 것이 이제는 힘겹게 느껴졌다. 나이가 들수록 더욱 의존적으로 변해가는 이 사람이 평생 그를 따라다닌다는 상상만 해도 크리스티안은 몸서리가 쳐졌다. 그렇다고 해서 그가 느낀 이 감정이 미움은 아니었다. 미움이라기보다는 부끄러움과 죄책감이 묘하게 뒤섞인 것이었다. 아버지는 기꺼이 희생자가 되었다.

아니, 아버지는 그에게 아무 짓도 하지 않았다. 아무 짓도……. 차라리 그랬다면 더 쉽게 아버지를 떼어버릴 수 있었으리라. 하지만 희생자는 그리 쉽게 떼어낼 수 없었다.

물론 그는 대부분의 동료들처럼 돈과 몇 번의 주말 방문으로 이 문제를 해결할 수도 있었다. 그러나 그의 아버지는 늙었거나 병들지도 않았다. 아버지는 희생자였고 동시에 그의 일부였다. 그가 통제할 수 없는 유일한 부분이자 가장 취약한 부분, 그리고 그의 상처였다.

그의 가족은 그 자신부터 시작하고 싶다는 것이 크리스티안의 솔직한 마음이었다. 그와 리카르다 그리고 — 아버지를 방문하고 나서 이런 깨달음이 생겼다 — 딸. 그는 아들이 아니라 딸을 원했다. 그는 마땅히 그렇게 되어야 한다고 생각했다. 딸이라면 이런 일이 반복되지는 않을 테니까.

환상적인 여행지들은 빠른 편집으로 그들만의 장점을 선보였다. 대나무 원두막, 늘어선 야자수, 초록이 일렁이는 물 위의 수상가옥, 스파 시설과 몸을 푹 담글 수 있는 둥근 욕조, 목욕용 오일과 에센스가 놓인 선반, 사우나, 수영장 등 남들보다 수입이 월등히 좋은 사람들을 위한 완벽하고 기분 좋은 시설과 행복한 프로그램들. 거기엔 기저귀를 갈 수 있는 탁자라든지 놀이터, 기어 다니는 아이들을 위한 시설은 찾아볼 수 없었다. 리카르다와 그는 앞으로 아이들에게 적당한 여행 장소를 찾아보아야 하리라. 열네 시간 동안 비행기를 타고 가야 하는 여행은 생각할 수도 없을 테고, 짐칸이 넉넉한 자신의 차로 가야 할 터였다. 환상적인 잠수지나 서핑과 파도타기를 즐길 수 있는 곳 대신에 고향에서 늘 사용하던 물품을 파는 슈퍼마켓이 가까이 있는 북해나 발트해의 수심이 낮은 곳을 골라야 하리라. 그런 생각들을 떠올려도 크리스티안은 하나도 끔찍하지 않았다.

그는 집으로, 자신의 두 '여자'에게로 오는 모습을 상상했다. 그는 리카르다가 딸에게 모유를 먹인 후에 둘이 소파에 앉아 있는 모습을, 그가 딸을 안고 방 안을 왔다 갔다 하는 모습을, 공원에서 유모차에 양산을 씌우고 거니는 세 명의 성스러운 가족의 모습을 그려보았다. 그는 아기의 냄새, 잡을 수도 없을 만큼 너무 작고 귀여운 갓난아기의 손가락, 발가락 그리고 손톱을 떠올렸다. 꿈속에서 툭 떨어져 나오기라도 한 것처럼 거기 누워 있는, 하루를 놓아주지 않으려고 그 작은 팔다리로 버둥거리다가 잠이 든 딸아이의 모습을 한 번이라도 더 보고 싶어서, 밤마다 딸을 살펴보는 자신의 모습을 떠올려보았다. 언제고 상황이 허락될 때면 그는 그런 상상을 해왔다.

크리스티안은 마지못해서 하는 사람인 것처럼 굴고 싶지 않았다. 예전에 학교 동창이나 동료들을 만났을 때 그가 제일 끔찍하게 생각해왔던 행동들을 하는 것에도 별로 거부감이 들지 않았다. 그도 지갑을 꺼내 꼭 넣고 다녀야 하는 가족사진을 보여주게 되리라. 두 여자를 가슴

근처에 꼭 지니고 다니다가, 쉽게 그 자리를 피할 수 없었던 모든 사람들에게 사진을 보여주리라. 아버지로서 느끼는 그의 자부심을 드러냄으로써 늘 위기의식과 자만심에 사로잡혀 있는 동료들, 편집부 수뇌들 그리고 프리랜서들의 신경을 건드리고, 그들 의식의 위기를 무색하게 만들고, 그들이 쓸데없이 벌이는 예술논쟁에 휘말려들지도 않으리라. 그도 예전에는 다른 말을 했고, 다른 생각을 했고, 한 손에는 칵테일 잔을 들고서 가족적인 행복 따위는 저 구석으로 밀쳐냈다는 건 전혀 신경 쓰이지 않았다. 그건 번식에 대한 케케묵은 욕망에 맞서 독신의 지독한 외로움과 거만하고 우울한 이기심을 보호하려는 것이었을 뿐이었다. 스탠딩 파티에서 그가 아기를 낳고 번성시키려는 광증에 사로잡힌 사람들에 대해 심한 비난을 쏟아낸 게 그다지 오래전의 일은 아니었다. 주름이 많이 잡힌 웃옷과 이탈리아산 구두로 멋을 낸 키가 크고 동작은 좀 느린 삼십대 중반들의 동의 아래, 자기 목적적이고 자유롭고 아무런 책임도 지려 하지 않고 진화進化고 유전학적 방계傍系 훼손이고 다 무시하면서 겉치레한 삶을 찬양했을 뿐이었다. 마치 그때 이미 자신이 옳지 않다는 걸 알고 있었다는 기분이 들자 크리스티안은 인상을 찌푸렸다. 그는 자신의 철학을 자신의 필요에 맞추었지, 필요를 철학에 맞추지는 않았던 것이다. 이제 그는 다르게 생각하기로 했다. 그는 삶 쪽으로 방향을 전환했다.

딸 하나. 지금까지 꿈이 이렇게 생생하게 느껴졌던 적은 없었다. 소원이 이토록 간절했던 적은 한 번도 없었다.

그 무엇도 그의 마음을 돌릴 수 없었다. 파티의 흥겨움도, 돈벌이가 되는 양육권 쟁탈전에 대해 신랄한 비난을 일삼는 리카르다의 친구인 이혼 담당 변호사도, 그의 아버지는 더더군다나! 크리스티안은 예전에 주기적으로 아버지를 들먹이며 결혼을 원하는 여자 친구들에게 겁을 주곤 했다. 아버지는 언제나 그가 왜 결혼과 가정을 믿지 않는지 설명하는 데 좋은 예가 되어주었다. 아버지는 아내와 자식을 거의 포기했고, 학업을 중단했으며, 그후에는 가정주부로 경력을 쌓았지만 결국에는 빈손으로 돌아서야 했다. 아버지의 이력을 간단히 줄이자면 그렇다는 것이고, 그걸 따라할 생각은 추호도 없었다. 그래서 크리스티안은 늘 아버지를 핑계로 삼을 수 있었다. 그는 아버지의 실수를 반복하고 싶지 않았고, 결혼이라든지 아이를 낳는 것 — 이 순서대로든 아니면 반대로든 — 은 아직 때가 되지 않았다고 느꼈다. 관계를 끝내고 싶을 때마다 그는 이런 논거를 얼마나 자주 이용했던가? 그리고 그것은 언제나 충분한 효과를 거두었다.

그런데 리카르다가 지금 그의 아버지를 이유로 들며 그를 거부하려고 하니, 그야말로 운명의 아이러니였다.

그는 아버지를 싫어하지 않았다. 그저 그의 아들인 게 싫었을 뿐이다.

"난 아버지와 달라. 난 결코 아버지처럼 되지 않을 거야. 리카르다, 날 못 믿겠어? 그 차이를 모르겠냐고!"

그녀는 어깨를 늘어뜨린 채 문가에 서 있었다. 길고 넓은 잠옷 소매 밖으로 손가락 끝만 겨우 나와 있었다. 그녀는 한밤중에 깨어 다시 잠들지 못한 어린 소녀처럼 보였다.

"당신은 피곤하지도 않아?"

자다 깬 것처럼 그녀의 목소리가 잠겨 있었다. 그녀의 눈이 감겼다. 잠깐이지만 크리스티안은 시간이 많이 지나간 것에 깜짝 놀랐다. 하지만 아무래도 상관이 없었다. 화면은 어느새 여행지 소개에서 동물 프로그램으로 바뀌어 있었다. 작열하는 태양 아래 거대한 거북이가 바싹 마른 해안 위를 힘겹게 엉금엉금 기어갔고, 진흙탕 물속에 가라앉았다. 새들은 부지런히 날개를 퍼덕거리며 악어의 벌린 입에서 먹다 남긴 것을 쪼아대고 있었다.

그의 아버지는 끔찍한 예라고 할 수 있었다. 하지만 그는 달랐다. 그에게는 다른 법칙이 적용되었다. 그는 아버지처럼 패배의 무게에 짓눌리지도 않았고, 그렇게 쉽게 지치지도, 결코 포기하지도 않았다. 어렸을 때부터 크리스티안은 아버지 옆에서 늘 설명할 수 없는 슬픔―그 무게와 돌이킬 수 없다는 준엄한 명령까지도―을 느꼈다. 그는 아버지에게 너무 가까이 다가가서는 안 되고, 또 아버지가 자신에게 너무 다가오도록 허용해서도 안 된다는 걸 깨달았다. 아버지가 아주 드물게 하는 포옹을 그는 아주 잠시만 받아들였다. 그는 아버지의 끝없는 슬픔이 두려웠다. 그는 그 속으로 끌려들어가고 싶지도, 함께 추락하고 싶지도 않았다.

그는 숨을 쉬고 싶었다.

크리스티안은 실패 따위는 생각하지 않았다. 그는 오래전부터 이를 악물고 확고하게 자기 자신을 믿었다. 그렇게 하지 않으면 그에게는 아무도 없었다. 아주 일찌감치 그는 자립해야 한다는 걸 깨달았다.

"아버지가 내 보모 노릇을 하던 시절에 대해 아버지한테 한번 물어봐, 어땠는지. 아마 제일 먼저 내가 일찍부터 달아나기만 해서 얼마나 골치가 아팠는지 들려줄걸? 대여섯 살 때부터 그랬을 거야. 유치원에 가는 길이든, 장을 보러 가든 아니면 소풍을 가든, 아버지가 잠시라도 한눈을 팔면 곧 내가 사라져버렸어. '사람들'이 없었더라면 어머니는 아마 매번 외출할 때마다 나를 묶고 다녀야 했을 거야. 어머니는 늘 나를 찾아내느라 지쳐 있었어. 그런데 난 사실 도망치려고 했던 게 아니야. 그냥 좀 앞서서 걸었을 뿐이라고."

코요테 무리가 강변을 어슬렁거리고 있었다. 그들이 누런 잔디 뒤에서 먹이를 노리는 건지 아니면 물가로 갈 때 다른 동물들이 냄새를 맡지 못하도록 하는 방법을 탐색하는 건지 알 수 없었다.

"당신의 물음에 대답하자면, 우리 부모님은 모든 걸 지나치게 요구하셨어. 자신들한테도, 나한테도, 세상에도. 일요일마다 가던 소풍이나 크고 작은 여행은 모두 완전히 혼란 그 자체였어. 그분들은 한 번도 의견일치를 본 적이 없었고, 늘 이것저것을 빠뜨렸고, 서로에게 잘못을 뒤집어씌우곤 했다고. 나는 그저 좀 빨리 걸었을 뿐이야."

크리스티안은 잠시 말을 멈추었다. 그는 슬쩍 곁눈질을 하고는 다시 텔레비전 화면에 시선을 고정시켰다.

"아버지는 어떻게 해야 할지 모를 땐 늘 도망칠 궁리만 해. 하지만 난 그렇지 않아, 리카르다. 나는 늘 앞서서 걸었어. 그걸 혼동하지 말라고."

그녀는 몽유병자처럼 작은 걸음으로 더듬더듬 걸어서 다가왔다. 그가 한 말을 그녀가 이해했는지는 확실하지 않았다. 하지만 내일이면 그녀가 아무것도 기억하지 못하리라는 것은 분명했다.

"나는 아버지하고는 달라. 나는 강해, 언제나 그랬다고."

그의 목소리가 약간 떨렸다. 그것까지도 그녀는 내일이면 다 잊어버리겠지.

"침대로 가자."

그녀가 손을 내밀었다. 그녀 옷의 소맷부리가 손목까지 흘러내렸다. 따뜻한 온기가 그의 얼굴에 스쳤다. 그녀의 손이 부드럽게 그의 어깨를 감쌌다. 옷을 입고 있었는데도 그녀의 손길이 느껴졌다. 그가 꼭 위로를 필요로 했던 건 아니었지만, 그래도 말할 수 없이 기분이 좋아졌다.

밤이 깊었던 것이다.

크리스티안은 말없이 그녀를 따라 침실로 가서 옷을 벗었다. 그는 피곤했고, 셔츠를 머리 위로 벗는 것조차 힘겨울 지경이었다. 양말을 벗는 동안 그는 벌써 눈을 한 번 감았다 떴다. 그가 아무리 굳은 의지를 지녔다 할지라도 소파에서 하룻밤을 더 버티기는 힘들었다. 부르르 몸을 떨면서 그는 리카르다의 이불 속으로 기어들어가 그녀에게 몸을 밀착시켰다.

그녀는 눈을 뜨고 어둠 속을 응시하고 있었다.

"우리 약속했잖아, 크리스티안."

깜짝 놀라서 그녀로부터 떨어져 나온 그는 그녀를 빤히 바라보았다.

"내가 송장을 제출할 때까지 기다려달라고 부탁했지? 생각나?"

"응."

"그런데 왜 계속해서 그 얘길 꺼내는지 이해할 수가 없어. 내가 그 문제에 대해 말하고 싶지 않다고 할 때마다 왜 상처받은 사람처럼 구는 거야?"

"난…… 미안해…….."

그녀의 살갗은 따스했다.

"당신만 열심히 일해야 하는 건 아니야. 이 세상에서 당신만 '강한' 사람이어야 하는 게 아니라고, 제발! 나는 소송에서 실수를 해도 용서받는다고 생각해? 모든 집단이 어깨 너머로 날 주시하고 있다고! 당신은 그런 데는 관심도 없지? 아니면 당신의 그 잘난 머릿속에서는 그런 건 인정하고 싶지 않대? 그러지 않고서야 당신이 우리에게 얼마 남지 않은 수면시간을 이렇게 망칠 리 없지. 내일처럼 중요한 날을 앞두고, 오늘 하루를 이렇게 보내야 하다니…….."

그녀는 고개를 들어 시계를 바라보았다.

"세 시 반이야!"

"나도 알아."

리카르다는 다시 베개에 머리를 눕혔다.

"당신 정말, 나한테 너무나 과분한 도움을 주고 있어, 크리스티안. 진심이야."

침묵을 지키며 그는 그녀가 무슨 말을 더 할지 몰라 기다렸다. 그녀가 옳았다. 물어볼 것도 없었다. 그런데 왠지 그녀의 화가 그에게 오히려 위안이 되었다.

"미안해."

그는 천천히 말했다. 혀는 잠에 취한 듯 무거웠다.

"그런데 오늘 갑자기 그런 느낌이 들었어. 정말 믿을 수 없을 정도로 확실하게, 우리 둘 다 딸을 원한다는……"

"거봐, 또 시작이잖아! 당신은 끊임없이 그 얘길 하고 있어. 내 약속을 무시하고 말이야!"

그녀는 벌떡 일어나 앉더니 다시 옆으로 몸을 던졌다. 그녀의 부드러운 허벅지가 그를 살짝 스쳐갔다. 순간적으로 그 매끄러움에 취해서 그는 다리를 구부렸다.

"나는 일에 집중해야 돼. 난 이 일을 해내야 한다고, 크리스티안. 이제 엿새밖에 안 남았어. 지금은 가족계획을 세울 수가 없다고!"

그는 조심스레 그녀의 뒤통수에 손을 갖다놓고 천천히 그녀의 머리카락을 쓰다듬었다. 시간이 지날수록 그의 동작이 점점 느려졌다. 그의 무릎이 그녀의 무릎 뒤쪽에 닿았다.

"실은 이제 겨우 이틀밖에 안 남았어."

살갗에서 살갗으로 온기와 냉기가 서로에게 전달되었다. 리카르다는 피하지 않았다.

"모레 상대팀과 미팅이 있어. 비공식적인 모임이야. 구속력은 없지만 조정안을 놓고 얘기가 오갈 거야. 그게 가결정이 될 수도 있어. 내가 그때 백 퍼센트 완벽하게 준비되어 있지 않으면……."

"말해봐, 내가 어떻게 하면 좋을지."

그녀는 짧게, 그리고 다시 길게 한숨을 내쉬었다. 그녀는 온몸으로 숨을 내쉬었고, 긴장을 풀었다. 그러나 크리스티안은 그녀가 양보한 게 아니라 지쳤다는 걸 알고 있었다. 그의 손은 여전히 그녀의 머리카락을 쓰다듬고 있었다.

"아무것도 안 해도 돼."

그녀가 말했다. 그 역시 어떤 대답을 기대했던 건 아니었다.

"호텔로 옮길 필요도 없고, 발꿈치를 들고 거실에서 조심스레 걸을 필요도 없어. 그냥 언제나 그랬듯이 거기 있으면 돼……."

그녀의 머리카락은 모자처럼 매끄러웠다.

"…… 그리고 내가 좀 이해가 안 되더라도 당신이 조금만 이해심을 발휘해 줘."

일이 년 전만 해도 그들은 화해하기 위해서 이런 순간에는 사랑을 나누었다. 하지만 요즘은 굳이 그렇게 할 필요가 없는 것 같았다. 크리스티안은 욕망이 솟아오르는 걸 느꼈지만, 꼭 그걸 원했다기보다는 그냥 떠올랐다는 게 더 맞았다. 지금은 아무 생각 없이 즐기기에는 상황이 좀 복잡했다. 아이를 갖게 된다는 희망이 없이는, 임신에 대한 약속 없이는 그것은 그에게 의미가 없었다.

"난 당신 편이야. 그건 약속할게."

예전에 그는 임신을 피할 수 있는 다양한 방법을 연구하느라 얼마나 많이 노력했던가? 생성의 과정에서 벗어나게 하려고, 그럼으로써 그의 사랑이 아무런 열매도 맺지 못하게 하려고 그가 그토록 애를 썼다는 게 지금으로선 믿기 어려웠다.

리카르다의 호흡은 차분해지고 고요해졌다. 높은 곳에서 잠 속으로 뛰어들기라도 하듯이, 말 그대로 잠에 떨어지듯이 그녀는 움찔했다. 잠시 흠칫 놀라기도 했다. 크리스티안은 그녀의 어깨를 쓰다듬고 꼭 안아 주었다.

"잘 자!"

그는 속삭였다. 하지만 그녀는 이미 잠들어 있었다.

3부

"아빠, 울어?"
언젠가 그는 이렇게 물었다. 눈물이 흘러 앞을 보지 못하고
더듬거리는 이 남자를, 아무에게도 인사하지 않고,
아무도 볼 수 없고, 맞은편에서 오는 사람들을 도망치게 만드는
이 남자를 도무지 어찌해야 좋을지 몰랐기 때문이었다.
그는 아무런 대답도 듣지 못했고, 다시는 묻지 않았다.

요르게

그는 오늘 평소보다 조금 더 오래 섬에 머물렀다. 파도가 적셔놓은 널찍한 바위에서 그는 자신이 온 길을 돌아보았다. 그가 밤처럼 고요한 새벽 바다 속에 남겨놓은 흔적은 어느새 사라졌고, 고요를 되찾은 바다는 비단처럼 보드라운 잠 속으로 다시 빠져들었다. 이 길의 끝 어디선가 소년은 바위에 쭈그리고 앉아 그를, 바다를, 지브롤터를 향해 떠나는 아침 햇살에 반짝이는 배를 눈여겨보았다. 저기 어딘가에서 소년의 눈길은 하늘과 바다 사이에 드리운 좁은 안개 띠를 향하고 있었다. 바다 뒤에는 검은 대륙이 감춰져 있었고, 사람들이 차를 마시고 가고 나면 소년의 어머니의 판매대에서는 그 대륙에 대해 많은 얘기가 오갔다. 낮에는 뿌연 우윳빛 수평선이 검은 대륙을 삼켰지만, 밤이 되면 불법 체류자의 저주와 욕설 속에서 그곳은 훨씬 더 생동감 있게 되살아나곤 했다. 소년은 밝은 피부색의 손님들이 지적했던 것처럼 그 말들을 재빨리 배웠다. Barco, bateau, ship, Schiff는 배, 그리고 Isla, île, island, Insel은 섬, 하고 요르게는 생각했다. 그러고 나서 그는 사암과 태양을 향해 몸을 돌렸다.

고통이 그에게 시간을 허락했기 때문에 그는 그만큼 더 오래 섬에 머무를 수 있었다. 아직은 대지를 불태울 잔혹한 모습을 드러내지 않고 퍽 한가한 걸음으로 한낮을 향해 가는, 부드럽게 그의 몸을 감싸는 햇살을 받으며 그는 바닷물 속을 왔다 갔다 걸었다. 요르게는 이른 아침의 따뜻한 솜털 같은 바람이 피부에 와 닿는 것을 느꼈다. 그는 환한 빛 속에서 수영을 했다. 꿈에 잠긴 수면 위에서 빛은 무형의 춤을 추었고, 햇살을 듬뿍 받은 바다는 눈이 부시게 반짝거렸다. 그렇게 세상의 아침은 시작되고 있었다.

고통은 사라지지 않았다. 그러기에는 그들은 서로를 너무 잘 알고 있었다. 하지만 그는 변했다. 요르게는 늘 가던 길을 잠수와 수영으로 갔다, 평소처럼. 그렇지만 모든 것이 다르게 보였다. 소년이 만의 가장자리, 툭 튀어나온 바위 끝에 앉아 그의 한 동작 한 동작을 지켜보고 있다는 사실을 알게 된 뒤로는 모든 것이 달라졌다. 소년의 시선은 요르게한테 왜 지금 자신이 이 일을 하고 있는지를 상기시켜주었다. 그는 무엇보다도 신에게 다가가기 위해 헤엄을 쳤다. 아침이 만들어낸 이런 원소보다 그분이 가까이 있다는 사실을 더 또렷이 느끼게 하는 것은 없었다. 어떤 광경도, 어떤 접촉도, 어떤 고요함도 그에게 이보다 더 충만한 은혜를 느끼게 하지는 못했다.

빛은 그의 흔적을 지워버렸다. 하루는 저 깊은 곳에서 솟아올랐다. 빛의 그물망이 철렁이다가 가라앉는 표면을 뚫고 가파르게 곤두박질치는 저 깊은 바다까지 펼쳐졌다. 빛은 조개류 서식처를 밝게 비추고, 이끼 낀 풍경과 연노랑 식물이 자라는 곳을 지나 바다 속 깊은 곳에 융단 같은 그림자를 드리웠다. 요르게는 평소보다 오래 머물렀다. 소금이 그의 목덜미를 뒤덮고 있었다. 어깨 위쪽 피부가 당겼다. 그렇지만 그는 멈춰 서서 햇빛과 바다가 물이 들면서, 순간 순간 변화하는 모습을 지켜보았다. 그리고 그는 알았다. 소년 역시 이 모든 것을 지켜보고 있다는 것을, 소년 역시 왜 그래야만 하는지 알 수 있으리라는 것도.

이 순간 요르게는 자신이 예배당에서 진정한 심오함에 이르지 못한 것을 용서했다. 그는 여전히 믿음에 대한 자신의 재능을 의심했지만, 불현듯 자신이 이 의심을 견뎌낼 수 있을 만큼 강해진 기분이 들었다. 기숙사에서 보낸 최악의 날들에 그러했듯이 그를 괴롭히기 위해서 다시 찾아든 괴로운 의문들을 이제는 감당할 수 있을 것 같았다. 그는 고집으로, 끈질긴 노력으로, 여전히 대답을 모르는 의문들을 눌러두었다. 그에게는 그런 힘이 있었다.

그는 그럴 수 있는 의지를 지녔다.

그가 예배당에서 보냈던 보잘것없고 아무런 성과도 없던 오후 시간들. 거기서 그는 공허에 무릎을 꿇었지만 그 대답으로 돌아온 것은 자신의 무능함뿐이어서 소년에게는 아무런 본보기도 되어주지 못했다는 것이 가슴 아팠다. 절망적이었던 시절에 대한 기억이 끊임없이 요르게를 파고들었다. 그 시절 그는 신부님의 가르침과 훈련을 전혀 이해하지 못했고, 다른 사람들의 부드럽긴 하지만 걱정스런 미소가 자신을 향해도 그저 보고만 있어야 했다. 다른 생도들에 비하면 그의 의지는 확고하고 강했는데도 말이다. 그때도 그는 이미 나약함이 거짓의 시작이라는 것을 알고 있었다.

그렇지만 그것은 산이었고, 물은 달랐다. 물은 날마다 똑같은 은총으로 그를 받아주었다. 아침 바다를 마주하는 순간 요르게는 재능이 부족한 자신이 용서받는다고 느꼈다. 그는 바로 지금 이 자리에서는 깊이를 찾을 필요가 없었다. 그것은 바다처럼 그냥, 말할 필요도 없이 거기 있었고, 그를 받아들였고, 그를 떠 있게 해주었고, 세상에서 벗어나게 해주었다. 그것은 그 어떤 생각보다, 그 어떤 선택보다 더 오래된 친화감이었다.

소년은 만의 끝자락에 나와 있는 바위 위에서 요르게의 삶에서 가장 가치 있는 순간을 지켜보고 있었다. 그러기 위해서 소년은 요르게를 따라온 것이었다. 소년의 시선 아래서, 그의 제자의 눈길 아래서 수영은 다시금 기도가 되었다. 그의 가슴속에 늘 존재해왔던 그 기도.

소리 없이, 엄지손가락만 한 로벡의 지프가 멀리 해안의 자갈길을 따라 달렸고, 메렌데로 근처에서 멈췄다. 바다와 그 경계를 흐르는 침묵이 현실의 일들을 밀어냈다. 요르게는 몸을 굽히고 뻣뻣한 등을 가능한 한 쭉 편 채로 물을 한 움큼 퍼서 타는 듯한 목을 문질렀다. 오른쪽 무릎에 통증이 느껴졌다. 다른 때처럼 찌르는 듯한 통증이 아니라 통증에 대한 희미한 기억일 뿐이었다. 통증은 그가 존재도 몸체도 없는 유령이 되도록 그냥 내버려두지 않았다.

아침 바다를 마주하고 있을 때 그는 아무것도 아니었다.

몸을 식히지도 하고 요르게는 넓적한 돌 가장자리를 첨벙거리며 걷다가 납작하게 머리끝을 쳐들고 일어서기 시작하는 바다 속으로 미끄러져 들어갔다. 마치 태양의 온 힘을 이제야 비로소, 빛이 스러지고 막 다른 원소로 변해가려는 순간에 고스란히 다 받아들인 것처럼. 그는 숨을 멈추고 수면을 유영하는 빛을 뚫고 그 속으로 잠수해 들어갔다. 물에 젖자 몸에 매달려 있던 소금 덩어리가 풀렸고, 말라붙은 가죽처럼 그의 몸을 꽉 죄고 있던 달궈진 피부를 뚫고 물기가 스며들었다. 맑고 신선한 물이 그의 가슴을 씻어주었다.

요르게는 팔을 쭉 폈다가 옆으로 큰 원을 그렸다. 그는 너무 오래 섬에 머물렀다. 그리고 빛 속으로 너무 깊이 들어가길 원했다. 그는 변화하는 순간 갑자기 열기가 꺾이는 이 느낌을 사랑했고, 물속에 잠수하는 순간 피부에 와 닿는 감촉을 사랑했다. 그 순간 물은 있었던 모든 것을 다 지워버렸다.

그를 밀어 올린 파도 위의 아침 공기는 달콤했고 가스라도 마신 듯 몽롱하게 했다. 요르게는 크고 유연한 동작으로 앞으로 나아갔고, 모든 동작을 그리고 모든 숨을 최대한 즐겼다. 모든 것이 달랐고 새로웠고 그러면서도 한결같았다. 그는 헤엄을 쳤다. 에스더가 전화로 많은 것을 묻겠지만 더 이상은 전할 말이 없었다.

그가 그녀를 얼마나 그리워했던가. 그런데도 요즘 그녀가 날마다 하는 전화가 지금 이 순간 귀찮게만 느껴졌다.

그는 그녀를 더 이상 이해할 수 없었다. 수천 킬로미터나 떨어진 곳에서 그녀가 하는 말을 들어주었지만, 무슨 말을 하는지 알 수 없었다. 그녀가 들려주는 모든 얘기는 그의 세계에서 완전히 벗어나 있었다.

요르게는 헤엄을 쳤지만, 그저 헤엄을 치는 것이 아니었다. 그는 한 번씩 저어 나갈 때마다 다시금 수영을 배웠다. 요르게는 자신의 모든 동작을 주시했다. 마치 소년이 옆에 있었다면 그와 똑같이 하기 위해 그렇게 했을 거라는 듯이.

Nada! Nage! Swim! Schwimm! 수영하라!

모든 건 그렇게 간단하고, 또 그렇게 쉬웠다.

그러나 소년은 거역했다. 소년은 그가 가는 곳마다 그를 따라다녔지만, 만 끝에 있는 바위까지였고, 그게 끝이었다. 소년은 바닷가의 얕은 물속에서 첨벙거리지도 않았고, 물에 무릎까지 담그는 것조차 거부했다. 소년은 겁도 없이 아찔한 높이의 바위들을 타넘으면서도, 바다는 안전한 거리만큼 떨어진 곳에서 바라보기만 했다. 해변조차 밟으려 하지 않았다.

소년은 물에 뛰어들기 전에 수영을 배우려고 했다.

요르게는 물에 대한 소년의 두려움을 이해할 수 없었다. 그가 이해한 것은 소년의 자부심 그리고 완벽을 추구한다는 사실이었다.

몸을 반쯤 돌려서 그는 그가 늘 다니던 길, 물이 제일 깊어 보이는 그 자리에서 수직으로 잠수해 들어갔다. 요르게는 바닥까지 닿거나 아니면 적어도 바닷속이 어떤지 소년에게 설명할 수 있을 정도로 깊이 들어가려고 애썼다. 하지만 그 부근의 어둠은 너무 짙었고, 파고들기도 어려웠다. 그곳은 가라앉아 있는 게으른 밤이었다. 어쩌다가 이곳까지 잘못 찾아든 희미한 빛다발은 흔들거리는 플랑크톤밖에 마주치지 못했고, 그저 그 자신이 나아갈 길만을 비출 뿐이었다.

요르게는 이렇게 깊은 곳조차도 얼마나 은혜로운지 그에게 증명해주기로 결심했다.

그는 물속에, 창백한 빛과 바다의 그림자로 이루어진 세상과는 먼 중간 지대에 가능한 한 오래 머물렀다. 잠시 그는 고요가 들려주는 노래에, 수압이 그의 귓속에서 크게 울리게 하는 그 노래에 귀를 기울였다. 그러다가 그는 텅 빈 폐 속에 다시 공기를 보충하기 위해 위로 올라갔다.

시커먼 밑바닥에 관해서라면, 회녹색 돌들이 놓여 있고 가을빛 미역들이 자라는 곳 저편 바다이 보이지 않는 곳에 관해서라면 그도 확실하게 들려줄 얘기가 별로 없었다. 그렇지만 그는 깊은 곳에서도 아무 일도 벌어지지 않는다는 것을 짧은 잠수로 증명한 셈이었다.

소년의 두려움을 없애기 위한 수영이 공허와 싸우기 위한 수영보다 훨씬 쉬웠다.

그림자는 무리를 지어 만을 떠났다. 하얗고, 창백하고, 흔들리는 빛은 돌 위에 몸을 뉘였다. 그의 옷의 윤곽이 점점 더 또렷하게 보였다. 그에게서 떨어져 나와 자갈 해안에 자리를 잡은 껍데기 같았다. 그 옷에 다시 생명을 불어넣기는 불가능해 보였다. 요르게는 에스더가 여기 있었더라면 어디 앉아 있었을지, 그 자리를 정확하게 그려볼 수 있었다. 그녀가 그에게 수건을 건네주었던 적이 얼마나 많았던가! 그리고 그녀 특유의 꾸중이 담긴 다정한 시선으로 그를 바라보며, 그가 등까지 완전히 몸을 말리도록 얼마나 신경을 썼던가! 그녀가 여기 있었더라면 그의 안부를 묻기 위해 날마다 전화를 하는 일도 없었을 텐데. 그녀의 질문에 그가 늘 같은 대답을 하리라는 것을 그녀는 잘 알고 있었다.

메렌데로의 밀짚 지붕 아래서 헤르만 로벡이 보카디요를 둥글게 말아 쥐고 서서 그를 바라보고 있었다. 순간 그와 눈이 마주쳤지만 요르게는 곧 물속으로 몸을 숨겼고 긴 동작으로 앞으로 나아갔다. 그는 로벡과 말을 나누고 싶지 않았다. 에스더에 대해서도, 그녀의 여행에 대해서도, 그리고 소년에 대해서는 말할 것도 없었다. 그가 메자의 사생아를 데리고 이 근처를 돌아다니고, 물가를 거부하는 소년에게 수영을 가르치려고 애쓰는 것에 대해 이웃들이 뭐라고 수군대는지 그는 알고 있었다.

요르게는 소년의 두려움은 이해하지 못했지만, 언제라도 로벡한테 그것을 변호할 수는 있었다. 바다를 그저 경치로만 바라보는 부동산 중개인의 시각보다는 이 원소를 두려워하는 편이 더 공정했다. 두려움은 경배의 다른 이름이기도 했다.

소년이 아버지한테서 그것을 물려받았는지도 몰랐다. 루이자 메자조차 아이 아버지의 이름이나 출신을 아는 것 같지 않았다. 아이의 눈이 쉬지 않고 수평선을 샅샅이 살피는 것을, 희망과 실망이 뒤섞인 시간을 견디면서 질겨지고 인내심이 강해진 그의 시선을 요르게는 놓치지 않았다. 소년은 마치 배나 보트를, 한들거리는 우듬지가 보이는 땅이 나타나기를, 혹은 하늘 저 끝에 깃발처럼 연기가 피어오르기를 기다리고 있었다. 그것은 좌초한 사람의 눈길이요, 고향을 잃은 사람의 눈길이었다. 그는 자신이 물의 지배를 받고 있으며, 물의 모든 것을 얻거나, 영원히 잃을 수도 있다는 것을 이미 알고 있었다. 그리고 요르게는 소년의 두려움 — 깊이 뿌리 내린 두려움으로, 누가 가르칠 수 있는 것이 아니었다 — 이 이름 모르는 조상한테서 소년에게로 유전되어온, 누구도 알 수 없는 원소에 대한 존경심이라는 생각이 들었다. 그는 소년의 눈에서 경외심을 보았다. 그것은 천진난만하면서도 동시에 아주 오래된, 사악한 마술처럼 세대에서 세대로 이어지는 미신과 같았다.

이 두려움은 고통과 같은 적이었다. 그는 기꺼이 소년의 고통을 덜어주고, 두려움에서 자유로워지는 법을 가르쳐주고 싶었다. 그는 두려움을 떨쳐내고 헤엄을 쳤다. 그는 누구도 그 두려움을 비웃도록 허락하지 않았다. 헤르만 로벡 따위는 더더욱. 피난민을 실은 배와 도주 알선업자들, 좌초한 불법 체류자와 추방 비용에 대한 그의 견해는 충분히 알고 있었다.

갑자기 요르게는 서둘렀다. 몇 번 빨리 저어서 그는 방향을 바꾸어버렸고, 해안에 이는 파도의 등에 몸을 내맡겨, 천천히 깨어나는 바다가 자신을 밀어내도록 놔두었다. 그는 재빨리 옷가지가 놓인 곳으로 걸어갔다. 근육통이나 뼈가 뻣뻣해지는 기미는 전혀 없었다. 요르게는 루이제 메자가 만들어준 혈액순환을 돕는 민트 향 차가 발끝까지 피를 돌게 만든 것 같은 기분을 느꼈다.

물기를 닦으며 그는 메렌데로 쪽을 흘긋 바라보았다. 로벡이 밀짚 지붕 아래서 일어나 그에게로 다가올 것 같지는 않았다. 아마도 그는 요르게가 평소처럼 옷을 갈아입고, 늘 그랬듯이 커피를 마시기 위해서 바로 올 거라고 생각하는 듯했다. 하지만 그는 틀렸다.

요르게는 서둘러 옷가지를 챙겨들고는 주변을 살피지도 않고 해안을 떠났다. 카키색 셔츠가 물이 떨어지는 등에 들러붙었고, 입은 소금과 분노로 말라 있었다. 한순간 로벡이 뒤쫓아와 소년의 일로 그에게 말을 걸기를 바랐다. 게다가 심술을 부리고, 조롱까지 던져주었으면 했다. 그랬다면 그의 결심이 더 굳어질 테니까. 이제 요르게는 자신이 해야 할 일을 알고 있었다. 그는 소년을 수영기계로 만들어놓을 계획을 이미 머릿속에서 완성했다.

그는 지름길을, 가파른 바위를 오르는 구불구불한 길을 택했다. 그리고 어떤 지프보다도 빨리 해안도로에 도달했다. 몇백 미터 지나지 않아 그는 들판길로 접어들었고, 햇살에 나부기는 부드러운 먼지 속을 행군해 집으로 돌아갔다. 그의 등뒤로 끝없이 펼쳐진 바다는 물로 된 손가락을 접었다 펴고 있었다. 로벡은 그를 따라오지 않았다. 소년도 그의 걸음을 따라오기는 힘들었다. 그러나 소년은 조금 뒤쳐진 채로, 매일 걷어차이는데도 끈질기게 따라오는 개처럼 뒤따라오리라는 것을 알고 있었기 때문에 그는 소년에게 아무런 주의도 기울이지 않았다. 그는 달리지 않았다. 그저 빨리 걸었을 뿐이었다.

그의 계획은 점점 더 구체적인 모습을 갖추어갔다. 지금까지 그는 물 밖에서 소년에게 여러 수영 방법을 가르쳤다. 바윗덩이에 배를 깔고 누운 채로 팔과 발을 쭉 뻗고, 타는 듯한 무더위 속에서 자유롭게 허우적거리도록 했다. 어떤 때는 서로 엇갈리게, 어떤 때는 손과 발을 동시에 공중에서 휘젓게 했고, 구령에 따라 느려졌다 빨라지게도 했다. 그러다가 다시 상상 속의 길에 소년을 집중시켰다. 마른 땅 위였지만 환상 속에서, 파도처럼 들려오는 귀뚜라미와 매미의 노래 소리 속에서 바다를 떠올리게 했다. 요르게는 소년과 함께 평영의 동작과 호흡의 리듬을 연습했고, 정원 아래쪽 말라붙은 냇가 바닥에서 물의 저항을 느낄 수 있도록 팔로 풀을 밀어서 양쪽으로 갈라지게 했다. 앞으로 뻗었다가 옆으로 벌려 다시 몸 쪽으로 돌아오는 반복된 동작이었다. 이런 식으로 그들은 흘러내린 땀이 눈을 찌를 때까지 근육을 훈련시켰다. 하지만 이 정도로는 허벅지를 강화할 수 없었다. 물속에서 앞으로 나아가기 위해서 제일 중요한 다리 운동이 빠져 있었다. 다리 운동은 팔 운동보다 훨씬 중요했다. 다리 동작이 평영의 유영 방법을 결정했으며 또한 완벽한 수영을 가능하게 하는 척도이기도 했다. 그렇지만 팔과 다리로 동시에 수풀에 닿을 수 있는 위치에 그 위에서 움직일 수 있을 정도로 큰 돌은 어디서도 보이지 않았다. 수영기계를 만드는 것말고는 다른 방법이 떠오르지 않았다. 그것은 원소에 대한 존경을 요구했다.

소년이 처음 물에 들어갔을 때 받게 될지도 모를 조롱과 경멸의 빌미를 제공하지 말아야 했다. 소년은 두려움을 이겨내야만 했다.

꽃이 활짝 핀 풍성한 정원에는 눈길 한 번 주지 않고 요르게는 도구들을 놓아두는 헛간으로 갔다. 거기서 나무 받침대 두 개와 판자 몇 개를 꺼낸 뒤 소년에게 들게 하고는 끈과 연장주머니 그리고 칼을 집어들었다. 그런 다음 그는 돌투성이 개울 바닥으로 내려가 대략 백오십 미터 간격으로 서 있는 튼튼한 관목 두 개의 강도와 유연성을 시험해보고, 관목 사이의 약간 솟아오른 땅을 고르기 위해 돌들을 옆으로 치웠다. 이제 그가 생각했던 그대로 되었다. 아무 설명 없이 그는 바닥에 나무 받침대를 힘껏 박은 뒤, 칼을 쥐고 굵은 가지에서 위쪽에 있는 잔가지와 나뭇잎을 다 떼어낸 다음, 앞쪽과 뒤쪽의 탄력 있는 두 기둥으로 만들기 위해 하나로 묶었다. 그것은 수영 동작을 하는 데 있어 팔과 다리에 충분한 저항을 제공해줄 터였다. 소년이 지금 그가 하는 일을 제대로 이해했을지 그는 자신할 수 없었다. 그러나 그가 다루기 좀 힘든, 휘어서 떼어내기 어려운 굵은 가지를 같이 묶을지 말지 망설이자 소년은 그에게 고개를 끄덕여 보였다. 소년도 그것을 원했다.

아이를 보호하려는 태도는 별 의미가 없다는 것을 요르게는 아이의 눈길에서 보았다. 그는 나무를 휙 낚아채 단숨에 꽁꽁 묶고는 풀기 쉽도록 끝부분에 매듭을 지었다. 그러자 소년은 그에게 나무 받침대 위에 놓아두었던 판자를 건네주고는 손목을 내밀었다.

스위스 칼의 손잡이는 예전에는 반짝이는 붉은 포도주 빛깔이었으나 시간이 흐르면서 흐릿한 보라색으로 변했다. 하얀 십자가 중에서 짧은 막대는 이미 오래전에 떨어져 나가 자국만 남아 있었다. 하지만 칼날은 처음 샀을 때처럼 여전히 날카로웠다. 요르게는 이 칼을 늘 몸에 지니고 다니긴 했지만 거의 사용한 적은 없었다. 그것은 아버지의 선물이었다. 그는 해마다 칼날을 갈았다.

힘들이지 않고 그는 칼로 밧줄을 끊어두었고, 손목과 발목을 묶기 위해 낡은 헝겊을 길쭉하게 잘라냈다. 그동안 소년은 고개를 숙인 채 가만히 서 있었다. 그러더니 정말로 수영을 하러 가기 전처럼 셔츠를 벗어서 접어놓았고, 샌들도 나란히 벗어놓았다. 그러고는 말없이 판자 위에 누워 사 등분이 되기를 기다리는 사람처럼 팔과 다리를 쭉 뻗었다. 태양은 이미 산허리를 기어오르고 있었다.

"너무 꽉 묶었니?"

손목에 매듭을 지으면서 요르게가 물었다. 소년은 고개를 저었다.

매달리기는 진정한 깊이가 사라졌다는 사실을 처음으로 느꼈을 때 요르게가 발명한 훈련 방법 가운데 하나였다. 그는 매달리기 연습에 큰 희망을 걸고 있었다. 당시 그의 나이는 지금의 소년 정도였다. 그는 그것을 실행에 옮길 때까지 안정을 찾지 못했다. 밤이면 기숙사 숙소에서 미칠 것 같은 심정으로 누워, 끊임없이 새로운 계획을 세웠고, 침대가

삐걱거리는 소리, 뒤척이는 소리, 속닥이는 소리가 잦아질 때까지 기다렸다. 그는 젊은 생도들의 잠꼬대 소리나 이따금 내는 기침 소리가 전혀 들리지 않는 완벽하게 조용한 순간을 기다렸다. 그러고 나서 그는 자리에서 일어났다. 맨발로, 소리 없이, 기다란 방 끝에 있는 커다란 동쪽 창으로 기어가서 커튼 틈새로 잽싸게 숨었다. 그는 민첩하게 창문턱에 매달려 이리저리 흔들거리다가 동으로 된 손잡이를 디딤판으로 이용해, 커튼을 등 뒤쪽에 오게 한 채로 육중한 가로막대에 몸을 매달았다. 거기서 그는 신이 또 하루를 시작해서 그를 구원해줄 때까지 견딜 작정이었다.

처음에 그는 밤새 기도하려고 했었다. 그의 어깨에는 밧줄에 의해 찢기는 듯한 고통이 몰려들었고, 주먹과 팔은 지쳐서 마비될 지경이었다. 그러나 그 정도는 충분히 예상했던 것이었다. 그러다가 발로 모든 피가 쏠리고, 그를 깊은 나락으로 끌어당기는 듯하자 한순간 포기하고 싶은 생각이 들었다. 눈앞이 캄캄해졌다. 더 이상 버틸 수가 없었다. 그의 머릿속의 말들은 더 이상 의미를 갖지 못했다. 그러자 그는 숫자와 암기한 로그표로 대신했다. 첫날밤에 그는 그런 식으로 일출이 그의 고통에 보상을 해줄 때까지 납덩이같은 무게와 고통을 견뎌낼 수 있었다. 그날 아침은 그가 그때까지 보았던 가장 아름다운 아침이었고, 가장 부드러운 빛이었다.

다음날 밤, 그는 수도원의 종탑 시계가 세 번째 울릴 때까지 견뎠지만, 더 이상 잠을 떨쳐낼 수 없었다. 요르게는 바닥에 떨어지는 바람에 잠에서 깨어났다. 그때 불행히도 왼손 손가락 두 개가 부러져서 아침 기도는 더욱 힘들어지고 말았다. 그는 자신의 자리까지 기어서 돌아갔고, 잠에서 깨어난 같은 방 친구들에게 자다가 침대에서 떨어졌다는 거짓말로 위기를 모면할 수 있었다. 그날 이후로 그는 친구들의 조롱과 비웃음—그들이 대체 뭘 알겠는가—을 아무 말 없이 견뎌냈다. 그날의 일은 그에게 교훈을 주었다. 그날 이후 그는 치아를 이용해서 사슬로 꽉 물었다. 사슬은 그가 매달려 있다가 의식을 잃을 때 그를 지탱해주었다. 그는 해가 뜨는 광경을 결코 놓치지 않았다.

관절의 매듭은 어떤 동작을 취하는 데 망설여질 정도로 헐거우면 안 되지만, 그렇다고 너무 꽉 조여 피가 통하지 않게 해서도 곤란했다. 요르게는 그 사실을 누구보다 잘 알고 있었다. 그는 다시 한 번 소년의 손목과 발목을 살펴보았다. 그동안 소년은 판자 위에서 처음으로 동작을 해보았다. 말없이, 용감하게, 얇은 입술을 거의 핏기가 가실 정도로 꽉 다물고서. 소년은 팔 동작을 연습했다. 그렇지만 긴장한 탓인지 규칙적으로 숨을 쉬는 걸 잊어버렸고, 다리는 손과 조화를 이루지 못하고 마치 절망에 분개해 허우적대는 것 같았다. 소년은 더 거칠게, 점점 더 어찌할 바를 모르고 허우적거렸다. 도저히 수영하는 사람으로 보이지 않았다. 마치 함정에 빠진 동물이 사슬을 풀기 위해 덜커덩거리는 나무기계를 계속 쳐대는 것 같았다. 소년은 이길 수 없는 싸움을 하고 있었다. 만약에 여기가 바다였다면 소년은 물과 두려움에 순식간에 압도당했으리라.

요르게는 다음 동작으로 이끌기 위해서 그리고 동작을 조정하기 위해서 소년의 팔목을 붙들었다. 그 동작은 각도를 주면서 두 다리를 동시에 벌려 발을 바깥쪽으로 꽉 차는, 그러니까 구부렸다가 쭉 뻗었다가 다시 모으는 끝없이 반복되는 삼박자였다. 그는 뻣뻣한 다리에서, 멍이든 꺾인 무릎에서 소년이 지닌 두려움을 감지했다. 그는 소년을 지배하고 유연한 수영을 막는 오래된 이 막강한 감정과 조심스레 싸웠다. 요르게는 신중하게 다루어야만 한다는 것을 잘 알고 있었다. 이렇게 엄청나고, 쉽게 물러나지 않는 공포는 인내심을 가지고 상대해야만 이겨낼 수 있었다.

"안심해, 자, 안심하라고."

그는 이렇게 말하며 수영을 할 때는 물과 친해져야만 한다고, 그건 마치 걸을 때 땅과 친해져야 하는 것과 같다고 덧붙이려 했다. 그런데 소년이 너무 큰 두려움에 사로잡혀 있어서 그런 얘기는 먹혀들지 않을 것 같았다. 그래서 요르게는 그냥 이렇게 말하고 말았다.

"내가 옆에 있잖아."

그는 믿음에 소질이 없었다. 아무리 깊은 감사의 마음을 갖고 있다 하더라도 그 점을 속일 수는 없었다. 요르게는 그 당시 — 밤에 자신을 괴롭히고 난 이후 — 동쪽 창으로 솟아오르는 아침을 무척 고마운 마음으로 바라보았다. 오래된 수도원 담벼락 끝자락, 나지막한 언덕과 들판 위로 해는 수줍은 듯 어스름한 빛을 반짝거리다가, 빨갛게 달아오르다가, 창백해지곤 했다. 그 순간 그는 신이 창조한 세계에 무척 가깝게 다가가 있었고, 밝아오는 하루와 구원의 아름다움을 그는 이렇듯 그의 방식으로 이해했다. 그렇지만 그렇다고 해서 달라지는 건 아무것도 없었다. 아침기도 시간에 그는 마비된 사람처럼, 마음이 고양되어 있는 다른 사람들 옆에 무릎을 꿇고 앉았다. 신부님의 가르침은 자꾸 의심스럽기만 해서 그는 어찌해야 좋을지 몰랐다. 그는 신에게 다가갈 수 있는 능력이 없었다. 매달리기는 그저 자신이 할 수 있는 모든 걸 했다는 확신만 주었을 뿐이었다.

다리의 울혈은 낮에도 혼절과 같은 상태로 그를 이끌 때가 많았다. 요르게는 수면 부족과 혈액순환 장애의 대가를 치러야 했고, 창백하고 여위어 보인다는 이유로 뺨이 포동포동한 옆자리의 친구들이 주는 수모를 견뎌야 했다. 그는 시도 때도 없이 심한 두통에 시달렸고, 수업 중에 주기적으로 굉음이 들리는 지경에까지 이르렀다. 그렇지만 그는 한탄하지 않았다. 고통은 그의 비밀스런 아군이었다. 고통은 그가 다른 생도들처럼 신의 뜻에 따르는 것이 허용되지 않았다는 사실에서 벗어나 스스로를 위로할 수 있게 해주었다. 다른 아이들은 세상의 모든 것을 이해했고, 아무런 의문 없이 모든 말을, 모든 지식을 그대로 받아들였다.

어쩌면 그가 신앙심이 깊지 않은 이유는 신앙심하고는 담을 쌓은 가정에서 자랐기 때문인지도 몰랐다. 이런 말들이 그에게 무엇을 요구하는지 제대로 이해하지 못했다. 고통이 그가 이해할 수 있는 유일한 것이었다.

신앙심이 깊은 사람들은 그가 아무리 극도의 훈련을 한다 하더라도 결코 도달할 수 없는 무언가를 선물로 받은 사람들이었다. 도저히 납득할 수 없는 이유로, 그들은 은총을 받은 무리에 속했다. 그들은 어떤 행동을 해도 용서를 받았다. 그와는 달리 그들은 무한한 총애를 즐겼고, 약점까지도 보호를 받았다. 신과 신부님들이 그들의 실수를 용서해주었다. 요르게라면 그 실수를 스스로 결코 용서할 수 없었을 것이다.

다만 그가 남들보다 뛰어난 점이 하나 있었는데, 바로 고통에 대한 특별한 재능이었다. 견뎌내야만 하는 일이 중요한 문제로 떠오르면 그는 어느 누구보다도 뛰어난 능력을 발휘했다.

그리고 그는 스위스 칼을 가지고 있었다. 아버지의 이별 선물인 그 칼을 그는 고통마저도 그를 떠날 경우를 대비해서 늘 몸에 지니고 다녔다.

태양은 쉼 없이 떠오르더니 결국 하늘 한가운데를 차지했다. 요르게는 여전히 소년의 발목을 붙잡고 발차기 동작을 조절했다. 끌어당기고 차고 다시 모으는 동작이 이제는 제법 안정되었고, 일정해졌음에도 불구하고 소년의 동작에는 마지막으로 뭔가 결정적인 것, 논리 정연한 면이 결여되어 있었다. 소년의 동작들은 마치 한 번도 가본 적이 없는 깜깜한 길을, 지도도 없이 더듬어 나아가는 것 같았다. 요르게는 소년을 놓아주자마자, 조심스레 이끌어주던 손을 떼자마자 소년이 다시 공포에 빠져 허우적거릴까 봐 걱정이었다.

그러는 사이에 그는 소년의 두려움을 없애고, 원소에 대해 믿음을 심어줄 적절한 말을 찾느라 애를 썼다. 수영하는 사람은 몸을 뜨게 해주는, 끊임없이 움직이는 물의 속성을 믿어야만 물의 은총을 받을 수 있었다. 틀림없이 이런 말들이 있을 테지만 소년이 그의 말을 이해하지 못하리라는 것을 너무도 잘 알고 있었기에 요르게는 침묵을 지켰다. 그도 그 당시에는 신부님들을 이해하지 못했다.

까맣게 탄 소년의 등에 송골송골 맺힌 작은 땀방울이 반짝거리며 흔들거리다가, 척추 등골을 따라 모여들었다가, 어깨뼈의 지그재그 곡선을 타고 흘러내려, 점점 짙은 색으로 변해가는 꺼칠꺼칠한 나무판 위로 뚝뚝 떨어졌다. 쉬지 않고 헤엄치는 소년의 갈라진 사지가 곧 땀으로 뒤덮여, 마치 눈에 보이지 않는 파도가 그 위를 지나간 것처럼 보이는 데는 그리 오랜 시간이 걸리지 않았다. 그러고 나서야 비로소 요르게는 소년의 땀구멍에서 땀을 내보내는 건 내리쬐는 무더위가 아니라 두려움이라는 사실을 알아차렸다. 소년은 온몸으로 떨고 있었다.

소년이 피를 흘렸다.

요르게는 손을 놓았다.

처음부터 그는 판자에 박혀 있는 가시와 못을 다 제거하고 시작하려 했다. 하지만 소년은 준비가 되었다는 듯 서슴없이 누웠고 훈련을 시작해버렸다. 한마디 말도 없이, 한마디 신음소리도 없이 소년은 가시를 제 살로 밀고 있었다. 움직일 때마다 날카로운 모서리가 그의 맨살로 더 깊이 파고들었다. 그러나 소년은 아무런 불평도 하지 않았다.

"그만둬."

요르게는 명령했다.

"멈추라고!"

그는 매듭을 풀려고 소년의 손목을 잡았다. 그런데 소년이 굉장히 화를 내며 그를 밀쳐내는 바람에 그는 그만 발을 헛딛고 개울바닥의 돌더미에 주저앉고 말았다. 요르게는 소년이 화를 낸다는 사실에 무척 놀랐다. 고통을 견뎌내는 자신의 재능과 거의 동등한 재능을 지닌 사람을 만난 것은 처음이었다. 아니, 그보다 더 용감해 보였다.

요르게가 채 일어서기도 전에 로벡의 지프 소리와, 집 앞에서 자갈이 눌리는 소리가 들려왔다. 잠시 그는 그대로 움직이지 않고 눈을 감은 채 귀를 기울였다. 마치 그가 가만히 있으면 위험이 그냥 지나칠 거라는 듯이. 그렇지만 그는 운이 없었다. 로벡은 옆집 쪽으로 그냥 지나가지 않고 그의 집 주차장에 차를 주차한 다음, 짧게 경적을 울렸다. 그 사이 마리타는 "계세요?" 하고 큰 소리로 그를 찾으며 집을 한 바퀴 빙 돌았다. 기왕 메렌데로까지 온 그들이 쉽게 물러날 리 없었다.

요르게는 매달리기를 하다가 누군가한테 들키기라도 한 것처럼 깜짝 놀랐다. 그는 로벡 부부에게 여기서 무얼 하고 있었는지 설명할 수가 없었다. 설명한다 해도 그들은 이해할 수 없었다. 그들이 수영기계를 보지 못하도록 막아야 했다.

"좀 쉬고 있어. 금방 돌아올게."

요르게는 소년에게 속삭이고는 이마의 땀을 닦았다.

언덕에 위치한 정원을 지나 집으로 오르는 길을 반쯤 올라가니 벌써 로벡이 내려오고 있었다. 적대감에 찬 시선으로 그들은 마주보며 서 있었다. 서로의 갈 길을 막아선 것처럼 보였다.

"수영하고 나서 급하게 가버리시더군요."

로벡은 위아래로 그를 훑어보았다.

"정원이……."

요르게는 애매하게 말했다.

"가물어서……."

그는 스위스 칼을 눈치 채지 못하게 접기 위해 손을 등 뒤로 가져가면서 고갯짓으로 끈에 묶여 있는 찌그러진 양동이를 가리켰다.

"올여름에는 물이 겨우 모기 목이나 축일 정도여서요."

"왜 그냥 호스로 물을 주지 않으세요?"

로벡은 참을성 없이 발끝을 까딱거리며, 키 차이가 꽤 나는데도 요르게의 어깨 너머로 무슨 일인지 살펴보려고 했다. 그는 지금 그가 보지 말아야 할 어떤 일이 저 아래서 벌어지고 있다고 짐작하고 있었다.

"전 원래 개선될 수 없는 사람이죠."

요르게의 얼굴은 햇볕과 소금으로 뒤덮인 가면처럼 보였고, 칼날은 생각처럼 날카로웠다.

잠깐 눈을 찌푸리는 사이에 살이 벌어졌다.

"괜찮으시다니."

로벡은 그에게 묻기라도 하듯 바라보았다.

요르게는 고개를 끄덕였다.

"그냥 슬쩍 긁힌 거예요."

머뭇거리는 듯 연기를 하면서 그는 등 뒤로 감추었던 피 흘리는 왼손을 앞으로 내밀었고, 그 사이 오른손으로 눈치 채지 못하게 칼을 접어서 바지 주머니 속에 넣었다.

"마리타!"

로벡이 당장 소리를 질렀다.

"마리타!"

"걱정 마세요. 집에 요오드가 있어요."

요르게는 대수롭지 않게 말했다.

"당신, 정말 일을 만드는군요."

로벡은 바짝 따라붙으며 옆으로 한 걸음 내딛었다.

"그것 갖고 되겠어요?"

"처음 있는 일은 아니니까요."

요르게는 이상하게 만족스런 기분으로 주먹에 난 상처를 들여다보았다. 그것은 로벡을 놀라게 할 정도로 깊어 보이긴 했지만, 그렇다고 수영을 할 수 없을 정도는 아니었다. 물론 소금물 때문에 상처의 가장자리가 아물 때까지는 한참 걸리겠지만. 그렇다고 조금만 움직여도 다시 터질 것처럼 보이지는 않았다.

"어머, 어떡해!"

마리타는 멀리서부터 괴성을 지르며 종종 걸음으로 다가왔다.

"별거 아니에요. 그저 베었을 뿐인데요 뭐. 소독만 하면 충분해요."

요르게는 집 쪽으로 향하면서, 마리타를 위해서 한 번 더 말해주었다.

"집에 요오드가 있거든요."

"당신, 정말 사람을 걱정하게 만드는군요."

"그건 제 아내한테 맡겨놓으시죠."

요르게는 이렇게 말하면서 로벡한테 눈짓을 했다. 로벡은 남자 대 남자로 대하는 이 작은 눈짓을 약간 어이없긴 해도 고맙게 받아들였다.

"부인이 저한테 전화를 하면 뭐라고 말할까요?"

마리타는 그 자리에 멈춰 선 채로 물었다. 거의 테라스까지 왔다. 이제 로벡의 차는 몇 미터 떨어지지 않은 곳에 있었다.

"진실을 말하세요. 제가 아직 살아 있다고."

로벡은 요르게 편에 서서 웃으려 했지만, 왠지 그리 유쾌하게 들리지는 않았다.

"뭐 그런 거죠."

요르게는 어깨를 으쓱했다.

"그런데 어떻게 지내셨어요? 새로운 소식이라도 있나요?"

그는 동맥을 눌러 출혈을 막아보려고 왼쪽 손목을 꽉 움켜쥐었다. 하지만 오히려 버찌처럼 빨간 피가 흘러나왔다.

"빨리 집으로 들어가세요."

마리타는 몸을 돌려 차로 향했다.

요르게는 작별하듯 잠깐 오른손을 들었고, 로벡은 자동차 열쇠를 찾는 것처럼 망설였다.

"조심하세요!" 하는 소리가 들리고 나서 곧바로 자동차 시동 거는 소리가 들려왔다. 요르게는 테라스에 서서 그들이 사라질 때까지 지켜보았다. 그리고 나서 목욕탕으로 가서 장에서 요오드 병을 꺼내들고는 소년에게로 급히 달려갔다.

가까이 가자 이미 수영기계가 덜컹거리는 소리가 들려왔다. 소년은 쉬지도, 몸을 보호하지도 않았다. 그가 예상했던 대로였다. 요르게는 일단 상처 입은 손에 요오드 병을 들고 나무가 있는 아래로 서둘러 내려갔다. 최악의 경우가 걱정되었지만, 일단 그의 눈에 들어온 상처는 생각보다 작았다. 소년은 사방으로 휘둘러대거나, 아무 생각 없이 끈을 버둥거리지 않고, 안정적이고 규칙적으로 움직였다. 이제 두려움도 찾아보기 힘들었다. 소년의 동작은 길고 뻣뻣한 다리로 인해 여전히 딱딱해 보이긴 했지만, 그래도 단호했고, 물속에서 견딜 수 있어야 한다는 의지를 드러냈다.

소년은 수영을 할 수 있었다.

한동안 요르게는 그저 거기 서서 바라보기만 했다. 그는 한낮의 열기가 이글거리는 바다를 보았고, 매미와 귀뚜라미 울음소리가 우거진 이곳에서 바다를 들었다.

"이제 좀 따끔할 게다."

그는 이렇게 말하며 소년에게 다가섰다.

"그래도 이걸 발라야 해. 그래야 상처가 덧나지 않아……."

어깨와 허벅지의 벌어지고 벗겨진 부위에 요오드를 떨어뜨리는 동안에도 소년은 정신을 빼앗기지 않고 계속해서 동작을 해나갔다. 소년은 한 번도 움찔거리지 않았다.

"정말 용감하구나."

요르게는 소년의 앞쪽에 쭈그리고 앉아 소년의 얼굴을 똑바로 들여다보았다.

"이제 괜찮을 거야. 듣고 있지?"

소년은 그를 쏘아보았다. 그의 셔츠와 손은 그 역시도 피를 흘리고 있다는 사실을 일깨워주었다. 그렇지만 그것은 깨끗하게 베인 상처였고 피는 벌써 줄어들기 시작했다. 요르게가 손을 뒤로 감추고 부드럽게 말했다.

"이제 그만하고 집으로 가야 한단다. 그러지 않으면 넌 내일 물에 갈 수 없어."

"몇 번이면 돼요?"

소년이 물었다. 소년의 호흡은 거칠었다. 두 팔을 앞으로 쭉 뻗으며 또 물었다.

"섬까지 가려면 몇 번이면 되나요?"

"천 번."

요르게는 별 생각 없이 말했다.

그때, 누구도 그리고 어떤 것도 그가 매달리기를 그만두게 할 수 없었다. 그는 자기 자신에게 자신보다 더 큰 벌을 줄 수 있는 사람은 없다는 것을 알고 있었다. 고통에 대해 이토록 단호한 사람을 위협하는 것은 아무 의미도 없었다.

소년은 파도를 기다리는 것처럼 고개를 숙였다. 소년이 다시 고개를 들었을 때 아이의 눈은 그를 뚫고 더 먼 곳으로 나아갔다. 그의 시선은 멀리, 아주 멀리, 상상의 바다 그 멀리까지 앞서 헤엄치고 있었다.

"아프리카까지 가려면 몇 번이면 돼요?"

소년은 뒤도 돌아보지 않고 물었다.

"열 배요? 아니, 만 배요?"

요르게는 바닥을 보고 있었다. 거짓말을 하거나 침묵을 지킬 수도 있었으리라. 하지만 그는 어떤 숫자를 말해도 소년이 놀라지 않으리라는 것을 알고 있었다. 어떤 숫자도 아이의 수영을 막지 못하리라. 소년은 이미 수를 세기 시작했다.

"만 배보다 많이."

요르게가 말했다.

"훨씬 더 많이."

토마스

건물 유리창에 비친 자신의 모습을 그는 알아보지 못하고 지나칠 뻔했다. 지나치다가 토마스는 편하게 가벼운 여름 외투를 걸친 말쑥하게 차려입은 신사에게 관심이 쏠렸다. 그가 바로 그 자신이었다. 자세히 바라보니 자신과 닮은 것 같았다. 다만 이발을 하고 나자 반백으로 물든 귀밑머리가 새롭게 눈에 띄었다. 아침부터 면도를 한 건 몇 년만에 처음이었다.

미소로 거울에 비친 자신의 모습에 조롱을 보냈지만, 토마스는 아주 진지했다. 장식용 손수건을 꽂지 않고, 단순한 실크 넥타이를 매기로 한 결정은 훌륭했다. 장식용 손수건은 어딘지 늘 댄디풍을 연상시켰다.

하지만 양복을 사기 위해 어머니의 저금에 손을 댔기 때문에 양심의 가책이 조금이나마 느껴지는 건 어쩔 수 없었다. 기왕에 사려면 근사한 것을 사야 했다. 그래서 이 양복을 사기 위해 그는 자신이 일 년에 옷을 사기 위해 지출하는 돈보다 훨씬 많은 돈을 지불했다. 구두와 외투는 빼고 말이다. 달리 생각해보면, 에스더는 돈을 꼭 공사비와 수리에 드는 소소한 비용으로만 써야 한다고 강조했지만, 그의 외모를 개선하는 것 또한 거기에 해당된다고 볼 수 있었다. 어차피 다 낡은 코르덴바지 차림으로 잔치에 참석할 수는 없지 않은가.

그가 인사말을 하든 안 하든 간에.

유리문이 열렸고, 변호사 두 명이 대화에 열중한 채 거리로 나왔다. 그들은 그를 보자 고개를 끄덕이며 인사했고, 토마스 역시 당연하다는 듯 가벼운 인사를 건넸다. 양복은 그 가치를 했다. 그가 정말로 변호사 사무실로 들어갈 거라는 사실을 의심하는 사람은 아무도 없었다. 그는 그런 분위기에 어울리는 사람으로 보였다.

토마스는 짙은 색에 단추가 두 줄 있는 양복으로, 잔치 때나 사무실에서나 무난하게 입을 수 있는 옷으로 결정했다. 그는 진중한 인상을 풍기려고 신경을 썼지만, 그렇다고 너무 굳어 보이면 곤란했다. 더군다나 유치해서는 안 되었다. 이제부터는 직장 일에서나 개인적인 일에서 어떤 약점도 보여서는 안 되었다. 베아테 게르버가 개입되어 있다는 사실을 안 이상 그런 일은 있을 수 없었다.

그는 현관 앞 계단을 걸어 올라갔다. 새 구두는 전혀 무게를 느끼지 못할 정도로 경쾌했다. 입구에 있는 안내원이 직업적인 미소를 지어 보였다. 그는 태연하게 리카르다를 찾았다. 물론 미리 시간 약속을 한 건 아니었지만 그의 이름을 대니 별 문제없이 통과할 수 있었다. 아직 서류가방이 없을 뿐이었다. 어쩌면 가죽장갑도 필요할지 모르겠다. 그렇지만 아직 시간은 있었다. 아직은 일 때문에 이곳에 온 게 아니니까.

나중에 어머니의 돈이 모자랄 때, 어쩌면 그는 돈을 좀 빌려야 할지도 몰랐다. 하지만 그가 자립하자마자 곧 남김 없이 갚을 수 있을 터였다. 그는 자신을 바꾸기로 마음먹었다. 이번에는 진짜였다. 양복은 개선을 위한 대책 이상의 의미를 지녔다. 그것은 진정한 투자였다.

어차피 에스더는 지금 그의 등 뒤에서 자신의 전처와 다름없는 여자와 모의해 일을 벌이는 데 주저함이 없지 않은가.

엘리베이터는 곧 왔다. 거울에 비친 자신의 모습을 보면서 그는 육층으로 올라갔다. 알파벳순으로 정리된, 결재 서류를 들고 여비서 하나가 엘리베이터에 탔다. 토마스는 그녀에게 그리고 자기 자신에게도 미소를 보냈다. 그는 양복을 입기 위해서 태어난 사람처럼 보였다.

이제 그는 다만 그것에 걸맞은 직업이 필요할 뿐이었다.

C&A(중저가의 옷을 판매하는 체인점─옮긴이)에서 산 양복 윗도리를 입은 사무 보조원이 잠시만 대기실에서 기다려달라고 말했다. 토마스는 도시의 지붕을 내려다보며 회의용 안락의자에 앉았다. 의자에서 가죽냄새가 났다. 공장에서 만든 지 얼마 되지 않은 냄새를 맡으니 그는 상체를 의자에 더 깊숙이 파묻고 싶어졌다. 그러나 토마스는 아주 편하게 뒤로 기대는 자세는 피했다. 양복이 구겨지는 게 싫었다. 아직까지는 양복을 한 벌 더 구입하는 것은 어려웠다. 게다가 베아테는 새롭게 번쩍거리는 그의 겉모습에서 어느 정도 주름이 졌고 구겨졌는지 끔찍할 정도로 신경을 쓸 게 뻔했다. 그것이 그가 여전히 예전의 그 사람임을 증명해줄 터였다. 그러나 이번만큼은 달랐다! 토마스는 철저하게 그녀를 부정할 생각이었다. 그러려면 그뿐만 아니라 양복도 잔치 때까지는 흠이 나지 않도록 주의해야 했다.

그는 늘 하던 대로 다리를 꼬지 않고 그냥 나란히 둔 채로, 허리를 꼿꼿이 세워 안락의자 끝 쪽에 앉았다. 리카르다가 방에 들어서면 언제고 일어날 준비가 되어 있었다.

"오 분이면 됩니다."

그는 사무 보조원한테 그렇게 못 박아두었다. 직업 경험이나 학문적인 경력으로 보더라도, 그가 여기서든 다른 변호사 사무실에서든 변호사 보조 일을 하고 싶다고 말하는 데 그 이상의 시간이 필요하지는 않을 터였다. 그가 사료 연구와 조사의 대상으로 삼았던 범위는 원시시대와 선사시대에 이를 정도로 넓었다. 그는 여러 분야에 박식했으며, 자신이 평생 공부한다는 자세를 갖추고 그것을 실천하는 사람이라고 생각했다. 심부름이라든지 복사 따위의 하찮은 일이라도 상관없었다. 아니 오히려 더 좋았다.

토마스는 시계를 쳐다보지 않았다. 지금보다 더 예민해지고 싶지 않았다. 하지만 밖에서 점심시간을 알리는 종소리가 울려오자 손목시계를 열두 시에 맞춘 다음, 곧장 바지주머니 속에 넣었다. 떳떳이 내보일 만한 새 시계는 그가 첫 월급으로 장만해야 하는 물건 목록의 제일 위쪽에 있었다. 무의식적으로 그는 재떨이를 찾고 있었다. 사십 년 동안이나 그는 지금과 같은 순간에 담배를 피웠다. 그렇지만 그것 역시 이제는 끝이었다. 손바닥에 배어 나오는 식은땀을 팔걸이에 문질러대며 그는 자신에게 상을 주는 기분으로 아직 마련하지도 않은 돼지 저금통에 동전을 넣어주었다.

아래쪽 거리에서는 일상의 흐름이 분주한 세상 속으로 섞여들고 있었다. 그도 앞으로는 거기에 속하게 되리라. 마지막으로 담배를 피운 이래로 스물여섯 시간 반이 흘렀다.

"잠깐 바람 좀 쐬러 가실래요?"

리카르다는 이렇게 인사했다. 그가 미처 변호사인 그녀에게 시아버지로서의 특별대우는 전혀 없이 얘기하고 싶다고 설명하기도 전이었다. 그녀는 벌써 핸드백을 어깨에 메고 대기실로 들어서 있었다.

"벌써 점심을 드신 건 아니죠?"

토마스는 이 시간에 이미 아침 식사를 했다는 것이 자랑스러웠다. 그래서 그는 다만 이렇게 말했다.

"좋아 보이는구나!"

"좋아 보이시는걸요!"

리카르다는 포옹을 하려고 했지만, 그는 뻣뻣하게 아직도 축축한 손을 내밀었다. 그녀는 그가 당황스러워하지 않도록 그 과정을 다 생략해 버렸다.

"간단하게 뭐라도 먹으러 갈까요?"

그것은 그가 생각했던 구직을 위한 대화와는 거리가 있었다. 하지만 그는 리카르다의 말에 거절 의사를 표시할 수 없었다. 그는 그녀에게 점심을 사줄 돈도 없었고, 위장은 니코틴 결핍을 알리기 위해 요란법석을 떨고 있었다.

"너 좋을 대로 하렴."

그는 활기차게 대꾸하며 유리창에서 마주쳤던 그 남자처럼 확신에 찬 모습을 보여주려고 노력했다.

"삼십 분만!"

리카르다는 사무 보조원들에게 이렇게 알렸다. 그것은 토마스가 감히 기대했던 것보다 훨씬 더 많은 시간이었다. 하지만 그가 코스 요리를 대접하기에는 부족한 시간이었다. 이 양복을 입은 후로 행운은 그의 편이었다. 시아버지 자격으로 특별대접을 받는 것과는 상관없었다.

리카르다는 엘리베이터에서 몇 분간이라도 쉴 틈이 생겨서 기쁘다고 고백하며, 오늘은 퍽 힘든 하루가 될 거라고, 다섯 시 반에 법정 밖에서 협상안을 가지고 얘기가 오갈 텐데 언제 끝날지 알 수 없다고 말했다.

그녀가 기분 좋은 일을 생각할 때면 눈썹 사이에 화날 때 생기는 주름이 천천히 펴졌다. 눈 주위를 보니 그녀는 좀 피곤한 것 같았다. 머리카락에서는 살구향 샴푸 냄새가 풍겼다. 엘리베이터가 멈출 때까지 잠시 침묵이 들어섰다. 그들의 눈길이 잠깐 마주쳤다. 그들은 생각했던 것보다 훨씬 더 가깝게 서 있었다.

"그런데⋯⋯."

그녀는 출입구로 나가는 도중에 물었다.

"웬일로 저한테 이런 영광을 다 베푸세요?"

문을 열자마자 곧장 집으로 뛰어드는 식은 그다지 현명해 보이지 않았다. 그래서 토마스는 그녀와 안내하는 여자에게 비밀스런 미소를 짓고는 리카르다와 함께 현관 앞 계단을 내려가는 거울에 비친 자신의 모습을 잠시 지켜보았다. 그러고 나서 그는 오늘 아침 일찍 리카르다와 크리스티안의 집에 들렀다고 얘기해주었다. 크리스티안에게 잔치 인사말의 최종 원고를 넘겨주려고 했는데 만나지 못했다고, 나중에 우편함이 꽉 찬 걸 보고 놀라지 말라고 말했다.

리카르다가 그를 바라보았다.

정말로 아주 철저하게 조사했고, 모든 흔적을 모았고, 각종 자료를 훑어보았다고 그는 말을 이었다. 그의 목표는 크리스티안에게 가능하면 세세하고 사실적인 할아버지의 상을 전달하는 것이었다. 그것은 온갖 학문적 노하우와 기민함을 요구하는 과제였다. 그는 자신의 연구 성과를 분별력 있게 다루기로 결심했고, 그래서 인사말을 하지 않기로 했다. 어쨌거나 잔치에서는 하지 않을 생각이었고, 어리석은 기대에 차 있고, 삶의 거짓에 둘러싸인 채 개선의 여지라고는 찾아볼 수 없는 친척들 앞에서는 더더욱 할 수 없었다. 이런 일일수록 진실을 말하기란 특히 어려웠다. 가까운 사이일수록 그 사람에 대한 시각은 변질되기 마련이었다. 그것은 쓰라린 경험에서 나온 것이었고, 안타까워도 바꿀 수 없는 것이었다. 가족관계에서도 가능하다면 그는 최대한 객관성을 유지하려고 노력했다. 그러나 솔직하게 고백하자면, 상대도 자신에게 공정할 거라고는 기대하지 않았다. 이런 관점에서 보자면, 가족 잔치와 법률 상담은 크게 다르지 않았다. 법정에서 일단 입 밖에 나온 모든 말은 오로지 '유죄 혹은 무죄'로 취급되었다. 하지만 그는 원고도 피고도 아니었다. 이 비유를 계속하자면, 그는 예비 작업을 돕는 신중한 일꾼 내지는 사건의 배후에서 조사하는 사람이라고나 할까. 그의 관심은 어렸을 때부터 늘 인식에 관한 것이었지 권력을 갖는다든지, 서열상 윗사람이 되는 게 아니었다. 그런데 지금 그들은 어디로 가고 있는 걸까?

"바로 저 모퉁이만 돌면 작은 공원이 있어요."

리카르다가 말했다. 그러고는 더 이상 말이 없었다.

토마스는 얘기를 끝내기 위해서 다시 말을 꺼냈다. 증명 서류는 완벽하므로 그가 할아버지를 곧바로 심판대에 올려놓을지 말지는 스스로 판단할 문제라고 했다. 토마스가 할 수 있는 건 이미 다 했으므로, 이제 말로 공격을 하든 아니면 가족의 침묵을 연장하든 아들에게 달려 있었다. 그는 그 문제에 대해 더 이상 말하고 싶지 않으며, 원한을 잊지 않는 사람이 되고 싶지 않다고 말했다. 물론, 크리스티안에게 의문점이 생긴다면, 그가 언제든지 처리해줄 거라고 덧붙였다. 그는 물론 복사나 심부름 따위의 하찮은 일이라도 전혀 상관이 없었다. 아들이 많은 얘기를 듣게 되리라는 걸 잘 알고 있었지만. 하지만 진실을 알고 난 뒤 어떻게 행동해야 하는가 하는 결정은 아들에게 맡겨놓을 수밖에 없었다.

그들은 청동으로 된 문을 지나 공원으로 들어섰다. 길 양쪽에 만병초가 피어 있었다.

"그런데 왜 크리스티안이 아니라 저한테 그 얘기를 하시죠?"

리카르다는 미소를 지으며 물었다. 리카르다가 갑자기 얼굴을 바짝 들이밀었기 때문에 그는 예기치 않게 한 걸음 옆으로 비켜서야 했다.

그 질문은 당연했다.

"왜냐하면……."

그는 힘없이 말했다.

"내 생각에는 네가 이걸 알고 있어야 할 것 같아서."

그는 취직 자리를 부탁하는 것이 조그마한 암시로 충분하길 바랐다. 그러나 그의 말은 아무런 도움도 되지 않았다. 그는 좀더 확실하게 표현해야 했다.

만병초는 플라타너스에서 한 줄 떨어져 있었다. 양쪽으로 좁은 띠 모양의 잔디 주변에 화단이 이어졌다. 나무들 사이의 나무의자에는 잘 차려입은 사람들이 앉아 있었다. 혼자서 혹은 여럿이서, 당연히 누려야 하는 점심 휴식을 취하면서. 여비서들은 화장한 얼굴로 햇볕에 나와 앉아 있었다. 담배를 피우는 사람은 아무도 없었다. 이런 사람들과 어울린다면, 이런 동료들이라면, 중독을 성공적으로 극복할 수 있으리라. 토마스는 깊게 숨을 들이마시고 내뱉었다. 그가 확실하게 말할 수 있는 시간은 이제 이십오 분 정도 남았다.

긴장을 풀어, 하고 그는 자신에게 말했다.

"그런데 할아버지에 대해 대체 뭐라고 쓰셨어요? 그냥 좀 알아두고 싶어서 그래요."

리카르다는 눈을 감은 채로 선글라스를 꺼내 썼다. 그는 바닥을 내려다보았다.

"뭐, 어쨌거나 노인은 나한테 훈련이 뭔가를 가르쳐준 거지."

토마스는 다시 한 번 아버지를 칭찬해야 하는 상황에 처하리라고는 꿈에도 생각하지 못했다. 하지만 자신을 소개하는 자리에서 아버지와의 관계를 청산하는 건 적절해 보이지 않았다.

"엄격하셨어요?"

"인생을 위한 좋은 학교였지."

그는 리카르다의 시선을 느꼈지만 그 눈길에 대꾸하지 않았다. 그는 가늘게 뜬 눈으로 저 앞쪽, 가물거리는 빛을 뚫어지게 바라보았다.

"그런데 왜 크리스티안이 할아버지를 모르고 지내기를 원하셨어요?"

"크리스티안이 그렇게 말하든?"

"할아버지를 몇 년에 한 번씩 만나서 악수나 했다고 말했어요."

"나는 내 아들은 내 식으로 키우고 싶었단다."

지금이 바로 주제를 바꿔야 할 때였다!

"다르게요?"

리카르다는 전혀 틈을 주지 않았다.

"그래, 다른 방식으로."

"자, 말씀해보세요."

그녀가 그를 툭툭 건드렸다. 그녀와 이런 접촉은 처음이었다.

"뭔가 커다란 비밀이 있는 거 맞죠?"

"그런 건 없단다."

토마스는 유리창에 비친 남자의 모습을 생각했다.

"집안마다 다들 말 못할 사연이 있는 거잖아요."

"그분은 나치스가 아니었단다. 혹시 네가 궁금한 게 그런 거라면."

예기치 않게 날카롭게 대응하고 나서, 그는 누가 쳐다보지나 않는지 잠깐 주변을 둘러보았다.

"가끔은, 차라리 그랬으면 하고 바랐지."

토마스는 목소리를 낮추었다.

"나치스는 아주 단순할 테니까. 하지만 그는 진짜 독재자였어."

리카르다는 침묵했다.

그는 적어도 자신이 이 얘기를 하고 싶어 하지 않는다는 것을 명확히 했다. 그는 아버지 얘기를 하려고 여기 온 게 아니었다. 그것만은 분명했다.

토마스는 담배가 그리웠다. 길고, 끝없는, 필터 없는 담배.

사냥꾼이 즐겨 입는 초록색 제복을 입은 공원 관리인이 그들 쪽으로 다가와 리카르다와 눈을 마주치려 했으나 소용없었다. 차가 드나드는 출입구에는 주황색 작은 트럭이 서 있었고, 짐칸에는 잘라낸 가지와 잎들이 쌓여 있었다. 그렇지만 정원 관리업체에서 나온 사내들은 어디서도 보이지 않았다. 토마스는 이제야 이곳이 얼마나 조용한지 알아차렸다. 거리의 소음조차 묘지와 비슷한 담 뒤에서는 흩어져버렸다.

"간단하게 뭐라도 좀 드시지 않을래요?"

새로운 놀이에는 새로운 행운을 기대하는 법이다.

리카르다는 앞쪽을 고개로 가리켰다.

"저쪽 입구 옆에 아주 괜찮은 스시집이 있어요."

'스시'라는 말은 그의 소화기관의 연동운동에 좋지 않은 효과를 가져왔다. 금연한 이후로 그의 생체리듬은 반복적으로 설사 아니면 변비 증세를 보였다. 그렇지만 토마스는 가까스로 미소를 머금었다.

"너 좋을 대로 하렴!"

그는 되풀이했다.

"솔직히 말씀드리면⋯⋯."

그녀가 그에게로 몸을 돌렸다.

"실은 전 지금 별로 좋은 상태가 아니에요."

그녀의 선글라스에 비친 자신의 모습을 보고 그는 깜짝 놀랐다.

"괜찮니?"

걱정을 하면서 지켜본다는 건 쉽지 않았다.

"네, 네. 별 문제는 없어요."

그녀는 괜찮다는 듯한 동작을 취했고, 거울에 비친 그의 모습은 흔들렸다.

"소화가 되지 않을 것 같아서 그래요. 많이 시장하세요?"

"나 때문이라면 신경 쓸 거 없단다. 나도 지금은 그다지 생각이 없거든."

리카르다가 다시 고개를 돌려 앞을 바라보자, 그는 자기 자신에게 씩 웃어 보였다. 이제 그의 장까지 안도하는 기분이 전달되었다.

그들은 말없이 몇 미터를 나란히 걸었다. 그러다가 리카르다가 갑자기 멈춰 서더니 손으로 위 부근을 쓰다듬었다. 그녀의 메이크업 위로 작은 땀방울이 돋았다.

"괜찮니?"

그녀는 고개를 끄덕였다.

"맙소사, 꼭 임신 삼 개월쯤 된 거 같네요!"

"임신했니?"

토마스는 이렇게 묻고, 그것이 변호사 사무실에서 일하게 될 자신의 기회를 어느 정도 약화시킬지 따져보았다.

"상상임신이에요. 화도 나고 긴장해서 그래요. 이 재판을 너무 오래 끌고 다녀서 이렇게 됐나 봐요."

"상대는 훨씬 더 나쁜 상황일 거야."

"그거야 곧 알게 되겠죠. 오늘 저녁에 제왕절개를 해야 하니까요."

그녀는 힘없이 웃었다. 그도 함께 웃었다.

"어떤 식으로든 내가 도울 수만 있다면⋯⋯."

"마피아 같은 변호사 조직과 아무 상관없는 걸 다행으로 아세요."

사실은 지금이야말로 그가 이의를 제기해야 할 순간이었는지도 모른다. 하지만 지금은 그가 왜 찾아왔는지를 설명하기에 결코 유리한 상황이 아니었다. 리카르다는 의지할 곳을 찾느라 그의 팔을 잡았다. 그가 그녀를 부축해야 했다. 그들은 플라타너스 두 그루 사이에 반쯤 그늘이 드리운 곳에서 멈추어 섰다.

"금방 괜찮아질 거예요."

그녀는 지친 듯 그에게 몸을 기대고 그의 옷깃에 이마를 갖다 댔다. 토마스는 가만히 서 있었다. 그가 달리 뭘 할 수 있겠는가? 그는 응급 처치를 해야 할 상황이 생기지 않기를 바랄 뿐이었다. 면접을 보러온 사람들을 아주 당황하게 만드는 경우도 있었다. 그는 머뭇거리며 손을 들어올려 조심스레 그녀의 뒷머리를 쓰다듬었다.

끌어안은 한 쌍의 남녀가 그들 쪽으로 걸어오고 있었다. 남자는 오십 대 중반으로 부장쯤 되어 보였고, 여자는 적어도 그보다 삼십 년은 젊어 보였는데, 예쁘고 야심에 찬 여비서나 사무 보조원처럼 보였다. 이쪽을 향해 미소 짓는 걸로 봐서 리카르다와 아는 사람들 같았다. 그러나 부장은 그녀에게 인사하는 대신 성깔 있어 보이는 눈썹을 찡끗 했을 뿐이었다. 이런 양복을 입으면 아마도 모든 게 허용되는가 보았다. 은행이나 보험회사 같은 곳에서 부장급의 지위를 갖고 있으리라고 짐작하는가 하면, 리카르다처럼 젊은 여자 친구를 사귈 수도 있다고 생각하는 것 같았다. 그는 당혹스러웠지만 기분이 나쁘지는 않았다. 토마스는 주위를 둘러보았다. 한순간 그는 조금 전에 보았던 변호사를 한 번 더 만났으면 하는 생각이 들었다. 그러면 그들이 본 자신의 모습이 결코 틀리지 않았다는 사실을 보여줄 수도 있을 텐데. 그러다가 그는 깨달았다. 그렇게 될 수 있는 가능성과는 상관없이 그가 전혀 다른 사람처럼 보인다는 사실을.

그는 베아테 역시도 그를 그렇게 봐주기를 원했다.

리카르다에 대한 그의 관심이 우정 이상이었기 때문이 아니었다. 그는 베아테가 질투하도록 만들고 싶었다. 그러기 위해서는 별 의미 없는 가벼운 접촉이나, 조금 오래 쳐다보는 눈길만으로도 충분했다. 지금처럼 잠시 미래의 며느리와 함께 다정하게 서 있는 것만으로도 충분할지 몰랐다. 베아테의 불신은 병적이었으니까.

"물론 너도 와주기를 바란단다."

그녀의 머리카락에서 풍기는 살구향에 대고 그가 속삭였다.

"잔치 말이야. 너도 이제 가족 아니겠니?"

베아테는 틀림없이 깜짝 놀라겠지!

리카르다는 천천히 고개를 들더니 그를 쳐다보았다.

"전 지금 이런 얘기를 처음 들어요, 정말이에요!"

그녀의 눈이 촉촉하게 반짝였다. 마치 검은 동공 뒤에서 불꽃이 이는 듯했다. 그녀는 급하게 숨을 들이켰다.

"너와 함께 오는 걸 크리스티안이 원하지 않는다는 소리는 아니겠지?"

"그 사람은 당연히 그렇게 생각할 거예요. 그는 늘 그런 식이니까요. '리카르다, 당신을 초대하겠어. 당신이 같이 가준다면 기쁠 거야'라는 말은 꺼낼 생각조차 하지 않는다구요!"

"네가 와준다면 난 기쁘겠는걸."

토마스가 말했다. 그가 그녀와 서로 얼마나 잘 통하는지 본다면 모두들 깜짝 놀랄 게다.

"그리고 크리스티안 역시 몹시 기뻐할 거야, 틀림없이."

그는 자신의 손이 여전히 그녀의 뒷머리를 쓰다듬고 있다는 사실을 의식하고 손을 주머니에 넣었다.

"지금 이렇게 말하는 게 공정하지 않다는 건 저도 알아요."

리카르다가 몸을 돌렸다. 아주 힘든 상황은 좀 지나간 모양이었다.

"그렇지만 중요한 일을 늘 혼자서 결정해야 한다면 사람들이 대체 왜 사귀겠어요? 그 사람은 왜 지금 여기 없는 거죠?"

"일하고 있잖니."

이렇게 해서 그들은 다시 그 주제로 돌아왔다.

리카르다는 무언가 대꾸를 하려다가 그만두었다. 잠시 후 그녀가 말했다.

"그 말씀이 옳아요. 바보 같은 짓이에요."

갑자기 그녀는 움직이기 시작했다.

"제가 이렇게 바보 같다니까요."

"넌 아주 훌륭하단다."

그는 이의를 제기했다. 이 양복을 입은 그는 이런 말을 할 수 있었다.

"크리스티안하고 그 문제에 대해 얘기해보지 그러니."

"아니, 아니에요, 괜찮아요."

리카르다와 그는 여름의 향기와 반짝이는 빛에 둘러싸인 채로 나란히 걸었다.

"물론 내 생각에는……."

그는 분명하게 표현했다.

"그 애의 일이 너보다 더 중요한 의미를 갖는 것 같지는 않구나. 그렇다면 내가 교육을 잘못 시킨 거겠지."

그에게도 그녀는 어떤 일보다도 훨씬 더 많은 의미를 지녔다.

그들은 출구 쪽에 천천히 가까워지고 있었다. 거기에서 길은 매듭지어졌다. 파란색 와이셔츠를 입은 키 크고 꾸부정한 보험회사 견습사원이 정문 기둥에 서서 플라스틱 쟁반 위로 몸을 굽히고 김밥을 삼키고 있었다. 스시! 그렇지만 토마스의 장은 요동치지 않았다.

"잠깐만 앉았다 가지 않겠니?"

곧장 되돌아서고 싶지 않아서 그가 물었다. 그는 아직 아무것도 얻지 못했지만 지금은 그게 그다지 중요하지 않았다. 그는 예전부터 자신은 다른 사람들이 더 소중했으며, 지금이라고 해서 자신이 좋아하는 사람을 이용하고 싶지는 않다고 말했다. 토마스는 변화를 준비하고 있었지, 자신을 배반하고 있지는 않았다.

"그게 부모님의 교육 방식의 차이인가요?"

그는 그녀가 앉을 만한 자리를 둘러보고 있었다.

"뭐라고?"

공원에 있는 의자란 의자는 모두 이미 누군가의 차지였다.

"아버님께는 다른 사람이 아버님의 일보다 더 많은 의미를 갖는다는 것 말이에요."

그는 잔디 한가운데 그루터기 하나를 발견했다.

"미안하지만……."

그는 유일하게 남아 있는 앉을 만한 자리를 가리켰다.

"저기라도 괜찮겠니?"

두 사람은 잠깐 잔디 위 '들어가지 마십시오!'라는 팻말에 눈길을 주었다.

"그럼요!"

그녀가 말했다.

리카르다가 잔디 위를 넘어갈 때 그는 그녀를 부축해주어야 했다. 그녀가 신은 뾰족한 구두 굽은 흠잡을 데 없는 초록색 잔디에 구멍을 남겼다. 그들은 그걸 보고 한껏 웃음을 터뜨렸다. 서로 얼굴을 쳐다보자마자 또다시 웃고 말았다. 그러다가 그녀가 한 번 더 그가 자신의 삶에서 중요하다고 생각하는 우선순위에 대해 얘기를 꺼냈다.

토마스는 거짓말을 하기에는 너무 풀어져 있는 자신을 느꼈다.

"음, 나는 직업이 아버지였지. 주부이면서 아버지였어. 네가 듣고 싶어 한 게 이런 얘기인지는 모르겠다만."

그러면서 그는 구직을 위한 대화에서는 계속 빗나가고 말았지만, 일단 그의 우선 순위는 그랬다.

"그래서 나는 사람들이 대단한 경력이라고 부를 만한 그런 직업은 없었단다. 아이가 있으면 어디라도 맘대로 가기가 힘들거든. 게다가 크리스티안처럼 활달한 애라면 더욱 그렇지. 하지만 그런 위험이 도사리고 있더라도, 모든 부모님이 말하듯이 나도 말할 수 있단다. 결코 후회하지 않는다고. 단 일 초라도 아들과 함께 있는 시간을 놓치고 싶지 않았거든."

그건 자신을 추천하기 위한 말은 아니었지만, 사실이었다.

물론 그는 아버지로서 많은 것을 잘못했으며, 베아테와 크리스티안은 그의 잘못에 대해 몇 시간이고 사례를 늘어놓을 수 있을 것이고, 그는 당시 어쩌면 좀 지나치게 될 대로 되라 주의였는지도 몰랐다고 말했다. 휴, 그때는 또 그런 시기였다고 그는 덧붙였다. 그는 크리스티안을 바꾸어놓으려고 한 번도 시도하지 않았고, 그것이 그의 유일한 원칙이었고, 지금이라도 그것만은 지킬 생각이며, 지금 그대로 아들을 언제나 사랑할 거라고 말했다.

그는 리카르다를 바라보았다. 그녀는 앞을 바라보고 있었다.

하지만 그녀의 질문에 대답을 하자면, 그래, 그는 박사논문을 끝내지 못했고, 밖에 눈이 내리고 크리스티안이 놀아달라고 하면 지도교수를 위한 연구 조사를 하지 못했다.

리카르다는 다른 곳에 있는 것처럼 보였다.

토마스는 무슨 말을 해야 할지 잠깐 생각해보았다. 공원지기가 잔디 때문에 자신한테 와서 말을 시킬 경우, 출입금지 팻말을 보지 못했다는 변명 따위는 통할 리 없었다. 그들의 발자국은 바로 그 옆으로 나 있었다.

어쨌거나 토마스는 지금, 그가 크리스티안을 '황금 도자기'처럼 — 베아테의 표현에 따르자면 — 바라보았기 때문에 그녀가 늘 그를 살짝 비웃곤 했다는 생각을 떨쳐내려고 했다. 하지만 아들은 존재한다는 자체만으로도 그에게 감동을 주었다.

"그건 그렇고."

그는 잠시 후에 덧붙였다.

"왜 황금 도자기를 원하지 않지?"

"그게 황금 도자기라는 걸 처음부터 안다면야……."

"그런 건 걱정할 필요가 없단다. 아기가 첫 호흡을 하는 순간부터 사랑할 수밖에 없다는 걸 너는 정말이지 모를 게다."

리카르다는 웃지 않았다. 미소조차 짓지 않았다.

토마스는 그녀의 구두코를 내려다보았다. 잔디와 이슬이 번쩍이는 검은 가죽에 달라붙어 있었다. 그는 크리스티안이 그녀 같은 여자를 찾아내서 얼마나 자랑스러웠는지 모른다고 덧붙이고 싶었다. 그렇지만 리카르다는 그의 대답으로 이미 만족해하는 것 같았다. 어쨌거나 그녀는 더 이상 아무것도 묻지 않았다.

그는 지금껏 이렇게 분명했던 적이 없었다.

그들은 한동안 그루터기에 앉아 얼굴을 비추는 햇볕을 고스란히 받았다. 그러다가 리카르다가 자리에서 일어났다. 삼십 분이 흘렀다. 그녀는 이제 돌아가야 했다. 토마스도 따라 일어섰다. 그는 사실 오래전부터 급할 게 없었고, 그녀가 가고 나서 한동안 여기 앉아 있을 수도 있었다. 왜 그가 다르게 행동해야 하는가? 그는 여전히 직업이 없었고, 한 걸음도 더 나가지 못했다. 하지만 그건 아무래도 좋았다. 크리스티안과 보낸 시간을 생각하니 그는 갑자기 자신이 다른 사람이 되어야 한다는 기분조차 들지 않았다.

"잠깐만요! 여기 뭐가 묻었네요."

그가 막 살구향 샴푸를 마지막으로 들이마시려고 할 때 리카르다가 말했다. 그녀는 한 걸음 물러서더니 양장 소매로 분과 화장 흔적이 뚜렷한 그의 옷깃을 문질렀다.

"잘 지워지지 않아요. 큰일 났네!"

그녀는 다급하게 핸드백을 뒤지면서 시계를 쳐다보았다. 그러다가 핸드백을 다시 닫으며 말했다.

"옷을 세탁소에 맡기고, 저한테 영수증을 청구하세요! 아시겠죠?"

"그 정도는 아냐."

그는 손짓으로 거절을 표했다.

"재킷만이라도요! 지금 곧바로 다른 약속이 있는 건 아니죠?"

그는 오늘 오후에 어머니를 만나 개집의 수리 상황을 검사받아야 했다. 최초의 시험이었다. 하지만 에스더는 이 양복에 대해 전혀 모르거니와 더군다나 그녀의 돈으로 이 양복 값을 지불했다는 건 몰랐다.

"없어. 그저 내일 면접이 하나 있을 뿐이야."

"일자리를 구하세요?"

"별로 얘기할 만한 자리도 아냐."

"저 때문에 그 자리를 놓치면 어떡해요."

"얼룩 때문에 잘못될 리는 없단다."

"그거야 모르는 일이죠."

리카르다는 급하게 그와 악수를 나눴지만 포옹은 하지 않았다. 그녀는 이미 다른 곳에 마음이 가 있었다.

"빨리 처리해주는 세탁소라면 내일까지는 손봐줄 거예요."

"어서 가거라."

그는 조용히 말했다.

"벌써 너무 늦었어."

그녀가 가는 모습을 지켜보며 그는 잔디 위에 새로이 생겨나는 구멍을 세어 보았다. 여덟 개였다. 그러다가 다시 나무 그루터기에 앉아 눈을 감고 햇살을 느껴 보았다. 하지만 리카르다와 함께 있을 때 느꼈던 햇살은 아니었다.

에스더

"마리타, 잠깐만요, 내가……."

이렇게 늦어버렸는데도 전화를 받은 게 잘못이었다. 토마스와의 시간이 예상보다 훨씬 더 오래 걸린데다 택시가 제때 오지 않았다. 베아테는 벌써 외출 준비를 마치고 문가에 서 있었다.

"금방 끝낼게."

예전의 전화기와는 전혀 비슷하지 않아서 확신할 수 없었지만, 무선전화기의 아래쪽 끝을 막으며 현관 쪽을 향해 큰 소리로 말했다. 여덟시에 베아테의 단골식당이 예약되어 있었다. 책상 옆 커다란 괘종시계는 오 분 전을 가리켰다. 하지만 원래 십 분 느렸다.

"나중에 내가 다시 전화할게요. 알았죠?"

그녀는 단호하게 말했다. 하지만 저쪽의 마리타는 아랑곳하지 않고 계속해서 요르게에 대해 떠들었다. 요르게한테 도저히 말을 걸 수 없었고, 수영을 하고 나서 메렌데로로 오지도 않았으며, 게다가 오늘 오전에 헤르만과 그녀가 어떻게 지내는지 보려고 가봤더니, 실례되는 표현이지만, 돼지처럼 피를 철철 흘리고 있더라고 말했다.

"네. 네, 네."

에스더는 말했다.

"요르게한테 뭔가 좋지 않은 일이라도 생기면 어떻게 하죠? 손을 베인 게 아니라 도끼로, 아니 그게 뭐든 간에, 다리라도 다쳤다면요? 요르게가 계속 이런 식으로 나나, 다른 이웃들을 밀어내면, 나중에 그를 도와주러 갈 사람이 아무도 없을 거라고요!"

에스더는 걱정을 해야 할지 말아야 할지 생각해보았다. 사랑받는 아내라면 아마도 이런 전화를 받자마자 가방을 싸서 집으로 날아갔을 테지만, 에스더는 마리타가 무슨 말을 하든 차분히 듣기만 했다.

"그런데다 요즘에는 늘 그 애하고 함께 다녀요. 함께 산에도 올라가고 바닷가에도 간다고요. 그 사람은 정말 사람들이 비웃는 짓만 골라서 한다니까요. 그 애를 집에 데려와 살지만 않을 뿐이라고요!"

그녀는 어떤 아이를 말하는 거냐고 묻지 않았다. 마리타가 그 질문을 기다리고 있을 거라고 생각했으면서도.

"누군지 아실 거예요. 메자의 식당에서 늘 식탁을 닦고, 온종일 서서 자는 그 부랑아 녀석 말이에요."

마리타는 그녀가 물어볼 때까지 기다리지도 않았다.

"바로 그 녀석이라니까요! 그러니까, 그런 게 당신 남편이 좋아하는 교우 관계라면…… 아직 듣고 계시는 거죠?"

"네, 네, 물론이에요."

그녀는 나지막하게 말했다.

"그건 그렇고. 에스더, 그 사람은 지금 여기 사람들의 마지막 동정심마저 우습게 생각한다니까요.

당신이 아신다면……, 하고 에스더는 생각했지만 말은 하지 않았다. 오히려 마리타가 지금 듣기를 원하는 한숨소리를 들려주었다.

"어휴."

저쪽에서는 이런 소리가 들려왔다.

"차라리 당신이 떠나지 말 걸 그랬나 봐요."

에스더는 수화기를 손에 들고 베아테가 양탄자 위에 새겨놓은 길을 따라서 집 안을 이리저리 거닐었다. 어쩌면 이 여행이 요르게가 사물을 바라볼 때 갖는 거리를 그녀 역시 갖도록 해준지도 몰랐다. 마리타가 말한 모든 것에 대한 그녀의 무관심은 그의 것과 닮아 있었다. 세월이 흐르면서 그녀는 남편의 자부심을 받아들였다. 그렇다면 그 동네에서 일어난 별 의미도 없는 일들에 대한 그의 경멸 또한 받아들이지 않을 이유가 있겠는가? 하지만 그건 아니었다. 진심으로, 그것은 그녀와 아무 상관이 없었다.

"미안한데, 이제 전화를 끊어야겠어요."

그녀가 말했다. 전화기로부터 얼마만큼 떨어져서 통화해야 전화가 끊어질까? 양탄자에 난 길을 따라서 에스더는 조용히 방에서 현관으로 나갔다.

"당신은 이런 얘길 듣고 싶어 하지 않는군요."

마리타의 말투가 달라졌다.

"하지만 난 당신에게 분명히 말해야 해요. 우리는 당신 남편을 책임질 수 없어요. 그가 우리를 이런 식으로 매번 무시하고 돌려보내면, 죄송하지만 우리도 더 이상 책임질 수 없다구요!"

처음으로 에스더는 마리타가 먼저 전화를 끊을 수도 있다고 생각했다. 그러나 그럴 경우, 그녀는 다시 전화하라고 자신을 다그칠 것 같았다.

그녀는 이 대화에서 벗어나지 못했다.

"내가 남편하고 얘기할게요."

그녀는 별로 설득력 있게 들리지는 않았지만, 이렇게밖에 말할 수 없었다.

인디언 여자는 현관에 서서 신문을 활짝 펴든 채 읽고 있었다. 금방 여덟시 이십분이 될 텐데도 그녀는 평온했다. 마치 이 통화가 그녀와는 아무 상관이 없다는 듯이 아무 내색도 하지 않았다. 똑같은 자세로 그녀는 기차역이나, 평원의 언덕 위에 서 있을 수도 있으리라.

"먼저 나가 있어."

에스더가 속삭였다.

"여보세요?"

이렇게 묻는 소리가 귀에 들려왔다.

"잠깐만요!"

그녀는 수화기를 가능하면 멀리 떨어지게 했다.

"생각보다 오래 걸려, 베아테. 친구한테 내가 너무 미안하다고 전해주렴. 그리고 나 기다리지 말고 먼저 식사해!"

새를 닮은 그녀의 머리가 알아들었다는 신호를 보냈다. 그녀는 바스락거리며 신문을 접었다.

"그럼 나중에 오실 거죠? 늦어도 상관없으니까 꼭 오세요. 오실 거라고 믿고 있을게요."

그녀가 말하는 태도로 봐서 에스더에게 다른 선택은 없었다.

"약속할게!"

인디언 여자가 문을 살짝 열더니 인사를 하듯이 손가락을 몇 개 들어 보이고 나서 사라졌다. 계단에서는 그녀의 발자국 소리가 들려오지 않았다. 계단은 조금도 삐걱거리지 않았다. 그녀의 몸은 거의 무게가 나가지 않았다.

"자, 계속 얘기하세요."

에스더는 수화기를 들고 거실로 돌아갔다. 벽시계는 여전히 여덟시 오분 전이었다. 설명하긴 힘들지만 왠지 이별하는 기분이 들어서 그녀는 창가로 가 자기가 지금 머물고 있는 집주인이 마당을 가로질러 대문을 지나가는 모습을 지켜보았다. 이곳에 도착하고 나서 처음으로 그녀는 혼자라고 느꼈다.

"미안하지만, 뭐가 어떻게 됐다는 건지 잘 모르겠어요."

"어쩌면 당신이 너무 많은 기대를 했는지도 몰라요."

마리타가 건방지게 톡톡 쏘아붙였다. 그녀를 다시 너그럽게 조율하는 건 쉬운 일이 아니었다.

"그러니까, 요르게가 이상하게 행동했다는 거죠……?"

에스더는 우선 마리타가 말을 하도록 그냥 내버려두고, 인내심을 가지고 그녀의 얘기를 들어주어야 했다. 물론 그 얘기가 조금도 새롭지 않더라도. 그녀는 평생 친구들한테서 요르게가 심하다는 말을 수도 없이 들어야 했고, 냉혹하고 무뚝뚝한 그의 태도에 대해 사죄해야 했다. 새로운 것은 갑자기 마리타의 은총이 전혀 고맙지 않다는 것뿐이었다.

적당한 대목에서 보조를 맞추기 위해 끼워 넣은, 이해한다는 듯, 채 끝을 맺지 않은 문장들이 저절로 입에서 나왔다. 그녀는 마리타의 상세한 고충을 들어주는 시간을 무선 전화기가 얼마나 많은 행동의 자유를 허용하는지 살펴보는 데 이용하면서 온 방을 다 돌아다녔다. 집안에서는 어디든 통화가 가능한 것 같았다.

결국 에스더는 부엌을 택했다. 그녀는 한 손으로 많은 인내심을 발휘해서 거의 소리 나지 않게 식탁 위 과일바구니 옆에 있던 이미 따놓은 리오하의 코르크 마개를 빼냈다. 그러고는 자리에 앉아 구두를 벗고, 두 개의 의자를 끌어당겨 부은 다리를 올려놓았다. 마리타가 다시 요르게가 손을 베었다는 얘기부터 시작하면서, 피를 철철 흘리면서도 불친절하게 굴었고, 그저 빨리 쫓아내려고만 했다고 투덜거리는 소리를 들으며 그녀는 술을 따랐다.

"상상도 할 수 없는 얘기로군요."

충분히 상상할 수 있으면서도 에스더는 이렇게 말했다. 그녀는 애써 요르게의 편을 들지 않았다. 그 모든 것이 자신하고는 아무 상관없다는 기분이 들자, 그녀는 놀랐다.

마리타는 그가 확고한 의지에서 그랬든 아니면 별 생각 없이 그랬든 간에, 그 이유를 차치하고라도 이런 상태를 더 이상 그냥 보고만 있지 않겠다고 말했다.

"남편이 당신에게 사과할 거예요. 당신하고 당신 남편한테요. 제가 그렇게 하라고 할게요."

에스더는 논쟁을 이렇게 끝냈다. 그런 사과는 결코 없으리라는 것을 그녀는 잘 알고 있었다. 그렇지만 마리타는 일단 만족해하는 것 같았다.

잠시 둘 다 말이 없었다. 평화로운 침묵이었다. 마리타의 숨소리는 이제 편안해졌다. 에스더는 소리 없이 잔을 들어 베아테와 — 아직 소개받지는 않았지만 — 저녁을 함께 먹기로 한 실내장식가인 친구에게 건배했다.

포도주는 위를 따뜻하게 해주었다.

"그런데 잔치는 어떻게 돼가고 있어요?"

무거운 마음을 다 떨쳐낸 마리타가 물었다.

에스더는 좋은 소식을 들려줄 수 있었다. 토마스를 방문했던 일은 무척 흡족했고, 그녀의 기대를 훨씬 뛰어넘었다. 물론 그녀가 그다지 큰 기대를 했던 건 아니었다. 집의 상태를 생각하면 도리어 걱정이 더 많았다. 이제 정원은 깨끗하게 치워진 상태였고, 잔디는 단정하게 깎여 있었고, 생울타리는 짧게 정돈되어 있었다. 물론 여전히 벽지 잔해를 실은 컨테이너가 입구에 서 있긴 했지만 중앙 건물은 위층의 아이들 침실만 제외하고는 거의 수리가 끝나 있었다. 넓은 거실과 식당의 여닫이 문, 부엌, 욕실, 다른 가족들은 들어갈 수 없었던 요르게의 서재 등이 있는 일층은 깜짝 놀랄 정도로 밝고 따뜻해 보였다. 모든 게 정말 새롭고 평화로워서 낯설기까지 했다. 탁자와 의자들, 장식장과 식물들 그리고 그림들은 모두 제 자리에 놓여 있었다. 물론 예전의 자리에서 약간 옮겨져 어딘가 균형이 맞지 않았지만. 가구들은 둥둥 떠다니는 듯했고, 기억은 희미했다. 마리타가 지나간 시간이 "녹슬었느냐"고 물었을 때 에스더는 "아니요"라고 대답했다.

"수리를 해서 뭔가 사라져 버렸다는 느낌은 하나도 들지 않았어요."

그녀는 아무것도 아쉽지 않았다.

무엇보다 아들의 상태가 가장 기뻤다. 예전과는 달리 그는 꽤나 합리적으로 — 어른스러워졌다는 말을 피하자면 — 보였다. 그는 수리 과정을 감독했고, 전체 일정을 꿰뚫어보았고, 잘못되는 일이 없도록 조처했다. 모든 게 아주 만족스러운 상태였다. 아들을 관리인으로 썼던 것이 그에게 아마도 도움이 된 것 같았고, 책임감과 자신감을 더해준 모양이었다. 토마스는 사려 깊고, 사근사근하고, 솔직하게 얘기해서 사람이 완전히 달라 보였다. 아들은 자기가 지내는 집에 들렀다 가라고 청하기까지 했다. 그녀는 아들이 가능하면 빨리 자신을 떠나보내고 싶어 할 거라고 생각했는데, 전혀 그렇지가 않았다! 그녀가 먼저 어떤 눈치를 주지도 않았는데 그는 자기 집에서 에스프레소를 마시고 가지 않겠냐고 물었고, 그녀가 제일 좋아하는 양귀비 씨앗이 들어간 케이크도 준비해두었다. 아들 집의 부엌은 깨끗했고, 창문까지 깨끗이 청소가 되어 있었고, 설거지 거리도 보이지 않았고, 가스 위의 후드에도 기름이 끼어 있지 않았다. 혼자 사는 남자의 집안이 이럴 거라고 누가 생각했겠는가? 그들은 지하실에 있는 공간들과 거기 쌓여 있는 가구들을 어떻게 해야 할지에 대해 오랫동안 얘기를 나누었는데, 아들은 실용적인 제안들을 많이 했다. 대화를 하면서 그녀는 아들이 이젠 문명화된 사람처럼 산다는 확신을 가질 수 있었다. 그저 아들의 집이 바깥의 어수선한 공사장과 좀 떨어져 있어서 그런 생각이 들었던 게 아니라, 그가 자신과 외모에 대해 신경을 쓰기 시작했다고 느꼈기 때문이었다. 가정주부로 사는 동안 아들은 유감스럽게도 그런 면에 태만했다. 그녀는 마리타에게 그때와 지금의 차이를 이해하려면 토마스를 직접 봤어야 한다고 설명했다. 그녀는 아들을 못 알아볼 뻔했으며, 아들은 자신이 원하기만 하면 얼마든지 잘생기고 사랑스러운 남자가 될 수 있었고, 그와 대화하는 중에 자신도 모르게 아들을 계속 바라보고만 있었다는 사실을 깨닫고는 깜짝 놀랐노라고 말했다.

"아, 그렇군요!"

마리타가 말했다.

그녀는 왜 마리타에게 이 얘기를 들려주는 걸까?

에스더는 마지막으로 포옹을 하고 택시에 오르면서 토마스를 향해 손을 흔들었을 때 느꼈던 뿌듯함을 떠올렸다. 그렇지만 그때의 흥분은 다시 살아나지 않았다. 그녀가 그 일에 대해 말하고 있는 동안 그녀의 마음은 점점 차분해졌다.

그녀가 계속 말을 이어나갔다. 그녀는 즐거웠고, 또 그럴 이유가 충분했지만, 왠지 모르게 이 기쁨을 제대로 즐길 수가 없었는데, 그건 절대 아들 탓이 아니라 자신이 시간의 압박을 받았기 때문이었고, 심지어는 약속에 늦어도 좋다는 생각이 들 정도로 아들과 헤어지기가 싫었다고, 아들과 함께 있는 게 무척 즐겁고 기쁜 시간이었다고 말했다. 그렇지만 며느리한테로 돌아오는 길에 ─ 토마스와 베아테가 지금 별거 중이라는 사실을 마리타가 알고 있던가? ─ 갑자기 그 밝고 환하던 기분이 사라져버렸고, 감격 또한 단박에 수그러들고 말았다. 왜 그랬는지 설명할 수 없고, 솔직히 말하자면 지금도 그 이유를 알 수 없다고 그녀는 말했다.

마리타는 그녀가 말을 이어나갈 수 있도록 아무런 대꾸도 하지 않고, 자신이 계속 침묵을 지키고 있으면 곧 뭔가 드러나리라는 걸 이미 짐작하고 있다는 듯이 기다렸다.

"그게 그러니까……."

에스더는 몇 분이 지난 뒤에, 포도주를 한 모금 마시고 나서 이렇게 말했다.

"갑자기, 진작 이랬더라면…… 하는 생각이 드는 거예요. 이렇게…… 가족적이었더라면."

"무슨 뜻이에요, 그게?"

마리타는 귀를 기울였다. 그녀가 잘 알고 있고, 아무래도 상관없는 얘기를 알아내려고.

"어쩌면 이미 수십 년 전에 이렇게 모여 앉았을 수도 있었을 거예요. 적대감 없이. 어쩌면 토마스는 예전에도 지금처럼 따뜻한 사람이었는지도 몰라요."

"어쩌면 수십 년 전에 남편 없이 아들을 찾아갔어야 했는지도 모르죠."

"그 애가 정말로 활짝 폈더라고요. 아시겠어요?"

에스더의 가슴이 갑자기 훈훈해졌다. 추억과 포도주가 주는 훈훈함이었다.

"토마스가 예전에 얼마나 예민했고, 얼마나 긴장해 있었는지를 생각해보면……. 그런데 지금은 얼마나……."

그녀는 미소를 지을 수밖에 없었다. 하지만 곧 왜 그랬는지 알 수가 없었다.

"그 애 집에서 거의 두 시간 반이나 머물렀는데, 그 애가 미안해할 만한 일이 전혀 일어나지 않았어요."

"손님을 환대하는 점만은 아버지한테서 물려받지 않았나 보군요."

에스더는 그 소리마저 흘려들었다.

"요르게가 그 모습을 보았더라면 하고 바랐어요……."

그녀는 정말로 바랐던 걸까?

"그러려면 좀 오래 기다리셔야 될걸요. 그 사람은 보고 싶은 것만 보니까요."

마리타가 말했다.

에스더는 자기 안에서 치밀어 오르는 분노를 느꼈다. 요르게가 어떤 사람인지, 일생을 그와 함께 보낸다는 게 무슨 의미인지, 아무도 그녀에게 설명할 필요가 없었다. 더군다나 끊임없이 남편을 나무라기만 하는 마리타 로벡 같은 여자는. 마리타는 사태가 심각해지면 일단 자신의 남편을 먼저 보냈는데, 그녀의 남편 또한 더 용기 있는 사람이 아니어서 요르게가 없어야 겨우 이러쿵저러쿵 떠벌일 엄두를 냈다. 요르게 앞에서는 개처럼 쩔쩔맬 거면서. 모두들 그녀에게 충고를 해댔지만, 모두들 그를 두려워할 뿐이었다!

그들은 대체 무슨 생각들을 하고 있는 걸까?

"하지만 제 생각을 듣고 싶으시다면."

마리타가 계속해서 그녀를 가르치려 들었다.

"문제는 당신 애들이 아니에요, 당신 남편이지."

에스더는 쏟지 않으려고 잔을 내려놓았다. 손의 떨림이 멈추지 않자 그녀는 잔을 다시 잡았다. 그녀는 지겨웠다. 요르게의 등 뒤에서 벌어지는 난쟁이들의 봉기 그리고 커피를 마실 때마다 쏟아지는 밀고와 투정들. 그녀는 벌써 얼마나 많은 계획을 세웠고, 얼마나 많은 동맹을 체결하고, 얼마나 많이 한계에 부딪히고 또 얼마나 많이 종지부를 찍었던가? 하지만 그 가운데 어떤 일도 그의 면전에서 벌어진 적은 없었다. 통화가 끝나고 나면 에스더는 언제나 요르게와 더불어 외로이 남았다.

바뀐 건 아무것도 없었다.

여자 친구들이 끼어들거나 더 아는 척하면 그녀의 삶은 늘 더 어려워졌다. 그녀는 남편하고 지내야 했고, 조절해야 했고, 또한 어떻게 해야 그게 가능한지도 알고 있었다. 어쩌면 그녀가 비겁했는지도 모른다. 하지만 다른 사람들은 그녀보다 더 비겁했다. 에스더는 그들이 내미는 위로를 거절했고, 그들의 의견에는 신경도 쓰지 않았다. 지금 이 순간도 마찬가지였다.

"이젠 정말 끊어야겠어요."

그녀가 말했다. 그러고는 대답을 기다리지 않고 수화기를 내려놓았다.

한참 전에 그랬어야 했다고 그녀는 생각했다.

몇 년 전에.

에스더는 몇 분 동안 그냥 가만히 앉아 있었다. 어느 틈에 뛰던 가슴은 진정되었다. 그녀는 포도주 잔을 비웠다. 손에 수화기를 든 채로 그녀는 여전히 집안을 왔다 갔다 했다. 여기서는 뭐든지 그녀가 원하는 대로 할 수도 또 하지 않을 수도 있었다. 그러다가 그녀는 수화기를 다시 전화기에 꽂았다. 창문을 보니 밤이 되었다. 벽시계를 보니 겨우 오 분이 지나 있었다. 에스더는 시계 상자에 귀를 대보았다. 시계는 죽어 있었다. 갑자기 시내 한가운데 있는 집이라고는 믿을 수 없을 정도로 적막했다. 마치 전화가 다시는 울리지 않을 것처럼, 아무런 소리도 더 이상 자신에게까지 미치지 않을 것처럼, 어디에서도 아무런 연락도 없을 것처럼 느껴졌다. 아무 생각도 없이 그녀는 발뒤꿈치에 마비된 듯한 느낌이 올 때까지 양탄자 위를 발로 쓸고 다녔다. 지금은 도저히 사람들 속에 섞일 수가 없었다.

마당에서는 누군가가 빈병을 병 수거함에 던지는 소리가 들려왔다. 병이 달그락거리는 소리는 났지만 깨지지는 않은 모양이었다. 너무 늦었다는 기분이 들었다. 베아테와 실내장식가인 여자 친구는 이미 디저트를 먹고 있을 시간이었고, 잔치에 쓸 식탁 장식의 세세한 부분에 대해 의논하고 있을 터였다.

맞은편 집, 삼층 한가운데 부엌에 불이 켜졌다. 말 꼬랑지 머리를 한 젊은 여자가 그녀 쪽을 향해 등을 보인 채로 냉장고 앞에 섰다. 그녀는 스포츠 동호회 마크가 새겨진 트레이닝복을 입고 있었다. 그렇지만 에스더가 글씨를 읽어보려고 하기도 전에 그녀는 옆으로 돌아서서 요구르트가 담긴 용기의 뚜껑을 벗겨냈다. 그러고 나서 수저가 들어 있는 서랍에서 숟가락을 꺼내고는 불을 끄지도 않고 사라졌다. 식탁 위에는 큰 시계가 걸려 있었지만 에스더는 바늘이 몇 시를 가리키는지 볼 수 없었다. 고개를 약간 옆으로 기울여 보다가, 그녀는 자신의 눈을 의심하지 않을 수 없었다! 시계 바늘 두 개의 길이가 거의 같아 보였다.

젊은 여자가 다시 돌아와 요구르트를 하나 더 꺼내고 투명한 음료수병도 꺼냈다. 여자는 기분 좋게 텔레비전을 보며 저녁 시간을 즐기고 있는 것 같았다. 에스더는 그녀와 자신을 바꾸고 싶었다. 다시 젊어지고 싶어서가 아니라, 어떤 임무도 갖지 않은 사람이라면 그가 누구든 바꾸고 싶었기 때문이었다. 어쩌면 단순히 피곤했기 때문인지도 모르지만, 이 순간 그녀에게는 다른 사람들의 삶이 자신의 삶보다 훨씬 더 단순해 보였다. 앞집은 다시 어두워졌다. 수족관처럼 보이는 몇몇 텔레비전 그리고 이상하게도 성탄절을 떠오르게 하는 촛불 세트만이 어둠 속에서 빛을 발할 뿐이었다.

에스더는 목욕탕으로 가서 물을 받았다. 지금은 시간이 없다는 것을 그녀도 알고 있었다. 베아테가 그녀를 기다리고 있었다. 게다가 지금 요르게한테 전화도 해야 했다. 지금이 아니면 너무 늦어버릴 터였다. 그녀에게 허용된 시간은 더 이상 없었다.

"그럼 족욕이라도 하지 뭐."

그녀는 썩 내키지 않는다는 듯 큰 소리로 말하고는 욕조에 걸터앉았다. 그녀는 미지근한 물에서 시작해 뜨거운 물을 틀어놓고 온도가 점점 더 올라가게 하는 목욕을 좋아했다. 손이 닿는 거리에 입욕제들이 있었고, 그녀는 그것을 넣었다.

마리타가 지금 요르게한테 전화해서 토마스에 대한 칭찬이라든지 집수리 상태에 대해서 들은 얘기를 들려주는 호의를 베풀 리가 없었다. 그렇다고 하더라도 그는 아무것도 믿지 않을 게 뻔했다. 그는 아무도 믿지 않았다, 에스더조차도. 에스더는 수도꼭지를 잠갔다. 오늘 저녁에는 집에 전화하는 걸 빼먹으면 어떨까?

일단 그녀는 머릿속으로만 이 생각을 즐겼다. 그러면서 빨갛게 피가 도는 발가락을 물속에 넣고 움직여, 물 위에 작은 소용돌이와 물결을 일으켰다. 그러나 그녀는 고백해야 했다. 오늘 저녁 내내 그 전화가 자신을 억누르고 있었다는 것을. 자신을 짓눌러온 그 생각에서 벗어나려고, 적어도 그 순간을 조금이라도 늦추려고 애썼다는 것을. 그녀는 어떻게 해서든 토마스를 아버지한테서 보호하고 싶었다. 요르게의 끝없는 불신이 아들의 희망적인 모습을 지워버리게 하고 싶지 않았다. 그녀는 이제 막 다시 희망을 갖기 시작했고, 이 희망을 위협하는 것이라면 무엇이든 막고 싶었다. 그녀는 요르게와 아무 말도 하고 싶지 않았다. 깊이 생각해볼수록 오늘은 그냥 전화를 생략하자, 한 번쯤은 규칙을 어겨보자, 하는 마음이 확고해져갔다.

자신의 결정에 깜짝 놀라 에스더는 주변을 둘러보았다. 이 집에서는 정말로 자신이 원하는 대로 할 수 있었다. 그녀는 단호하게 수건을 집어 들고 발을 닦았다. 그러고는 새 양말을 꺼내 신고 구두를 신은 다음, 실크 스카프를 목에 두르고 집을 나섰다.

너무나 간단했다.

그녀가 전화를 하지 않았다고 해서 요르게가 걱정할 리는 없었다. 어쩌면 그는 그녀가 연락하지 않았다는 사실을 알아차리지 못할 수도 있었다. 에스더는 그가 그러기를 자신이 바라고 있는 건지 아닌지 확실하지 않았다.

레스토랑에 들어서자 베아테 혼자 자리에 앉아 있었다. 아마도 그녀의 친구는 이미 오래전에 돌아간 모양이었다. 어쩌면 책임을 져야 할 사람이 나타나지 않아서 약속이 연기되었는지도 몰랐다. 그러나 베아테는 그다지 불안해 보이지 않았다. 그냥 책을 펴놓고 있었고, 한 번도 문 쪽으로 눈길을 주지 않았다. 벽에 붙은 등은 아래쪽을 향했고, 식탁 위 스탠드는 진한 노란색 종처럼 공간 속에 떠 있었다. 베아테는 팔을 쭉 펴서 테이블보 위에 올려놓았다. 손끝으로 잔의 목 부분을 만지작거리고 있었는데, 잔은 비어 있었다.

이 레스토랑에서는 누구도 여자 혼자서 테이블을 차지하고 있는 것을 방해하지 않는 듯했다. 그게 별로 오점이 되지도 않거니와 아무런 설명도 필요하지 않아 보였다. 베아테가 생각에 잠겨서 혼자라도 괜찮다는 듯한 인상을 풍기며 저러고 앉아 있는 모습을 보면 당연히 여기에 속한 사람처럼 보일 것이었다. 종업원이 그녀에게 물을 더 따라줄 때 그녀는 책에서 눈을 떼지 않으면서 거의 눈에 띄지 않을 정도로 살짝 미소를 지어 보였다.

독일로 돌아와 잔치가 현실로 드러난 뒤로 에스더는 늘 다른 사람이 되고 싶다는 생각을 해왔다. 베아테와 자신을 바꾸고 싶다는 그녀의 가장 큰 소원이었다는 것이 이제 분명해졌다.

"미안해, 너무 늦었지……."

베아테는 책을 옆으로 치우고 그녀를 바라보았다.

"많이 시장하시겠어요."

"아냐, 괜찮아. 토마스네 집에서 뭘 좀 먹었어."

종업원은 금방 나타나서 의자를 적당히 밀어주었고, 메뉴판을 다시 가져다주었다. 그렇지만 시간이 꽤 지났기 때문에 에스더는 그저 수프로 만족했다.

"그래, 전문가는 뭐래니? 나무 모양의 케이크를 주문하는 게 좋겠대? 아냐?"

나이테가 팔십 개 있는 나무 모양의 케이크를 주문하자는 건 에스더가 떠올린 생각 가운데 가장 마음에 드는 것이었다. 하지만 베아테가 들었다는 조언들은 그저 일반적인 얘기들뿐이었다. 물론 그 친구는 며칠 내로 직접 잔치가 있을 장소에 들러서 봐줄 의향이 있다고 말했단다.

수프는 맛있었다.

"있잖아."

에스더는 단숨에 말해버렸다.

"우리, 일단 식구끼리 먼저 만나는 건 어떨까? 너하고 크리스티안, 토마스 그리고 나 이렇게 넷이서 말이야."

"그 사람이 그런 말을 했어요?"

베아테가 물었다.

"아니."

그녀가 말했다. 물론 토마스를 보고 나서 이런 생각이 떠오른 건 사실이었다.

"하지만 그 애도 올 거야, 내 생각에는."

"그 사람은 어떻게 생각하던가요?"

"내 생각에는……."

에스더는 가능한 한 편안하게 대답하려고 애썼다.

"식구들 몇이 모여서 식사를 한다면 오해를 푸는 데 도움이 되지 않을까?"

요르게가 그 자리에 참석하지 않는다는 게 제일 마음에 들었다.

"오해는 없어요."

인디언 여자가 엄격하게 말했다. 그녀의 얼굴은 가죽처럼 아무런 변화가 없었다. 그녀는 침묵했다. 에스더는 그런 것에는 이미 익숙해 있었다. 그녀는 다만 좋게 해보려고 애를 쓸 뿐이었다.

"너희들은 그 애를 아직도 나쁘게만 보고 있어."

"그랬다면 그 사람하고 결혼하지 않았을 거예요."

"그 애는 노력하고 있어. 네가 봤어야 했는데……. 그 애가 오늘 어떻게……."

"그 사람이 인사말을 하겠대요?"

베아테가 말을 끊었다.

"그게, 그 애는 잔치를 위해 많은 준비를 했단다. 지금 집이 어떻게 달라졌는지 보면 아마 믿을 수 없을 거야! 게다가 그 애가 사는 집도 아주 완벽하단다!"

"그러니까 그 사람이 인사말을 하지 않는군요?"

"크리스티안을 위해서 뭔가 썼다고 하더라. 아주 많은 양의 원고를⋯⋯."

인디언 여자는 아무런 표정도 짓지 않았다.

"토마스는 정말 변했어. 내 말을 믿어줘. 정말 놀랐다니까."

에스더가 접시를 옆으로 밀어내고 몸을 앞으로 숙였다.

"몇 군데 면접을 볼 거란다. 그리고 유명한 변호사 사무실에서 기회가 생길 것 같다고⋯⋯."

"그 사람이 직업을 갖게 된 다음에 만나죠."

"베아테, 내 말 좀 들어봐."

그녀는 이런 얘기가 쉽지 않으리라는 것을 잘 알고 있었다.

"그 애가 너를 실망시켰을 거야. 수도 없이 말이야. 누군들 실망 안 했겠니? 하지만, 아무도 너를 믿어주지 않고, 아무것도 할 수 없다고 생각하고, 너한테 모두들 '넌 그걸 해낼 리가 없어', '넌 아마 평생 가도 못할 거야' 등등의 말만 한다면 네 기분이 어떻겠니? 그 애는 정말로 노력하고 있단다, 베아테. 아주 바닥까지 떨어진 게 큰 도움이 된 거 같아. 이제 드디어 어른이 된 거 같다고. 그 애는 노력하고 있어. 그건 칭찬해줘야 할 일이잖니!"

"그 사람한테 돈을 얼마나 주셨어요?"

"난⋯⋯."

"그냥 궁금해서 물어본 거예요."

인디언 여자가 말했다. 그녀의 새머리가 움찔했다.

"물론 저하고는 상관없는 일이지만요."

에스더는 딴 곳을 쳐다보았다. 주변을 둘러보았다. 종업원은 그들 쪽을 바라보다가 눈길이 마주치자, 갑자기 바빠졌다. 이제야 이 레스토랑의 천장 전체가 그물로 덮여 있다는 것을 알아챘다. 그녀는 더 이상 말을 할 수가 없었다.

"기분 나쁘게 생각하지 마세요."

인디언 여자의 어두운 목소리가 들려왔다.

"어머니를 믿고 싶어요. 그리고 그 사람의 상황이 나아졌다면 정말 잘된 일이에요. 그 사람이 뭔가 해내기를 저도 바라고 있어요. 하지만 저를 위해서가 아니에요. 이해하시겠어요? 더 이상은 아니에요."

낚싯줄에 불가사리 몇 개와 플라스틱 병이 모빌처럼 달려 있었다.

"그 사람이 드디어 잠에서 깨어났다면, 어머니 말씀처럼, 그리고 우리의 이별이 어떤 역할을 했다면, 그렇다면 그 사람하고 보낸 시간이 전혀 쓸모없지는 않았네요. 그렇지만 우리에게는 더 이상 미래가 없어요. 그러기에는 너무 많은 일이 있었어요. 그 사람이 다시 우리 집에 들어오게 되면 몇 주만에 예전하고 똑같아질 거예요. 헤어지던 시점으로 다시 돌아가고 말 거예요."

"그 애는 담배도 끊었어."

그녀는 베아테의 차에 배어 있던 담배 냄새를 떠올렸다.

"어머니, 전 누구도 필요하지 않아요. 지금의 생활에 정말 만족해요. 끝내기 위해서 정말 많은 결심이 필요했어요. 모든 용기를 다 짜내야 했죠. 하지만 그 뒤로 제 결정이 옳았다는 걸 느끼지 않고 지나간 날은 단 하루도 없어요."

"그럼 외로움은?"

"토마스하고 함께 지낼 때가 더 외로웠어요."

에스더는 그녀에게, 자신에게 고개를 흔들었다.

"요르게가 너를 '게르버(가죽 만드는 사람을 뜻함. 베아테의 성—옮긴이)'라고 부르면 난 늘 요르게가 틀렸다고 생각했다. 너한테도 가족이 중요할 거라고 난 확신했어. 그런 생각을 안 했다면 너한테 도움을 청하지도 않았을 거야. 너도 잔치를 원한다고 생각했어!"

"전 토마스 때문에 어머니를 돕는 게 아니에요. 전 어머니를 위해서 하는 거예요!"

"나를 위해서?"

에스더는 정말 당황스러웠다.

"왜?"

"왜냐하면……."

인디언 여자가 그녀의 손을 잡았다.

"어머니가 식구들 가운데 제일 외로운 분이시니까요."

갑자기 그녀의 가슴이 뭉클해졌다. 베아테가 고마웠다. 그녀를 믿고 그냥 내버려둘까, 하는 생각이 밀물처럼 쏟아져 들어왔다. 하지만 그녀는 손을 빼냈다.

"내겐 가족이 있어."

에스더가 말했다. 그녀는 "너와는 달라"라는 말은 덧붙이지 않았다.

인디언 여자가 고개를 끄덕였다. 여전히 테이블 위에 팔을 뻗은 채로.

"알아요. 하지만 언제나 다른 사람만 생각한다는 건 언제나 자기 자신만 생각하는 것처럼 잘못이에요."

"내가 어떻게 살아야 한다는 말일랑 하지 말았으면 좋겠구나!"

"제 말을 오해하지 마세요⋯⋯."

"어쩌면 너는 그게 그다지 현대적이지 못하다고 하겠지만, 난 평생 이 가족이 존재하도록 애써왔어. 지금도 내 마음에 들지 않는다고 해서 이렇게 위험스런 상태로 내버려둘 순 없다고!"

에스더는 일어설 생각이 없었다. 하지만 이미 일어선 지금, 의자를 뒤로 밀고 나가는 수밖에 없었다. 베아테도 종업원도 그녀를 막을 수 없었다.

크리스티안

문장이 그의 눈앞에서 흔들거렸고 목은 꽉 막힌 것만 같았다. 크리스티안은 원고를 옆으로 밀어두고 자리에서 일어나 창가에 가서 섰다. 더 이상 가만히 앉아 있을 수가 없었다.

예전에 아버지를 따라갔던, 결코 끝나지 않을 것 같았던 산책 중에 느꼈던 감정과 똑같았다. 어렸을 때 그는 아버지와 몇 시간이고 시내 공원을 헤매고 다녔다. 대체로 집에서 싸움이 벌어졌고, 아버지가 더 이상 어머니의 비난에 맞서 싸울 수 없을 때는 항상 그랬다. 어떨 때는 아버지가 입을 다물어야 하는 시점이 상당히 빨리 왔다. 크리스티안은 부모 사이의 문제를 거의 이해하지 못했지만, 어머니가 옳았다는 건 분명했다. 어머니의 말투로 보아 그 점에 있어서는 의심의 여지가 없었다. 그렇지만 바로 그런 이유로 그는 어머니를 증오했고 그래서 매번 아버지와 함께 집을 뛰쳐나갔다.

아버지와 보조를 맞추려면 기를 써야 했다. 아버지는 그를 기다려주지 않았고, 어디로 가는지도 말해주지 않았다. 하지만 크리스티안은 아버지의 침묵을 들었다. 그는 한순간도 도망치려는 생각을 해본 적이 없었다. 아버지는 연꽃이 피어 있는 연못을 한 바퀴 돌고 나면 점점 천천히 걷다가, 크리스티안이 속으로 '비틀거림'이라고 부르곤 했던 단계로 넘어갔는데, 그때도 그는 도망치지 않았다. 그럴 때 아버지 옆에서 나란히 걷는 건 위험했다. 아버지는 종종 자신을 통제하지 못하고 술에 취한 사람처럼 옆으로 비틀거리며 길을 통째로 요구했기 때문이었다. 당연히 아버지한테서 도망치는 게 더 쉬웠으리라. 그렇지만 백 미터 달리기의 출발선에 있는 것처럼 숨이 가빠지고 근육이 팽팽해져도 크리스티안은 아버지의 곁을 지켰다. 아버지의 침묵이 그를 꽉 붙들었다.

"아빠, 울어?"

언젠가 그는 이렇게 물었다. 눈물이 흘러 앞을 보지 못하고 더듬거리는 이 남자를, 아무에게도 인사하지 않고, 아무도 볼 수 없고, 맞은편에서 오는 사람들을 도망치게 만드는 이 남자를 도무지 어찌해야 좋을지 몰랐기 때문이었다. 그는 아무런 대답도 듣지 못했고, 다시는 묻지 않았다.

크리스티안은 당시 아버지를 유인하려고, 아무도 마주치지 않을 수 있는 샛길로 이끌려고 노력했다. 공원의 빽빽한 숲이 있는 곳이나 황폐하게 내버려진 바깥쪽으로. 길이 갈라지는 곳이나 샛길이 시작되는 곳에서는 아버지가 아무 생각 없이 자기를 따라올 거라는 기대를 하며 몇 발짝 앞에서 걸었다. 크리스티안은 누구도 이런 아버지를 보지 않기를, 적어도 아버지의 얼굴만큼은 보지 않기를 원했다. 그는 자신에게 그렇게 할 책임이 있다고 느꼈다. 비틀거림이 시작되면 아버지를 보호하는 일은 그의 책임이었다. 그는 아버지를 눈에서 놓지 않았다.

228

크리스티안은 아무것도 보지 않았다. 그는 여전히 글을 읽고 있는 것처럼 어둠 속을 노려보았다.

원고는 서른다섯 장으로, 빽빽하게 채워져 있었다. 이른 저녁, 편집부장과 상의를 마친 뒤 몇 가지 걱정거리를 가지고 집으로 돌아왔을 때 그는 멀리서부터 자기 집 우편함에 봉투가 꽂혀 있는 걸 보았다. 수신인란에는 '크리스티안에게'라고 적혀 있었지만 보낸 사람은 없었다. 하지만 그는 아버지의 꼼꼼하고 짤막한 글씨를 단박에 알아보았다.

일단 그는 원고를 한번 훑어보았다. 크리스티안은 다음날 아침 방송 원고를 살펴보고 몇 가지 전화로 처리할 일들을 해치웠다.

'크리스티안에게'를 읽는 일은 리카르다가 돌아올 때까지 미뤄둘 생각이었다. 조야한 부분을 뽑아내 그녀에게 읽어주기 위해서였다. 그는 줄기에서 벗어난 얘기가 무지 많을 거라고 짐작했고, 원고가 인사말로는 부적절하다는 최종 증거가 될 거라고 확신했다. 아버지는 처음부터 모든 일을 자신에게 전가시키기 위해서 이렇게 했을 게 틀림없었다. 이 글을 보고 나서 평소 리카르다가 아버지에 대해 공감할 수 있다고 주장했던, 형식에 얽매이지 않고 '편협하지' 않은 점에 대해 그에게 설명해야만 하리라. 그는 즐거운 마음으로 그런 일이 벌어지기를 기다렸다.

그런데 그녀는 오지 않았다. 여덟시 뉴스가 끝나도, 흑백 프랑스 추리영화가 시작되었는데도. 그는 장 가뱅과의 연대감 때문에 이 영화를 틀어놓았는데, 이 시간에 이 영화를 보는 사람은 어쩌면 그 혼자밖에 없을지도 몰랐다. 크리스티안은 그녀가 오늘 늦을지도 모른다는 사실을 알고 있었다. 리카르다가 그런 얘기를 했던 것도 같았다. 그런데도 그는 초조한 마음으로 그녀를 기다렸고, 그러다가 결국 원고를 집어 들었다. 그의 생각이 옳았는지를 살펴보기 위해서였다.

하지만 몇 문장을 읽고 나서 그는 리카르다에게 절대로 이 글을 보여주어서는 안 된다고 확신했다.

그 당시, 한없이 걷던 아버지가 갑자기 멈춰 서서 "너 대체 어디서 나타났니?" 하고 물어보듯 깜짝 놀라 그를 쳐다보던 순간이 오면 크리스티안은 곧 집으로 돌아가게 된다는 걸 알았다.

하지만 인사말에는 그런 지점이 없었다. 거기에는 돌아가는 길이 없었다.

크리스티안은 낱장을 모아 하나로 정리한 다음 다시 봉투에 넣었다. 그러고는 일인용 소파에 기대앉았다. 그는 절반도 읽지 못했다. 더 이상은 읽을 수 없었다. 잠시 동안 그는 장 가뱅을 바라보았다. 텔레비전 속에서 폭우가 쏟아졌고 장 가뱅은 술집에 들어가 코냑을 따르더니 당연하다는 듯 구석에 앉아 있는 수상한 사람의 테이블로 가서 앉았다. 그러고는 침묵으로 상대를 심문했다. 크리스티안은 갑자기 아버지의 필체처럼 자신이 말할 수 없이 작고 초라하다는 기분이 들었다. 긴장한 그의 목은 완전히 굳어 있었다. 지금은 휴식이 필요했다. 그러나 그럴수가 없었다. 그때, 그는 중간에 잠시라도 멈춰 서서 숨을 돌릴 수가 없었다. 아버지를 놓치지 않으려면 아버지의 걸음에 맞춰야 했다.

비틀거리는 단계는 아직 시작되지도 않았다.

창문 속의 밤은 어슴푸레한 자두 빛이었다. 온 세상이 어둠을 빨아들이고 있었다. 독서용 스탠드 불빛이, 때로는 흑백영화의 빛이 창유리에 그의 얼굴을 그려 넣었다. 크리스티안은 고개를 돌려 자신의 얼굴을 바라보았다. 그는 아버지와 별로 닮지 않았다.

아버지한테 전화를 해야 하는 건 아닐까? 남은 원고를 펼치는 대신, 아버지와 통화한다면 시간을 절약할 수 있었다. 조금 운이 좋다면, 상처를 건드리지 않고 얘기를 나눌 수도 있었다. 그동안 그는 침묵을 견디는 데는 이골이 나 있었다. 그때, 아버지를 따라 걸으며 그는 그것을 익혔다. 크리스티안은 그 대화로 자신을 구제하고 싶었다. 하지만 그러기에는 이미 너무 늦어버렸다. 이 시간이면 토마스는 아마 포도주 한 병은 마셨을 테고, 그렇다면 통화는 아무 의미도 없었다.

긴장한 채로 그는 그 자리에 쭈그리고 앉아 어떤 신호를 기다렸다. 예전에 아이 방에서, 한밤중에 부모님의 목소리가 문과 벽을 뚫고 들려올 때처럼. 그는 그들을 엿듣지 않았다. 물론 모든 단어를 알아들을 수 있을 정도로 그렇게 격렬하게 싸운 적도 많았다. 그러나 그는 오로지 목소리의 크기에만 집중했다. 그 소리는 그가 마음속으로 정해놓은 일정한 정도를 넘어서지 말아야 했다. 그것이 규칙이었다. 부모님이 그것을 지키지 않으면 그는 그들에게로 가서 어둠 속에서 무서움을 느낄 때, 혹은 잠을 잘 수 없을 때, 나쁜 꿈을 꾸거나 그 비슷한 상태에서 아이들이 흔히 하는 말을 함으로써 그들의 입을 다물게 해야 했다. 그것이 이 세상에 그들만 있는 게 아니라는 걸 인식시키는 유일한 방법이었다. 그러나 그는 혼자였다.

대화가 중단되고 어머니 혼자서 말을 할 때는 규칙에 신경 쓰지 않아도 되었다. 그런 경우에는 절대 큰 소리가 나지 않았다. 그러나 상황은 더 좋지 않았다. 똑같은 높이로 목소리가 조절되면 그건 좋은 징조가 아니었다. 목소리가 섞여서 들려오지 않고, 아버지의 중얼거리는 소리가 점점 줄어들다가 마침내 전혀 들리지 않으면 그가 끼어들어야 했다. 대체로 그는 아픈 척을 했다. 두통, 복통, 구토증. 그는 아버지가 한밤중에 그 없이 혼자서 집 밖으로 나가 공원에서 헤매는 것을 막아야 했다.

장 가뱅은 코냑을 한 잔 더 주문해서 구석에 앉은 남자에게 밀어주었다. 상대가 그가 필요로 하는 퍼즐 조각을 가진 것 같았다. 아무런 표정 없이 그는 모자를 집어 들고 입술을 조금 움직여 인사를 짜냈다.

크리스티안은 천장을 바라보았다. 두 사람이 동시에 질러대는 익숙한 소리는 위층에서 격렬한 말싸움이 벌어지고 있다는 사실을 전해주었다. 그릇이 깨지는 소리가 나고 문이 닫히고 순식간에 정적이 뒤를 따랐다. 그러고는 드라마 같은 음악이 흘러나오며 자동차 바퀴가 급하게 움직이는 소리가 들려왔다. 위층에 세든 사람들은 그와는 반대로 소리를 죽이지 않았다.

장 가뱅은 소리 없이 밤의 파리 근교를 지나가고 있었다. 와이퍼는 헛되이 그의 얼굴에서 물을 쓸어내렸다.

오늘 밤에는 정말로 잠을 잘 수 없으리라. 크리스티안은 어둠을 무서워했다. 하지만 그에게는 그 사실을 털어놓을 수 있는 사람이 없었다. 리카르다는 어디에도 없었다. 언제쯤 올 수 있는지 시간조차 알려주지 않았다. 그러나 마침내 그녀가 집으로 돌아온다 해도 후베란트가 무얼 의미하는지 이해하게 될까? 후베란트가 아닌 사람이 그것을 이해할 수 있을까?

속이 쓰리면서 꾸르륵거렸다. 크리스티안은 배가 고프다는 걸, 배가 고플 수도 있다는 걸 새삼 깨달았다. 그렇지만 그는 아무것도 먹을 수 없었다. 부엌에는 아버지가 차갑게 식은 우유죽 그릇을 앞에 놓고 앉아 레몬조각을 삼키고 있었다. 점심에 아무런 사전 경고 없이 좋아하는 음식에 들어 있는 줄 모르고 먹으려다가 요르게가 보는 앞에서 뱉었던 바로 그 레몬 조각이었다. 어머니의 친구분이 껍질 벗긴 레몬을 넣으면 우유죽이 엉기지 않고 달라붙지도 않는다고 추천해서 그렇게 했다고 설명했지만 아무 소용없었다. 토마스가 싫어하는 달콤한 계피 맛을 내는 레몬조각일지라도 뱉어서는 안 되었다. 노인은 그것을 몽땅 먹으라고 명령했다.

그는 부엌에 갈 수가 없었다.

그는 이미 너무 많이 읽어버렸다.

크리스티안은 단호하게 텔레비전을 끄고 집을 나섰다. 갑자기 급해진 그는 계단을 뛰어 내려가 우선 차를 세워 둔 곳으로 갔다. 그의 아버지가 망설이다가 그를 따라나섰다. 삶이 적대적이고 억세다는 걸 결코이해할 수 없었던 몽상적이고 의존적이고 겁 많은 아이의 모습으로.

크리스티안은 할아버지한테 대답을 들어보려고, 스페인까지 이천오백 킬로미터를 곧장 달려갈 생각으로 운전대에 앉았다. 오늘 낮에 기름을 채워두었다. 그렇다면 쉬지 않고 프랑스까지는 갈 수 있으리라. 가는 도중에 방송국에 전화하면 될 터였다. 아파서 며칠 쉬겠다고 말하면되었다. 이제 더 이상 미룰 수 없었다. 아버지의 복수를 하고 노인에게그 대가를 치르게 해야 했다. 완고한 성격으로, 고집으로 아버지를 부수어버렸고, 모두를, 토마스와 그의 형제들을, 잃어버린 세대들을 파멸로 이끌었다. 크리스티안은 예전부터 늘 진짜 적을, 그의 아버지처럼힘들이지 않고 싸움도 없이 이길 수 있는 상대가 아니라 진짜로 겨룰수 있는 적수를 원했다. 크리스티안은 이제 그를 찾아냈다.

그는 출발했다.

글을 읽으면서 그는 슬픔의 무게를 절감했다. 그때, 공원에서 비틀거리던 아버지만큼이나 무거웠다. 그는 한동안 말 한마디 한마디에 서려있는 아버지의 침묵을 나누었다. 숨 돌릴 새도 없이 말을 이어나가는그 고요의 헤아릴 수 없는 무게에 마비되기라도 한 것처럼 보였다. 그렇지만 그건 모두 지난 일이었다. 크리스티안은 그 길을 따라가지 않았다. 그러나 그는 지금 다시 그 길 위에 서 있었다. 날카로운 감각과, 번쩍 깨인 의식으로 무장한 채. 싸울 마음이 되살아났다. 그는 아버지하고 전혀 닮지 않았다. 아버지는 매번 침묵의 바다까지 자신을 끌어내리고 거기서 마비된 채로 가만히 멈춰 서 있었을 뿐이었다. 하지만 그는, 크리스티안은 되받아쳤다.

거리는 비어 있었다. 대형 트럭이 그를 방해하지 않는 한 그는 속도를 제대로 낼 수 있을 터였다. 물론 자정 이후에는 그런 일도 드물었기 때문에 그는 백삼십오 킬로미터 정도는 달릴 수 있었다. 주유소의 슈퍼마켓에 들러 그는 캔커피와 콜라, 초콜릿을 챙겼다. 기대와는 달리 슈퍼마켓에는 사람들이 제법 있어서 계산대에서 그는 이날 저녁 처음으로 줄을 서서 기다려야 했다. 줄의 앞쪽에 달걀 모양의 초콜릿을 든 가장으로 보이는 남자가 서 있었다. 입구에 있는 콤비 자동차의 주인이었다. 그 뒤에는 헤어스프레이 냄새를 풍기는 금발 여자와 무릎까지 내려온 바지를 입은 청소년 두 명이 여섯 개들이 맥주를 여러 개 들고 있었다. 그 아이들이 듣는 워크맨의 이어폰에서 힙합이 큰 소리로 울려나왔다. 줄은 줄어들지 않았다. 계산대에 있는 사람은 아무 표정 없이 아이들에게 뇌물로 바쳐질 단 것들의 코드를 스캔하고 있었다. 크리스티안은 자기가 집어든 것들을 구석에다 처박아두고 그냥 떠나고 싶은 심정이었다. 하지만 다음 슈퍼마켓에 있는 손님들이 여기보다 더 낫거나 자리를 양보해주리라는 보장은 없었다.

그는 이미 오래전에 고속도로를 달렸어야 했다.

그는 금발 여자가 계산대 옆에 있는 판매대에서 텍사스 출신 사람이라면 한 달 동안이나 씹을 껌을 집는 것을 못마땅한 눈초리로 바라보았다. 사재기의 밤인 것 같았다.

기다리는 시간에 당연히 리카르다한테 전화해서 방송국의 아는 사람 집안에 초상이 났다고 말할 수 있으리라. 크리스티안은 이런 변명을 할 작정이었다. 하지만 그의 휴대전화는 거실 테이블 위 원고 옆에 있었다.

"뒤에 서라."

그는 판매대를 한 바퀴 더 돌며 여러 종류의 과자를 집어 들고 다시 돌아와 그의 앞으로 끼어들려고 하는 힙합 듣는 녀석 가운데 한 명한테 경고했다.

"뒤에 서라고 얘기했다!"

크리스티안은 그의 소매를 잡아당겼다. 그렇지만 녀석은 그를 쳐다보지도 않은 채 그의 손을 뿌리치며 친구들과 함께 박자에 맞춰 중얼거렸다. 이어폰에서 들려오는 음악은 여전히 시끄러웠다.

"야, 안 들려!"

크리스티안은 그 어떤 것도 그냥 내버려두고 싶지 않았다. 녀석의 어깨를 잡고 그를 향해 돌려세웠다.

"어딜 잡고 난리야, 게이 같은 새끼가!"

녀석이 확 내지르고 다시 그에게 등을 돌려버렸다.

크리스티안은 어이없어하며 주위를 돌아보았다. 가장으로 보이는 남자가 막 나갔다. 헤어스프레이를 뿌린 금발 여자는 분홍색 풍선껌을 불면서 신용카드의 비밀번호를 누르고 있었다. 계산원은 고개를 숙인 채 손등에 난 벤진 알레르기를 긁어대고 있었다.

참을성 없이 굴지 마라, 아버지가 어디선가 속삭였다. 하지만 크리스티안은 그 소리를 무시했다. 그는 앞에 선 녀석에게서 이어폰을 확 낚아채 던져버렸다.

"나한테는 안 통해, 이 애송이 녀석아. 나한테는 안 통한다고."

녀석은 아무런 표정 없이 그를 노려보았다.

"뒤에 가서 서, 마빈."

녀석의 친구가 지겹다는 듯이 말했다.

"그리고 그 거지 같은 걸 이리 넘겨."

녀석은 계산대 위에 군것질 거리를 보란 듯이 내려놓으며 빈손으로 크리스티안 뒤에 가서 섰다. 친구는 담배를 세 갑 꺼내서 올려놓았다.

"빠뜨린 거 없지?"

고개를 돌려 뒤쪽을 쳐다보며 녀석의 친구가 인상을 쓰고 물었다.

"그릴용 석탄."

마빈이 말했다.

"네가 가져올래? 아님 내가 갈까?"

"난 갈 수 없어. 그럼 또 뒤에 가서 서야 하니까."

"그릴용 석탄은 다음에 사지 그래."

크리스티안이 그 사이에 끼어들어 자기 뒤에 서 있던 녀석을 계산대 쪽의 친구에게로 밀었다.

"너희가 여기 전세 냈냐?"

계산원은 위를 쳐다보지도 않고 담배를 스캔했다. 녀석들이 계산을 끝냈고, 이어 크리스티안도 끝냈다. 아버지는 그냥 놔두라고, 더 똑똑한 사람이 참는 거라고 간절히 속삭였다. 하지만 크리스티안은 양보 잘하는 똑똑한 사람이 어떻게 되는지 아버지를 보면서 배웠다.

반항하는 것이 중요했다.

상점에서 나오자 두 녀석이 그를 기다리고 있었다. 그는 겁나지 않았다. 아니 오히려 반가웠다. 아버지에게 자신의 용기를 보여줄 기회를 만들어주었으니 젊은 녀석들에게 고마워해야 할 지경이었다. 크리스티안은 사온 물건들을 운전석 옆자리에 던져놓고 차에 올라탔다.

그들이 탄 골프가 그를 향해 달려오다가 아슬아슬하게 코앞에서 멈춰 섰다. 크리스티안은 후진을 해서 출입구 쪽으로 달렸다. 하지만 그들은 그의 길을 가로막아 다시금 그의 차를 멈추게 만들었다.

"뒤에 서라니까!"

녀석들이 그에게 소리쳤다.

네가 원칙을 지키기보다 은총을 베풀면 체면 구길 일은 생기지 않을 거야, 하고 아버지는 그에게 가르쳤다. 크리스티안은 핸들을 더 꽉 잡았다.

거리는 한산했다. 하지만 녀석들은 달릴 생각은 하지 않고 창을 활짝 열고, 음악을 크게 켜놓은 채 그의 차 앞에 떡 버티고 서 있었다. 그들의 파티에 그는 끼어들지 않으리라! 크리스티안은 핸들을 오른쪽으로 돌리며 액셀러레이터를 밟았다. 하지만 골프가 다시 옆으로 돌려세워 막았기 때문에 다시 브레이크를 밟아야 했다. 그는 왼쪽으로 시도해보았지만 다시 막혔다. 그들보다 먼저 주유소로 들어오는 반대편 입구에 도착하기 위해서 그는 재빨리 후진을 하느라 뒤에 서 있던 콤비를 보지 못했다. 그의 차 뒤쪽이 뒤에 서 있던 차의 범퍼에 가서 꽝하고 부딪쳤다. 경적이 울렸다. 크리스티안은 곧장 차에서 내려 피해 상황을 둘러보았다. 그가 고개를 들자 골프는 이미 사라지고 없었다. 그는 번호판을 외워두지 못했다.

보험회사에 전화하면서 그는 충격을 받은 가장을 안심시켰다. 가장은 그의 두 아들보다 더 놀란 것 같았다. 아이들은 크리스티안의 깨진 후미등을 재미있다는 듯이 관찰하고 있었다. 콤비의 범퍼는 약간 우그러들었을 뿐이었다. 사고를 처리하러 온 경찰은 처음에 힙합을 듣던 두 녀석에 관한 부분을 전혀 믿지 않는 눈치였고, 계산하던 사람에게도 그 점에 대해서 물어보았다. 그렇지만 크리스티안이 '관습적으로' 음주운전 측정용 빨대를 불고 나서 전혀 술을 마시지 않았다는 사실이 드러나자 경찰의 태도가 한결 부드러워졌다. 당연히 잘못은 그가 했고, 그 역시 그 사실을 부인하지 않았다. 삼십 분 뒤에 사건은 마무리되었고 콤비는 다시 집으로 향했다. 다만 그는 후미등 없이는 차로 스페인까지 갈 수 없었다. 크리스티안은 정비소에 차를 맡기고 택시를 불렀다.

"공항으로 갑시다."

그가 말했다.

새벽에 스페인을 향해 출발하는 비행기에는 남아 있는 자리가 분명 있을 터였다. 비행기로 알리칸테까지 가서, 거기서 차를 렌트해서 달리면 예상보다 몇 시간 일찍 할아버지의 집 문 앞에 설 수도 있었다. 영원한 지각생인 그의 아버지는 이 모든 일이 너무나 빠르게 일어난다고 걱정할 게 분명했다. 하지만 그는 달랐다. 그는 속도를 좋아했다.

택시 운전사는 시내 중심가를 통과하는 길을 택했다. 저 앞쪽 맞은편에 리카르다의 변호사 사무실이 있는 건물이 나타났다. 아직도 불이 켜져 있는 곳은 얼마 안 되었다.

"저 앞에서 잠깐 서주시겠어요?"

크리스티안은 건물에 딸린 방문자를 위한 주차장을 가리켰다.

"금방 나올게요."

그는 자동차들 사이를 날듯이 스쳐가며 건물 정문 계단 쪽으로 걸어갔다. 입구 정면 유리에 하늘이 들어서 있었다. 그것이 그가 거실 창으로 보았던 바로 그 밤이라는 게 믿어지지 않았다. 그는 지금 자신이 밤의 일부인 듯한 기분이 들었다. 유리문을 밀고 크리스티안은 빠른 걸음으로 로비로 걸어 들어갔다. 달리지는 않았지만, 늘 그렇듯이 앞장서 나갔다.

그는 아버지와는 전혀 달랐다.

그가 들어서자 야간 경비원이 자리에서 일어났다. 가끔 리카르다가 많이 늦어져서 그가 데리러 오곤 했을 때 기껏해야 몇 마디 주고받은 사이였다.

"그 사람, 아직 여기 있죠?"

그는 돌려 말하지 않고 간단하게 물으면서 나중에야 인사를 하느라 고개를 끄덕였다.

"확인해봐야겠는데요."

나이 든 남자가 경비를 서느라 좀 거칠어진 얼굴로 이렇게 말하며 방문객 이름이 적힌 공책을 뒤적거렸다. 그러더니 모자를 벗으며 머리를 긁었다.

"그분은 드 후베란트 씨와 함께 외출했는데요."

크리스티안은 어안이 벙벙했다.

"그건 제 이름인데요."

"토마스 드 후베란트 씨 말이에요."

노인은 그 줄을 손가락으로 짚어 보여주었다.

"그런데, 잠깐만요. 그건 오늘 점심 무렵이었군요. 그 다음에는……."

크리스티안은 습관적으로 휴대전화를 찾았다.

"여기 전화할 수 있는 곳이 있을까요?"

수위는 고개를 들더니 식물로 뒤덮인 쪽을 가리켰다.

"저기 왼쪽에 외부로 걸 수 있는 공중전화가 있어요. 교환국 전화번호를 알려줄게요."

'공중전화'는 플렉시 유리 박스에 들어 있는 번호를 누르는 전화기로, 고무나무와 뭐라고 형태를 묘사하기 어려운 청동조각 사이에 있었다. 크리스티안은 리카르다의 휴대전화 번호를 눌렀지만 음성 사서함으로 연결될 뿐이었다. 그녀가 대체 왜 자신의 아버지를 만났을까? 자기한테는 아무런 말도 없이?

그는 한 번 더 시도했다. 이번에도 이름과 전화번호를 남겨달라는 웅웅거리는 부탁만 들려왔다. 늘 마음을 편히 가지렴. 아버지의 목소리가 부드럽게 중얼거렸다. 우린 최근에 별로 웃을 일이 없었구나. 마치 아무 생각 없이 그를 믿으라는 듯이 들렸다.

크리스티안은 수화기를 내려놓았다. 그는 질투하지 않았다. 화가 나지도 않았다. 다만 마치 누군가 갑자기 플러그를 빼버린 것처럼 기운이 빠졌다.

넌 지쳤어. — 아니에요.

자 이리 와, 아들아. 침대에 누워 잠을 좀 자렴. 아버지가 계속해서 그를 다독였다.

"제발 날 좀 내버려둬요."

그가 큰 소리로 말했다. 그는 그렇게 쉽게 용기를 잃지는 않았다. 어려운 일이 생기자마자 곧바로 총을 내던져버리지 않았다. 그는 결코 포기하지 않았다. 그러므로 그는 패배자와는 분명히 달랐다.

대체 넌 누구와 싸우는 거니? 한 번이라도 이 질문을 너 자신에게 던져본 적 있니?

하지만 크리스티안은 의심에, 실패자의 견해에, 싸구려 위로에 질렸다. 머뭇거리지 않고 그는 수화기를 들고 아버지의 전화번호를 눌렀다. 열두 시가 넘었다. 아버지는 이미 포도주를 두 병쯤은 마셨을 터였다.

그는 바로 그런 것들에 대항해서 싸워야 했다. 그냥 주저앉아 버리고, 그냥 마비되어 가고, 아무것도 하지 않는 그런 상태에 맞서야 했다.

그는 번호를 잘못 눌러, 다시 시도해야 했다.

그는 번호를 잊어버렸다.

그는 정말로 번호를 외웠던 적이 없었다.

행운을 기원하며 그는 가물가물한 숫자들을 조합해서 시험해보았다. 신호가 갔다. 그는 예닐곱 번이나 가차 없이 울리게 놔두었다. 저쪽에서 잠에서 깨어난 낯선 목소리가 어디라고 중얼거렸다.

크리스티안은 수화기를 내려놓았다. 그는, 아버지의 복수를 하겠다고 나선 그는, 몇 년 동안 아버지한테 전화를 한 기억이 없었다. 아버지를 피했고, 아버지를 아는 모든 사람을 피했다. 그는 아버지가 없는 곳, 저 위로 올라갈 생각만 했다.

그는 그것을 해냈다.

"안 받아요?"

크리스티안이 고무나무 사이를 헤치고 나오자 경비원이 물었다. 그는 고개를 끄덕이고 간다는 신호로 잠깐 손을 올려 보였다. 유리문은 그를 다시 밤 속으로 풀어놓아 주었다. 힘없이 계단을 내려가 택시가 기다리는 곳으로 갔다. 내려가는 것이 올라가는 것보다 훨씬 더 힘이 들었다. 운전사가 시동을 걸었다. 그러나 크리스티안은 차창을 두드리며 고개를 저었다.

"이젠 필요 없어졌어요."

다른 설명은 하지 않고 그는 돈을 지불하고 걸어서 밤거리를 돌아다녔다. 몇 년 만에 처음으로 그는 발길이 닿는 대로 걷도록 자신을 내버려두었다.

언젠가부터 그의 동정심은 말라 있었다. 언젠가부터 아버지를 돕지 않게 되었다. 아버지의 침묵을 더 이상 따르지 않았고, 아버지가 혼자서 쏘다니도록 내버려두었다. 언젠가부터 아버지가 맞은편에서 걸어오면 그는 길을 건너가 버렸다.

우리는 언제나 웃을 일이 별로 없었어요, 아빠. 최근에만 그랬던 게 아니라고요.

가로등의 불빛은 둥그스름하게 희미한 빛을 내뿜었다. 밤은 아주 부드러웠다. 열린 창은 따뜻하고 포근한 어둠이 머물도록 해주었다. 어느 다락방에서 음악과 웃음소리, 목소리들이 섞여 나오더니 집들 사이로 흩어져갔다. 하늘은 짙푸른 빛으로 고요히 그 자리에 있었다. 크리스티안은 차도를 따라 걸었다. 오가는 자동차는 없었다.

희미한 불빛의 정거장에는 여러 형상들이 비틀거리며 서 있었다. 아직도 심야 버스가 남아 있는 것 같았다. 아니면 그 망가진 바람막이는 그저 마리화나 흡연자들이 만나는 장소에 불과한지도 몰랐다. 크리스티안이 그들과 가까워지자 심술궂게 이죽거리는 소리가 들려왔다. 그가 사고를 낸 지 불과 한 시간 반밖에 지나지 않았다는 게 믿어지지 않았다.

"헤이, 저 사람 봐!"

변성기를 아직 끝내지 못한 녀석이 말했다.

"여기 술 마실 데가 어디 있죠, 사장님?"

여자애들이 킥킥거렸다.

그들은 착각하고 있었다. 그는 아무것도 마시지 않았다. 그야말로 이렇게 말짱한 적이 없었다.

"도로에서 좀 비켜주는 게 어때? 두 시간만 있으면 버스가 온다구."

십대들이 그의 뒤통수에 야유를 퍼부었다. 그는 돌아서서 그들에게 존경심을 불어넣고 싶었다. 그렇지만 그는 싸우고 싶지 않았다. 크리스티안은 집에 가고 싶었다. 그저 집에 가고 싶을 뿐이었다. 다음 사거리까지 마리화나 냄새가 그를 따라왔다.

저 애들이 자기 자식이었다면 멍들도록 맞았을 것이다.

시외로 빠지는 간선도로에는 밤에도 차가 다녔다. 못마땅했지만 그는 인도로 올라섰다. 리카르다가 옳았다. 그는 가정을 꾸려 나갈 만한 사람이 아니었다. 훌륭한 아버지라면 조건 없이 사랑할 수 있어야 했다. 자신보다 못한 자식이라도 자식으로 받아들여야 했다. 인내심이 있어야 하고, 언제나 가장 빠른 길, 가장 짧은 길을 선택하는 대신에 우회로도 함께 가주어야 했다. 자식의 실패도, 희망 없는 상태도, 보잘것없는 진전도 그대로 인정해주어야 했다.

크리스티안은 자신이 그렇게 할 수 있을지 알 수가 없었다.

운명이 또 한 번 그에게 실패한 사람을 사랑해야 하는 과제를 맡긴다면 어떻게 할 것인가?

미안해요, 아빠.

이제는 그다지 멀지 않았다. 두 블록 반만, 한 오백 미터 정도만 가면 되었다. 하지만 크리스티안은 더 이상 갈 수 없었다. 그는 자신을 과신했다. 가족의 가치는 다른 사람에게 보여줄 수 있는 성공에서 드러나는 게 아니라 구성원 가운데 가장 나약한 사람과의 관계에서 드러났다. 그렇게 보자면 그는 가족을 이루기에 그다지 적당한 사람이 아니었다.

그렇게 보자면, 더 이상 이어 나가지 않는 것이 드 후베란트가를 위해 가장 좋았다.

두 블록만 더 가면 되었다. 크리스티안은 남아 있는 거리, 아직도 더

가야만 하는 거리를 작은 단위로 나누었다. 노란 칠을 한 집까지는 일단 칠십오 미터, 너도밤나무 옆에서 잠깐 쉬자. 거기서 도로를 건너서 카민스키 씨의 푸조Peugeot가 세워져 있는 데까지 계속 가자. 그러면 한 백 미터 정도 남을 테고, 목표에 거의 이른 셈이었다.

리카르다가 그에게 다시 한 번 생각해볼 기회를 준 게 다행이었다.

그녀를 밀어붙이지 말았어야 했다. 그는 잘못 행동했고, 지나치게 서둘렀다. 크리스티안은 앞으로 그녀를 더 잘, 신중하게 대해야 했다. 그녀마저 잃고 싶지 않다면. 그녀는 그에게 남아 있는 가족의 전부였다.

내 곁에 남아 있어 줘.

그는 이 한 여자만을 사랑해야 했다. 그것은 간단한 일이 아니었다. 평생이 걸리는 일일지도 몰랐다. 그에게는, 이런 가족사를 지닌 사람에게는 그것만으로도 크나큰 도전이었다.

크리스티안은 너도밤나무를 지나쳤다. 푸조 역시 그의 머릿속에서는 하나의 지표였다. 그의 기분이 한결 가벼워졌다. 그는 리카르다의 차가 어디 주차해 있는지 보려고 다시 차도로 들어섰다. 여기서부터는 집이 보였다. 창문에는 불이 켜져 있었다. 그녀가 집에 있었다. 그녀가 거기 있었다!

이제야 크리스티안은 자신이 달리고 있다는 걸 알아차렸다. 눈물을 참을 수가 없었다. 그는 불빛을 향해 달렸다. 눈물 속의 불빛은 어룽거렸지만 그의 다리는 길을 알고 있었다. 그는 진짜로 운 게 아니었다. 기쁨의 눈물이었을 뿐이었다.

그녀는 그를 떠나지 않았다.

대문 열쇠를 찾는데 한참이나 걸렸다. 그는 소매로 눈물을 닦았다. 그러고는 계단을 껑충껑충 뛰어 올라갔다. 그녀의 집으로 향하는 문은 잠겨 있지 않았다. 리카르다가 현관에 서 있었다. 돌아온 지 얼마 안 되는 것처럼 보였다.

"대체 어디 갔었어?"

그녀가 물었다.

크리스티안은 그녀를 꼭 끌어안았다.

"당신을 찾아다녔어."

아직도 숨이 차서 그는 헐떡거렸다.

"그래, 좀 오래 걸렸어."

그녀의 목소리는 무척 진지했고, 피곤하게 들렸다.

"크리스티안, 많이 생각해봤는데……."

무언가 이상했다. 그녀의 억양, 말투, 굳어버린 몸. 그는 그녀를 떼어놓고 얼굴을 바라보았다.

"이제 대답할게. 그래, 당신 아이를 낳고 싶어."

요르게

비가 내렸다. 무거운 구름이 산을 삼켰고, 계곡 아래로 몰려가더니 햇볕에 갈라진 땅 위로 비를 퍼부었다. 수증기가 일어나는 돌멩이 사이 흙에는 거품이 부글거렸고, 길들은 아래쪽으로 흘러내렸다. 여기저기서 비가 만들어낸 수많은 소리 속에 고요가 묻혀버렸다. 양철 위에 떨어지는 빗방울, 나뭇잎에 떨어지는 빗방울, 유리창에 떨어지는 빗방울, 빗방울에 떨어지는 빗방울. 땅이 헤엄을 쳤다.

비가 거침없이 내렸다. 쏟아지는 빗줄기는 한결같고 끈질겼다. 요르게는 한순간도 쉴 수 없었다. 비가 너무 많이 오면, 그래서 메마르고 굳어버린 땅이 이렇게 많은 비를 받아들이지 못한다면, 물에 씻겨 내려가기라도 한다면 어떻게 할 것인가? 앞으로 이어질 가뭄에 비해 물이 너무 적게 모인다면, 갑자기 시작되었듯이 갑자기 그친다면, 땅속으로 스며들지 않고 정원과 들판을 휩쓸어버린다면 어떻게 될 것인가? 순식간에 벌어진 홍수로 인해 깨끗하게 씻긴 바위와 땅 위로 드러나 버린 뿌리 외에는 아무것도 남아나지 않을 것이다. 요르게는 오랫동안 기다려왔고, 간절히 원했던 비가 가뭄보다도 더 끔찍한 피해를 가져올 수 있다는 생각에 두려웠다.

온종일 그는 물을 모으느라 바빴다. 요르게는 드럼통이며, 양동이, 온갖 종류의 그릇에 귀중한 물을 가능하면 많이 받으려고 했다. 그는 밤새 뜬눈으로 누워 있으면서 어디서 엄청난 물소리가 어둠이 내던 익숙한 웅웅거림을 밀어내는지 귀를 기울였다. 밖은 갑자기 다른 세상이 되어 있었다. 더 이상 같은 하늘이 아니었고, 같은 공기가 아니었고, 뜨거운 하루가 끝나고 슬며시 자리를 잡은 고요가 아니었다. 지치지도 않고 물이 흐르고 흩어지고 지붕과 벽에 스며들면서 다양한 반향을 일으켰고, 벽을 타고 내려와 후텁지근하고 집요하게 들러붙는 습기로 그의 잠을 방해했다. 요르게는 가만히 누워 가까이 다가오는 모든 소리에 온 신경을 기울이느라 잠을 뿌리칠 수 있었다. 잠은 그가 빗방울 떨어지는 소리, 몰래 스며드는 소리와의 전쟁에 지치고, 기와 위에 규칙적으로 후두둑 떨어지는 빗소리 그리고 집 뒤쪽에 있는 물받이 통으로 물이 떨어지면서 내는 합창 소리에 서서히 무감각해지는 아침이 되어서야 비로소 찾아왔다.

그렇지만 그것은 흐르는 물소리에 휘말린 어둠 속에 살짝 휩쓸려든 가벼운 선잠이었다. 피로의 무게에 굴복당하지 않으려는 겁에 질린 동요였고, 깊은 곳으로, 바다 속 깊은 곳으로, 기절로 그리고 잠 속으로 빠져들지 않으려는 몸부림이었다.

요르게는 점점 많아지고 더 강렬해지는 소리 때문에 깨어났다. 삼, 사십 분이 벌써 사라지고 난 뒤였다. 그것은 아무리 쏟아져도 마음을 푹 놓을 수 있는, 부드럽게 대지로 스며드는 빗소리가 아니라 분노한 듯 엄청나게 퍼붓는 폭력적인 소리였다. 잠에서 겨우 빠져나온 그의 의식이 이 소리를 빙빙 돌다 받아들일 때까지는 잠시 시간이 걸렸다. 그는 창밖으로 눈을 돌려 움직이지 않고 조용히 여명 속에 우뚝 솟아 있는 소나무와 전나무 우듬지를 바라보고 나서야 비로소 상황을 파악할 수 있었다. 땅 위를 미친 듯이 쓸고 다니는 것은 바람이 아니라 개울이었다. 검은 구름이 뒤덮고 있는 하늘 아래서 물은 폭우로 돌변했다.

망설임 없이 요르게는 자리에서 벌떡 일어나 측량기사 시절에 쓰던 낡은 비옷을 걸치고 희미한 새벽 속으로 뛰어나갔다. 이마에 손을 올려 놓은 채 그는 폭우가 쏟아지는 어둠을 뚫고 굉음을 내는 아래쪽 개울을 향해 난 질척거리는 굽은 길을 달려 내려갔다. 개울 바닥 쪽으로 향하는 언덕에 닿자, 막 수영기계를 매달아놓은 말뚝이 진흙탕이 된 물속에서 휘어졌다가 다시 곧추서고, 그러다가 다시 차례차례 꺾여, 아래쪽으로 쿵쿵거리며 쏟아져내려가는 물길에 휩쓸려 부러지는 장면이 보였다. 소년이 애써 투쟁하고 괴로움을 당하던 판자와 받침대는 이미 바위에 쪼개져서 바다 어딘가로 떠내려가 버렸다.

그가 여기 서서 소년이 팔을 젓고, 숫자를 세고, 수영기계의 거칠고 날카로운 나무 위에서 앞뒤로 헤엄치는 매 순간을 지켜본 지 막 이틀이 지났을 뿐이었다. 움직일 때마다 고통이 소년의 허약한 육체 속으로 파고드는 것을 그는 느꼈다. 그렇게 고통받는 소년을 지켜보는 것은 요르게 스스로 달게 받았던 그 어느 고통보다도 더 견디기 힘들었다. 그 동정의 마음은 지독히 쓰라렸지만, 그는 소년이 자신의 의지대로 하도록 놔두어야 했다.

제자가 수영기계 위에서 용감하게 팔다리를 저어대면 저어댈수록 요르게는 점점 더 고개를 돌려야 했다. 소년이 이를 악물고 참아내는 고통이 가까이 있는 사람에게도 전해지는 것 같았다.

아들의 경우와는 달랐다. 토마스 역시 고통을 받았다. 요르게는 부드럽고 상처받기 쉽고 조금은 허약한 아이, 언제나 도움이 필요한 아이를 보호해주어야 했다. 그것이 아들의 천성이었고, 요르게는 그 점을 비난하지 않았다. 하지만 토마스는 그저 나약한 게 아니라 정말로 완전히 무기력했다. 그는 고통을 이해하지 않았다. 왜 가끔은 앉는 것보다 무릎을 꿇는 것이, 먹는 것보다 금식하는 것이, 피곤하더라도 깨어 있는 것이 더 나은지를 도무지 이해하지 못했다. 그는 그 의미를 깨닫지 못했다.

요르게가 시도해보지 않은 방법은 없었다. 그는 아들에게 고통의 의미를 가르치려고 체계적으로 노력했다. 고통은 그의 삶에서 가장 중요한 가르침이었고, 유일한 그의 재능이었고, 그가 할 수 있는 최대의 능력이었다. 그렇지만 그는 성공하지 못했다. 토마스는 아무것도 배우지 못했고 그저 고통스러워만 했다. 피로를 참아야 한다거나 갈증을 견뎌야 한다거나, 힘겨워도 굴복할 수 없는 상황이 오면 토마스는 매번 상처 입은 짐승처럼 그를 바라보았다. 그는 자신한테 일어난 일의 의미를 전혀 모른 채로 고통과 부자유, 결핍만을 느끼는 짐승이었다. 토마스는 고통이 주는 모든 것에서 한 가지 반응만 보였다. 도피. 그는 마침내 그의 아버지로부터도 도망쳤다. 그렇게 여러 해가 지났고, 그렇게 많은 고통을 겪었어도 그는 아무것도 이해하지 못했다.

그의 피와 살인 아들.

요르게는 여전히 토마스가 고통받는 모습을 지켜보는 것이 힘겨웠다. 그러나 그 느낌은 이미 오래전부터 더 이상 동정이 아니라 자신의 패배감과 뒤섞인 몰이해와 괴로움이었다. 그는 아들의 고통 속에서 자신을 다시 볼 수 없었다.

이 세상에 그와 닮은 사람은 없었다.

요르게는 소년을 만난 그 순간까지 자신이 토마스를 얼마나 경멸하는지조차 모르고 있었다. '사생아'에게 신경 쓰는 사람은 거의 없었고, 관심을 기울이는 사람도 없었다. 그런데도 소년은 인간이 지닐 수 있는 가장 고귀하고 귀중한 능력을 지니고 있었다. 키는 훌쩍 컸지만 동작이 굼뜨고 나약해 보이는 소년의 몸은 불굴의 의지로 가득 차 있었다. 게으르고 산만해 보이는 소년의 태도는—그가 포착하고 간파한 바로는—모두 단 하나, 유일한 목표에 헌신하고 있었다. 소년은 우연이 만들어냈지만, 그의 삶은 확실한 내면의 계획에 따라 움직였다. 요르게는 피부색이나 치욕적인 출생이 아니라 의지의 힘으로만 인간의 가치를 측정했다.

소년에 비하면 그의 친아들은 의지가 없었다.

에스더가 토마스의 버릇을 잘못 들여놓았다거나 편애했다고 비난하는 것은 옳지 않았다. 의지의 불꽃이 피어오르게 하기 위해서는 아들을 강제로 흔들어서 정신 차리게 하거나 더 강하게 만들어야 한다고 믿은 그의 잘못이었다. 아들은 형체를 만들지도 부수지도 않았다. 그는 그저 나약했고, 이해할 수 없을 정도로 연약했다.

토마스는 드 후베란트 집안의 누구와도 닮지 않았다. 아들은 요르게가 평생 이겨내려고 애썼던 게으름과 허약함만을 떠오르게 했다.

예배당의 돌투성이 바닥에 앉아 아무 두려움 없이 몇 시간을 보낼 때면 가끔, 요르게는 이 아들은 그가 사랑하는 법을 결코 배우지 못한 것에 대한 신의 벌이라는 생각이 들었다.

그는 동정심이 전혀 없는 사람이 아니었다. 요르게는 어디서나 자신과 마주치는 고통을 알아보았다. 그리고 그가 이를 악물고 주먹을 부르쥐고 애쓰는 소년을 도와주듯이 토마스를 도와주던 시기도 있었다. 하지만 엄살을 피우고 울먹이는 모습을 바라보는 고통이 그를 냉정하게 만들었다. 그는 용감한 사람들을 바라볼 때에만 자신이 '동정'이라고 불렀던 감정을 느꼈다. 고통을 이겨냈을 때라야만. 요르게는 강한 자에게 동정을 느꼈다.

그를 단번에 귀 기울이게 만든 건 케이블 윈치가 녹슬어 끽끽거리는 소리였다. 그에게는 몹시 익숙한 그 소리는 날카롭고 규칙적인 쇳소리로 점점 더 커졌다. 요르게는 엄청난 빗속을 뚫고 물 긷는 곳까지 몇 걸음 더듬더듬 걸어갔다. 억수같이 퍼붓는 비는 양동이를 채우더니 같이 떠내려갔다. 윈치는 엄청난 속도로 밧줄을 풀어냈고, 그러고도 계속 돌고 있었다. 전체 구조물이 기우뚱거릴 정도로 엄청난 압력이 가해졌다. 밧줄이 팽팽하게 당겨졌다. 교수대 모양의 기구가 휘어져 앞으로 수그러지더니 점점 기울기 시작했다. 요르게에게는 연결을 끊는 것 말고는 달리 방법이 없었다. 그는 반사적으로 바지 호주머니를 뒤적이며 스위스 칼을 찾았지만, 없었다.

그는 그것을 소년에게 선물했다.

두 손으로 요르게는 밧줄을 잡아서 물속에 있는 양동이를 끌어당기려고 애썼다. 그렇지만 소용없었다. 압력이 너무 강했다. 잠시 농기구를 넣어둔 헛간으로 달려가 낫을 가져올 시간이 될지 따져 보았다. 그러나 그럴 여지조차 없었다. 바람이 신음소리를 내며 그 뿌리를 뽑더니 철봉 전체가 떨어져나갔다. 순식간에 철봉이 흙탕물 속으로 굴러 떨어지며 휘말려들었다.

소년은 "고맙다"고 말하지 않았다. 그 아이는 그것을 그저 바라보기만 했다. 칼을 선물이 아니라 자신의 임무로 이해했다. 그러면서도 그것을 받아들였다.

요르게가 칼로 밧줄을 끊어서 소년을 풀어준 뒤 겨우 이틀이 지났을 뿐이었다. 그는 조심스레 상처가 난 관절에서 줄을 풀어주었다. 아이의 수영 자세가 점점 더 힘없이 그저 왔다 갔다 하게 되었고, 숫자를 헷갈렸기 때문이었다. 그때 이미 소년은 섬을 훌쩍 지나 있었다.

소년은 계속해서 헤엄을 쳤으리라. 그건 의심의 여지가 없었다. 요르게가 눈에 띄는 큼직한 나뭇조각들을 소년의 살에서 떼어내고 긁혀서 생채기가 난 곳을 닦아주는 동안 소년은 목표를 눈에서 떼지 않고 단호하게 상상의 수평선을 가늠하고 있었다. 소년은 칼 역시 그런 태도로 받았다. 보상이 아니라 길을 떠나는 데 가져가라고 주었다고 받아들였다. 오늘은 이 정도면 충분하다고 아이한테 권고하는 것은 쓸데없는 일이었다. 두 사람을 이렇게 가깝게 만든 똑같은 의지가 그들을 서로에게 다가갈 수 없게 만들었다.

그 이후 그는 소년을 다시 보지 못했다.

요르게는 고개를 숙였다. 그의 구두 사이에서 땅이 이리저리 흩어졌다. 비는 사정없이 땅속으로 파고들어 파헤쳐진 화단을 들쑤셔놓고, 모여든 부식토를, 여름 내내 한 작업을 떠내려가게 했다. 이런 식으로 계속 퍼부어댄다면 언덕 전체가 미끄러져 내려 정원이 진흙더미로 변해 버릴지 몰랐다. 점점 더 거세지는 폭우는 흙을 계곡 쪽으로 밀어냈고, 요르게의 땅 가장자리를 삼켰고, 햇볕에도 살아남은 초록을 짓밟았다. 그러나 요르게는 아주 천천히 움직였다. 비는 이틀째 내리는 중이었다. 그는 소년이 몹시 그리웠다.

노력이 허사로 돌아가자 엄청난 부담감이 그를 짓눌렀다. 그런데도 그는 헛간 문을 열고 넙적한 삽과 뾰족한 삽, 망치와 작은 나무 말뚝 등을 꺼내 들고 비가 줄줄 흐르는 회색빛 여명 속으로 나아갔다. 이제 막 시작하는 하루는 밝아질 기미가 전혀 보이지 않았다. 하늘은 멈춰 서 있었다.

위에서부터 시작해서 아래쪽으로 단을 지으며 요르게는 둑을 쌓고, 바리케이드를 치고, 도랑을 만들어나갔다. 물줄기를 돌려놓고, 바닥을 다져서 화단과 관목, 다른 식물들을 보호해야 했다. 하지만 그의 생각은 그를 따르지 않았다. 이 아침에 바다가 어떨지, 얼마나 요동치고 얼마나 들끓고 어떤 빛깔을 낼지, 회색일지 검은색일지, 아래로 쏟아질 것만 같은 하늘처럼 납빛일지, 점토처럼 노란빛일지, 땅에서 스며드는 홍수처럼 진흙 빛이면서 어두울지, 이런 것들을 알고 싶다는 생각이 자꾸만 밀려들었다. 삽을 한 번 파헤칠 때마다, 말뚝을 한 번 박아 넣을 때마다 빗방울이 통통 튀기는 바다를 눈앞에 그려보았다. 그는 바다의 달라진 넓이와 구름에 가려진 수평선을 보았다. 급류의 굉음은 부서지는 파도 소리였고, 쏟아지는 비는 바다의 끓어오르는 물거품이었다. 요르게는 잠이 부족했듯 바다가 부족했다. 바다의 깊이와 물의 부드러운 포옹이 그리웠다. 피곤함은 목마름처럼 그를 내몰았다. 그는 바다를 향한 그리움으로 지쳐 있었다. 그는 점점 더 한낮의 꿈속으로 빠져드는 자신을 발견했다. 정원은 알아서 유지되게 내버려두고 물의 흐름을 따르고 싶었다. 부드럽게 와 닿는 깊은 물속으로 잠수하고 싶었다. 비와 싸우기 위해 온 힘이 필요한 건 아니라는 듯이, 오늘을 시작부터 놓쳐버린 건 아니라는 듯이.

요르게는 자신의 의무를 다하려는 듯 임시로 쌓은 둑을 다시 한 번 쭉 둘러보았다. 넙적한 삽으로 둑을 다지고, 가장 위쪽 끝에 있는, 제일 중요한 보호벽 위에 넓은 비닐을 덮어놓았다. 더 이상은 할 수 없었다. 지금 날씨에 맞설 방법은 한 가지뿐이었다. 바다로 뛰어들어 비를 등에 맞으며, 맨몸으로 비를 맞으며 자신의 길을 가는 것. 이렇게 해야만 그는 자신을, 하루를 극복할 수 있었고, 이렇게 해야만 그는 소년이 해변에서 그를 기다리는지, 비바람이 몰아쳐도 소년이 늘 앉아 있던 바위에 올라앉아 그를 지켜보는지 알 수 있었다.

물과 잠의 은총 이상으로 그는 소년의 눈길이 그리웠다.

다시 만날 수 있다는 생각이 그를 부추겼다. 요르게는 재빨리 연장들을 모아 헛간에 가져다두었다. 해를 보고는 아침이 얼마나 진척되었는지 알 수 없었다. 평소보다 약간 늦은 것 같았다. 지금 곧장 길을 나선다면 소년을 너무 많이 기다리게 하지는 않을 것이다.

그는 집으로 들어가 수영에 필요한 것들을 챙겼다. 축축한 공기가 그에게 달라붙는 느낌이 들었다. 요르게는 곧 온몸이 함빡 젖을 터였다. 하지만 그는 망설이지 않았다. 목욕탕 거울 앞에서 그는 한순간 자기 자신을, 빗물이 뚝뚝 떨어지는 우비를 입고 수염도 깎지 않은, 어리석은 늙은 남자와 마주했다. 얼굴에는 진흙이 튀어 있었고, 인상은 날카로웠다.

"너무 일찍 기뻐하지 마라."

그는 거울에 비친 자신을 향해 이렇게 충고했다. 소년이 오늘도 모습을 드러내지 않을 경우를 대비해두어야 했다. 수영기계 위에서 겪어야만 했던 고통에 대한 두려움 때문에, 자신의 목표를 닿을 수 없는 먼 곳으로 밀쳐놓은 물에 대한 두려움 때문에, 그리고 고집스럽게 인상을 찌푸린 몹쓸 노인, 모든 두려움의 중심에 그림자처럼 서 있는 자신에 대한 두려움 때문에 소년은 오지 않을 수도 있었다.

소년은 그 모든 두려움을 떨쳐냈다.

소년은 토마스와 달랐다. 토마스는 매번 결국에는 아무런 성과도 가져오지 않는 순간적인 용기만 지녔을 뿐이었다. 언제나 무언가를 원하고 구걸하기만 했지 진짜로 무언가를 해낸 적은 없었다. 소년은 그를 실망시키지 않을 것이었다. 소년은 질겼다. 다른 모든 사람들보다 훨씬 질겼다. 인상이 험악한 몹쓸 노인을 두려워한다 할지라도, 시간이 흐를수록 두려움이 자라난다 할지라도, 그래도 소년은, 요르게가 아는 소년은 도망가지 않을 것이다. 오히려 그는 두려움의 그림자에게 다가갈 것이다.

요르게의 인상은 더욱더 날카로워졌다.

요르게는 목욕탕에서 나와 마루를 가로질렀다. 현관 옆 벽에 붙은 작은 테이블 옆에서 그는 잠시 멈추었다. 전화기 옆 메모장에는 에스더가 출발하기 전에 써놓은 전화번호가 있었다. 그녀는 벌써 일어났을 터였다. 거의 육십 년 동안 그녀는 그와 함께 일어났다. 그렇지만 수영을 하고 난 다음에 그녀에게 전화할 수도 있었다. 그가 지금부터 소년을 돌보게 되었다고, 그녀가 동의하든 안 하든 사생아는 지금부터 그의 가족이라고 그녀에게 알려야 했다. 논쟁할 필요도 없었다. 그의 결심은 확고했으니까. 이것이 잔치에 대한 그의 복수였다.

그는 열쇠를 놓아두는 접시에서 열쇠를 집어 들어, 스위스 칼이 없으니 갑자기 낯설도록 텅 빈 바지 주머니에 넣었다. 무언가를 빠뜨렸다는 느낌에서 헤어나기 어려웠다. 문을 닫고 빗속으로 나섰다. 두 번이나 쳐다보고 나서야 그는 검은 머릿수건을 쓰고 정원 문 앞에 서 있는 여자를 알아보았다.

루이자 메자.

머뭇거리며 요르게는 한두 걸음 그녀에게로 다가갔다. 더 이상은 갈 수 없었다. 루이자 메자는 그를 꿰뚫는 듯한 눈길로 바라보고 있었다. 힘겨운 밤을 보내고 나서 그가 그녀의 정원으로 찾아갔을 때 그의 고통을 알아보고 치료해주었던 바로 그 눈빛이었다. 다만 지금 그가 맞닥뜨린 이 고통은 어떤 약초도, 어떤 기적을 불러일으키는 차도 소용이 없었다.

그녀가 찾아온 이유는 단 한 가지였다. 그녀는 소년 때문에 여기 온 것이었다.

"아이에게 무슨 일이 생겼나요?"

급류 소리와 줄기차게 쏟아지는 빗소리를 뚫고 그가 물었다. 요르게는 힘겹게 한 걸음 더 다가갔다. 왜냐하면 그녀가 자신이 하는 말을 이해할 수 있을지 확신이 서지 않았기 때문이었다. 그러고 나서야 비로소 그는 루이자 메자의 얼굴에서 차가움과 경멸을 알아보았다. 그녀는 그와 함께 자신의 고통을 나누기 위해 온 것이 아니었다. 그녀의 눈에 그는 그저 아들을 고문하는 사람이었고, 그의 관심은 조롱에 지나지 않았다.

오해.

루이자가 소년의 몸에서 나뭇조각과 상처를 발견했겠지만, 소년은 진실이 무엇인지 말하지 않았을 것이었다. 그녀는 요르게가 자기 아들에게 일부러 그런 것을 했다고 생각했을 수밖에 없었다. 이제야 그는 사태를 제대로 파악할 수 있었다. 하지만 소년과 마찬가지로 그도 그녀에게 무엇이 그들 두 사람을 이어주었는지 제대로 설명할 수 없었고, 설명하고 싶지도 않았다.

그의 유일한 관심은 이것뿐이었다.

"아이는 지금 잘 있습니까?"

하지만 그는 그런 질문을 할 권리도 없었다.

몸을 좀 비켜서면서 그는 루이자 메자를 집으로 청했다. 그렇지만 그녀는 그의 요청을 받아들이지 않았고, 그냥 정원 문 옆에 서 있었다. 그녀는 약초와 식물이 있는 광경을 더 선호하는 것 같았다. 요르게는 그녀를 들어서게 하고, 그녀가 앞장서게 하고, 그녀의 뒤를 따라 정원으로 향했다. 언제나 반 발자국 뒤에서. 그녀는 쏟아지는 빗속에서 화단을 눈으로 살펴보았다.

그녀는 자주 멈춰 서서 비에 꺾인 묘목을 바로 세우고, 겉으로 드러난 뿌리를 다시 묻어주었다. 마치 바로 그렇게 하려고 이곳에 들렀다는 듯이. 그것이 그의 영혼을 읽는 그녀의 방식이었다. 그는 루이자를 그동안 이 정도로 잘 알게 되었다. 그렇지만 그녀가 아주 평온하게 떨어져 나간 하이비스커스 꽃잎 위로 몸을 굽혀 꽃잎에 있는 물방울들을 털어내자 요르게는 인내심을 잃어버렸다. 그는 소년이 어떤지, 상처는 다 나았는지, 몸은 좀 회복되었는지 알아야만 했다. 그에게 많은 비판을 해댈 수는 있었다. 그러나 소년을 걱정하는 그의 마음은 진심이었다.

물론 그는 소년의 이름을 몰랐다. 그는 소년에게 이름을 물어본 적이 없었다. 그리고 누군가와 소년에 대해 말해본 적도 없었다. 그리고 사생아 외의 다른 이름으로 그를 부르는 것도 들어보지 못했다.

루이자의 가혹한 눈길이 그를 향했다. 요르게는 그녀의 눈을 볼 수가 없었다. 그는 소년을 자기 사람으로 받아들이려 했다. 소년을 이미 자신의 아들이라고 여겼다. 하지만 그는 아이의 이름조차 알지 못했다. 그렇기 때문에 소년은 그에게도 언제나 사생아로 남았다.

요르게는 얼굴을 붉힌다는 것이 어떤 느낌인지 잊어버렸다. 물론 그의 피곤한 얼굴은 아무런 색채를 띠지 않을 것이었다. 그는 루이자 메자 앞에서 부끄러웠다. 그녀가 그보다 훨씬 더 당당해 보였기 때문이었다. 그녀는 아들을 걱정하지 않으리라. 그가 아이를 사랑하는 것보다 더 많이 아들을 사랑하고 있으면서도.

"물이 너무 많군요."

그녀는 평가를 내렸다. 그것으로 끝이었다. 그녀의 눈길에는 어떠한 온화함도 담겨 있지 않았다. 그녀는 그와 소년이 다시 만나는 것을 허용하지 않을 터였다. 우연히 거리에서 마주친다면 그들은 빨리, 서로를 쳐다보지도 말고 지나쳐가야 하리라.

요르게는 머리를 숙인 채로 자신의 벌을 받아들였다. 이해하기에는 상실감이 너무 생생했다. 그렇지만 그의 내부에서 깨져버린 모든 것은 이미 한 번 경험을 했던 것이었다.

루이자 메자는 판결을 내렸다. 그리고 그는 그것에 따랐다. 그 이상 그가 할 수 있는 일이 없었다. 살아오는 동안 대부분의 시간이 그랬던 것처럼 요르게는 지금 혼자이기 위해서 많은 것을 내주어야 했다. 루이자는 그 자리에서 조금도 움직이지 않고 계속해서 그를 노려보기만 했다. 비는 끊임없이 내렸고, 그와 그녀를 갈라놓았다가 다시 합쳐놓았다. 어두운 하루의 가장자리에 선 채로 함몰하는 두 사람은 그들의 외로움이 지속되는 동안은 결속될 수 있었다. 그렇지만 요르게는 어떠한 화해도 기대하지 않았다. 그저 이별이 있을 뿐이었다.

강렬한 빗방울이 아무것도 하지 않는 그의 손 위로 떨어졌고, 피곤한 얼굴 위로 흘러내렸다. 그의 생각은 공허로 이어졌고 허무를 자아냈다. 루이자가 가고 나면 그는 허무한 상태에 빠지게 되겠지만, 그녀는 가지 않았다. 그녀는 기다렸고, 그도 기다렸다. 비는 무한한 인내심을 지닌 채 쏟아졌다.

그녀가 계속 그 자리에 있을 수 없다는 생각이 들자 비로소 요르게는 고개를 들었다. 그녀는 피할 수 없는 엄격한 눈길로 아직도 그를 바라보고 있었다. 그렇지만 그는 더 이상 부끄러워하지 않았다. 그것마저도 지나갔다. 그렇게 쓰라렸던, 얼굴을 화끈거리게 했던 감정도 이제는 무덤덤하게 받아들일 수 있었다.

이별이라도 하듯 루이자가 그에게 손을 내밀었다. 그렇지만 그와 악수를 하려는 것이 아니었다. 그녀는 딱딱하고 긴 물건을 그에게 건네주었다. 그는 그것을 곧바로 손에 쥐었다. 그것이 무엇인지 볼 필요도 없었다.

스위스 칼이었다.

"아니에요."

그는 천천히 고개를 저었다.

"이건 이제 제 것이 아니에요."

그렇지만 루이자 메자의 손은 이미 다시 외투 속으로 들어가 있었고, 칼을 돌려받을 만한 자세가 아니었다. 그는 그녀의 얼굴을 보며 소년이 이것을 가져야 하는 이유를 어떻게 설명해야 할지 그 방법을 찾고 있었다. 그가 이름도 모르는 그 애는 이것을 꼭 가져야만 했다. 그를 기념하기 위해서가 아니라 소년 자신의 용기를 기념하기 위해서. 그렇지만 그는 그녀의 눈에서 자존심만을, 신랄하고, 상처받은 자존심만을 보았다. 루이자도 소년도 자신과 같은 낯선 사람에게서는 아무것도 받지 않으리라.

"그 애는 잘 지내요."

그녀가 말했고, 가버렸다.

요르게는 팔을 늘어뜨렸다. 칼은 당연하다는 듯 그의 바지 주머니 속으로 미끄러져 들어갔다. 그곳이 칼의 원래 자리였다. 그렇지만 무언가가 달랐다. 손끝으로 그는 손잡이 옆에서 거칠게 홈이 파인 부분을 감지했다. 그가 모르던 것이었다. 그는 놀라서 칼을 다시 꺼내들고 희미한 빛에 비추어 보았다. 어둡게 변색된 몸체의 가장 바깥쪽 테두리에 누군가 가는 바늘로 무언가 새겨 넣었다. 요르게는 한참 만에 그게 무엇인지 알아낼 수 있었다. 소년의 이름이었다.

다리오 에스테반 메자.

"루이자?"

그는 쏟아져 내리는 빗속을 향해 소리쳤다. 아직은 늦지 않았을지도 몰랐다. 아직은 그녀를 붙잡을 수 있으리라.

"루이자!"

그의 손이 떨렸다. 마치 지금 막 결정적인 발견을 한 것만 같았다. 마치 그가 자신이 한 일이 옳았다는 증거를 손에 쥐고 있는 것만 같았다. 그것은 더 이상 칼이 아니었다. 그는 소년에게 그것을 선물했다. 그의 아버지가 그에게 선물했듯이. 그리고 소년은, 다리오는 그것을 원했다!

요르게는 몇 걸음에 언덕을 올라갔다. 숨도 쉬지 않고 그는 허우적거렸다.

"세뇨라 메자!"

그는 정원 문 높이에서 고개 숙인 그녀의 그림자를 발견했다. 삼십 미터도 채 떨어져 있지 않았다. 그렇지만 그가 그녀에게 가닿기 전에 용기가 그를 떠나버렸다. 그녀에게 무슨 말을 해야 할까? 그가 세상 사람들 가운데 그녀의 아들과 가장 가까운 사람이라고? 소년은 자신과 똑같은 의지를 지녔으며, 그건 그가 평생 원했던 모든 것에 대한 대답이나 마찬가지라고? 소년이 칼을 가지러 돌아올 때까지 기다릴 테고, 소년을 위해서 칼을 지니고 있겠다고?

요르게는 멈춰 서서 칼을 다시 집어넣었다.

"아들을 자랑스러워하셔도 됩니다."

그는 그녀의 등에 대고 소리쳤다. 그것이 그녀의 판결에 대한 그의 판결이었다.

"무척 자랑스러워하셔도 된다고요!"

그는 루이자가 자신의 말을 충분히 들을 수 있을 정도로 큰 소리로 외쳤다. 그렇지만 그녀는 뒤를 돌아보지 않았다.

요르게는 그녀가 빗속으로 사라질 때까지 지켜보았다. 손끝으로 그는 계속해서 칼에 새겨진 글씨들을 매만지고 있었다.

다리오 에스테반 메자.

이제야 그의 이름을 알았다. 그는 그것을 이미 감각만으로도 읽을 수 있었다. 하지만 그렇다고 해서 상황이 달라지겠는가? 소년을 그의 아들로 내어주는 일은 루이자의 자존심이 결코 허락하지 않을 것이었다. 그녀에게 그것을 허락해 달라고 청하는 것을 그의 자존심이 허락하지 않듯이. 이제 바다로 내려가도 소년은 거기 없을지도 몰랐다.

공허가 벽처럼 그의 앞에 버티고 서 있었다.

요르게는 돌아서서 집으로 돌아왔다. 바닥에 수영복이 떨어져 있었다. 문 앞에서 떨어뜨린 수건과 수영복 바지는 완전히 젖어 있었다. 한 순간 그는 꿈이라도 꾸듯이 바다를 눈앞에 그려보았다. 강렬하고 신비로운 바다의 표면을, 변화와 위험을 약속하는 그 흐름을. 하지만 바다는 이제 더 이상 그를 불러들이지 못했다. 이제 그는 소년을 위해서만, 그를 바라보는 소년의 눈길을 위해서만, 두려움을 떨쳐버리려는 소년의 마음을 위해서만 그럴 용기를 낼 수 있었다.

그는 문을 닫았다.

현관을 지나가는 길에 그의 눈길이 다시 탁자 위의 전화와 에스더의 전화번호가 있는 메모지를 스쳤다. 하지만 그는 전화를 하지 않고 지나쳤다. 그는 아무말도 할 수 없을 만큼 지쳐 있었다. 에스더가ㅡ무슨 말을 하고, 어떤 행동을 하든 간에ㅡ그를 둘러싼 이 허무를 채워 줄 수는 없었다.

토마스

그는 여름용 외투를 집에 놔두었다. 장갑과 서류가방, 그리고 그밖에 연습에 사용했던 자잘한 것들 역시. 옷깃에 있던 화장 얼룩은 가벼운 솔질만으로 벌써 거의 사라졌다. 그리고 어제 한 면도는 지금 그에게 자연스러웠다. 토마스는 자신이 상당히 훌륭하다고 생각했다. 하지만 자신이 선택할 수만 있었다면 이런 작은 가족 모임 따위에는 참석하지 않았으리라.

베아테는 애초에 모임이 제대로 될 리가 없다는 식이었고, 또 상황을 늘 그렇게 몰고 갔다. 그 말을 듣자 머릿속에 떠오른 생각은 편안한 장소에서 만나 아무런 압박도 없이 할 수 있는 저녁식사였다. 그러면 누구나 자신이 원하는 음식을 주문할 수 있을 터였고, 리카르다 역시 당연히 초대될 수 있었다. 리카르다는 가족 중에서 유일하게 편견에 사로잡히지 않은 사람이었다. 하지만 베아테는 독단적으로 집에서 점심 식사를 준비하겠다고 정해버렸다. 학교가 끝나는 시간인 오후 한시 삼십분 정각에, 사자굴에서 어머니가 요리를 한단다. 그것은 사보타주에 가까웠다. 어린 시절의 식사에 대한 강박적인 기억을 다시 생생하게 되새겨 주려고 그녀가 벌인 일이 틀림없었다.

리카르다는 점심시간에 시간을 낼 수 없었고, 크리스티안은 다른 사람들처럼 그에게 적대적일 수도 있었다.

토마스는 서둘러서 길을 나섰다. 그는 또 꼴찌로 왔다는 소리를 듣고 싶지 않았다. 그렇지만 반짝이는 햇빛 속에서 새로 산 이탈리아 구두를 신고 거의 삼 킬로미터를 행군하는 것도 그의 기분을 나아지게 하지 않았다. 베아테는 점심식사 이상은 허용할 수 없다고 어머니를 통해서 그에게 전했다. 결국 잔치를 미리 치를 수는 없었고, 적당히 머물러야만 했다. 이 여자는 도대체 무슨 생각을 하고 있는 걸까? 그녀를 다시 만나는 게 그의 가장 큰 소원이라고 생각하나? 코르크 마개를 따고 그녀와의 화해를 축하하는 순간을 그가 더 이상 기다릴 수 없을 정도라도 된단 말인가! 게다가 몰래 어머니와 함께 일을 꾸미고 뒷문으로 가족으로 숨어 들어온 사람은 바로 그녀가 아니었던가.

토마스는 손목시계를 못마땅한 눈으로 내려다보았다. 싸구려 시계.

그는 너무 일찍 왔다.

"아니, 당신은……."

마우저 씨는 앞집에 사는 나이 든 이웃이었다. 그는 예전에 크리스티안을 찾으러 다닐 때 종종 자신을 도와주었다.

"아주 보기 좋아졌구려!"

"아, 고맙습니다. 댁도 좋아 보이시네요."

토마스는 공손하게 대답했다. 그는 마우저 씨가 예전에는 어떻게 보였는지에 대해 생각도 해보지 않았다.

그들은 악수를 했다.

"그러니까, 당신이 여기 다시 나타났군요! 밖에 나가 자유롭게 살아보니 어떻든가요?"

"별로 나쁘지 않았어요."

"이렇게 보게 된다니까요. 이렇게 보게 돼요!"

마우저는 고개를 끄덕이며 인정한다는 듯이 몸을 흔들었다. 그러다가 옷깃에 있는 화장 얼룩에 너무 가까이 다가왔다.

"하지만 당신은 인사도 없이 우리를 떠났어요."

"그게. 아들이 집을 떠난 이후로 아내와 저는 이런 생각을……."

"아, 당신들 완전히 갈라선 건 아니군요?"

"세금 면에서 보자면 그렇죠."

토마스는 주변을 둘러보았다. 순간 그는 근처에 사는 예전의 이웃들과 모두 대화를 나누게 될까 봐 겁이 났다. 여기에 이렇게 일찍 모습을 드러낸 것이 실수였다. 그가 대부분을 집에서 보냈기 때문에 이곳 사람들 누구나 그를 잘 알고 있었다.

마우저는 뭔가 알아내려는 듯 인상을 찌푸렸다.

"장담하건대, 당신한테 젊은 애인이 있을 거 같군요."

"아니에요, 아니에요. 그러기에는 제가 너무……."

그럴 가능성이야 있고도 남았다.

"……바쁘거든요."

"조심해요, 젊은 친구. 당신 부인한테도 늘 얘기하지만 외롭게 살면 안 돼요! 그러면 사람이 이상해진다구요."

토마스는 내키지 않았지만, 마우저 씨 부인이 이미 죽은 사람이 아니었다면 그 부인 역시 이 말에 동의할지 생각해보았다.

"죄송합니다. 저는 지금……."

"하느님은 우리가 혼자 사는 걸 원하지 않아요. 그건 성경에도 나오는 얘기죠."

"아내에게 갖다 줄 꽃을 좀 사야 되거든요."

그는 공원 방향을 가리켰다. 서쪽 입구에 여전히 꽃가게가 있으리라고 기대하면서.

"그럼요, 그럼요, 그렇게 하세요, 너무 늦기 전에. 아직은 그런 선물을 좋아할 때죠."

"다음에 뵈요, 마우저 씨."

그는 보란 듯이 시계를 보며 한숨을 내뱉었다. 그러나 늙은 남자는 그를 바라보지 않았고 지팡이를 짚고서 그냥 그 자리에 서서 앞쪽을 뚫어지게 바라보았다.

"저, 마우저 씨. 다음에 뵐게요."

그가 말했다.

반응을 기다리지도 않고 토마스는 계속해서 걸어갔다. 바닥에 깔린 보도블록까지도 훤히 알고 있는 대문을 지나고, 안마당을 지나쳤다. 안마당에서 풍기는 냄새와 이런저런 소리는 가끔 그의 꿈속으로 찾아들었고, 그래서 잠에서 깨어날 때 그는 자기가 어디에 있는지 잘 모르는 경우도 있었다. 자신의 이름이 쓰여 있지 않은 문패도 지나쳤다.

멈추지 말았어야 했다. 기억이 그의 곁에 바싹 다가와 있었다.

토마스는 바로 눈앞에 닥친 만남에 정신을 쏟으며 집에 돌아왔다는 느낌을 아예 떠올리지 않으려고 애를 썼다. 그는 더 이상 이곳에 살지 않았고 다시 여기 사는 일 또한 없으리라. 한 번 내쳐진 걸로 끝이었다. 베아테는 그를 그저 손님으로 초대했을 뿐이었다.

지금 돌아설 수도 있었다.

한여름의 땀이 솟아난 목은 차갑고 끈적거렸다. 폐에서는 이제 점점 더 위협적인 수준으로 니코틴 결핍을 알려왔다. 토마스는 넥타이와 셔츠 단추를 풀고 싶어서 미칠 지경이었다. 그는 바지 주머니에서 비상시를 대비한 담뱃갑을 더듬거리며 서둘러 찾았다. 다시 시작하지 말아야 했다. 식후에 하나씩 피우는 하루 세 개비의 담배는 의학적으로 필요한 최소 단위였고, 정상적으로도 도움이 되었다. 하지만 베아테가 마련한 일정과 약간 이른 점심 식사로 인해 그의 소화 기능은 벌써 엉망이 되고 말았다. 그래서 그는 아침 식사를 건너뛰고 식후에 피울 담배를 미리 피워버리고 말았다. 그래서 그는 점심 식사 후에 피울 담배를 오늘만 식사 전에 피워도 될지 고민스러웠다. 게다가 나중에 다른 사람들이 옆에 있으면 기회도 없지 않겠는가. 에스터의 부엌에 들어가야 하는 상황을 이겨내기 위해서는 지금 니코틴을 채워두어야 할지도 몰랐다.

그는 허기는 말할 것도 없고 식욕도 전혀 느끼지 못했다. 위가 비었다는 기분이 들었지만 그건 그저 단순히 기분일 뿐이었다.

왜 그녀는 그에게 이런 일을 하는가?

베아테는 이 세상의 누구보다도 그를 잘 알았다. 그녀는 예전에 살던 집을 방문하는 것만큼 그를 저 멀리로 내동댕이치는 일은 없다는 것을 알고 있었다. 다른 사람이 되었다는 걸 증명하기 위해서는 이곳보다 더 적합한 장소는 없을 터였다. 사방에 과거가 잠복해 있었다. 그는 이곳의 돌멩이 하나, 나무 한 그루에 대해서도 세세히 알았다. 여긴 지옥이었다. 그에게는 특별한 지옥 한가운데서 그의 어머니가 점심을 준비하고 있었다.

바지 주머니에 한 손을 넣은 채로 토마스는 이미 셀로판 껍질을 벗겨내고 담뱃갑의 뚜껑을 뒤로 젖혔다. 그는 마치 더럽히면 안 되는 신성한 악기의 건반이라도 되듯 얌전히 늘어선 필터들을 손끝으로 만지작거리고만 있었다. 아직은 아니었다. 그가 신경 써서 뻐끔담배를 피워 베아테와 크리스티안의 예민한 코를 피해간다 하더라도, 먼저 재킷을 벗고 담배를 피우고, 담배를 다 피우고 나서는 페퍼민트 사탕을 먹는다 하더라도, 거리에서 누군가가 그를 알아보고 이웃사람들에게, 토마스가 여전히 줄담배를 피우고 있다고 떠들어댈 위험이 아직 남아 있기 때문이었다.

그는 다른 방법을 떠올려야만 했다.

가능하면 아는 사람들을 만나지 않기 위해 토마스는 반쯤은 그늘로 덮인 반대편 도로로 건너갔다. 누군가가 그를 향해 걸어오면 그는 얼른 쇼윈도로 돌아서서 위험이 지나갈 때까지 견뎠다. 살금살금 지나쳤던 약국에 그로이터 부인이 서 있는 모습이 눈에 들어왔다. 등기소 관리부에서 일하던 직원이었는데, 예전에 그는 그녀한테 아이를 자주 맡기곤 했다. 어느 날 그가 크리스티안한테 사주었던 과자를 그녀가 빼앗는 광경을 목격하기 전까지는. 멜링 씨는 여전히 약사 가운을 입고 직접 일을 하고 있었다. 그가 이사한 후에 분명히 알카 젤처(바이엘에서 판매하는 아스피린의 상품명—옮긴이)의 판매고가 급격하게 줄어들었을 것이다. 이곳에서 눈에 띄지 않게 니코틴 반창고라든지 치료에 효과가 있는 껌을 사기는 불가능했다. 또한 남은 시간 안에 그를 모르는 약국을 찾아 내기도 어려웠다.

이제 고작 이십오 분이 남았다.

베아테의 눈에 띄기 전에 새 시계를 벗어놓는 것을 잊어서는 안 되었다. 그녀는 아마 구두를 보는 순간부터 의심하게 되리라.

한 쌍의 젊은이가 팔짱을 끼고 맞은편에서 걸어왔다. 새로 이사 온 사람일 수도 있었지만, 어쨌든 조심할 필요는 있었다. 주의하기 위해서 토마스는 세컨드핸드 부티크의 그늘로 숨어서 진열해놓은 것들을 감상하는 척했다. 쇼윈도에 비친 그의 모습은 깜짝 놀랄 정도였다. 그는 죽은 사람처럼 창백해 보였고, 이마에는 송글송글 맺힌 땀방울이 반짝거렸다. 게다가 속이 안 좋았다.

마지막 도피처는 노인들이 많이 드나드는 길과 멀리 떨어져 있는 공원으로 가는 샛길이었다. 그는 이 길을 잘 알고 있었다. 왜냐하면 크리스티안이 예전에 덤불 속에 구불구불하게 난 길로 자주 숨었기 때문이었다. 베아테가 수업료를 받아와 기분 전환을 하고 싶어 하면 그들은 늘 아이 손을 잡고 공원으로 가곤 했다. 함께하는 소풍은 교과서에 나온 어떤 교육 방법보다도 훨씬 더 효과가 뛰어났다. 크리스티안은 신선한 공기를 쐬며 맘껏 뛰어놀 수 있었고 도망치는 일도 줄어들었다.

예전에 아들이 숨던 길이 그가 방해받지 않고 담배를 피울 수 있는, 유일하게 숨을 수 있는 공간이 되리라고는 생각지도 못했다. 그는 자신이 처음 폐로 담배를 빨아들이려는 십대처럼 느껴졌다.

담배를 피울 수 있을지도 모른다는 생각에 그는 이미 참기 힘들 정도로 들떠 있었다.

서쪽 입구의 꽃집은 여전히 그 자리에 있었다. 하지만 그는 이제 꽃을 살 시간이 없었다. 토마스는 지금 이 순간 정말로 흔적도 없이 사라지고 싶을 뿐이었다. 크리스티안이 단호하게 앞서 달려가던 그 심정을 지금보다 더 잘 이해한 적은 없었다. 그는 신속하게 공원 안으로 들어가 연꽃이 피어 있는 연못 옆에 빽빽한 숲을 향해 걸어갔다. 그때 마침 재앙이 그를 향해 다가오고 있었다. 도로테아 하셀바흐. 과거의 못된 혼령 가운데 가장 마주치고 싶지 않은 여자였다.

그녀는 반짝이는 붉은빛이 도는 금발 머리를 풀어 내렸고, 푸른 실크 블라우스를 입었고, 책을 한 권 들고 있었다.

토마스는 공원에 막 들어설 때와 같은 단호함으로 돌아섰다. 의식적으로 돌아보지 않았지만 목덜미에 와 닿는 그녀의 눈길이 느껴졌다. 도로테아는 분명히 그를 보았고 그의 뒤에서 오고 있었다. 이제는 그녀를 보고 도망친 것으로 보이지 않도록 그녀를 떼어놓는 수밖에 없었다.

서쪽 입구에 도달했을 때 그는 급히 방향을 바꿔 꽃가게로 들어갔다. 도로테아 하셀바흐는 그가 그곳으로 들어갔을 거라고는 짐작도 못하리라. 그는 불행했지만, 그나마 다행이었다. 그곳에서 일하는 여자들은 누구도 그를 알아보지 못했고, 그래서 그는 안심이 되었다. 그가 여기서 마지막으로 꽃을 산 뒤로 십수 년이 흘렀다. 더군다나 식물원이 아주 가까이에 있었다.

얼마나 숨이 가쁜지 눈치 채지 못하게 하려고 그는 장미 다발에 몸을 숙이고 보드라운 빨간 꽃송이를 마주한 채 잠시 눈을 감았다. 금방 물을 갈아준 싱싱한 꽃향기가 났다. 그가 다시 위를 쳐다보자 젊은 점원이 그를 보며 미소 지었다. 그가 거리 끝에 있는 고서점에서 가죽으로 장정된 하인리히 하이네 비평문 전집을 팔려고 했을 때 도로테아 하셀바흐가 그에게 지어 보이던 바로 그 웃음과 닮아 있었다. 생활비에 일시적으로 생긴 구멍을 메우기 위해 그는 고서점에 당시 지극히 싼값으로, 그래서 어느 정도는 저당이라는 생각으로 책을 맡겨두었다. 그렇지만 고서점상의 생각은 달랐다. 그는 사들인 값의 몇 배를 요구했고, 게다가 직접 그와 부딪혀 부당이득과 관행에 어긋나는 상점 윤리에 대해 싸우기에는 너무 비겁했다. 그 대신에 그는 비밀무기를 보냈다. 보조 점원으로 일하던 여대생 도로테아 하셀바흐였다. 토마스는 그녀에게 엄청난 비난을 퍼부었고, 나중에는 정말 미안하다고, 포도주나 한잔 마시자고 그녀를 초대해야만 했다.

그들 둘은 겨우 한 병쯤 마셨다. 책상 밑에서 발을 서로 건드리지도 않았다. 하지만 마지막에 그녀는 이렇게 말했다.

"당신이 싸우는 방식이 마음에 들어요."

그게 다였다. 그들 사이에 더 이상의 일은 벌어지지 않았다. 그런데 나중에 그녀 집에서 밤을 보낸 것은 원인이 아니라 베아테가 그를 집에서 내쫓아서 생겨난 많은 결과 중의 하나였다. 그렇기 때문에 그의 잘못이 아니었다. 그는 호텔에 갈 형편이 안 되었다.

그러니 붉은 장미를 사지 않아도 문제 될 게 없었다.

"저기 저걸 주세요."

토마스는 발 앞에 놓인 양동이를 가리켰다.

"저기 커다란 데이지요."

"저건 마거리트예요."

점원이 설명했다.

"그렇다고 해서 사지 말아야 할 이유가 있나요?"

그에게는 이 모든 것이 운명의 아이러니처럼 보였다. 그가 이토록 세월이 지난 뒤에 하필이면 당시에 식물원에서 훔쳐 왔던 꽃들보다도 더

밖에서 막 꺾은 것처럼 보이는 꽃을 사고 있다니. 그렇지만 지금은 서둘러야 했다. 그의 일곱 번째 감각이 이곳에 더 이상 머물 수 없다고 알려주었다.

사람들이 그와 도로테아 하셀바흐에 대해 뭐라고 지껄여대던 간에, 그녀가 그에게 어떤 의미가 있었던 적은 한 번도 없었다. 후회하는 남자들이 흔히 말하듯 '나에게는 당신말고 다른 여자는 없소'라는 진부한 말밖에는 베아테에게 해줄 말이 없다는 게 유감이었지만, 그건 진심이었다.

점원은 아주 침착하게 마거리트를 두 단 집어든 다음, 갖은 초록색 잎을 모아서 꽃다발을 만들고 있었다. 그동안 그는 조바심을 내며 기다렸다. 역시 장미를 선택했어야 할지도 몰랐다.

베아테는 자신의 아들의 어머니였다. 그가 살아온 삶이 그러하듯이 그녀 역시 그의 일부였다. 그런 여자는 고를 수도 없고, 바꿀 수도 없었다. 그가 자신의 운명을 원망할지라도 그녀는 그에게 정해진 사람이었다. 이 모든 세월이 지난 뒤에도 베아테는 여전히 어느 여자보다도 그를 격노하게 만들 수 있는 사람이었다. 이것은 그녀에 대한 그의 진심 어린 칭찬이었다. 마거리트 역시 그런 얘기를 하고 있는지도 몰랐다.

"비닐이요 아니면 종이요?"

"네?"

점원은 넓은 두루마리에서 초록색으로 인쇄된 포장지를 잡아당겼다.

"아뇨, 됐어요. 그냥 놔두세요. 멀지 않아요."

그는 돈을 지불했고, 잔돈을 기다리지 않았다. 그리고 막 돌아섰을 때 도로테아 하셀바흐가 가게로 들어섰다. 그는 문 위쪽에 매달린 종소리를 들었다. 그는 숨 막힐 듯한 꽃향기에도 불구하고 그녀의 향수 냄새를 맡을 수 있었다. 그는 너무 당황해서 꽃다발로 얼굴을 가렸다. 그리고 깃 모양의 잎과 꽃송이, 풀들 사이로 그녀를 엿보았다. 그가 잘못 본 게 아니었다. 정말 그녀였다. 도로테아는 여전히 같은 향수를 사용했고, 브래지어는 하지 않았다.

아마도 점심시간인 것 같았다.

"아, 마거리트, 너무 예뻐요."

그녀는 탄성을 질렀다. 이런 엉뚱한 술래잡기 놀이를 끝까지 끌고 가는 게 대단히 즐거운 모양이었다. 토마스가 꽃을 내리고 그녀와 눈길을 마주했을 때 그녀의 갈색 눈에는 아무런 추억의 흔적이 보이지 않았다.

"안녕하세요."

그가 말했다. 그는 "어, 정말 우연이군요"라고는 말하지 않았다. 그게 그의 머릿속에 떠오른 유일한 말이었지만.

"안녕하세요."

도로테아는 고서점상에게 어울리는 미소를 지었다. 그렇지만 그녀는 그를 알아보지 못했고 아무런 감정도 없이 점원에게로 몸을 돌렸다. 그녀는 이렇게 연기를 잘하는 배우는 못 되었다. 아마도 그녀는 그를 기억 속에서 완전히 지워버린 모양이었다. 도로테아 하셀바흐, 잠 못 이루는 밤에 그가 꾼 악몽.

"저기 저 신사분 거하고 같은 걸로 주세요."

막 문가를 지나갈 때 그녀의 말이 들려왔다. 토마스는 비틀거리며 꽃 가게를 빠져나왔다. 한낮의 빛이 그를 눈부시게 했다. 보도의 갈라진 틈에 시선을 고정시킨 채 그는 거리를 걸어 내려갔다. 이따금 누군가가 그에게 인사를 했지만 그는 그저 손을 들어 보이고 계속해서 걸어갔다. 베아테의 목소리가 들렸을 때에야 비로소—그의 이름을 부르는 그녀의 독특한 억양을 다른 사람과 혼동하는 것은 불가능했다 ― 그는 숨을 멈추고 돌아보았다. 그녀는 맞은편 도로에 서 있었는데, 여전해 보였다. 토마스는 침을 삼켰다. 그는 더 이상 집에 돌아왔다는 느낌을 억누를 수 없었다.

"당신이 이럴 거라고는 전혀 생각 못했어요."

그녀는 그가 꽃다발을 손에 들고 거리를 건너오자 이렇게 말했다. 베아테는 미소를 지었다. 그녀의 미소를 얼마 만에 본 것인가.

그는 그저 그녀를 바라보고 서 있었다.

"이런 생각을 하다니! 마거리트는 당신 어머니가 제일 좋아하는 꽃이에요. 어, 조심해요! 주의해야죠!"

그가 그녀에게 꽃다발을 건네주려고 하자 한 발짝 뒤로 물러섰다.

"꽃은 꽃송이가 아래로 향하게 들어야 해요."

그의 양복바지와 이탈리아산 구두에는 물이 묻어 있었다. 토마스는 어깨를 으쓱해 보였다. 지금 그녀에게 꽃을 선물하는 건 불가능했다. 그는 그 순간을 놓쳐버렸다.

"금방 마를 거예요."

그녀가 위로했다.

"어떻게 지내……? 학교는 어때?"

그는 어렵게 말을 꺼냈다. 그는 심지어 담배를 피는 것조차 너무 비참하다는 기분이 들었다. 그러면서 동시에 그녀를 계속해서 볼 수만 있다면, 그녀가 이렇게 자기 곁에 있다면, 다시는 시작하지 않을 수 있다는 확신이 들었다. 그는 집으로 가고 싶었다. 그저 집으로 돌아가고 싶을 뿐이었다. 갑자기 왜 그렇게 하면 안 되는지 이해가 되지 않았다.

"당신이 나한테 그런 질문을 한 거 정말 오랜만이네요."

"당신이 어떻게 지내고 있을지, 많이 생각했어."

그는 그녀를 바라보면서는 말을 할 수가 없었다.

"학교에서."

"매일 똑같지 뭐."

"아, 그래?"

토마스는 이제 팔을 쭉 펴고 꽃과 거리를 두었다. 그녀의 눈길에서 그는 시계를 풀어놓는 걸 깜빡 했다는 사실을 알아차렸다.

"그래. 학생들만 점점 젊어지고 있어."

그녀는 가볍게 웃으면서 말했다. 그녀가 나이를 가지고 농담 삼아 애기하는 것은 처음이었다. 그녀는 시간의 굴레에서 벗어난 사람이었다. 그녀는 영원히 그의 아내였다. 그렇지만 그녀에게 그것을 말할 방법이 없었다. 그들은 거의 대문 앞까지 와 있었다.

"우리 얘기 좀 할 수 있을까?"

그는 수줍게 물으며 멈춰 섰다.

"어머니가 상 차리는 걸 도와줘야 하는데……."

"그건 조금 있다 해도 돼."

그는 결심했다. 그는 당시 정말로 무슨 일이 있었는지 그녀에게 설명해야 했다. 그녀와의 미래가 더 이상 없다 해도 적어도 과거만은 제대로 알려주어야 했다.

"그래도 식사는……."

"식사 때문에 그래?"

그는 그녀의 말을 잘랐다. 그는 강하게 나가야 했다. 그렇지만 베아테는 그의 과격한 태도에 그리 놀라지 않았다. 그녀는 완전히 긴장을 풀고 있었다.

"그래 좋아. 어디로 갈까? 공원?"

"아냐, 아냐. 지금 거기서 오는 중이야. 그냥 저 모퉁이까지 걷자, 응?"

그들은 나란히 걸었다. 그는 순간적으로 그녀의 걸음에서 리듬을 발견했다. 그녀는 가벼운 걸음으로 걷고 있었다. 그들은 몇 년 동안 이렇게 나란히 서서 걸어갔다. 그가 잘못 생각한 게 아니라면, 슬며시 그녀의 손을 잡을 수도 있을 것 같았다. 그녀는 다른 어떤 사람보다도 그를 잘 알고 있었다.

"크리스티안이 당신이 쓴 인사말에 대해서 들려줬어."

베아테가 먼저 말을 꺼냈다.

"그게, 진짜 인사말이라고는 할 수 없지……."

"그 애는 아주 감동을 받았던데."

"그건……."

그가 생각지 못한 일이었다.

"기쁜 일이군."

대문 바로 앞에서 마우저 씨가 그들을 엿보고 있었다. 토마스는 귀중한 시간을 잃게 될까 봐 두려웠다. 그녀에게 자신이 변했다는, 나아졌다는 사실을 증명하기 위해서 그가 필요한 시간을 빼앗기고 싶지 않았다. 그러나 이웃사람이 다리를 절뚝거리며 그들 쪽으로 다가오려고 하자 베아테가 단호하게 말했다.

"나중에 뵈요, 마우저 씨!"

그를 막아 세우는 데는 그것으로 충분했다.

사람이 혼자 지내면 하느님이 좋아하지 않는다는 말을 하기 위해 그들을 지켜보고 있는 노인에게 토마스의 눈길이 머물렀다.

그는 잠시 베아테에게 마우저 씨하고 나눈 대화를 들려줄까 하는 생각이 들었다. 그렇지만 그녀는 그를 다그치듯 앞서 나갔고, 몇 미터 지나자 경고라도 하듯이 그의 귀에 대고 속삭였다.

"아내가 목을 매고 죽은 뒤에 좀 이상해졌어."

그녀의 숨결이 간지러웠다.

그녀는 그의 팔짱을 꼈다.

잠시 토마스는 말을 고르려고 애썼다. 도로테아 하셀바흐와의 일을 이번에야말로 분명하게 정리해서 말해주어야 했다. 그런데 어디서부터 시작해야 할지 도무지 알 수가 없었다. 베아테와 몸을 맞대고 있자니 점차 자신을 변명할 동기가 사라져버렸다. 갑자기, 전혀 예기치 않게 모든 게 바로 이랬어야만 했다는 느낌이 들었다. 그러나 헤어지지 않았다면 그는 결코 그녀의 옆에서 편안하게 걷고 있는 이런 사람이 되지 못했을 것이었다.

말없이, 이미 서로의 생각을 알고 있었다는 듯이 그들은 다음 옆길을 지나 계속 걸어갔다.

할 말이 없었다. 갑자기 그동안 그가 준비했던 시험이 그냥 끝나버린 것만 같았다. 지금껏 살아오면서 처음으로 토마스는 커다란 만족감에 휩싸였다. 아무런 해명도 필요 없었다. 도로테아 하셀바흐가 그를 몰라봤다는 건 그가 더 이상 예전의 그 사람이 아니라는 것을 의미했다.

에스더

그녀는 한 번 더 오븐 앞에 쭈그리고 앉아 오븐 창을 통해 익어가고 있는 소고기 요리를 들여다보았다. 고기 겉이 마르지 않도록 이미 여러 번 고기에서 나온 육수를 끼얹어주었다. 에스더는 특별히 토실토실한 부위를 사려고 정육점을 두 군데나 들렀고 고기를 일단 프라이팬에서 고루고루 노릇노릇하게 익힌 다음, 갖은 양념을 해서 오븐에 넣었다. 이제 두송과 월계수잎, 로즈마린의 향이 고기즙과 섞이고, 약 십오 분 정도 있으면 충분히 익을 터였다. 그때까지는 다 익었는지 확인하지 말고 참아야 했다. 오븐의 열기가 너무 많이 달아나서는 곤란했다.

에스더는 만족스러운 기분으로 꽃양배추를 씻기 위해 개수대에 섰다. 줄기 부분을 자르고 작은 덩어리로 나누어 끓는 소금물에 넣었다. 그녀는 채소를 십오 분 이상은 삼지 않았다. 채소가 너무 연해져 흐물흐물해지는 걸 그녀는 좋아하지 않았다. 꽃양배추는 씹히는 맛이 있어야 했다. 불행하게도 베아테의 집에는 빵가루가 없었다. 요르게는 꽃양배추를 먹을 때 오톨도톨한 알갱이가 씹히는 갈색의 버터 소스를 뿌려먹는 걸 좋아했고, 그 소스를 만들려면 빵가루가 꼭 필요했다. 그녀가 가족 모두를 위해서 요리를 하던 시절의 얘기였다. 하지만 요르게는 여기 없었다. 만약 그가 여기 있었다면 이 식사 자리는 아예 마련되지도 않았을 것이었다.

그녀는 포크로 찔러서 끓고 있는 햇감자가 익었는지 가늠해보았다. 껍질을 벗기는 수고를 덜기 위해 솔로 감자 껍질을 박박 씻었다. 감자는 아직 몇 분 더 익어야 했다. 후식으로는 초콜릿 푸딩과 과일 샐러드를 고를 수 있게 했다.

모든 게 계획대로 흘러갔다. 프라이팬에 기름이 떨어져 지지직거리기 시작한 이래로 최근 며칠간의 흥분은 사라지고 계속해서 손을 움직이는 일만 남았다. 에스더가 가족을 위해서 아니 여러 사람을 위해서 요리를 한 기억은 꽤 오래전이었다. 그래서 가족이 만족할 만한 식사를 준비할 수 있을지 조금은 걱정스러웠다. 몇 년 전부터 그녀는 오로지 요르게만 신경을 써왔다. 요르게는 언제나 거의 같은 것만 먹었다. 그는 실험을 그다지 좋아하지 않았다. 특별한 기분을 원하면 그는 레스토랑으로 갔다. 하지만 거기서도 늘 닭요리 아니면 생선을 주문했다. 집에서는 거의 간단한 요리만 준비하게 했다. 빨리 준비할 수 있고 아무런 즐거움도 없는 요리들이 대부분이었다. 좀더 복잡하거나 심지어 잔치 기분이 나는 요리를 준비할 계기는 전혀 없었다. 그들을 방문하는 사람이 거의 없었으니까.

그는 자신이 무엇을 잃어버리고 사는지 모르고 있었다. 그녀는 그가 그런 경험을 하지 않도록 신경을 썼다.

사라진 것을 복원하기 위해서 에스더는 베아테가 가족 모임보다도 그 점을 더 신경 쓰고 있다는 걸 알면서도 자신이 요리를 하겠다고 고집을 부렸다.

"어머니가 종일 부엌에 서 계실 게 뻔한데, 왜 우리가 모여 앉아서 식사를 해야 하나요?"

그녀는 이렇게 주장했지만, 에스더는 그 말에 동의하지 않았다. 다른 사람의 기분을 조금이라도 맞춰주는 사람이 없다면 가족이 대체 무슨 의미가 있겠는가?

한밤중까지 준비해야 하는 여러 코스의 요리는 에스더 역시 엄두가 나지 않았다. 그렇지만 다같이 먹는 점심식사는 양보하지 않았다. 결국 그녀는 베아테에게 기본적인 몇 가지 음식만 하겠다고, 미리 잔치 기분을 내는 음식은 준비하지 않겠다고 약속해야만 했다.

그러고 보니 어쩌면 가족 모두를 위한 식사가 될지도 모르는 진짜 생일잔치 음식을 낯선 사람의 손에만 맡겨야 한다는 사실이 마음 아팠다. 이런 기회는 다시 오지 않을 터였다. 마음속으로 에스더는 전문가에게 맡긴 식단에다 직접 만든 후식을 한 가지쯤 곁들여 조금은 성의를 내보이리라는 생각을 하며 흐뭇해했다. 토마스가 좋아하는 우유죽을 큰 냄비에 담아내 깜짝 놀라게 할 수 있을 터였다. 그녀는 일단 베아테와 상의해볼 생각이었다. 집에 빵가루도 없는 여자와 그런 의논을 해야 하다니!

감자를 한 번 더 살펴본 뒤에 에스더는 열을 한 단계 낮추고 물을 따라버리기 위해 행주를 잡았다. 베아테는 다른 사람을 위해 존재한다는 것이 무슨 의미인지 알지 못하리라. 그들은 한밤중에 토마스에 대해 그리고 그의 훌륭한 제안들을 어떻게 활용할 것인가에 대해 토론을 벌인 후에 서로 합의를 보았다. 베아테는 자신을 여권론자 게르버 여사로 봐달라고 그녀를 더 이상 설득하지 않겠다고 했고, 에스더는 그녀와 토마스를 연결시키려는 시도를 더 이상 하지 않겠다고 약속했다.

약속을 지키는 건 그녀에게 쉬운 일이었다. 에스더는 간단히 포기했다. 그녀는 베아테와 토마스가, 언젠가 다시 한 쌍이 되는 것은 고사하고 화해하리라는 믿음조차 이제는 갖지 않았다. 그러기에는 이미 너무 많은 일이 벌어졌다. 베아테의 불신은 너무 깊었다. 그녀가 토마스에게서 좋은 점을 발견하는 것은 이제 불가능해 보였다. 그녀가 토마스를 더 이상 자신에게 속한 사람이 아니고, 희망을 가질 만한 사람이 아니라고 인식하는 방식은 요르게의 고집스러움을 떠올리게 했다. 그리고 그녀가 결코 달라지지 않으리라는 걸 에스더는 너무나 잘 알고 있었다. 베아테는 이제 그를 사랑하지 않았다. 그녀가 예전에는 토마스를 사랑했고, 처음부터 그가 달라지기를 원하지는 않았다 해도.

에스더는 감자를 개수대 위에 올려놓은 커다란 채에 재빨리 부었다.

그리고 김이 사라질 때까지 기다렸다. 그러고는 감자들 가운데 하나를 골라 반으로 잘라 눌러보고 맛을 보았다. 감자는 완벽했다.

그녀의 임무는 화해가 아니라 그저 평화로운 공존이었다. 베아테가 토마스의 다른 때보다 많이 노력하고 나아진 모습을 인정하지 않는 단호함을 지켜보면서 그녀는 이 점심식사를 통해 둘이 그저 좋은 이웃처럼 지내는 편안한 사이라도 되기를 간절히 바랄 뿐이었다. 에스더는 이러한 임무 역시 과소평가하지 않았다. 그녀는 서로에게 무한한 인내를 요구하는, 토마스와 요르게가 나란히 앉아 있는 모습을 떠올리는 것만으로도 힘에 겨웠다.

그녀는 감자를 하얀 사기그릇에 담아 조심스레 덮어놓았다. 이렇게 해놓으면 한동안 온기를 유지할 수 있었다.

그러나 그녀는 베아테도 토마스 없이는 행복하지 않을 거라고 확신했다. 처음부터 베아테는 외롭게 사는 자신의 생활에 만족하고 있다는 인상을 그녀에게 심어주려고 애를 썼다. 매일 아침 그녀는 항상 좋은 기분으로 일어났고, 점심 무렵 학교에서 돌아와서는 지친 기색을 드러내지 않았고, 저녁에 붉은 포도주를 세 잔 마신 뒤에도 슬픔이나 우수 속으로 빠져들지 않았다. 함께 지내는 동안 에스더는 한 번도 며느리가 화를 내거나 자기 통제를 못하는 모습을 보지 못했다. 베아테는 큰 소리도 내지 않았다. 토마스 문제로 다툴 때조차도. 그녀는 항상 똑똑하고 금욕적이고 청렴결백한 새머리 모양의 인디언 여자로 머물렀다. 그 어떤 것도 그녀에게서 안정감을 빼앗을 수 없었다. 그녀가 어떤 원칙으로 혼자서도 가장 행복한 여자의 상을 지켜나가는지, 그것은 정말로 눈여겨볼 만했다. 에스더는 감탄하지 않을 수 없었다. 그런 여자는 현실에 없지 않은가.

그녀는 인디언 여자를 날마다 자세히 관찰했고, 그녀가 자신의 속마음을 드러내는 순간을 기다렸다. 쓰레기를 아래로 운반하든, 장봐온 것을 위로 끌고 올라와야 할 때든, 천장의 전구를 바꾸어야 할 때든, 언젠가는 그런 일이 있으리라 생각했다. 그것은 확실했다. 그녀 역시 좌절하고, 사랑받지 못하는, 혼자서 모든 걸 처리해야 하는 자신의 존재를 저주하고 싶은 순간이 올 거라고 생각했다. 에스더는 이 여자를 그리고 그녀의 습관을 정확하게 연구했다. 하지만 그녀는 독립적인 여자의 거짓된 생활에서 아무런 틈도 찾지 못했다. 시간이 지나면서 그녀는 불안해졌다. 그녀는 자신이 불신하는 게 바로 이러한 조화와 단호함이라는 사실을 알았을 때 베아테의 얼굴에서 자족自足의 가면을 벗겨내고 싶었다. 삶은 그런 게 아니었다. 그리고 그렇게 살고자 하는 사람은 아주 강해야 했고, 자기 자신에 대해 무감각해야 했다. 에스더는 그런 사람을 단 한 명 알고 있었다. 바로 그녀의 남편. 그렇지만 남편처럼 사는 건 고독을 상쇄시키는 대가로는 너무 컸다.

베아테는 더 작은 대가를 치르고 거기서 벗어날 수 있다고 믿으면 그렇게 하리라.

빵을 넣어두는 통 가장 뒤쪽 구석에, 여러 개의 회색 빵 조각 사이에 오래된 작은 빵이 두 개 있었다. 그것은 돌멩이처럼 딱딱했고 곰팡이 냄새가 약간 풍겼다. 에스더는 그것을 사용해보기로 했다. 그녀는 곧바로 치즈 가는 강판을 손에 들고 작은 빵을 갈기 시작했다. 어쩌면 빵가루를 만들어서 버터 소스에 넣을 수 있을지도 몰랐다. 아무 맛이 나지 않는다면 언제든지 버리고 대신에 꽃양배추에는 맑은 버터 소스를 뿌리면 될 터였다. 그녀는 누구에게도 남은 음식을 먹으라고 강요하지 않으리라. 요르게가 곁에 있는 것도 아니니 누구도 그녀의 낭비를 비난할 수 없었다.

강판에 갈리는 소리가 나면서 고운 빵가루가 아래로 쌓여 갔다.

에스더의 기분이 좋아졌다. 베아테의 일정한 기분과는 달리 그녀는 심각한 감정의 동요를 겪었다. 그녀는 아주 애를 써야만 겨우 감정을 제어할 수 있었고, 감정을 감추는 것이 자신이 생각했던 것보다 훨씬 더 어려웠다. 그래서 그녀는 마음속에서 베아테와 벌이고 있던 경쟁에서 훨씬 더 힘든 입장이었다. 실은 그들이 서로 약속했다고 해서 문제가 해결된 건 아니었다. 그건 그저 회피였을 뿐이었다. 이제는 토마스가 아니라 그들 가운데 누가 더 제대로 사는가 하는 문제가 더 커졌다. 요르게를 위해서 그리고 가족을 위해서 희생해온 그녀인가? 아니면 자신이 규정한 외로움 속에서 사는 베아테인가?

오늘 같은 날에는 자신이 올바른 선택을 했다는 확신이 들었다. 그리고 결국 며느리도, 자기 친자식들도 가족을 유지시키는 게 얼마나 중요한지 깨닫게 될 거라고 믿었다. 바로 그것이 그녀가 이 식사를 통해 큰 걸음으로 다가가고자 하는 목표였다! 반면에 기분이 안 좋은 날이면 베아테가 자신을 고독 속에 사는 생활로 개종시키려 하는 것처럼 보였다. 그녀는 — 요르게와 함께이든 아니든, 아이들이 있든 없든 — 이미 오래전부터 그렇게 살고 있었다.

에스더는 쐐기 모양의 남은 빵을 손가락으로 부스러뜨리고, 불 위에 작은 프라이팬을 올려놓은 다음 꽤 많은 양의 버터를 떼어 넣었다. 그녀가 보기에 고기는 아주 잘 익었고, 꽃양배추는 아직 오분쯤 더 익혀야 했다. 조금 전에 맛을 본 햇감자가 그녀의 식욕을 돋우었다.

베아테는 이미 오래전에 도착했어야 했다.

버터는 느릿느릿 녹아 황금빛 액체로 변했다. 에스더는 프라이팬에

강판으로 간 빵가루를 뿌리고 점점 밝은 갈색으로 변하면서 버터를 완전히 빨아들일 때까지 저었다. 이렇게 하면 요르게가 제일 좋아하는 음식이 만들어질 테지만, 그는 냄새를 맡을 수도 없는 거리에 있었다.

베아테가 혹시 곧 있을 점심식사를 거부하고 있는 건 아닐까? 결국 '독립적으로 산다'는 건 무엇보다 '혼자 산다'는 걸 의미했고, 의무 없는 삶이란 실은 사랑 없는 삶이었다고 고백해야 하는 게 두려워서?

아니 그럴 리가 없었다. 그녀는 감히 그럴 엄두를 내지 못하리라.

에스더는 버터 소스를 요리하는 불을 제일 낮은 온도로 맞추어놓고, 아쉬운 대로 식탁을 차려놓았다. 벌써 이십오 분이었다. 크리스티안과 토마스는 언제든지 도착할 수 있었다. 베아테는 왜 하필이면 오늘 학교가 늦게 끝났는지 적당한 이유를 찾아내야 하리라.

승리를 확신하며 에스더는 거실로 가서 벽시계의 바늘을 고쳐놓고, 은그릇을 손에 들고 양탄자 위에 나 있는 베아테의 길을 걸어 식탁으로 갔다. 그녀는 촛대를 치우고 베아테가 오늘 아침 접어두었던 식탁보를 펼쳤다. 서랍에서 천으로 된 냅킨을 꺼내 삼각형으로 접어 식기 사이에 놓아두었다. 그러고는 한 걸음 물러서서 소박한 하얀 그릇들을 흐뭇한 눈길로 바라보았다.

베아테의 집에서 보낸 시간은 참으로 행복했다. 이제 와서 베아테가 모범을 보인 대로 그녀가 자유와 자립을 즐기지 않았다고 한다면 그것 또한 거짓이었다. 그녀는 충분히 즐거웠다. 과부인 척한 이 작은 여행은 그녀에게 도움이 되었다. 그렇지만 에스더는 이 시간이 끝나가고, 자신이 다시 질서를 불어넣는 삶으로 되돌아가는 것 또한 즐거웠다. 그녀는 식탁보를 한 번 더 반듯하게 매만지고 위에 불쑥 솟은 부분을 잡아당겨 제대로 폈다. 부엌에서는 식욕을 자극하는 고기요리와 허브 양

넘 냄새가 풍겨왔다.

갑자기 모든 게 아주 쉬워 보였다.

막 꽃양배추를 살피러 가려할 때 갑자기 전화가 울렸다. 에스더는 어깨를 움찔했다. 전화는 절대 받지 않으리라. 토마스나 크리스티안이 거절하기 위해 전화했을 수도 있었다. 그녀는 그 어떤 변명도 듣고 싶지 않았다. 그녀는 전화기 옆에 꼼짝 않고 서서 자동응답기가 작동할 때까지 지켜보았다. 하지만 아무 말 없이 전화가 끊겼다. 다만 아주 먼 곳에서 파도 소리와 숨소리만 들려왔을 뿐이었다.

약간 이상한 기분이 들긴 했지만, 에스더는 부엌으로 돌아와 야채 냄비를 불에서 내렸다. 꽃양배추는 아주 잘 익었다. 너무 딱딱하지도 너무 연하지도 않았다. 고기 요리도 이제 거의 다 익어가고 있었다.

만약 전화를 건 사람이 요르게였다면?

그들은 최근에 삼분 이상 통화하지 않았다. 그것도 일상적인 것만 말하고 묻는 데 그쳤다. 그녀는 그에게 이곳에서 무슨 일이 벌어지는지 설명할 수 없었다. 그가 직접 보아야 했다. 곧 모든 게 드러날 거야. 그녀는 이런 생각으로 길게 설명할 수 없는 자신을 합리화시켰다. 사실 그녀는 그에게 토마스에 대해, 집수리 과정에 대해 말하고 싶지 않았다. 요르게는 거기에 대해 뭐라고 비난할 게 뻔했다. 토마스가 리카르다의 변호사 사무실에서 일하고 싶어 한다는 얘기는 더더욱 할 수 없었다. 에스더는 그것들을 다 털어놓아서 자신의 희망을 날려버리는 짓은 결코 하고 싶지 않았다.

하지만 요르게는 그녀가 뭔가 속이고 있다는 걸 충분히 알아차릴 수 있을 정도로 그녀를 너무 잘 알았다. 그런 이유 때문에 그녀는 그와 짧게 통화했다. 그의 침묵을 끝내기 위해서.

그녀가 그에게 모든 것을 말해버릴 위험이 너무 컸다. 언젠가 그녀는 그에게 토마스에 대해서, 거의 배반이나 다름없는 이 식사에 대해서, 그녀가 그를 스페인에 남겨둔 이래로 매시간 얼마나 큰 배반을 저질렀는지에 대해서 다 말할 수밖에 없으리라. 왜냐하면 그녀는 그녀가 여기서 다른 삶을 살았고, 그가 없이도 이렇게 기분이 좋다는 걸 숨길 자신이 없었다. 그녀는 자신이 떠들어댈까 봐 겁이 났다.

그녀는 그가 두려웠다.

한순간 에스더는 냄비와 접시를 들고 멈춰 서서 귀를 기울였다. 벽시계의 째깍거리는 소리 외에는 아무 소리도 들리지 않았다. 그녀가 이제 와서 말도 안 되는 행동을 할 수는 없었다. 그렇다고 그가 한 번 더 전화한다는 것도 불가능했다. 그가 전화한다는 것 자체가 불가능한 일이었다. 요르게는 전화를 싫어했다. 그녀와 살아오면서 그는 한 번도 그녀에게 전화를 한 적이 없었다. 그러나 그는 그의 등 뒤에서 벌어지는 모든 일을, 배반을 특별한 육감으로 알아채고 있을 터였다. 현관에 놓인 테이블 위에 그녀가 혹시 무슨 일이 있을 경우를 대비해서 남겨놓은 베아테의 전화번호가 있었다. 그가 그 전화번호를 돌리는 일은 없겠지만, 그렇다고 그럴 가능성을 완전히 배제할 수는 없었다.

고기는 이미 충분히 익었다.

에스더는 오븐 문을 열어놓고 일단 열기가 빠져나갈 때까지 기다린 다음, 김이 솟아오르며 맛 좋은 냄새를 풍기는 고기가 담긴 냄비를 조심스레 꺼냈다. 입맛 돋우는 갈색에, 풍부한 즙 그리고 두송 빛 검은 즙 속에 잠긴 온갖 양념이 더해져 마치 요리책을 펼쳐놓고 있는 것 같았다. 그녀는 그것을 자르기도 아까웠다. 그렇지만 겉보기엔 괜찮아도 안심할 수 없으니 고기 자르는 칼로 잘라보았다. 고기는 속까지 잘 익었다. 이런 훌륭한 요리는 꽤 오랜만이었다. 그러나 에스더는 작은 조각으로 잘라서 맛볼 생각은 결코 없었다. 그녀의 식욕은 이미 사라졌다.

그녀는 당장 스페인으로 전화해서 요르게가 전화기 옆에 있는지 알아내고 싶었다. 그러나 그가 아직도 손에 수화기를 쥐고 있다 하더라도, 그가 전화로 계속 그녀를 귀찮게 할 생각을 갖고 있다 하더라도, 몇 분 전에 그녀가 그랬듯이 그도 전화를 받지 않을 수도 있었다. 그들의 유일한 차이는, 그는 그녀가 전화를 걸었다는 사실을 정확하게 알고 있다는 것이었다.

그녀는 남편을 그리워하지 않았다. 그가 없어도 그녀는 잘 지내고 있었다. 그것이 그녀의 마음을 아프게 했다. 하지만 양심의 가책은 누구에게도 도움이 되지 않았다. 지금은 자신의 자유를 즐길 최상의 시간이었다. 그녀에게는 며칠밖에 남지 않았고, 결국 모든 건 금방 지나갈 테니까.

벨이 울렸다.

순간 에스더는 숨을 멈췄다. 그렇지만 그것은 전화가 아니라 초인종이었다. 그녀의 가슴이 뛰었다. 그녀는 부엌에 있는 시계를 쳐다보았다. 정확히 삼십 분. 그녀가 초대한 손님이 분명했다. 이제 다 잘될 거야.

에스더는 재빨리 손을 씻고 앞치마를 벗어놓고 문으로 갔다. 문을 열기 전에 그녀는 잠깐 현관에 걸린 거울을 보며 머리를 매만졌다. 그리고 현관문을 열었다.

밖에는 요르게가 서 있었다. 젊은 시절의 그가.

"초대해주셔서 고마워요, 할머니."

그가 그녀에게 인사를 하며 종이로 포장하고 리본으로 마무리한 커다란 꽃다발을 건넸다.

그가 들어섰다. 그녀는 그를 바라보았다.

"마거리트를 좋아하셨으면 좋겠어요. 어머니가 할머니께서 제일 좋아하는 꽃이라고 했는데."

"그럼."

에스더가 끄덕였다.

"고맙구나."

그녀는 십 년, 아니 십이 년이 넘도록 손자를 보지 못했다. 그 당시 손자는 대학생이었고 상당히 어두운 인상을 풍겼다. 그런데 지금은 말쑥한 남자가 그녀 앞에 서 있었다. 다시 살펴보니 요르게하고 닮은 점이 그다지 눈에 띄지는 않았다. 반듯한 이마, 약간 튀어나온 광대뼈, 날카로운 콧대는 손자를 강하고 단호해 보이게 했다. 크리스티안이 그녀를 바라볼 때 풍기는 엄격함도 마찬가지였다. 그는 요르게의 눈을 가졌다. 하지만 그는 미소를 지을 줄 알았다.

"제가 제일 먼저 온 거예요?"

그가 물었다. 에스더는 조금 수줍어하며 고개를 끄덕였다.

"우리 부모님은 정말, 그럴 줄 알았다니까요!"

더 이상 들어오라고 그녀가 청할 필요도 없이 그는 현관을 지나 거실로 들어섰다가 다시 나왔다. 그녀는 여전히 꽃을 들고 문가에 서 있었다.

"할머니 혼자서 이 일을 다 하도록 놔두었단 말이에요?"

에스더는 그가 집 안을 어쩌면 저렇게 잘 알고 있는지 순간 깜짝 놀랐다. 그가 이 집에서 자랐다는 사실을 그녀는 잠시 잊고 있었다.

"뭐라고? 미안하구나……."

"제가 뭘 도와드릴까요?"

크리스티안은 그녀를 바라보며 부엌 쪽으로 눈길을 던졌다.

"아냐, 아냐. 준비는 다 끝났어. 그냥 앉으렴. 네 어머니가 곧 돌아올 게다."

"아버지는요?"

그는 부엌문으로 사라졌다.

"물론 올 거야."

접시가 달그락거리는 소리를 들으며 그녀는 퍼뜩 정신이 들었다. 그녀는 아직도 잘 움직여지지 않는 몸으로 부엌으로 들어섰다. 크리스티안은 이미 큰 접시 네 개를 장에서 꺼냈다.

"정말 맛있어 보이는걸요!"

크리스티안은 고갯짓으로 소고기를 가리켰다. 그러면서 접시를 거실로 나르기 위해 다시 밖으로 나갔다. 좌우로 움직이는 그의 걸음걸이는 그녀에게 낯익었다. 걸어갈 때 어깨를 살짝 올리는 자세도. 물론 그는 요르게보다 불안하고 인내심이 없어 보였다. 하지만 그는 요르게보다 오십 년이나 젊었다.

"뭘 마실 거예요?"

그가 묻는 소리가 들려왔다.

"붉은 포도주지."

그가 다시 부엌문에 나타났다.

"그게 좋으세요?"

"그래."

그녀가 단호하게 말했다.

"짙은 색 고기에는 어두운 색 포도주가 어울리지."

그녀는 그와 토마스에 대해 말하고 싶지 않았다.

"할머니 좋으실 대로 하세요."

그는 가운데 부분이 불룩한 잔을 네 개 찾아서 빛에 비추어보고는 식탁 위에 올려놓았다. 에스더가 꽃다발 포장을 완전히 벗겨내기 전에 그가 다시 돌아왔다.

"개수대 옆에 꽃병이 있어요. 잠깐만요!"

그는 그녀에게서 꽃다발을 받아 포장을 벗기고 꽃병에 꽂은 다음 물을 담았다.

"크리스티안."

그녀가 말했다. 그 이름은 아주 어렵게 그녀의 입 밖으로 나왔다.

"내가 그 정도로 늙지는 않았단다."

그는 놀랐다는 듯이 멈춰 서서 처음으로 삼 분간 가만히 서 있었다. 그녀를 바라보는 그 모습은 정말로 요르게라 해도 좋았다.

"죄송해요. 운전을 했더니 아직 몸이 좀 덜 풀려서요. 그런데……."

그는 불만스럽다는 듯 손을 들어올렸다.

"저는 방송을 하고 나서 시내를 이십 분이나 미친 듯이 달려왔는데, 하루 종일 별일 없는 부모님은 왜 아직 안 오는 거죠?"

그제야 비로소 그녀는 그가 화가 나 있다는 걸 알아차렸다. 그리고 그 모습에서 화가 난 요르게를 보았다. 이러한 몸짓 역시 그녀는 오래 전부터 알고 있었다. 저런 분노를 겉으로 드러내는 장면은 그리 드문 일이 아니었다. 하지만 크리스티안은 벌써 미소를 짓고 있었다.

"죄송해요."

요르게한테서는 볼 수 없는 미소였다.

안정을 찾은 그는 마거리트를 거실로 가져가 뚜껑 달린 책상 위에 올려놓았다. 에스더는 꽃양배추와 감자를 들고 그를 따라갔다.

"두 사람이 올 때까지 고기는 그냥 냄비에 놔두자."

그녀가 결정했다.

"일단 좀 앉아."

"사실 저는 다섯 살 이후로 부모님을 기다리는 버릇을 버렸어요."

크리스티안은 맥이 빠졌다는 듯 뽀로통한 얼굴로 항의했다. 그 모습은 손자를, 장남의 장남을 아주 잠깐만, 그것도 특별한 계기가 있을 때만 볼 수 있었다는 사실을 그녀에게 상기시켜주었다. 그와 단 둘이 있는 건 처음이었다. 그런데도 그가 얼마나 친숙하게 다가오는지, 그녀는 이해하기 어려웠다. 그녀의 기억이 그를 속속들이 알고 있었다.

에스더는 가까운 친척 사이에 하듯 그의 오른쪽에 앉지 않고 연인처럼 맞은편에 앉았다. 그가 더 이상 말을 하지 않은 뒤로, 아니 스스로 일을 찾아서 한 뒤로, 그는 약간 당황한 것처럼 보였고 믿을 수 없을 만큼 어려 보였다. 그녀는 경험이 있는 여자였다. 그녀는 이 모든 것을 이미 체험해서 알고 있었다.

대화가 그녀에게는 쉬웠다. 그녀에게는 늘 그게 더 쉬웠다. 그녀가 요르게를 사귀던 그때도 그랬다. 그녀는 스페인에 대해서, 개집의 수리에 대해서, 다가올 잔치에 대해서 약간 떠들었다. 별 다른 어려움 없이 그녀는 침묵이 생기지 않게 하는 기술을 발휘했고, 상대방에게 정확한 순간에 대답을, 의견을 유도해낼 줄도 알았다. 그녀는 너무 많은 말을 하지 않도록 주의했다.

크리스티안의 얼굴이 요르게와 무척 닮긴 했지만 그렇게 강인한 인상은 아니었다. 요르게의 맞은편에 앉아서 그가 자신의 손을 잡으리라는 것을 알았던 그때와 같았다. 아무것도 감추지 않을 것처럼 보였다. 그녀는 시간이 흐르면서 점점 더 강하게 드러나게 될 모든 특징을 다시 알아보았다. 그것들은 이미 그녀를 겨누고 있었다. 다만 아무것도 모른다는 듯 순진한 표정과 불확실한 약속만 달랐을 뿐이었다.

　그것은 요르게의 얼굴이었다. 다만 그토록 많은 세월이 흐른 뒤인 오늘은 다르게 읽혔을 뿐이었다. 그때, 그녀가 사랑에 빠졌던 진정한 이유는 그의 불굴의 의지 때문이었다. 그녀를 그토록 감동시켰던 겸손은 그의 냉정함이었다. 그 냉정함에 눌려 모든 게 죽어갔다. 그의 눈길에 담긴 예민한 감정은 그의 잔혹함이었다. 에스더는 손자의 눈을 바라볼 수가 없었다. 이 순간 그녀는 그녀의 실망과 잃어버린 희망의 전모를 알 수 있었다. 그녀는 요르게에게 아무런 비난도 하지 않았다. 그것은 그의 잘못이 아니었다. 그는 그녀를 결코 속이지 않았고, 자신의 모습 그대로를 보여주었다. 문제는 그녀였다. 그녀는 그녀 자신에게 속았을 뿐이었다.

　그녀는 갑자기 자신의 침묵을 의식했다.

　크리스티안 역시 아래쪽을 바라보고 있었다.

　"할머니께서 아버지한테 잔치 인사말을 해달라고 부탁하셨다면서요?"

　그는 냅킨을 접어 손가락 사이로 돌렸다.

　"아버지가 원고에다 뭐라고 썼는지 아세요?"

　에스더는 고개를 저었다. 그녀 자신에게. 그녀는 그와 토마스에 대해 말하고 싶지 않았다.

　"모르겠는데."

　그녀는 정말로 알지 못했다.

　"할머니께서 반대하시지 않는다면 잔치 때 제가 할아버지를 위해 인사말을 하고 싶은데……."

　그는 주먹 관절을 냅킨으로 감싸 꽉 움켜쥐었다. 에스더는 그를 바라보았다.

"할머니께 허락해 달라고 정식으로 청하고 싶어요."

"물론이지, 그런데……."

어떤 이유에서인지 모르지만 그녀는 웃을 수밖에 없었다. 믿을 수 없었다.

"넌 할아버지를 잘 모르잖아."

"전 아버지를 알아요."

크리스티안은 따라 웃지 않았다. 당연히 그녀는 토마스가 생일잔치 인사말을 그의 아버지를 공격하는 데 이용할 수도 있다고 생각했다. 그러나 그가 감히 하지는 못할 거라고 생각했다.

"어떤 얘기든……."

그녀는 천천히 말했다.

"다 다른 면을 갖고 있단다."

크리스티안이 그녀에게 겁을 줄 수 있다고 믿었다면 그건 그의 착각이었다.

"아버지가 어떤지 잘 아시잖아요. 제가 하지 않으면 인사말은 없을 거예요. 아시죠?"

그녀는 전혀 예상치 못한 얘기에 깜짝 놀랐고 문득 질투심마저 느꼈다. 그렇다고 쉽게 굴복할 생각은 없었다. 그동안 그녀 역시 충분히 강해져 있었다. 이제는 그의 얼굴에 대고, 요르게의 얼굴을 마주 대하고 할 말을 할 수 있을 것 같았다.

"네가 옳다고 생각하는 걸 하렴."

그는 그녀가 얼마나 의존적이고, 남의 말을 잘 듣는 사람이라고 생각할까?

"문제는……."

크리스티안은 구겨지고 쥐어 짠 냅킨을 옆으로 치웠다.

"이 잔치가 얼마나 진실을 견딜 수 있느냐 하는 거예요."

"무슨 진실을 말하는 거니?"

그가 그것을 잘 알고 있다면, 왜 그는 그녀에게 말하지 않는 걸까? 왜 잔치까지 기다리는가? 왜 그때까지 속이고 있는가?

"잠깐만요."

크리스티안이 갑자기 고개를 돌렸다.

"뭔가 좀 타는 냄새가 나는데요……?"

"어이쿠 이런."

에스더는 자리에서 벌떡 일어났다.

"버터 소스!"

그녀는 부엌으로 달려갔다. 연기가 퍼져 나가고, 눌어붙은 버터에서 캐러멜 같은 냄새가 났다. 에스더는 프라이팬을 불에서 내리고 불을 껐다. 그리고 주걱으로 막 엉겨 붙은 빵가루를 저었다. 맨 밑은 벌써 새카맣게 타 있었다.

"제기랄!"

크리스티안은 고개를 돌려 할머니를 쳐다보았다.

"먹을 수 있을까요?"

그녀는 한숨을 내쉬었다.

"아니, 안 될 거 같다. 이걸 만들려고 얼마나 노력했는데."

그녀는 울고 싶은 심정이었다.

"모두 버려야 하다니!"

"잠깐만 봐요!"

크리스티안은 할머니 손에서 프라이팬을 빼앗아 들고 말했다.

"위쪽은 아직 쓸 만한걸요."

물론이다. 그녀가 어떻게 그걸 잊겠는가. 그는 결코 버리지 않는다!

"이건 식탁에 올릴 수 없어."

그녀는 무뚝뚝하게 말했다. 그렇지만 크리스티안은 그녀를 신경 쓰지 않고 아직은 그럭저럭 먹을 만한 빵가루를 긁어모아 오목한 접시에 담았다.

"꽃양배추에다 빵가루 들어간 버터 소스를 올려 먹는 걸 제가 참 좋아하거든요."

순간 에스더는 할 말을 잃었다. 마치 요르게의 메아리가 그녀를 바보로 만들기 위해 울려오는 것만 같았다.

"자, 더 기다리지 말고 우리끼리 시작해요!"

그가 말했다. 그는 그릇을 밖으로 들고 나갔다. 그러더니 고기를 가져가려고 다시 돌아왔다.

"네가 감히 그런 판결을 내려도 된다고 생각하는 거니?"

에스더는 속삭였다. 그러나 대답을 기다리지는 않았다. 다시 만난 순간부터 그녀를 맴도는 질문은 다른 것이었다. 그녀가 다시 젊은 시절로 돌아간다면, 그녀가 요르게와 함께 살거나 아니면 자신의 길을 가는 것 중에서 선택을 할 수 있다면, 요르게가 그녀에게 청혼했던 그때처럼 지금 이렇게 맞은편에 앉아 있다면, 그녀는 지금과 똑같은 선택을 할까?

그녀가 자리에 앉자 크리스티안은 고기를 크게 썰어 접시에 놓았다. 그러고 나서 고기와 감자, 꽃양배추를 자기 접시에 던 다음 소스를 충분히 끼얹었다.

"할머니도 좀 드실래요?"

그는 그녀에게 접시를 건네주었다.

"아니, 됐어."

에스더는 눈을 감았다. 그녀는 배고프지 않았다.

"넌 그 사람하고 아주 많이 닮았단다. 알고 있니?"

"누구하고요?"

그녀는 그가 칼과 포크를 달그락거리는 소리를 들었다. 짧고 정확한 칼질.

"네 할아버지 말이다."

"그렇지 않길 바라요."

그녀는 그가 자신을 웃기려고 하는 말인지 살펴보기 위해 그를 바라보지 않았다. 그녀는 다만 이렇게 말했다.

"진짜야, 정말 닮았어."

그녀는 평생 그를 붙잡으려고 노력했다. 그의 강한 면을 부드럽게 하고, 그의 외로운 결정을 전달하고, 그의 거친 면을 완화시켜주는 게 자신의 의무라고 여겼다. 그녀는 가족이 해체되고, 모두 그에게 등을 돌리는 걸 원치 않았다. 하지만 어쩌면 그녀가 그의 편을 들고, 그의 앞에 서서 아이들에게 등을 돌렸기 때문에 그녀가 원하지 않은 결과가 되었는지도 몰랐다. 그녀는 오래전에 그와 헤어졌어야 했는지도 몰랐다.

"괜찮으세요?"

그녀는 그를 바라보며 고개를 끄덕였다. 그러고 나서 그녀는 아주 단호하게 말했다.

"생각해봤는데……"

"그래요, 인사말 얘기겠죠."

크리스티안은 서둘렀다. 마치 위협적인 반대 의견이 나오기를 기대하는 듯했다.

"물론 양쪽을 다 보려고 노력할 거예요."

요르게를 보호하는 건 이제 그녀의 문제가 아니었다. 자식들과 손자들이 그를 비난하거나 항의하지 못하도록 말릴 생각도 없었다. 그녀는 인사말이 겁나지 않았다. 그녀는 자신이 해야 할 말, 결정적인 한마디를 이미 알고 있을 뿐이었다. 그녀는 잔치 때까지 기다리지 않으리라. 그녀는 그에게 말할 것이다. 그것도 오늘. 그게 먼 곳에서 들려오는 파도소리와 그의 호흡 소리만 전해주었던 그 전화에 대한 그녀의 대답이었다.

"스페인으로 다시 돌아가지 않을 게다."

그녀는 이 문장이 늦었다는 것을 알고 있었다. 이 말을 하는 데 너무 오랜 시간이 걸렸다.

"다시는 그 사람한테로 돌아가지 않을 거야."

크리스티안

뭐라고? 돌아가지 않는다고?

그렇다면 요르게와 헤어지겠단 말인가? 남편을 떠나겠다고? 여기 이 방, 지금은 아니지만 그의 방에서 계속 살겠다는 소리인가?

크리스티안은 이 생각을 끝까지 밀고 나가는 것도 엄두가 나지 않았는데 하물며 동의하는 것은 생각할 수도 없었다. 그는 자신이 할 수 있는 한에서 대화 주제를 바꾸어버렸다. 그는 실은 반대로 말하고 있을 뿐이라고 짐작하면서, 그 말을 그녀의 변덕으로 받아들이고 충분히 숙고해서 내린 결정이 아니라고 생각할 작정이었다. 에스더의 놀라운, 가끔은 변덕스러운 편들기에 대해서는 아버지가 원고에서 충분히 일러주었다. 그는 그녀가―그래야 하는 일이 있을 때마다―매번 더 강한 사람의 편을 들었다고, 자식들 편이 아니라 요르게 편을 들었다고 썼다.

다른 생각을 하기에는 이제 너무 늦어버렸다.

그의 부모가 이제 모습을 드러낼 때가 되었다. 아버지가 늘 변명으로 끌어대는 대학에서 말하는 십오 분(독일 대학의 경우 수업을 정시에 시작하지 않고 십오 분 후에 한다―옮긴이)을 적용한다 하더라도, 늘 삼십 분 늦는 것까지 감안한다 하더라도 벌써 이 자리에 있어야 했다. 하지만 크리스티안은 애써 시계를 바라보지 않았다. 그는 에스더를 다시 불안하게 할 생각이 없었다. 생일잔치의 인사말을 자신이 맡겠다고 말한 것으로 이미 충분했다.

그는 오늘 만남을 다르게 상상했다.

그의 맞은편에 앉아 있는 사람은 가족이 할아버지 댁을 방문했을 때의 할머니가 아니었다. 그녀는 유머가 풍부하고 사람들을 좋아하는 여자가 아니었다. 그의 어머니와는 반대로 먹을 게 필요하면 언제나 달려갈 수 있었던, 아버지와는 반대로 언제나 믿을 수 있었던 그 사람이 아니었다. 그때 그는 할머니를 자신의 비밀스런 동맹군이라고 생각했다. 아버지가 그런 동맹을 방해했다는 건 알고 있었다. 어쩌면 그게 부당한 것은 아니었을지 몰랐다. 이게 바로 토마스가 그 당시 몇 번이나 문제 삼았던 신뢰에 대한 기만이었는지도 몰랐다.

그렇지만 그의 추억도, 아버지의 묘사도, 자신이 한 요리를 뒤적거리고 있는 이 노부인에게 적합하지 않은 것 같았다. 구역질이라도 난다는 듯이 그녀는 접시에 담긴 고기를 이리저리 휘젓고 있었다. 고기는 약간 질기긴 했어도 그래도 가운데 부위는 썩 괜찮은 편이었고, 양념도 잘되었다. 할머니를 생각해서 그냥 먹기로 한 약간 눌은 버터 소스에서는 좀 쓴맛이 났고, 재처럼 보이기도 해서 암에 걸릴 위험이 있어 보이긴 했다.

그도 역시 오래전에 식욕을 잃었다. 하지만 할머니가 마음에 걸려서 그는 먹을 수밖에 없었다. 지금 할머니 상태로 봐서 힘줄이 있는 고기와 딱딱해진 꽃양배추 줄기 그리고 그가 남긴 빵가루 소스를 다 내던져 버릴 것 같아서 그는 걱정이 되었다. 그는 접시를 싹 비웠다.

할머니는 칠십 대 여자로 보기에는 놀랍도록 고왔다. 미소로 만들어진 입가와 눈가의 자잘한 주름은 인간적인 척도로는 이해하기 힘든 유머의 흔적들이었다. 예전에는 아름다웠을 거라고 짐작할 정도는 아니었지만, 할머니의 얼굴에는 여전히 사랑스러운 소녀다운 면이 남아 있었다. 감탄스러울 만큼 생기 있고, 활기찬 얼굴이었다. 할머니는 늙어 보이지 않았다. 다만 그녀는 조금 혼란스러워 보였다.

어쩌면 그가 할머니의 말을 오해했는지도 몰랐다. 잔치 때까지 스페인으로 가지 않겠다는 소리였는지도 몰랐다. 그녀가 "결코 다시는"이라고 말했던가?

그녀가 이 주제에서 멀어지면 멀어질수록 그는 자신이 잘못 들었을지도 모른다는 생각에 확신을 가졌다.

크리스티안은 리카르다에 대해 말을 꺼냈다. 리카르다는 한편으로는 가족에 속하면서도 다른 한편으로는 에스더에게 그다지 큰 감정적인 부담을 주지 않을 유일한 사람이었다. 그는 그녀가 다시 요르게에 대해 말하지 못하게 하려고 애를 썼다. 인사말에 대해서는 다시 언급하지 않을 생각이었다. 그녀의 허락이 꼭 필요한 일은 아니었다. 다만 그녀가 어떻게 반응하는지 보고 싶었을 뿐이었다. 그리고 그는 지금 그것을 보았다.

사실 그는 지금 낯선 사람과 앉아 있는 것이나 다름없었다. 그가 그 사람에 대해서 알고 있는 거라곤, 그녀가 친척이라는 것, 그것도 기겁할 만큼 가까운 친척이라는 것뿐이었다.

"토마스가 최근에 리카르다가 일하는 변호사 사무실에서 일자리를 얻기 위해 면담을 했다는구나."

에스더가 침묵을 깼다. 천천히 정신이 드는 모양이었다. 그녀는 정신을 차리려고 무진 애를 쓰고 있었다.

"거기서 아주 좋은 인상을 남긴 것 같아. 리카르다한테 들었지? 거기서 일할 가능성이 거의 팔십 퍼센트는 된다고 하던데?"

리카르다는 그런 면담에 대해서 그에게 한마디도 하지 않았다. 하지만 그는 에스더에게 반론을 제기할 엄두가 나지 않았다. 그녀의 표정이 차츰 밝아졌다.

"법률 서류를 주고받는 일이 많으니까 도와줄 사람이 필요하겠지. 명망 있는 변호사 사무실에서 아무나 보낼 수도 없는 노릇일 테고……."

"아…… 그렇죠."

크리스티안이 긍정해주었다. 쓴맛을 떨쳐버리기 위해서 그는 감자를 몇 개 더 먹어치웠다.

"게다가 내용 면에서 조금 어려운 일도 있을 거야. 도서관에서 처리할 일이라든지 연설문을 완성한다든지, 토마스의 대학교육 지식을 활용할 수 있는 일들 말이야. 그의 능력에 비해 너무 떨어지는 일이 아닐 수도 있어. 네 생각은 어떠니?"

그녀의 얼굴이 아주 환하게 빛났다.

"제 생각에는 리카르다가 아주 마음에 들어하는 것 같아요……."

그는 즉흥적으로 살짝 지어냈다. 그래야 에스더가 다시 고민에 빠지지 않을 테니까. 그는 이제야 아버지가 다른 사람들까지 우울한 기분으로 끌고 들어가는 불행한 습관을 누구한테서 물려받았는지 확실하게 깨달았다.

"…… 그리고 그게 아니더라도, 리카르다는 토마스의 직업적인 능력도 능력이지만 인간적인 면을 높이 사는 것 같아요."

이건 어쩌면 조금은 지나친 포장일지도 몰랐다. 하지만 이 순간 그는 다른 선택을 할 수가 없었다. 그는 적어도 할머니가 자기 때문에 심장 마비에 걸리는 일은 원치 않았다.

"그쪽에는 친절한 동료가 많지 않대요. 리카르다한테 물어보세요."

"고기를 더 먹지 그러니."

할머니는 아무런 관련도 없는 얘기를 꺼냈다. 그는 아까부터 열심히 고기를 씹어 삼키고 있었다. 그러나 할머니는 고기 덩어리 한가운데 벌어진 회갈색의 틈을 지나칠 정도로 오래 뚫어져라 바라보고 있었다. 그래서 크리스티안은 괜찮다고 말할 수 없었다. 그을린 빵가루 소스를 제외하고는 거의 다 먹어 치웠는데도 말이다. 제대로 일이 되었다면 그는 이미 오래전에 그릇을 치울 수도 있었다.

"그러니까, 리카르다가 한 말을 제가 제대로 이해했다면……."

그는 어쩔 수 없이 계속해서 얘기를 지어내야만 했다.

"아직 단언할 단계는 아니지만 어쨌든 아버지한테는 구십 퍼센트의 기회가 있다고 봐요!"

그렇지만 에스더는 더 이상 신경 쓰지 않았다. 그녀는 다시 무지갯빛 소고기 힘줄에 대한 슬픔에 빠져 있었다. 더 많아진 주름들, 늘어진 근육, 물렁물렁한 연골에 생각이 미치자 크리스티안의 눈에 눈물이 고였다.

그의 거짓말은 아무런 효과도 없었다.

순간 그는 포기해야겠다는 생각이 들었다. 그의 부모가 평소에 보여준 정확성으로 봐서는 그가 그들의 구원을 받으려면 아직 많이 기다려야 했다. 아마도 커피를 마실 때쯤에야 비로소 어슬렁거리며 나타날지도 몰랐다. 그동안 그는 여기서 정서적으로 꽤나 불안정한 할머니한테 붙잡혀 할아버지와 헤어지겠다는 생각을 흘어놓느라 위를 다 버리고 말 것이었다. 물론 그냥 지금 자리에서 일어나 이곳을 떠날 이유를 수십 가지는 댈 수 있었다. 그렇지만 아버지가 바로 이런 상황에 처했다면 아무리 늦어도 지금쯤은 항복하리라는 생각이 들자, 그는 이 구역질 나는 상황을 극복할 것이고, 계속 먹을 수도 있다는 생각이 들었다.

대담하게 — 거의 격노한 채로 — 달려들어 손가락 굵기로 고기를 썰고, 한입에 넣을 수 있는 크기의 감자를 두세 개 집고 반쯤 익은 꽃양배추를 줄기째 한 국자 덜었다. 그러고는 의자를 더 가까이 끌어당겨 완강한 고깃덩어리에 덤벼들었다. 조금 전에 먹었던 것과 똑같이 보일뿐더러 마찬가지로 질기고 억셌다. 계속해서 크리스티안은 이렇게 말해야 했다. 이건 자신이 착각할 정도로 닮았을 뿐, 조금 전의 그 고기 덩어리는 아니라고. 물론 마음속 깊은 곳에서는 바로 그게 자신에게 내려진 벌이라고 확신했다. 그는 죽은 소고기 덩어리를 끊임없이 삼켜야만 하는 저주를 받았다.

아버지의 원고에서 할아버지, 할머니에 대해 읽고 난 뒤에 그는 그저 화가 나거나 분통을 터뜨린 것만은 아니었다. 그건 그 어떤 것보다 흥미로웠다. 크리스티안은 아무 행동도 하지 않고 바라보기만 하는 이 여자가 누구인지, 평범한 사내아이라면 누구나 실패할 수밖에 없는 과제를 부여하고 의무를 지워줌으로써 아버지가 아들을 체계적으로 망쳐놓는 일이 어떻게 가능한지, 그런 게 무척 궁금했다. 무엇이 단호한 태도를 취하지 못하도록 할머니를 막았을까? 크리스티안은 훌륭한 저널리스트로서 이런저런 주장을 자세히 살펴야 하고, 여러 비난을 상대적으로 평가해야 한다고 판단했다. 그렇지만 그는 동시에 한 남자의 상像에 매혹되었다. 자신의 아들이 얼마나 가치가 없고 자격이 없는지 증명하기 위해 자신의 모든 것을 거는 아버지라니. 그리고 이 여자는 그것을 허용했다.

혐오와 관심이 섞인 불편한 감정으로 그는 이곳으로 왔다. 그러나 그의 호기심은 그 사이에 완전히 사라졌다. 그는 할머니에게 동정을 느낄 거라고는 꿈에도 생각하지 못했다. 하지만 상황이 그랬다. 그녀가 요즘 남편과 남편의 잔혹함에 대해서 어떤 입장을 보이는지, 뒤늦게 남편을 변호하려는지 아니면 재판하려는지, 여전히 남편의 편을 드는지 아니면 갑자기 남편과 헤어지려고 하는지는 더 이상 중요한 문제가 아니었다. 모든 건 그렇게 간단하지가 않았다.

하지만 그런 것이, 이렇게 불명확하고 혼란스러운 것이 바로 가족이었다. 크리스티안이 과거에 파고들면 들수록, 자신이 인사말을 해야 할 사람들에 대해 더 잘 알게 되면 될수록 그들의 모습은 더욱 혼란스럽기만 했다. 그의 인사말은 하나도 정리되지 않았고, 오히려 점점 더 미궁 속으로 빠져들었다. 그는 약자 편을 들어야 한다는 도덕적 확신에서 출발했다. 그렇지만 차츰 그는 무엇이 약자이고 무엇이 강자를 의미하는지 점점 더 알 수가 없었다. 그가 지키려고 했던 모든 것은 거짓이고, 일방적이고, 피상적인 것으로 드러나 버렸다.

이해하면 할수록 그는 점점 더 아무런 판결도 내릴 수 없는 입장이 되었다.

그의 가족은 그가 그렇게는 되고 싶지 않았던 자신의 모습을 떠올리게 했다. 더 이상 처음 사태를 파악하기 시작할 때처럼 그렇게 주관적이고 확신에 찬 태도를 지닐 수가 없었다. 심지어 늘 당황스러운 모습만 보였던, 수많은 시간을 헛되이 책상에 앉아 보냈던 아버지의 말조차 이해되기 시작했다. 아버지는 자신의 삶을 지배하지 못했고, 오히려 삶의 지배를 받아왔다. 차츰 크리스티안은 — 할아버지 할머니는 거의 모르고 지내왔지만 — 자신 역시 지금 글로 표현하려 했던 그 표본의 일부에 지나지 않는다는 사실을 깨달았다.

그는 그들의 자손이었다. 그가 그 모든 다리를 끊었음에도 불구하고, 그는 거기서 벗어나지 못했다.

그의 어린 시절은 기본적으로 이 세 사람의 가족으로 이루어졌고, 그리고 짧게 끝났다. 베아테와 토마스는 이른 바 그가 인정해야 하는 유일한 권위자였다. 그래서 그가 의존하고 있는 대상은 한눈에 알아볼 수 있었다. 그들은 그에게 거의 말을 하지 않았고, 종종 서로 부딪혔다. 그에 상응하듯 그의 불안한 마음은 커져만 갔다. 크리스티안은 부모님을 기다리고, 의존하고 싶지는 않았다. 그의 미래 계획에서 그들은 아무런 역할도 하지 않았다. 그는 자신의 힘으로 서고 싶어서 더 이상 기다릴 수 없었다. 게다가 베아테와 토마스는 자신들 문제로 충분히 바빴다.

대부분의 핵가족이 그렇듯이 그들은 어느 순간부터 서로를 방해하지 않고 지내려 노력했다.

기억에 남아 있는, 정말 기절할 것 같았고, 어찌 해야 할지 몰랐던 순간들은 한 손으로 셀 수 있을 정도였다. 이제 와서 돌이켜보니 그야말로 몇 번 되지 않았다. 부모님이 그를 데리러 오는 것을 잊어버렸고, 혼자서 집으로 가는 길을 몰랐기 때문에 한밤중에 차가 많이 다니는 도로에 서 있었던 적이 몇 번 있었다. 아버지가 지키지 않았던, 나중에는 기억조차 하지 못했던 약속이 몇 번 있었다. 어머니의 교육적 실험은 그를 학생처럼 대할 때 가장 잘 드러났는데, 아마도 어머니는 그의 여가 시간을 끝나지 않을 나머지 공부 시간으로 바꾸고 싶었으리라. 그때는 그런 일들이 마음에 들지 않았다. 그러나 이 모든 일은 시간이 흐르면서 점점 견딜 만해졌다. 그가 성장을 서두르면 서두를수록 그런 일들은 견디기 쉬워졌다.

사실 그는 '어린 시절'에 대해 말하는 것 자체가 지나친 과장이라고 생각했다. 그것은 엄청나게 오래전 얘기이기는 했으나, 그리 오랜 기간은 아니었다. 그런 생각을 하지 않은 지도 벌써 꽤 되었다. 그러나 그는 지금 여기 이렇게 노부인과 마주앉아 있었다. 그녀의 모습을 통해서 다시 아버지의 슬픔과 마주했다. 그리고 여전히 그는 아무런 힘이 없었다. 크리스티안은 아무리 노력해도 — 이런 노력으로 재빨리 그리고 민첩하게 삶 속을 헤치고 다녔지만 — 그녀를 도울 수 없었다. 그 사이에 그는 거의 모든 의문에 대한 대답을, 거의 모든 문제에 대한 대답을 알아냈다. 그런데도 그의 가족이 평생 끌어안고 사는 우수와 침묵의 그림자가 말썽을 부릴 때에는 그때나 지금이나 어찌해야 좋을지 알 수가 없었다.

갑자기 대화조차도 힘겹게 느껴졌다. 말과 씹는 동작 사이에 점점 더 많은 침묵이 끼어들었다.

크리스티안은 갑자기 빠른 속도로, 자신이 억지로 떼어놓았던 어린 시절로 돌아간 듯한 느낌이 들었다. 방금 전까지만 해도 거의 의식조차 하지 못했던 어려움들과 장애물들이 갑자기 극복할 수 없는 문제로 드러나 있었다. 마치 누구의 방해도 받지 않고 마음대로 들여다보고 관리했던 그의 삶의 조감도를 잃어버린 것만 같았다. 그의 모든 가능성, 화려해 보이는 미래에 대한 전망은 갑자기 줄어들어, 그가 아직은 자신을 방어할 수 없었던 그 시절에 그에게 상처를 주었던 몇몇 사람들의 영향을 여전히 받고 있다는 느낌이 들었다. 그들이 바로 그에게 진짜로 영향을 끼쳤던 유일한 사람들이었고, 여전히 자신에게 막강한 영향력을 발휘한다는 사실을 그는 고백해야만 했다.

아빠, 엄마, 왜 안 오시는 거예요?

그는 오래전에 일을 마쳤을 리카르다한테 전화를 해야 한다는 생각을 문득 떠올렸다. 그러나 이 집은 더 이상 그의 머리대로 움직여주지 않았다. 그는 전화가 놓인 뚜껑 닫힌 책상까지 다가갈 수도 없었다. 의자를 뒤로 밀고 의자 다리 사이의 가로대에 올려놓은 다리를 움직이는 것조차 불가능했다. 그 대신에 크리스티안은 팔꿈치를 식탁 위에 올려놓고 왼손 주먹으로 턱을 괴었다. 그리고 오른손에 쥔 포크를 아주 천천히 입으로 가져가면서도 먹기 위해 턱을 움직이지도 않았다. 그러나 씹기 위해서는 머리를 통째로 움직일 수밖에 없었다.

그는 에스더의 질책하는 듯한 눈길을 알아차렸다. 하지만 달리 어쩔 수가 없었다. 그는 자신이 몹시 조그맣게 느껴졌다.

무의미했던 일요일 오후에, 피할 수 없었던 산책을 하고 나서 부모님과 식사를 해야 했던 그때의 기분이 들었다. 그는 놀기에는 너무 게을렀고, 꿈을 꾸기에는 너무 힘겨웠다. 아무 의욕도 없이, 배는 부르고, 절망스러운 기분으로 의자에 쭈그리고 앉아 있는 그의 내면에서는 아무런 동요도 일어나지 않았다. 그는 다만 어떤 상태에 있었고, 거기에 머물렀을 뿐이었다. 그렇게 내버려두지 않으려는 그 자신의 질책들은 아무 소용이 없었다. 그는 이 상태가 그 자신보다도 훨씬 더 오래되었고, 어딘가 멀리서부터 왔다는 것을 알고 있었다. 그것은 가족이었고,

깊숙이 빠져들면 빠져들수록 벗어나려고 기를 써야 하는 정글이고 늪이었다. 끊임없이 그를 가까이 끌어당기며 옭아매는 그물이었다. 그것은 후베란트였다.

부모님은 오지 않으리라. 이제 확실했다.

포도주를 마시자고 그가 제안했다. 크리스티안은 할머니가 식기를 옆으로 치우고 병을 가지러 부엌으로 가자 기뻤다. 그녀는 음식에 손도 대지 않았다.

씹는 소리 사이로 할머니가 포도주 병마개를 따는 소리가 들려왔다. 그는 복잡한 일을 자신이 하지 않아도 된다는 사실에 안도했다. 그는 너무 힘이 들었다. 할머니가 돌아와 그의 잔을 채워주자, 그는 고마운 마음마저 들어 할머니를 향해 미소를 지었다. 그는 여전히 더 덜어놓은 음식과 전쟁 중이었고, 최대한으로 천천히 그저 씹고 있을 뿐이었다. 포도주를 마시면 나머지는 그냥 삼켜버릴 수 있었다. 그는 자세를 꼿꼿이 하고 그의 할머니가 자기 잔을 채울 때까지 기다렸다. 심지어 공손하게 할머니한테 건배를 청했다. 그는 리오하를 크게 한 모금 들이켜서 아까부터 어금니로 열심히 씹어대던 가죽 같은 고깃덩어리를 삼켜버렸다. 그러고는 즐거움을 가장한 신음 소리를 냈다. 그는 접시에 남아 있는 마지막 고기를 될 수 있는 대로 조그맣게 잘라서 충분한 술과 함께 씹지 않고 그냥 덩어리째 삼키려고 했다. 차는 두고 가야 했다. 지금은 아무것도 해낼 자신이 없었다.

"꼭 만나보고 싶구나, 너의 리카르다 말이야."

그의 할머니가 오래전에 끊어졌던 대화의 끈을 다시 이어나갔다.

"토마스가 나한테 칭찬 많이 했단다⋯⋯."

크리스티안의 아주 깊숙한 곳에서부터 질투심이 끓어 올랐다. 그렇지만 다른 감정들처럼 이것 역시 지나갔다.

"그러죠."

그가 말했다.

"그녀가 너하고 동갑이니?"

크리스티안은 포도주를 한 모금 더 마시고 나서 여자 친구는 자신보다 두 살 어리다고 말했다. 그는 대화가 어디로 흘러갈지 알고 있었다.

"그 애가 아이를 원하지 않니? 아니면 다른 계획이라도 있는 거니?"

에스더는 갑자기 깨어나라는 키스를 받은 것처럼 보였다. 할머니는 드 후베란트 가족에게 있는 온갖 고민을 갑자기 그에게로 넘겨주었다. 그녀는 지금 활기에 넘쳐서 그가 전혀 예기치 못한 심문을 시작했다.

"리카르다는 지금 중요한 소송을 맡고 있어요. 지금 일하고 있는 변호사 사무실에서 동업 제의를 받을 수 있는 중요한 시기예요."

크리스티안은 알고 있는 얘기를 건성으로 들려주었다.

"다른 건 지금 그리 중요하지 않아요."

리카르다가 어떤 결심을 했든 그건 다른 사람들과는 상관없는 일이었다.

"그저 나는 너희들이 너무 오래 끌지 않았으면 하고 바랄 뿐이란다."

"저, 그 얘기는……."

그는 더 이상 듣고 싶지 않다는 듯 손사래를 쳤다. 이 순간 그에게는 지금 있는 가족만으로도 충분했다.

"하지만 난 다른 애들이 나를 먼저 증조할머니로 만드는 건 싫구나. 넌 장남인데도 네 사촌이 너보다 먼저 아이를 낳아도 상관없다는 거니?"

"그런 거에도 경쟁이 있다니 전혀 뜻밖이네요."

이 말은 그의 생각보다 훨씬 더 쌀쌀맞게 들렸다. 크리스티안은 사과하기에는 너무 기운이 없었다. 사실 너무 지쳐서 싸울 힘도 없었다. 남편을 떠나려고 마음먹은 여자가 하필이면 가족계획 문제로 그를 다그치다니, 정말이지 말도 안 되었다. 그러나 누가 에스더의 모순을 꾸짖을 수 있겠는가?

"네 여자 친구를 꼭 한 번 만나보고 싶구나."

그녀가 되풀이해서 말했다. 마치 그녀가 리카르다를 직접 만나서 아이를 낳으라고 격려라도 할 것처럼 들렸다.

"그 사람한테 전해줄게요."

크리스티안은 잔을 비우고 접시를 밀어놓았다.

아마도 이 가족은 그냥 이렇게 사멸하는 게 최선일지도 몰랐다. 크리스티안은 그들 모두 더 이상 보고 싶지 않았다. 자신과는 아무 상관도 없는 일에 끼어드는 할머니, 무분별한 여성 편력 외에는 아무것도 이루지 못한 아버지, 세상을 개선하겠다는 야욕에 불타 주변 사람들을 잊어버리는 어머니. 왜 이런 비참한 상태가 뻔뻔하게 지속되도록 문제의 사슬에 새 고리를 끼워야만 하는가? 왜 아이를 낳아야 하는가? 아마도 요르게는 가족 가운데 다음 세대 그리고 그후에 일어나는 모든 일이 아무 쓸모가 없다는 걸 깨달은 유일한 사람인지도 몰랐다. 그래서 모두에게 등을 돌리고 있는 건지도 몰랐다.

"이제 가봐야겠어요."

그는 말하면서 자리에서 일어났다.

이 가족 안에서 태어날 아이는 처음부터 아무런 기회가 없었다.

"아직 후식도 안 먹었잖니? 초콜릿 푸딩하고 과일 샐러드가 있는데……"

에스더가 곧바로 자리에서 일어나 현관까지 그를 따라 나왔다.

"죄송해요."

그는 중얼거리며 보란 듯이 시계를 두 번이나 들여다보았다.

"점심 잘 먹었습니다."

한 번도 돌아보지 않고 크리스티안은 마당으로 뛰어 내려갔다. 신선한 공기를 마시며 그는 약간 휘청거렸다.

대문에서 가볍게 삐걱거리는 소리가 났다. 부모님이 맞은편에서 다가오는 모습이 보이자 그는 뭔가에 찔린 듯이 그들을 매섭게 노려보았다. 베아테와 토마스는 아주 친밀한 모습으로 들어섰다. 그녀는 손에 꽃다발을 들고 있었고, 그는 그녀의 가방을 어깨에 메고 팔로 그녀의 어깨를 감싸고 있었다. 크리스티안은 잠시 그대로 멈춰 서서 눈을 비비고, 다시 한 번 자세히 바라보았다. 그들이 맞았다. 여느 때는 전혀 볼 수 없었던 편안하게 서로 하나가 된 모습이었다. 토마스가 재빨리 팔을 뒤로 감추었다.

그의 부모 또한 그 자리에 멈춰 서서 조금은 당황한 듯 미소를 짓고 있었다. 그들은 무슨 얘기를 꺼내야 할지 잘 모르겠다는 표정이었다. 하지만 그들이 무슨 말을 하든 그는 듣고 싶지 않았다. 그는 그들의 사과에 관심이 없었다. 다시 화해했다는 얘기도, 그들이 가져다준 혼란스러움에 대해서도 마찬가지였다. 그는 그런 것들에 이미 질려 있었다. 크리스티안은 그저 도망치고 싶었다. 가족이라는 혼수상태에서 그는 너무 오랫동안 잠들어 있었다. 명료하고 목표가 분명하고 성공적인 자신의 삶으로 그는 돌아가고 싶었다. 부모님이 야기한 이런 혼란스런 감정으로는, 그리고 이미 오래전에 그럴 권리가 사라졌던 이런 친밀감을 가지고는 더 이상 아무 것도 할 수 없었다. 그는 거기에 속하지 않았고, 그의 얘기도 더 이상 그들의 얘기가 아니었다. 그는 오늘을 살았지 그들처럼 과거를 살지는 않았다.

그는 인사도 없이 그들을 스쳐 지나갔다. 그리고 최대한으로 애를 써서, 이제 가야 한다고, 벌써 너무 늦었다고, 나중에 전화하겠다고 중얼거리듯 내뱉었다. 부모님이 그림책에서 보듯 문가에 서서 그의 모습을 지켜볼지도 모른다는 두려움에 그는 뒤돌아볼 엄두도 내지 못했다. 다정하게 팔짱을 끼고, 함께 미소를 머금고, 연민과 사랑을 담은 눈길로 이렇게 말할까 봐 두려웠다.

"봐, 저기 우리 애가 가고 있어. 끝없이 노력하는 우리 아들 말이야. 크리샨, 귀여운 개구쟁이. 그래, 지금은 그냥 놔두자고. 진짜 행복은, 진짜 만족은 뭔가를 성취하는 데 있는 게 아니라, 자신이 사랑하는 사람들 안에 있다는 걸 저 애도 곧 알게 될 거야……."

그들은 언제나 그를 알고 있었다.

화가 나서 그는 차를 몰고 갈까 하는 생각까지 했다. 하지만 크리스티안은 차를 세워놓고 시외전철역 방향으로 달려갔다. 그러다가 그는 곧바로 나오는 역으로 가지 않고 화를 식히기 위해 공원 반대편 역까지 뛰어가기로 했다. 달려가는 중간에 그는 잠시 멈춰 서서 그를 유심히 바라보던 행인에게 인사를 했다. 혹시 그가 기억하지 못하는 예전의 이웃인지도 모른다는 생각이 들어서였다.

연꽃 연못 바로 앞에서 방향을 틀어 곧장 예전의 후문 쪽으로 향했다. 아무도 만나고 싶지 않았다. 그는 모든 눈길로부터 벗어날 수 있어서 기뻤다. 그런데 그가 그동안 길을 잃어버린 건지 아니면 길이 바뀐 건지, 그는 계속해서 같은 자리를 맴돌고 있었다. 나중에는 계속 곧장 앞으로 걸어가서 넓은 산책길이 나올 때까지 교목 아래 자라난 소관목이나 잡초를 헤치고 가야 했다. 그가 자신의 위치를 파악할 때까지는 꽤 오랜 시간이 걸렸다.

피곤하고 혼란스러운 기분으로 크리스티안은 시외전철역에 도착했다. 노선도를 그려놓은 안내판 유리에 비친 자신의 모습을 보고 그는 깜짝 놀랐다. 몇 군데 잡초에 쓸린 자국이 보였다. 셔츠와 바지에도 이끼와 축축한 나뭇잎이 조금씩 묻어 있었다. 마침 잔돈이 없었는데, 차표 자판기는 그가 집어넣은 종이돈을 뱉어냈다. 뒤쪽에서 기차가 붕하고 떠나는 소리가 들려왔다. 그는 시간이 있었다.

옆에 있는 자판기에서 소용없는 씨름을 한 번 더 하고 나서 그는 근처 매점으로 갔다. 동전만 바꾸려 했는데, 그는 신문의 머리기사를 보고 말았다. 오늘 아침 방송에서 그가 상세히 다루었던, 요즘 화제를 불러일으키고 있는 무의미한 주제들이 너무 기가 막혀서 시선을 뗄 수가 없었다. 그는 뭐가 문제라는 건지 더 이상 이해할 수 없었다. 아니, 제대로 이해했던 적이 없었다. 왜 이렇게들 난리를 치는 걸까?

이 문장들 가운데 어느 하나도 그가 오늘 하루를 견뎌낼 수 있도록 도울 수는 없었다.

매점 점원이 못마땅하다는 듯 그를 위아래로 훑어보자, 그는 나중에 전철 안에 놓고 내리게 될 싸구려 가판신문을 하나 집어 들었다. 그러고는 차표를 끊고, 유모차를 앞에 놓고 열차를 기다리는 두 어머니 옆에 섰다. 다음 기차가 올 때까지는 아직 십 분 정도 남아 있었다. 그런데 이 분이 지나자 아이들이 울기 시작했다. 아무도 신경에 거슬리지 않은 모양이었다. 어머니들은 —아마 그보다 강한 신경으로 무장되었겠지만— 유모차를 약간 흔들어주는 것 외에는 아무 행동도 하지 않고 계속 수다를 떨었다. 당연히 그는 당장 선로의 다른 쪽 끝으로 가서 설수도 있었다. 그러나 크리스티안은 갓난아이의 울음소리를 어느 정도 견디는 것이 자신의 의무라고 생각했다. 그가 여기서 몇 분도 견디지 못한다면 아이에 대한 그의 희망은 완전히 끝날 판이었다. 차에 탈 때 그는 다른 칸으로 갔다.

기차는 흔들거리며 달리기 시작했다. 그는 손가방을 꽉 움켜쥔 나이 든 할머니 옆 자리에 앉았다. 중간쯤에서 어린 사내아이가 어머니의 계속되는 경고를 무시하고 걸음마를 시작했다. 그 애는 크리스티안 앞에서 멈춰 서더니 그를 빤히 바라보았다. 이 칸에서 그가 유일한 성인 남자인 것 같았다.

"안녕!"

그는 친절하려 애쓰며 억지로 미소를 지어 보였다. 그러나 아이는 눈을 더 동그랗게 뜰 뿐이었다. 그러다 기차가 다음 역에 서자 크리스티안이 미처 잡아주기도 전에 아이는 균형을 잃고 바닥에 뒤통수를 꽝 찧고 말았다. 차 안에 타고 있던 사람들이 이쪽을 쳐다보았다. 어머니가 우는 아이한테 야단을 치는 동안에 저 뒤쪽에 떨어져 있던 뚜껑 없는 유모차에 탄 여자 아이가 연대감을 느꼈는지 함께 울기 시작했다.

크리스티안은 안정을 찾기 위해 신문을 읽는 척했다. 언젠가 자기 아이의 울음소리는 다른 아이의 울음소리와는 전혀 다르게 들린다는 얘기를 들었거나, 읽었던 기억이 떠올랐다. 그러나 그는 그 말을 믿기가 어려웠다. 기가 꺾인 그는 샴쌍둥이 분리 수술에 관한 기사를 읽는 데 몰두하려 애썼다.

그가 눈을 떴을 때는 이미 한 정거장이 지나 있었다. 그는 차에서 내렸다. 반대 방향으로 가는 기차를 기다리지 않고, 그냥 남은 거리를 걸어서 가기로 했다. 아무리 어렵더라도 그는 자신의 자유를, 잠재적인 총각 생활을 포기하려면 무엇을 희생해야 하는지를 충분히 생각하지 않았다고 리카르다에게 고백해야만 했다. 그렇다고 다시 돌아갈 수는 없었다. 그들은 결국 그를 손에 넣었다. 그들은 그들이 원하는 곳으로 그를 끌어들였다. 그는 가족이라는 함정에 빠졌다.

그의 차가 있어야 할 빈 주차장에 막 도착했을 때 태양은 이미 집들 사이로 깊숙이 내려앉아 있었다. 크리스티안은 술에 절고, 씻지 않아 더러운데다 녹초가 되어 있었다. 조심조심 집 안으로 들어선 그는 일단 이를 닦기 위해서 살그머니 목욕탕으로 들어갔다. 소고기와 붉은 포도주는 입 안에 텁텁한 느낌을 남겨놓았다. 리카르다에게 인사하기 전에 그는 그 흔적을 반드시 지워버리고 싶었다.

그녀의 칫솔이 없었다. 크림 역시. 화장품 가방과 작은 소품 가방도 보이지 않았다. 마치 그가 자유를 돌려받기를 절실하게 원하기라도 한 것 같았다.

크리스티안은 두 손으로 물을 받아 얼굴에 대고 두드린 다음, 그녀를 찾아 나섰다. 서재 문을 열자 그 앞에 펼쳐놓은 여행 가방이 눈에 들어왔다. 어쨌거나 리카르다는 여전히 거기 있었다. 기분 좋은 표정으로 그녀는 컴퓨터 앞에 앉아 있었다.

"잠깐만, 금방 끝나!"

그녀는 큰 소리로 말하고 나서 다시 빨려 들어갈 듯 모니터를 뚫어지게 바라보다가 환호를 지르며 주먹을 내밀었다.

"와우! 리플렉스 카메라를 이베이에서 백오십 유로에 샀어. 이건 거의 선물이나 다름없다니까!"

크리스티안은 왜 그녀가 갑자기 그런 사진기를 필요로 하는지 골똘히 생각해보았다. 지금까지 그녀에게는 휴가지에서 찍은 즉석 사진 몇 장이면 충분했다. 책상 위에는 하늘색 표지의 책이 한 권 놓여 있었다.

『사천 개의 멋진 이름과 그 의미』.

"당신 여행해야 돼? 아니, 여행하고 싶어?"

그가 조심스레 물었다.

"우리가 여행하는 거야."

리카르다는 이렇게 말하더니 활짝 웃으며 그를 돌아보았다.

"합의 봤고, 고소는 취하됐어. 주말 내내 쉴 시간이 생겼다고. 당신 여비서가 나한테 거짓말한 게 아니라면 당신 다음 방송은 화요일이라 던데?"

"어? 어."

그는 다급하게 생각을 정리했다.

"너무 갑작스러운 거 같네."

"당신을 깜짝 놀라게 해주고 싶었어. 슈바르츠발트에 있는 작은 집으로 가자. 사람들한테서 떨어져 지내는 거야. 전화도 없이 말이야. 그러지 않으면 우리 둘 다 결코 아무것도 할 수……."

그녀는 그에게 키스하기 위해서 자리에서 일어났다. 그러다가 그의 얼굴에 난 상처를 발견했다.

"대체 어딜 갔다 온 거야?"

"공원에서 지름길로 가다가. 식사면서 포도주를 좀 마셨더니 운전하기 싫더라고……."

그는 키스를 받았다.

"아주 잘했어."

리카르다의 얼굴이 환해졌다.

"어떤 모험도 하지 마! 당신은 곧 가족을 부양해야 하니까."

사천 개의 멋진 이름 가운데 한 이름을 갖게 될 아이가 만들어지는 순간부터 그 아이가 성인이 될 때까지 사진을 찍기 위해서 그녀가 사진기를 경매로 산 것이 분명했다.

"그 가족 말인데……."

그는 그녀에게 어떤 식으로든 자신이 지금 어떤 기분인지 알려주어야 했다.

"지옥 같았어."

"우리 그 얘기는 슈바르츠발트에 가서 하자, 응?"

그녀는 그를 지나치면서 슬쩍 밀어붙이더니, 여행 가방에 이름 짓는 책을 챙겨 넣었다.

"내일 아침 일찍 떠나려면 지금 짐을 싸야 돼."

"당신도 알잖아 리카르다."

그는 갑자기 몹시 비참한 기분이 들었다.

"지금은 좋은 때가 아닌 거 같아. 집안사람들이 나나 당신을 더 알고 싶어서 난리들이야. 그런데 이렇게 그냥 여행을 떠날 수는 없잖아……."

그녀는 잠시 방에서 사라지더니 빨아놓은 빨래를 잔뜩 들고 돌아왔다.

"아이를 원하면 일단 아이 만들 시간부터 만들어야 해. 다른 방법은 없어. 당신, 이 티셔츠 가져갈래?"

"어어, 그래."

리카르다는 몸을 숙이고 빨래를 분리했다. 그동안 필름이 재빨리 돌아가듯 그녀의 골반과 엉덩이 그리고 배가 삼 개월, 육 개월, 구 개월로 변해가는 모습이 그의 눈앞을 스쳐갔다. 어쩌면 이 절망스러운 기분도 지나가버리리라. 어쩌면 이런 두려움도 그저 과정에 불과하리라.

"그러니까, 지금 어떻게 할 거야? 짐을 쌀 거야 말 거야?"

그녀는 돌아보지도 않고 물었다.

"걱정 마. 며칠이면 별로 필요한 것도 없어."

나지막하게 그가 말했다.

그러고는 침실 옷장으로 가서 낡은 배낭을 끄집어냈다. 그런데 그 이상은 할 수가 없었다. 침대에 걸터앉아 무릎 사이에 빈 배낭을 놓은 채 그는 그저 고개를 숙이고 있었다.

그는 할머니를, 부모님을, 그리고 그가 이끌고 가게 될 자식을 생각했다. 아무리 생각해도 이 가족은 그의 작은 생명체에게 아무 걱정 없는 행복한 어린 시절을 가능하게 해줄 이상적인 전제조건이 아니었다. 게다가 이 어린 존재의 역사는 그의 가족들에게 있어 가장 완벽한 거짓말인 침묵으로 시작해야 했다.

그것을 피할 수 있는 길은 없었다. 그는 리카르다와 얘기를 해야만 했다. 그녀에게 그에 대한 그녀의 의심이 옳았다고 말해야 했다. 그가 그의 가족과 화해하지 않는다면 그는 좋은 아버지가 될 수 없었다. 그녀는 아직 기다려주어야 했다. 적어도 인사말을 할 때까지라도.

리카르다의 발걸음 소리가 현관에서, 거실에서, 목욕탕에서 들려왔다. 그러다가 그녀는 침실에 들어서서 불을 켰다. 이제야 그는 그동안 어두워졌다는 걸 알아차렸다.

"적어도 조금은 기뻐해야 하는 거 아냐?"

"그럼, 그래야지. 다만 이건……."

그는 그게 아니라는 듯 손짓을 했다.

"내가 생각했던 것보다 가족들이 벌이는 소동이 너무 가깝게 느껴져서 그래."

그녀는 침대 위, 그의 옆에 앉았다. 하지만 그를 만지지는 않았고, 손을 무릎 위에 올려놓았다. 그녀의 동맥이 푸른빛을 띤 보라색으로 가물거렸다. 마치 그녀가 떨고 있는 것 같았다.

"당신이 원하지 않으면 여행은 안 가도 돼."

"아니, 그게 문제가 아니야. 인사말 때문에 그래."

그의 눈은 벽을 더듬었다.

"난 못하겠어. 쓸 수가 없다고. 노인에 대해서, 할머니에 대해서, 또 아버지에 대해서 알면 알수록 점점 더 무슨 말을 해야 할지 모르겠어."

"원래 무슨 말을 하려고 했는데?"

"그걸 모르겠어. 내 상각엔……."

그는 마음을 가라앉히고 그녀를 바라보았다.

"누가 잘못을 했는지 찾아내려고 했던 거 같아."

한동안 그들은 침묵한 채로 나란히 앉아 있었다. 그러다가 리카르다가 갑자기 일어서서 그의 어깨를 어루만졌다. 그는 그녀에게 앞으로 어떻게 될 거 같으냐고 묻고 싶은 심정이었다. 하지만 그녀는 전화벨 소리를 듣고 일어선 모양이었다.

"받지 마."

크리스티안이 그녀의 뒤를 따라가며 말했다. 갑자기 그는 사람들로부터 벗어날 수 있는 슈바르츠발트의 작은 집이 그리웠다.

"아버지일 거야, 틀림없어."

리카르다는 전화기 앞에서 멈춰 섰다. 그가 그녀 옆에 와서 섰다. 약간 의문스러운 눈길로 둘 다 자동응답기가 돌아갈 때까지 기다렸다. 그렇지만 아무도 말을 하지 않았다.

"당신 아버지였다면 분명히 우리한테 말을 남겼을 거야."

리카르다가 어깨를 으쓱해 보였다.

"당신하고 둘이서만 할 얘기가 있었다면 안 그랬겠지."

"그게 대체 무슨 뜻이야?"

그녀는 그를 툭 쳤다. 하지만 미처 그가 대답하기도 전에 다시 전화기가 울렸고, 이번에는 토마스가 테이프에 말을 남겼다.

"아, 안녕! 나야, 크리스티안, 전화 좀 해줄래. 아주 급한 일이야."

그는 그녀가 수화기를 들지 못하도록 막으려 했지만, 리카르다가 더 빨랐다. 이제 그는 그녀가 자신을 배반하지 않기만을 바랄 뿐이었다.

"네?"

그녀가 대답했다. 그녀는 여러 가지 말투로 "네"라고 대답했다.

"네. 제가 그 사람하고 얘기할게요."

그러더니 그녀가 수화기를 내리고 그를 쳐다보았다.

"할아버지한테 무슨 일이 생긴 모양이야. 할아버지가 이웃사람들한 테도 문을 열어주지 않고, 집에서 나오지도 않고, 전화도 안 받는대. 할 머니가 계속해서 할아버지한테 전화를 했는데도 소용없었대. 지금 할 머니가 내일 아침 일찍 스페인에 가는 티켓으로 바꾸려고 하나 봐."

크리스티안은 "그래서 나보고 어쩌라는 거야"라는 질문은 하지 않았 다. 그 스스로도 생각할 수 있었으니까.

"이건 그냥 부탁이긴 한데, 토마스는 당신이 할머니하고 함께 가는 게 좋을 것 같다고……."

그들의 눈길이 마주쳤다. 그는 리카르다가 무슨 생각을 하는지, 그들 이 무슨 말을 하고 싶어 하는지 알고 있었다. 하지만 그는 그렇게 할 수 없었다. 아무도 그에게 그런 요구를 할 수 없었다.

그는 그녀가 수화기를 그냥 내려놓기를 바랐다. 그는 여기서 멀리 달 아나고 싶었다.

"슈바르츠발트에서 주말을 보내기로 했잖아……."

그는 별다른 희망 없이 말했다.

"간대요."

그녀가 말했다.

요르게

그 당시 그들은 그가 더 이상 매달리기를 하지 못하도록 가죽 띠로 그를 침대에 묶어놓아야 했다. 정원사가 해가 떠오를 무렵 침실 창에서 요르게를 발견했을 때, 그는 창문 아래에 매달려 아침햇살에 받고 있는 그를 환영이라고 생각했다. 그후로도 그는 두세 번 감쪽같이 자신의 흔적을 감추는 데 성공했다. 그렇지만 신부는 곧바로 알아차렸다. 창가 가로막대에서 십자로 매달려 있는 것이 환영이나 기적이 아니라 소동이라는 것을.

요르게는 자신이 치르는 밤의 의식에 그렇게 광분하는 것을 이해할 수 없었다. 그에게 매달리기는 훈련으로 쇠약해진 힘을 단련하기 위해서는 꼭 필요한 것이었다. 금식하고 기도하는 고통만으로는 신과 소통하기에 부족했다. 매달리기를 함으로써 그는 날마다 완벽한 기쁨을 맛보았다. 그는 그런 밤을 통해서 깊이에 대한 자신의 부족한 이해를 채울 수 있었다.

그는 원장에게 불려가 앞으로는 그런 비정상적인 실험을 그만두고 밤에 휴식시간을 엄격히 지키겠다고 맹세했고, 온갖 방법으로 다짐해야 했다. 그것은 그에게는 열중태형(매를 내려치는 2열 가운데를 통과해야 하는 벌-옮긴이)이나 다름없었다. 하지만 요르게는 이것 또한 시험으로 간주했다. 그는 전혀 겁을 집어먹지 않았고, 모든 경고와 금지를 무시했다. 그의 반항은 아무에게도 숨길 필요가 없는 더 높은 질서에 대한 복종이었다. 밤에는 침대에 묶여 있어야 했기 때문에 그는 낮에 기회가 있을 때마다, 다른 생도들이 놀거나 식사할 때 매달릴 수밖에 없었다. 고집과 판단 부족으로 늘 끔찍한 벌을 받아야 했지만 요르게는 불평 한마디 없이 묵묵히 그것을 감수했다. 왜냐하면 그는 자신의 신념을 스스로 배반하지 않는 한 누구도 그것을 빼앗을 수 없다고 생각했기 때문이었다. 신부님의 화와 체벌은 그의 희생정신의 근간을 묻는 특별한 시험의 일부였다. 즉, 육체와 정신의 싸움에서 그의 의지가 얼마나 확고한지를 시험해보는 것일 뿐이었다.

고통이 그를 쓰러뜨리려고 위협해올 때마다 그는 화려한 교회 창에 한 줄로 새겨진 위대한 기독교 순교자들을 바라보았다.

신부님들은 그것이 신성모독이라고 말했다. 그러나 매질은 그가 하는 일이 옳다는 믿음을 더욱 굳건하게 해주었다. 그는 은총을 결코 이해할 수 없었다. 신은 공정한데 어떻게 은총을 베풀 수 있단 말인가? 사랑이라는 복음은 그에게는 공허한 말이나 다름없었다. 그는 그저 맨살에 와 닿는 막대기의 날카로움과 파고드는 아픔 그리고 가슴에 묶어놓은 끈의 숨을 죄어오는 압박만을 이해했을 뿐이었다. 그로서는 아픔이 신에게, 주님에게 다가갈 수 있는 유일한 방법이었다.

그것이 신부님들을 화나게 하는 가장 큰 이유인 것 같았다.

갑자기 벌을 주지 않은 날, 비로소 그의 의문이 시작되었다. 요르게는 수업에서 면제되었고 병동의 창문 없는 하얀 독방으로 옮겨졌다. 그 방은 두 개의 좁은 총안(성벽 등에 뚫어놓은 작은 구멍-옮긴이) 모양의 공기구멍으로만 외부와 연결되어 있었다. 세 끼 식사가 나왔고, 오후에는 페퍼민트 차와 케이크 한 조각이 나왔다. 아침저녁으로 신부님이 그를 살피러 왔다. 그에게 새로운 읽을거리를 가져다주었고 그가 읽은 책은 다시 가져갔다. 그 외에는 아무도 오지 않았다.

그곳은 천국이나 다름없었다.

그러나 억압이 완전히 사라지자 불안과 두려움이 찾아왔다. 예전부터 이런 일이 생기면, 요르게가 보기에 무척 나태한 신부님들이 그를 위해 나서주었다. 그들은 그것이 그들의 의무였을 텐데도 그를 심하게 견책하거나, 많이 다그치지 않았다. 그들은 생도들한테서 특별히 부드럽다는 소리를 듣는 사람들이었고, 그에 걸맞은 큰 사랑을 받아서 기뻐하는 사람들이었다. 그렇지만 요르게는 그들을 경멸했다. 그는 그들의 부드러움을 약점으로 여겼다. 그들에게서 보호받는 것이 기분 상했고 심지어 불쾌하기까지 했다. 마치 그가 자신에게 주어진 벌을 감당할 능력도 없고, 그들처럼 나약하고 허약한 사람으로 여겨졌기 때문이었다. 그들이 정해진 시간보다 일찍 막대기를 옆으로 치우고 다시 옷을 입으라고 하면 그는 그들이 기대한 고마움을 표하는 대신 그들을 외면했다.

그의 눈에는 은총을 주는 신은 경멸스러운 신이었다.

요르게는 벌을 믿었다. 벌이 없으면 그는 불안했다. 하얀 병실에서 그는 고래 뱃속에 들어간 요나가 된 듯한 기분이 들었다. 신의 폭력을, 그리고 동시에 신의 보호를 빼앗긴 것 같았다. 그를 벌할 손이 없어진 동시에 그를 받쳐줄 손도 없어졌다. 창문이 없는 하얀 공간에서 보낸 흔적도 없는 날들, 아무것도 느끼지 못한 날들을 그는 솜에 파묻힌 듯 푹 가라앉아서 보냈다. 요르게는 약해졌고 조금씩 깊은 허무에 빠져들었다.

그의 구원은 계산이었다. 한없는 추락 속에서, 허무 속에서 숫자가 그에게 버팀목이 되어주었다. 그것은 고래 뱃속에 존재하는 마지막이자 유일한 질서였다. 요르게가 어떤 증명을 끝까지 마치고 QED 뒤에 마침표를 찍을 때마다 매번 승리의 환희가 그를 엄습했다. 신의 부재 속에서도 통용되는 합법성이 있다는 것을 신에게 보여준 것 같은 기분이 들었다.

처음에 요르게는 다른 생도들로부터의 고립을 훈장으로, 그동안 겪은 고통에 대한 보상으로 받아들였다. 그러나 시간이 지나자 그는 자신이 그렇게 경멸했던 세상으로 돌아가고 싶었다. 그는 흙 냄새, 숲, 저녁 시간의 우수, 한밤중 동급생들의 잠꼬대가 그리웠다. 너무 고요해서 그는 잠을 이룰 수가 없었다. 그는 허무에 빠지는 것이 두려웠다.

과연 누구의 뜻대로 되었는가?

요르게는 신에게 그가 완전하게 버려진 존재가 아니라는 것을, 신조차도 그를 밀쳐낼 수 없는 숫자와 도형의 세계가 있다는 것을 계산을 통해 보여주고 싶었다. 그렇지만 이 이상적인 세계에 참여할 수 있는 방법은 그가 그것을 생각할 힘을 가질 때뿐이었다. 손에서 책을 놓자마자 하얀색 벽에서 기하학의 완벽한 선이 사라지고, 천장에서 수열이 자취를 감추면 요르게의 추락은 다시 시작되었다.

사람들은 그가 은총을 구걸하리라고 예상했던 걸까? 신은, 신부님들은, 그가 무릎을 꿇고 스스로도 이해할 수 없는 것을 구걸하기를 원했던 걸까? 아무런 가치도 없다고 그가 이해하고 있는 사랑과 보호를 구걸하기를 바랐던 걸까?

쉬지 않고 생각하느라 밤을 꼬박 새운 다음날 아침, 그는 더 이상 이런 불확실한 상태를 견딜 수가 없었다. 그는 신부님에게 자신이 얼마나 절망하고 있는지 고백하지 않고는, 외로움이라는 특권을 놓아버리지 않고는 더 이상 견딜 자신이 없었다. 신부님에게 어떤 질문을 던져야 할지 요르게는 오랫동안 숙고해 보았다.

"제가 어디 있는 겁니까?"

그는 결국 이렇게 물었다. 그가 들을 수 있는 말은 "격리실"이라는 한마디였다.

요르게는 그 말이 무슨 뜻인지 몰랐다. 그러나 그는 더 이상 묻지 않았다. 그러기에는 그의 자존심이 너무 강했다. 하룻밤이 지나자 그는 이제 알 수 있었다.

그곳은 지옥이었다.

외부와 떨어져서 하얀, 늘 똑같은 시간을 보낸 이후 처음으로 그 스스로는 열 수 없는 문을 누군가 두드렸다. 신부는 놀랍게도 방문객이 있다고 알려주었다. 외투를 펄럭이며 한 여자가 방으로 들어와 침대에 걸터앉았다. 아무 인사 없이 그녀는 요르게의 아버지가 돈을 한 푼도 보내지 않는다고, 그녀에게서 집을 빼앗으려고 한다고, 형제들을 먹여 살릴 수 있는 방법이 없어서 어쩔 수 없이 소송을 해야만 한다고 들려주었다. 그녀는 정말로 고민거리가 많은데, 너무나 많은 것을 누리고 있는 그까지 정신 나간 것처럼 굴고 있다고, 그녀의 힘으로는 비용을 내기조차 힘겨운 좋은 교육을 받는다는 걸 감사하기는커녕, 고집스럽게 굴어서 모든 걸 망치고 있다고, 계속 이렇게 나간다면 견책을 받고 추방당할 게 틀림없다고, 그렇게 되면 그녀도 어쩔 수 없다고, 적어도 그만은 장학금을 받아 아무 걱정 없이 지내고, 그녀에게 수치스런 일을 만들어주지 않기를 그렇게도 바랐는데, 이제 모든 게 절망스러울 뿐이라고 말했다.

그녀는 손수건을 꺼내 눈가를 찍어냈다. 손수건에 검은 물이 들었다.

322

그녀의 호흡에서는 담배 냄새가 났다.

그래, 그녀는 그까지 신경 쓸 여유가 없었고, 그는 그 사실을 이해해야 했고, 이곳까지 여행하는 것만으로도 돈이 너무 많이 들었고, 그녀는 내내 삼등 칸에 앉아서 비웃음을 참아내야만 했고, 이런 고문 같은 시간을 보낸 뒤에도 갈아입을 옷조차 없었고, 결국 그녀는 이제 가난하고 혼자서 살아가야만 하는 여자였고, 그녀에게 부담이 되는 짐은 고사하고 가방을 들어줄 사람도 이제는 없었고, 그가 이해했든 안 했든, 이 얘기가 그의 완고한 머릿속으로 파고들었든 말았든, 이제 아무 걱정 없던 시간은 다 지나갔다는 것을 알리고 싶어 했다. 그 얘기를 하는 동안 그녀는 단 한 번도 그의 얼굴을 쳐다보지 않았고, 계속 검은 눈가를 찍어냈다.

그녀는 계속 이어나갔다. 그는 그녀에게 제발 앞으로는 착하게 굴겠다고 약속해야 한다고, 소송이 얼마 남지 않았으니 꼭 그렇게 해달라고, 절박한 심정으로 부탁한다고 말했다. 그녀는 그를 믿고 싶고, 그러지 않으면 모든 걸 잃게 된다고, 아무짝에도 쓸모없는 그의 아버지를 막지 못하면, 그녀의 남은 마지막 재산까지 모조리 빼앗길 거라고, 그녀의 말을 믿어야 한다고, 그녀와 아이들에게 무슨 일이 벌어지든 그 인간은 전혀 상관하지 않으며, 그는 그저 자신과 재산만 생각하고 있다고 그녀는 욕을 퍼부었다. 방약무인의 표본인 그 남자는 무슨 일이 있어도 꿈쩍도 하지 않고, 요르게의, 장남이자 법적인 후계자의 유산에도 손을 대려 한다고, 그러므로 그녀가 문제가 아니라 요르게의 돈이 문제이며, 그 사실을 재판 때 꼭 말해야 한다고, 그가 판사에게 정확하게 얘기하는 게 아주 중요한데, 무슨 일이 일어났는지, 어떻게 그의 아버지가 그와 형제들을 아무래도 좋다는 듯이 떠나버렸는지, 그가 한마디 말도 없이, 이별의 말도 없이 한밤중에 도둑처럼 사라졌는지, 그것도 남은 돈이 여섯 식구가 살기에 충분하지 않을 거라는 쪽지를 부엌에 남기고 갈 정도로 얼마나 몰염치했는지 자세히 말해야 한다고, 자신밖에 모르는 이 남자는 아이가 넷이나 있는 여자를 재산도 없이 생계유지에 꼭 필요한 밑천도 없이 비참하게 혼자 내버려두는 일을 실천에 옮겼는데, 그건 혼자서만 흥청망청 살기 위해서였다고, 자신이 한 말은 모두 진실이라고 말했다. 그 인간은 다음날 법정 집행관이 와서 가구, 샹들리에, 거울 달린 장, 심지어는 기저귀장까지 저당 잡을 거라는 사실을 알고 있었고, 그런 사실을 요르게는 판사에게 숨겨서는 안 되는데, 왜냐하면 판사 앞에서는 고해성사를 할 때처럼 진실만을 말해야 하고, 잘못된 자존심으로 일을 망쳐서는 안 되기 때문이라고 그녀는 말했다. 그러면서 그녀는 경고라도 하듯 더러운 손수건을 쥔 손을 들어올렸다. 그런 일은 낱낱이 또박또박 말해주어야 하고, 하나라도 빠뜨리는 것보다는 죄목을 하나라도 더 얘기하는 게 나은 거라고, 그녀가 한 말을 다 들었느냐고, 말을 다 알아들었느냐고 물으며 그녀는 그를 잡고 흔들었다.

숨을 쉴 때마다 담배연기를 내뿜으며 여자가 계속해서 그를 설득하는 동안, 요르게는 아주 집중해서 벽에서 유클리드 공식을 찾고 있었다. 그는 여자의 말에는 전혀 동요하지 않았으며, 온 근육을 긴장시켜 나무판자처럼 딱딱하게 만들었다. 그러자 그의 내면은 아주 고요해졌다. 그는 그녀가 거짓말을 하고 있다는 사실을 알 수 있을 정도로 그녀의 얘기를 충분히 들었다. 그는 이 세상의 어떤 판사 앞에서도 그것을 증명할 수 있었다. 요르게는 그 일이 있고 난 다음날 아침 베개 밑에서 발견한 스위스 칼을 꽉 움켜쥐었다. 아버지가 떠난 그 밤에 그는 아버지의 손이 이마에 와 닿는 것을 느끼지 못할 정도로 깊은 잠에 빠지지는 않았다. 아버지의 손은 그가 기대했던 시간보다 오래 그의 이마 위에 놓여 있었다. 잠이 들 때까지 아버지의 손이 그를 지켜주었다.

그의 아버지는 그를 떠나지 않았다. 그는 다시 돌아올 것이다.

여자는 계속 말을 했고, 할 말이 떨어지자 울었다. 그녀는 새 손수건을 손에 쥐고 말없이 거짓 눈물을 흘렸다. 신부님이 돌아와 그녀를 방에서 데리고 나갈 때까지 그녀는 울고 울었다. 요르게는 그녀가 문가에서 이별인사를 하느라 흐느끼면서 웅얼거리는 소리를 들었지만 쳐다보지는 않았다. 그는 막 특정한 원리에서 파생한 증명처럼 이전의 발견에서 필연적으로 이어지는 새로운 발견을 했다. 그것은 지금까지 이 세상에서 누구도 생각지 못한 것이었다.

지옥의 벽에는 기하학이 없었다.

마침내 그는 스스로 원했던 것 이상의 확신을 얻었다. 요르게는 이제 그가 어디 있는지 알았고, 돌아갈 길이 없다는 것을, 사람들이 그를 포기했다는 것을 알았다. 그에게 그 사실을 설명하기 위해서 신부님이 올 필요는 없었다. 그런데도 그는 잠시 후에 다시 그의 방에 서 있었다. 까마귀 한 마리가 날개를 접고, 저주받은 자의 침대에서 죽은 새처럼 인내심을 가지고 그를 내려다보았다. 요르게는 침묵을 헤아렸고, 그의 판결을 기다렸다. 벌써 오래전에 그는 상처가 생기려는 곳에 딱지가 앉도록 마음을 다잡았고, 마지막으로 자신을 강타할 일격을 받아들일 준비를 마쳤다.

학교는 그의 추방을 말하지 않았다. 그 대신 그가 납득할 수 없는 시간이 지난 뒤에 신부님이 그에게 여기 머물 것인지 아니면 어머니와 함께 집으로 갈 것인지, 어느 쪽이든 결심을 했느냐고 물어보았다.

까마귀가 그에게 최후의 선택을 하도록 종용하는 것 같았지만 요르게는 혹시 자신이 잘못 생각했을까 봐 겁이 나서 그것을 제대로 바라보지 못했다. 그는 텅 빈 하얀 벽을 뚫어져라 쳐다보았고, 그의 위에서 빛나고 있는 지옥을 올려다보았다. 그러고 나서 그는 신만이 들을 수 있는 말을 했다.

"나는 그 여자를 모릅니다."

그는 속삭였다.

지옥의 천장에는 숫자가 없었다.

자리에서 일어나는 것은 아무 의미도 없었다, 더 이상. 저녁에서 밤으로 넘어가는 내내 전화벨이 울렸다. 현관에서 침실까지 파고드는 그 소리는 루이자 메자가 찾아온 이래로 그가 빠져든 몽롱함과 조화를 이루었다. 한밤중이 되기 직전에 전화벨 소리가 그치자, 허무는 더욱 크게 입을 벌렸다. 요르게는 에스더마저 언젠가는 포기해야 한다는 것을 알고 있었다. 사람들을 곁에 두지 않았던 그의 삶에서 에스더는 그가 지금까지 알고 지낸 사람 가운데 가장 용감했다. 그는 다른 사람이 자기 옆에 있는 것을 상상도 할 수 없었다. 그가 한 번 더 결혼해야 하는 상황이 오더라도 그녀가 아니라면 의미가 없었다. 하지만 그는 그녀에게 사랑을 약속했을 때 자신이 그녀를 속였다는 사실을 인정해야 했다.

그는 약속할 게 아무것도 없었다.

격리실에서 돌아온 뒤로 요르게는 생도들 사이에서 낯선 느낌을 사라지게 하는 데 성공했다. 그는 그들처럼 행동하려고 노력했다. 그리고 시간이 흐르자 사람들은 더 이상 그를 다른 생도들과 구분 짓지 않았다. 훈련이나 명상, 수업 그리고 식사시간에 손님으로 참석했던 그 누구도 그가 다른 사람들보다 덜 경건하거나 믿음이 부족하다고 여기지 않았다. 그는 더 이상 눈에 띄는 행동을 하지 않았다. 그의 위장은 완벽했다.

그러나 사랑의 복음은 그에게 여전히 공허한 채로 남아 있었다. 요르게는 무수한 성인의 그림에서 그들의 태도와 얼굴을 눈여겨보았다. 그는 그들이 전한 경구들을 한 번도 가게 되지 않을 나라의 언어처럼 공부했다. 신부님이 그에게 신의 사랑에 대해 물어오면 그는 무슨 말인지 모르겠다는 식의 꼬투리 잡힐 만한 말은 하지 않았다. 그는 신자의 태도에, 믿음과 사랑과 희망을 표현하는 외적, 내적 의식에 모두 능숙했고, 그들의 옷을 제2의 피부처럼 덧입었다. 그러나 그건 것들에는 생명력이 느껴지지 않았다.

그는 가끔, 순간적으로 만물에서 신을 발견할 수 있었다. 가끔 그는 만물을 둘러싼, 이기심이라곤 전혀 없는 유연함을 그리고 피조물을 돌봐주는 자애로운 손길을 느낄 수 있었다. 그것은 아침에 수도원 정원을 거닐 때 느껴지는 이슬의 향기처럼, 또는 마을 뒤쪽 저수지에서 수영하면서 맡았던 가을 낙엽의 진한 향내처럼 그냥 거기 있었다. 요르게는 신이 가까이 있다고 느꼈고, 그렇게 그의 깊은 곳으로 다가오는 데에 매번 깜짝 놀랐다. 그러나 그런 깨달음들도 그에게 사랑하는 마음을 주지는 않았다. 그는 신을 두려워했고 존경했으며, 신과 싸우고 투쟁했다. 그렇지만 신을 사랑할 수는 없었다. 신은 고통과 같았다. 신은 그의 적수이자 운명이었다.

매일 밤 요르게는 매달리기를 간절히 원했지만 다시는, 더 이상은 엄두가 나지 않았다.

고통은 그의 가장 큰 재능으로 남았다. 다른 생도들과는 달리 금식과 깨어 있기의 의식은 그에게는 놀이나 마찬가지였다. 딱딱한 의자라든지 돌로 된 바닥, 추위 따위를 그는 거의 의식하지 못했다. 그가 떠안아야 할 약점이라곤 없었고, 극복해야 하는 시험도 없었다. 같은 방을 쓰는 동급생들은 소란스러운 꿈을 꾸느라 이리저리 뒹굴고, 성욕 때문에 절망했지만, 그에게 금욕은 우스울 정도로 쉬웠다. 그의 삶에서 그가 포기할 수 없는 것은 없었다. 그때 고래 뱃속에서 그는 죽음이 응시하는 상황에서도 생존하는 법을 배웠다.

요르게는 자신이 수도사로서, 선교사로서, 은거인으로서, 사막에서 외치는 사람(예수의 탄생을 알리기 위해 먼저 태어난 선지자 세례 요한을 뜻함—옮긴이)으로서 살아가기 위해 만들어진 존재라고 느꼈다. 대부분의 생도들 역시 그렇게 느꼈다. 그러나 그는 신부의 길을 선택하지 않았고, 신학 대신 수학을 공부하게 해달라고 부탁했다. 그의 신성모독은 가면 뒤에 여전히 남아 있었다. 그는 자신의 삶을 자신에게는 여전히 거부된 사랑을 담을 그릇으로 만들었다. 그가 모범적으로 행동하고 모든 시험을 아주 좋은 성적으로 합격했다는 것은 아무런 도움도 되지 않았다. 그는 사랑의 복음을 세상에 전하도록 선택받지 못했다. 신부님들도 그것을 알고 있었는지 그의 결정에 그리 놀라지 않았다. 그들은 그가 저주받은 자라는 사실을 결코 잊지 않았다.

신은 그에게 그 이유를 설명해주지 않았다.

하지만 요르게는 계산을 할 수 있었다. 그는 무無에 질서를 부여할 수 있다고 믿었고, 그것이 가능한 한 아직은 모든 걸 잃은 게 아니었다. 그는 밤새 책상에 앉아 공식을 적었고, 경배의 언어를 숫자로 대신했다. 그는 스스로 대답하는 수학의 분명하고 차가운 기도에 몰두했다.

박사 과정을 마치기 얼마 전에 아버지가 돌아가셨다는 연락을 받았다. 그는 사람들이 그를 떠올렸다는 사실에 놀랐다. 장례식에서 그는 다른 가족들과 한마디도 나누지 않았다. 그러나 침묵했다고 해서 혼자라고 느낀 것은 아니었다. 죽은 아버지는 살아 있을 때보다 그의 곁에 더 가까이 있었다.

그는 이미 오래전에 아버지에 대한 그리움을 멈추었다.

요르게는 죽을 때까지 금욕할 수 있을 것 같았다. 자식을 낳는 것보다 더 높은 목표를 가지고 있다면 결혼하지 않는 삶은 당연하다고 여겼다. 그런데도 그는 에스더를 아내로 맞았고 그녀에게 약속을 했다. 그녀는 그를 참아낸 첫 번째 사람이었고, 그에게 아무것도 요구하지 않았다. 그녀는 그저 옆에 있어 달라고 했을 뿐이었다. 그녀의 아름다움은 겉으로 드러나는 게 아니라 발견해야 하는 비밀이었다. 그녀의 짙은 갈색 눈길은 그를 바라보는 것만으로도 그를 구원할 수 있었다. 처음의 만남 이후로 그의 결심은 확고했다. 요르게는 한 사람을 사랑하는 것이 모든 이웃을 사랑하는 것보다 쉬울 거라고 믿었기 때문에 그녀와 결혼했다. 그리고 한 여자를 사랑하는 것이 신을 사랑하는 것보다 훨씬 더 간단하다고 믿었기 때문에 그녀를 탐했다.

이제 그는 그것이 오류였다는 것을 인정해야 했다.

자리에서 일어나는 건 아무 의미도 없었다. 아니 그게 어떤 의미를 가진 적은 단 한 번도 없었다. 한밤중에 기와지붕에 빗방울 떨어지는 소리가 갑자기 사라져 요르게는 잠에서 깨고 말았다. 비가 그치고 그 자리에 고요가 들어섰다. 몸이 묶여 있기라도 한 것처럼 그는 거기, 시간 사이의 골에 누워 있었다. 깨어 있었지만 의지는 눈을 뜨지 않았다. 다시 잠드는 일은 일어나 움직이는 일만큼이나 의미가 없었다. 그는 모

든 일에 대해, 그리고 한동안 자신의 것이었던 삶에 대해 이렇게 거리
감을 느낄 수 있다는 사실에 놀랄 수밖에 없었다.

고개를 들지 않고 그대로 그는 방충망이 쳐진 창문 밖으로 여전히 무
거운 하늘을 바라보았다. 요르게는 어두운, 형체 없는 회색을 뚫어지게
쳐다보며 구름 사이로 무언가 보이기를 기다렸다. 그는 첫 번째 별이
반짝이기를 기다렸다. 날이 밝았다. 하루가 시작되었다. 하지만 아무것
도 빛나지 않았다.

신은 그의 헛수고를 언젠가 반드시 벌할 것이다. 그는 늘 그 사실을
의식하고 있었다.

요르게는 자신이 어디 있는지 파악하기 위해 더 이상 생각할 필요가
없었다. 벽에 어리는 불분명한 하얀색과 하루가 열리면서 드러나는 구
름을 그는 이미 알고 있었다. 고래 뱃속도 그런 빛이었다. 그러나 이번
만은 수학도 그를 구원할 수 없었다. 숫자놀이는 떠오르지 않았고, 계
산은 잘못되었다. 그리고 잘못은 이미 오래전에 시작되었다.

다른 세계에서, 문 뒤의 현관에서 전화기가 다시 울리기 시작했다.
비처럼 끈질기게, 맥박처럼 규칙적으로. 하지만 요르게는 구름을 바라
보며 가만히 누워 있었다. 그의 의지와는 달리, 아직도 그 안에 남아 있
는 것들과는 달리, 예전에 자신의 삶을 이루고 있던 질서가 사라지는
것을 바라보면서 그는 하늘이 아무런 형태도 없이 텅 비어 있다는 사실
에 매혹되었다. 그가 평생 싸워왔던 달콤한 권태의 고통이 자신을 마음
대로 휘젓고 다니도록 내버려둔 것은 이번이 처음이었다. 그가 극복했
다고 믿었던 모든 것이 죄다 되돌아왔다. 수십 년 간의 훈련에도 불구
하고 게으름과 나약한 근성이 다시 스멀스멀 기어 나와 그를 내동댕이
치고 엄청난 무게로 짓눌러서 갈아 없애려고 했다.

그가 결코 허용하지 않았던 포기라는 것이 실은 그와 얼마나 친숙한지, 결코 받아들이려 하지 않았지만 실은 그가 얼마나 깊이 종말에 대해 합의하고 있었는지, 그로서도 도저히 이해가 되지 않았다. 아무런 저항도 하지 않고 요르게는 더 이상 자신의 것이 아닌, 이제는 전적으로 고통에 내맡겨진 육체 속으로 다시 빠져 들어갔다. 쉼 없이 울려대는 전화가 애타게 찾는 그 남자는 이제 없었다.

그는 에스더를 속일 생각은 없었다. 그녀를 사랑하고 가능하면 그녀의 감정에 호응하고자 마음먹었을 때 그는 그녀에게서 배울 수 있기를 기대했다. 그는 사랑의 능력을 믿었다. 요르게는 그녀에게 좋은 남편이 되기 위해 그가 해야 하는 일들을 했다. 그녀를 존중했고, 지지해주었고, 버팀목이 되어주었고, 그녀를 결코 위험에 빠뜨리지 않겠다고 결심도 했다. 그녀의 사랑에 보상하기 위해 그는 충성을 맹세했고, 순결 서약처럼 그것을 지켰다. 그는 자신이 다른 여자를 절대 쳐다보지 않고, 다른 여자를 결코 생각하지 않으면 언젠가는 사랑이 싹트리라 기대했다. 요르게는 살아오는 동안 언제나 한 치의 오차도 없이 에스더에게 성실했다. 그게 바로 그가 가장 잘할 수 있는 것, 그러니까 시험에 빠지지도 않으면서, 그의 나약함을 없애버릴 수 있는 행동이었다. 그렇지만 사랑이 그를 구원한 적은 단 한 번도 없었다. 그처럼 성실하려면 사랑할 능력이 없어야 하리라.

요르게는 오래전에 희망을 버렸지만 그렇다고 해서 싸울 의욕까지 사라진 건 아니었다. 그는 결코 채무자가 되고 싶지 않았기 때문에 에스더가 그에게 준 사랑에 체념으로 보답했다. 그는 살아가는 내내 사죄하는 대신 자신이 줄 수 없는 것에 아쉬워하지 않기로 했다. 그가 자기 자신을 위해서는 아무것도 필요로 하지 않았다. 예배당의 돌바닥에 무롤을 꿇고 기도하면서 그는 용서를 구했다. 그는 자기 자신에게 설교를 할 때마다 매번 다행스럽게도 마지막에는 신의 은총을 찾은 죄인들과 죄를 짓고 타락한 자들의 예화를 되살려냈다. 하지만 그것은 신념이 뒤따르지 않는 말일 뿐, 그에게 아무런 위안도 가져다주지 못했다. 그는 죄를 짓지 않았다. 그의 죄는 허무였다. 그리고 고통만이 그를 거기서 자유롭게 해줄 수 있었다.

그는 다시 처음으로 돌아와 있었다. 이제 다시 매달리기를 시작할 수도 있을 것만 같았다. 하지만 그의 삶은 끝났다.

그의 몸에서 서서히 진행되는 마비는 유쾌할 만큼 고통스러웠다. 스위스 칼의 손잡이에 새겨진 이름을 쉬지 않고 매만지느라 그의 손끝은 점점 무감각해져 갔다.

창가의 시끄러운 귀뚜라미 소리, 소나무 숲에서 어우러지는 매미의 울음이 들려오자 요르게는 더 이상 전화벨이 울리지 않는다는 사실을 알아차렸다. 이제 세상과의 소통은 완전히 끝나버렸다. 이제 그는 다만 기도하고 고요가 영원해질 때까지 고통이 지속되도록 놔두기만 하면 되었다.

바깥의 하루는 그가 없이도 시작되었다. 구름층을 뚫고 나온 태양이 축축한 토양을 데워주었다. 언덕에는 김이 서렸고, 안개가 피어올랐다. 올리브가 자라는 땅 어딘가에서 트랙터가 덜컹거렸다. 아주 멀리 떨어진 곳, 아주 높은 곳에서 나는 소리로 보아 계곡 위를 맴도는 프로펠러일 수도 있었다. 지프차 또한 꿈도 꾸지 않는 잠을 방해하는 귀찮은 소리였다. 그런데 소리가 점점 더 가까이, 언덕을 오르고 도로를 따라 다가왔다. 로벡 부부가 대문 입구로 들어와 멈추더니 문을 두드렸다. 그들은 그가 여기 없다는 사실을 이해할 수 없으리라. 그가 자신에게 더 이상 빠져나올 수 없는 무無 속으로 들어서도록 허용했다는 사실도.

그는 목소리들을, 단호한 목소리들을 들었다. 마치 두 번 다시 같은 실수를 반복하지 않겠다는 듯이 그들은 이번에는 벨을 누르지 않았다. 너무 많은 사람들이 그에게 점점 다가오고 있었다. 요르게는 일어서야 했다. 모든 것이 의미 없다 해도. 그리고 그는 계속 가야 했다. 그것이 잘못된 길이라 해도.

그는 기계적으로 이불을 젖혔다. 그러고는 끈덕지게 들러붙는 애인처럼 지독한 애정 공세를 펴며 그에게 찰싹 달라붙어 있던 고통과 부딪혔다. 그 와중에도 그는 셔츠와 바지를 입고 현관 쪽으로 서둘러 걸음을 옮겼다. 지하실로 이어지는 계단을 반쯤 내려서고 있을 때 뒤쪽에서 자물쇠가 찰칵 열리는 소리가 들려왔다. 위쪽으로 사람들이 들어섰을 때 그는 막 뒷문에 도달했다. 그가 빗장을 누르자 녹슨 돌쩌귀가 쇳소리를 냈다. 그의 앞에는 존재하지 않는 하루가 서 있었다.

그는 종말을 벗어나 있었다.

고통은 미친 듯이 달려들어 그를 길 위에 내던지고, 강제로 무릎을 꿇게 하려고 했지만 요르게는 고통을 뚫고 똑바로 걸어갔다. 그는 누구에 의해서도 발견되고 싶지 않았고, 침대 속에 있고 싶지도 않았다. 그의 자존심이 그것을 허용하지 않았다.

마주 불어오는 바람은 축축했고 땅은 부드러웠다. 샛길을 따라 계곡으로 내려가면서 요르게는 집과 정원을 향해 한순간도 돌아서지 않았다. 등 뒤에서 그를 찾는 마리타의 노래하는 듯한 소리와 로벡의 짖어대는 소리가 낮아졌다. 순간 그는 에스더의 목소리를 들은 것만 같았다. 그리고 토마스의 목소리를 닮은 젊은 남자의 목소리도. 그렇지만 그 소리들은 곧 시간을 알 수 없는 이 아침에도 여전히 고요하게 흘러

가는 계곡 물소리에 섞여버렸다. 점토 빛 물살이 거세게 흘러내렸다. 요르게가 몇 년 전에 밟아 다져놓은 길은 사라졌다. 물만이 그를 받아들였다. 사납게 흘러넘치는 물길을 따라 떠다니는 나무와 자갈 더미 위로 기어가는 방법 밖에는 없었다. 그저 물길을 따라 바다로 가는 길을 택할 수밖에 없었다.

그는 숨은 것이 아니었다. 그것은 그의 방식이 아니었다. 그는 사라졌을 뿐이었다.

그가 평지에 다다랐을 때 더 넓어진 강은 유유히 흐르고 있었다. 해안도로로 접어드는 길은 물에 잠겨 있었다. 들판을 점령한 물은 움직임이 없었다. 그래서 아주 특별한 하나가 된 풍경으로 변해 있었다. 매끄러운 수면 위로 말라붙었던 누런 풀들이 가볍게 떠다녔다.

요르게는 발목까지 차는 웅덩이를 첨벙거리며 해안도로를 향해 나아갔다. 골짜기에서 벗어나자 보호막이 사라졌고, 나무들마저 그를 가려주지 않았기 때문에 그는 더욱 빨리 걸을 수밖에 없었다. 그는 무거운 장화를 신었고 등에는 고통을 짊어진 상태였지만, 덤불이 자라고 있는 둔덕을 힘들게 기어오르자마자 곧 절뚝거리며 둔한 동작으로 달리기 시작했다. 이따금 자동차들이 그를 지나쳐갔고, 몇몇 차는 경적을 울리기도 했다. 전속력으로 맞은편에서 달려오던 가축 실은 트럭은 그에게 헤드라이트를 번쩍이며 경고했다. 하지만 요르게는 그 어떤 것에도 아랑곳하지 않았다. 그는 도망을 치는 게 아니라 위대한 해명을 향해 나아가고 있었다. 절벽 끝에서 우윳빛 수평선 앞에 자리 잡은 바다가 모습을 드러냈다.

만까지는 아직 오백 미터는 남아 있었지만, 로벡 부부는 그를 더 이상 따라잡을 수 없을 터였다. 그들이 그의 뒤를 좇아 달린다 해도, 그래서 그가 물에 닿기 전에 돌아가도록 강요한다 해도 그는 그가 자기 자신에게 잠시 허락했던 나약한 모습만은 그들에게 결코 보이지 않으리라. 그는 어떤 동정도 바라지 않았다. 에스더든 다른 누구든 간에 자신을 불쌍히 여기는 것은 견딜 수 없었다. 자신을 동정함으로써 우월함을 내보이려는 행동 따위는 결코 허용할 수 없었다. 그게 신이라고 해도.

요르게는 찻길을 가로질러 지름길을 따라 휘청거리며 걸었다. 해안쪽을 향해 아래로 구불구불 펼쳐진 좁은 샛길이었다. 그는 물이 어떤 상태일지 아직 모르고 있었다. 얼마나 차가울지, 얼마나 거칠지, 어떤 검은색일지. 루이자 메자의 판매대에서 차를 마시는 사람들과 비교하거나 고통에 몸을 내맡길 정도로 자신의 쓸쓸한 짧은 인생에 매달리고 싶은 생각은 조금도 없었다. 그는 언제나 고통에 맞서서 싸웠다. 궁핍을 감내했고, 체념에 즐거워했다. 그의 모든 것을 다 빼앗아갈 수 있을지라도, 최후에는 그 누구도 그를 그가 평생 경멸했던 나약하고 의존적인 사람으로 치부해서는 안 되었다. 그는 엄마의 치마폭에 싸인 응석받이가 아니었다. 혹시라도 누군가 자신을 사랑한다면 자신의 강함 때문이기를 그는 원했다.

그는 점점 더 빨리 달렸다. 언덕을 내려가면서 긁히고 넘어지고, 게다가 장화 한 쪽을 잃어버리기까지 했다. 고통이 등 뒤에서 심술궂게 히죽거리며 그에게 칼을 꽂았다. 그렇지만 요르게는 벌떡 일어서서 다른 쪽 장화마저 벗어던지고 맨발로 계속 걸어갔다. 뾰족뾰족한 돌투성이 바닥이 그의 발바닥을 사정없이 찔러댔다. 하지만 그는 돌아갈 곳이 없었다. 다만 고통을 이겨내려는 그의 의지, 그의 재능만 있을 뿐이었다. 요르게는 그 상태 그대로 경외심을 가득 담은 채로 신에게 나아가고 싶었다. 물론 자신에 대한 자부심이 전혀 없는 건 아니었다. 그분이 그에게, 용감한 자에게 은총을 베풀지 않는다면, 그분이 약한 자와 고개 숙인 자들의 신이라면 그분은 그의 신이 아니었다. 요르게는 아무런 자비도 원하지 않았다. 그의 부드러움, 그의 연약함 때문에 그가 사랑을 받기에는 이미 너무 늦어버렸다.

그는 누구의 아들도 아니었다.

해변에 주차해놓은 차는 한 대도 보이지 않았다. 이런 날씨에는 메렌데로도 문을 열지 않았다. 물거품이 공기를 더 무겁게 했다. 파도는 해안을 향해 쉼 없이 몰아쳐 거품을 일으키더니 여러 갈래로 물러났다. 처음에는 물이 성난 것처럼 보였지만, 요르게가 걱정했던 만큼은 흐리지 않았다. 멀리 있는 섬은 무거운 구름처럼 거기 있었다. 바위는 비를 흠뻑 머금었고, 얼마 남지 않은 나무들은 비에 젖어 짙어진 잎들을 펄럭이고 있었다.

요르게는 바다까지 몇 미터 남은 길을 거의 곤두박질치다시피 달려 내려갔다. 달리면서 그는 셔츠를 머리 위로 벗어던졌다. 그제야 비로소 그는 혼자가 아니라는 사실을 알아차렸다. 그가 평소에 수건을 놓아두던 곳, 에스더가 앉아서 그를 기다리던 바로 그 자리에 소년이 무릎을 끌어안고 앉아 검은 눈으로 수평선을 바라보고 있었다. 그가 이렇게 물 가까이 있는 건 처음이었다. 요르게는 그 자리에 멈춰 섰다. 고통이 소리쳤다.

"다리요!"

소년은 돌아보지 않았다. 그가 오리라는 것을 알고 있었다는 듯이, 그래서 그가 도착했다는 사실을 새삼 확인할 필요조차 없다는 듯이. 요르게는 약해빠지고 깡마른 소년이 이토록 강한 확신과 완고한 의지를 지녔다는 데 그저 놀랄 뿐이었다. 순간적으로 그는 주머니 속에 있는 칼을 더듬거렸다. 이제야 칼자루에 새겨진 글씨가 그가 손끝으로 쉼 없이 매만지면서도 해독하지 못했던 비밀스런 전언을 담고 있었다는 사실을 이해할 수 있었다.

그를 따라 물에 들어가지 못하게 막는다고 해서 소년이 그 말을 그대로 따르리라고 요르게는 정말 믿었던 걸까? 수영기계와 그토록 사투를 벌였던 사람이 단지 어머니에게 순종하기 위해서 집에 머물러 있을 거라고 그는 정말 믿었던 걸까? 그는 소년을 이다지도 몰랐단 말인가?

순간 요르게는 제자를 의심했던 자신이 부끄러웠다. 그는 자신과 같은 사람이 있을 수 있다는 생각에 익숙해져야 했다. 그저 그를 따라하려고 애쓰는 정도가 아니라 그와 똑같은 의지를 지닌 사람이 정말로 존재했다.

그는 혼자가 아니었다. 그것은 새로운 사실이었다.

통증은 온 힘을 다해 그의 살을 파고들고, 뼈를 갈라놓고, 가슴을 꽁꽁 에워쌌다. 그렇지만 요르게는 조금도 신경 쓰지 않았다. 아무 말 없이 소년 옆에 앉아서 물을, 수증기가 일고 있는 아주 가느다란 하늘과 맞닿은 수평선을 나란히 바라보았다.

평온하게.

"다리요." 그의 손끝이 그렇게 읽었다. "다리요." 소리 내지 않고 그의 입술이 따라했다. 그는 이 이름 외에는 아무것도 생각할 수 없었다. 그리고 그 생각만으로도 말할 수 없이 기뻤다. 그 이상을 바랐던 적은 한 번도 없었다. 요르게에게도 사랑이라는 게 있다면, 그는 이 소년을 사랑하리라. 평생 단 한순간도 자신을 사랑할 수 없었던 것만큼 소년을 사랑하리라. 다리요는 그와 많이 닮았다. 아니 그보다도 훨씬 더 고귀했다.

소년을 쳐다볼 용기가 생기기까지는 한참이 걸렸다.

소년의 턱은 떨렸고, 입술은 새파랬다. 벌써 물에 들어갔었고, 너무 오래, 너무 멀리 헤엄을 쳤을 거라는 생각이 들 정도였다. 그렇지만 소년의 머리카락에 내려앉은 것은 그저 흩날리는 안개일 뿐이었다. 소년의 이마에는 땀방울이 맺혀 있었다.

"내가 여기 이렇게, 네 곁에 있단다."

요르게는 그렇게 생각만 한 건지 아니면 실제로 말을 한 건지 확신할 수 없었다. 그는 소년 옆에 아주 바싹 다가앉아 있었기 때문에 그의 두려움을, 원소에 대한 그의 깊고 오랜 경외심을 고스란히 느낄 수 있었다. 무게를 가늠할 수 없는 거칠고 격렬한 공포가 파도 위에서 춤을 추었다. 저기 멀리, 짙은 어둠의 바다에 미지를 향한 두려움이 긴 그림자를 던져놓고 있었다.

"따라와."

마치 그들을 여전히 떼어놓는 유일한 것이 바로 이 두려움이라는 듯이, 의지와 극복이라는 영원한 놀이에서 이 공포를 정복해야 한다는 듯이 그가 부드럽게 말했다. 그것이 그가 할 수 있는 마지막 행동이었다.

"절대로 안 돼." 고통이 항변했다. 그렇지만 요르게는 이미 일어서서 고통의 방해에 맞서 몸을 쭉 폈다. 그는 어떠한 저항도 허용하지 않았다.

소년이 묻듯이, 하지만 동시에 대답을 안다는 듯이 그를 올려다보았다. 소년은 마치 가죽 같은 피부 아래서 헐떡이는 고통을 볼 수 있다는 듯이 그의 벗은 상체를 눈으로 훑었다. 그러더니 벌떡 일어서서 말없이 셔츠를 벗어 샌들 옆에 모아놓았다. 심하게 쓸린 어깨 부위에는 딱지가 앉아 있었고, 가슴과 배는 작은 허연 상처들로 뒤덮여 있었다. 소년의 날갯죽지가 눈에 띄게 헐떡였다. 소년은 두려움을 호흡하고 있었다.

"봤지?" 고통이 비웃었다. "저 애는 너무 약해. 그럴 용기가 없다고!"

"몇 번을 헤엄쳐야 한다고요?"

소년이 중간에 끼어들었다.

요르게는 얼굴이 찌푸려지는 걸 막을 수 없었다. 그는 그 어느 때보다 더 매섭게 찡그렸다.

가벼운 바닷바람이 불어왔다. 그들은 파도가 남긴 거품이 있는 곳까지 걸어갔다.

수평선에 눈길을 고정시킨 채 다리요는 그의 손을 잡더니 꼭 쥐었다. 고통이 더 급박하게 이 움켜쥔 두 손 속으로 파고들었다. 고통이 마치 그의 손가락 관절을 우그러뜨리려는 듯 꽉 움켜쥐었기 때문에 그는 소년을 더 꽉 붙들어야 했다. 그렇지만 요르게는 즐거웠다. 그는 이 순간 여기 있는 것이 기뻤다. 멀리서부터 회색빛 거품을 안고 파도가 몰아쳐와 시간을 부수어놓았다.

"자."

마침내 그가 말했다.

"네 거야."

요르게는 호주머니에서 스위스 칼을 꺼내 바다 저 멀리 높은 파도 위로 던져버렸다. 잘 보이지는 않지만 둔탁한 철썩 소리를 내면서 칼은 물속으로 사라졌다. 스무 번 아니 스물다섯 번 정도 헤엄치면 갈 수 있는 거리였다. 고통은 순식간에 사라졌다. 요르게는 더 이상 아무 것도 느끼지 못했다. 그의 이름을 쓰다듬던 손끝에만 둔한 감정이 남아 있을 뿐.

다리요.

바다는 이미 칼이 떨어진 곳에 살짝 일었던 물거품을 흔적도 없이 지워버렸다. 하지만 소년의 눈길은 칼이 사라진 곳을 놓아주지 않았다.

얇은 입술로 소년은 몇 번쯤 헤엄치면 될지 세고 있었다. 소년은 몇 번이고 다시 헤아려보았다.

"같이 갈 거죠?"

거의 들리지 않을 정도로 소년이 중얼거렸지만, 그건 더 이상 자기 옆에 있는 노인에게 묻는 게 아니었다. 소년은 자신의 두려움한테 묻고 있었다.

요르게는 손을 들어 소년의 머리를 쓰다듬어주었다. 신이 그가 강해서 그를 사랑한다면, 그러면 바로 지금이 그래야 할 순간이리라. 그는 지금 그분이 필요했다.

그는 소년과 함께 가지 않을 것이다.

어깨를 치켜든 채로 소년은 물속으로 걸어 들어갔다. 첫 번째 파도가 그의 종아리를, 무릎을 쳤고, 엉덩이를 감쌌고, 가슴까지 적셨다. 그는 계속해서 물속으로 걸어 들어갔다. 천천히, 그러나 망설이지도 않았고, 멈추지도, 뒤돌아보지도 않았다. 그는 용감했다. 믿을 수 없을 만큼 용감했다. 바로 요르게가 기대했던 그 모습 그대로였다. 그는 사람을 이토록 자랑스러워한 적이 없었고, 또 한 사람을 이토록 두려워해본 적도 없었다.

옆에서 치는 파도가 소년을 쓰러뜨려, 멀리 떠밀어내려고 들었다. 요르게는 무의식적으로 한 걸음 앞으로 내디디며 밧줄 위에 올려놓은 뾰족한 돌처럼 균형을 잡았다. 그렇게 하면 다리요가 휘몰아치는 파도 속에서도 균형을 잃지 않을 수 있다는 듯이. 하지만 그는 소년을 내버려두어야 했다. 소년은 그의 도움을 원하지 않았다. 소년이 단숨에 팔을 높이 쳐들더니 그대로 물속으로 뛰어들었다.

파도가 높이 치솟다가 돌투성이 해안에 닿기도 전에 거품이 되어 부서졌다.

"호흡을 해!"

요르게가 소리쳤다.

"빨리 호흡을 하란 말이야!"

그렇지만 소년은 숨을 들이쉬지 못했다. 소년의 폐는 잔뜩 쭈그러들었고, 텅 비었고 산소가 모자랐다. 맥박이 관자놀이에서 팔딱팔딱 뛰는 소리가 들려왔다. 방향 감각을 잃은 채 허둥거리며 그는 소년을 찾느라 물을 헤집었다. 마침내 몇 미터 앞쪽, 저 멀리에서 소년의 검은 머리가 물 위로 솟아올랐다. 다리요는 그를 늘 눈여겨보았던 대로 잠수를 했던 것이었다. 소년의 재빨리 저어나가는 동작은 점점 유연해졌고, 점점 안정되고 차분해졌다. 그는 벌써 칼이 사라진 근처에서 미끄러지듯 쑥쑥 나아가고 있었다. 하지만 소년은 그의 아버지의 것이 아닌 칼을 찾아 잠수하기 위해 동작을 늦추지 않았다. 그리고 땅에 있는 모든 것과 마찬가지로 그것을 그냥 거기에 남겨둔 채로 계속해서 더 멀리 광막한 바다를 향해 헤엄을 치고 또 쳤다. 아무도 소년을 멈추게 할 수 없었다. 소년의 어머니도, 소년 자신도, 잔뜩 찌푸리고 선 오만한 노인도 그를 막을 수 없었다.

요르게는 오랫동안 소년을, 파도 사이에서 널뛰듯이 나타났다 사라지는 정수리를 바라보았다. 그리고 소년이 팔을 저을 때마다 수를 헤아려보았다. 수평선에는 구름이 걷히고 있었다. 그는 소년을 완전히 잃어버렸다.

4부

그들은 아마도 할아버지는 이렇게 되길 바랐고,
또 그래야만 했던 것 같다는 말을 주고받았습니다.
그는 가기 위해서 다시 돌아왔던 것입니다.
그리고 혼자서 죽을 수 있는 순간을 기다렸던 것 같습니다.
할아버지는 할머니가 자신을 놓아주기를 원하셨습니다.

크리스티안

명망 있는 개개인을 호명하고 인사하는 것으로 시간을 오래 끌 생각은 없습니다. 그저 '그가 이곳을 둘러본다면' 이렇게 많은 손님들이 왔다는 것만으로도 기뻐할 거라는 말로 시작하겠습니다. 그는 깊이 감동을 받을 것이고, 참석해주신 모든 분께 그의 할아버지의 이름으로 진심어린 감사를 표하고 싶을 것입니다. 잊지 않고 이렇게 와주셔서 고맙습니다.

그가 지금 인사말을 넘겨받는다면, 그는 할아버지에 대한 추억이 별로 없다는 사실을 숨기지 않을 것입니다. 폭넓은 바지에 카키색 셔츠를 입고 정원에서 일을 하고 있는 마르고 머리가 허연 남자, 차 마시는 자리에서 보여주던 엄격하고 강압적인 표정, 사람을 시험하는 듯한 날카로운 눈초리, 그리고 할아버지의 침묵과 부재가 단편적으로 떠오르겠지요.

그는 이 인사말에서 이곳에 계신 다른 어느 분보다도 아마 더 본 적이 없었던 사람, 게다가 그 얼마 안 되는 기회마저도 아주 먼 거리에서 보듯이 그저 훑어보기만 했을 뿐인 사람에 대해서 말하고 있다는 사실을 숨겨서도 안 되고 숨길 생각도 없습니다. 그들은 제대로 만나거나 가까이 한 적이 한 번도 없는 사람들입니다. 그래서 그는 이런 일을 맡기에 적당치 않으면서도 인사말을 하게 된 것에 대해 다시 한 번 양해를 구합니다. 그러니 여러분께서는 안심하고 편안히 기대 앉으셔도 좋습니다. 그가 하는 말은 전혀 사실이 아닐 테니까요.

이것으로 그의 사과가 끝난 게 아닙니다. 그는 할머니께 이해를 구하고 싶고, 또 그래야만 합니다. 왜냐하면 할머니가 육십 년 동안이나 생을 함께 해온 사람에 대해서는 아무런 말도 하지 않을 예정이기 때문입니다. 그는 토마스에게, 자기 아버지에게 관대히 봐달라고 부탁하고자 합니다. 왜냐하면 그는 침묵을 깰 수 없을 뿐만 아니라, 아버지를 위해서가 아니라 자기 자신을 위해서 이 말을 하고 있기 때문입니다. 죄송해요, 할머니. 죄송해요, 아빠. 그리고 모든 친척과 지인에게도 같은 말을 전하고 싶습니다. 여러분이 살면서 마주쳤거나, 삶에 변화를 주었거나, 함께 동행해온 그 사람은 그의 말에서 나오지 않을 테니까요.

그는 누구보다 할아버지에게 가장 용서를 구하고 싶습니다. 할아버지를 지어냈기 때문입니다. 성경에는 '우상을 만들지 말라'고 쓰여 있습니다. 그는 그렇게 했고, 또 그렇게 해야만 했습니다. 이 인사말을 위해서 그걸 시작한 게 아니라, 전부터 쭉 그래 왔습니다.

그는 지금까지 살아오면서 할아버지의 손을 채 스무 번이 되지 않게 잡아봤습니다. 그것은 단호하고 메마른 악수였습니다. 여기까지는 사실입니다. 그것은 아무 의미도 없었고, 언제나 그렇게 늘 똑같았습니다. 여섯 살, 아홉 살, 열네 살 소년은 매번 시간을 초월한 것 같은 노인과 악수를 했습니다. 소년은 자신이 판사 앞에 서서, 어떤 기대를 채웠는지, 어느 정도 실망시켰는지에 대한 판결을 듣게 되리라는 사실을 아주 잘 알고 있었습니다. 할아버지와 만날 때마다 그는 이 점을 또렷하게 의식하고 있었지만, 그렇다고 겁을 먹거나 긴장하지는 않았습니다. 할아버지는 만족스러워하지 않았고, 알겠다는 듯 고개를 끄덕이거나 칭찬을 한 적도 없었고, 늘 무언가를 기다리는 것처럼 보였지만, 그는 오히려 자신이 할 일을 잘 해내고 있다는 확신을 갖게 되었습니다.

그의 아버지는 이런 일이 있을 때마다 늘 그의 등 뒤에 서서 한 손을 그의 어깨에 올려놓고 있었습니다. 그 손은 축축했고 차가웠는데, 모든 절차가 끝나고 그를 다시 방에서 데리고 나가기 위해 그의 손을 잡았을 때도 여전했습니다.

그가 말하는 것 가운데 진실은 하나도 없다고 아무리 강조해도 지나치지 않을 테지만, 할아버지를 생각하면 늘 아버지가 많이 두려워했던 사람이 떠오릅니다.

대부분의 아이들은 신을 할아버지처럼 생긴 사람으로 상상합니다. 또한 자신들의 할아버지는 어쩌면 신과 닮은 사람일지도 모른다고 상상하기도 합니다. 그렇게 상상하는 이유는 할아버지의 무성한 하얀 수염 때문일 것입니다. 할아버지와 신 사이에는 아주 두드러지게 닮은 점이 몇 가지 있습니다. 둘 다 거의 눈에 보이지 않으면서도 늘 그 자리에 있습니다. 둘 다 모든 것을 봅니다. 그리고 어른들은 둘 모두를 두려워합니다.

그 당시 그는 이런 의문을 자주 품곤 했습니다. 신도 자기 자신에게 기도를 할까. 어느 여름에 할아버지 댁을 방문했을 때, 할아버지가 정원에서 식물을 향해 몸을 굽힌 채로 식물들과 얘기하는 모습을 보고 난 이후 그는 이런 의문을 품게 되었습니다.

그는 아버지한테서 종교 교육을 받지 않았습니다. 신앙은 그의 집에서 아무런 역할도 하지 않았습니다. 그 앞에서 신이나 할아버지에 대해 말을 꺼낸 적은 거의 없었습니다. 그런데도 그는 쉬 잠이 오지 않는 밤이면 그가 낮에 한 일들 그리고 내일 하게 될 일들이 하느님과 할아버지 마음에 들까 하는 생각을 떠올려보곤 했습니다. 그런 생각을 하고 난 뒤에는 쉽게 잠들 수 있었습니다.

할아버지와 자신의 관계가 달라질 수 있을 거라든지, 마음을 터놓고, 솔직하게 대하고, 거리낌 없는 관계가 될 거라는 생각을 그는 한 번도 해본 적이 없었습니다. 물론 학교 친구들은 할아버지를 그보다 훨씬 더 자주 보고, 어떤 아이들은 할아버지와 함께 살기도 하고, 휴가를 함께 보내기도 한다는 것을 알았지만, 그는 할아버지를 그리워하는 일 따위는 꿈속에서도 해본 적이 없었습니다. 신을 그리워하는 사람은 없습니다. 그리고 하느님과 술래잡기 놀이를 하는 사람도 없습니다.

이미 말한 것처럼, 그는 할아버지와 진짜로 만난 적이 없었고, 정말로 가깝지도 않았습니다. 아버지가 그에게 몇 주 전에, 할아버지의 여든 번째 생일에 인사말을 맡아서 해줄 수 있느냐고 물었을 때, 그는 "저는 그분을 잘 몰라요"라고 대답했습니다. 그 사이에 많은 일이 일어났지만 그래도 여전히 그 사실만은 달라지지 않았습니다. 그는 여전히 그분을 모릅니다.

짧은 시간에 아주 많은 일이 일어났습니다. 그 스스로도 이해하기 어려운 상황이었지요. 위험을 알려오는 소식들이 계속 전해지고, 할아버지가 문을 열어주지 않을뿐더러 전화조차 받지 않는다는 말을 듣고, 할머니가 급히 스페인으로 돌아갈 때 그도 동행했습니다. 친절하게도 공항으로 마중을 나와준 로벡 부부와 함께 그들은 할아버지를 찾아 나섰습니다. 그들이 간발의 차이로 할아버지를 놓쳤는지, 할아버지의 침실에 들어섰을 때 침대에는 여전히 체온이 남아 있었고, 언덕 쪽으로 난 지하실 문이 열려 있었습니다. 그들은 할아버지를 찾아 근방을 샅샅이 뒤졌습니다. 그러고 나니 단 한 가지 가능성만이 남더군요. 바다였습니다. 거기서 결국 할아버지를 찾았습니다. 할아버지는 맨발로 물가에 앉아서 수평선을 바라보고 계셨습니다. 할아버지에게 말을 걸 수 있는 상황이 아니었습니다. 할아버지는 어떠한 도움도 받으려 하지 않았습니다. 그들이 좀 있다가 억지로 데려오지 않았다면 할아버지는 아마 밤이 될 때까지도 거기 그렇게 앉아 계셨을 것입니다.

그렇지만 곧 할아버지의 저항이 수그러들었습니다. 모든 게 아주 갑작스럽게 벌어졌습니다.

할아버지를 집으로 모셔온 후 할머니와 그는 교대로 할아버지의 침대를 지켰습니다. 그게 얼마나 낯선 느낌이었는지 그 기분을 묘사하기란 무척 어렵습니다. 그는 지금까지 할아버지와 이렇게 많은 시간을 보낸 적이 없었습니다. 지금까지 살아온 시간을 다 합쳐도 말입니다. 그렇게 가까이 있어본 적도 없었습니다. 그런데도 그는 처음으로 할아버지가 그리웠습니다.

그는 할아버지가 돌아가실 수도 있다는 생각을 한 번도 해본 적이 없었습니다.

할아버지는 마지막 며칠 동안 거의 말을 하지 않았는데, 입을 열었다 하면 그저 다리요를 찾았습니다. 그 혼혈아 소년을 — 로벡 부부가 나중에 들려준 바에 의하면 — 어부들이 섬 너머에서 건져 뭍으로 데려왔다고 합니다. 할아버지가 그 아이한테 수영을 가르쳤고, 그 아이와 함께 해변에 있었다고들 합니다. 할아버지가 거기 앉아서 눈을 부릅뜨고 수평선을 노려보았던 건 아마도 소년을 놓치지 않기 위해서였나 봅니다. 눈을 뜨면 그의 눈길은 소년을 찾는 듯 했습니다.

소년을 구했다고, 아주 기진맥진해서 몹시 지쳐 보이긴 했지만 그래도 살아 있다고 들려주었지만 할아버지는 믿지 않았습니다. 그 대신에 할아버지는 다리요가 너무 멀리 헤엄쳐갔다고, 소년의 머리가 더 이상 보이지 않았다고, 이제는 소년을 아주 잃어버리고 말았다고 한탄했습니다. 생각이 그렇게 굳어져버린 것 같았습니다. 밤에 약을 먹고 흥분이 가라앉아서 잠깐씩 선잠이 들 때면 할아버지는 늘 소년의 이름을 불렀고, 가끔 아침에는 소년 때문에 울기도 했습니다.

할머니는 할아버지와 함께 차를 타고 다시 바다에 가보자고 제안했습니다. 할머니는 물을 보면, 할아버지가 소중하게 생각했던 그 원소를 보면 그가 생생한 삶의 의욕을 다시 불러낼 수 있을지도 모른다고 기대했습니다. 자갈 해변에 휠체어를 가져가는 건 그리 간단한 일이 아니었지만 그래도 의사들은 곧바로 동의해주었습니다. 할머니와 그는 할아버지가 적어도 다시 한 번 바다에 발끝이라도 적셨으면 하고 바랐습니다.

아름다운 날이었습니다. 신나게 뛰어노는 아이들 소리와 철썩이는 파도 소리가 어우러진 한가롭고 화창한 늦여름 날이었지요. 여러 스페인 가족들이 해안에서 캠핑을 하고 있었는데, 휠체어를 밀고 오는 그들을 도와주려고 예의상으로라도 자리에서 일어났습니다. 바다는 잔잔했고 평화로웠습니다. 끝없이 펼쳐진 수면은 따스한 여름을 흠뻑 머금고 있었습니다.

그 순간은 모든 게 곧 좋아질 것만 같았습니다. 삶이 다시 시작되고, 할아버지가 — 걷지는 못하더라도 — 어쩌면 수영을 조금이라도 할 수 있지 않을까 하는 생각마저 들었습니다. 어느 순간 그들은 휠체어를 그냥 세워두고 양쪽에서 할아버지를 들어 올렸습니다. 그게 훨씬 더 쉬웠으니까요. 할아버지는 이제 별로 무겁지 않았습니다.

그렇지만 그들이 파도 거품이 있는 곳까지 할아버지를 들고 가바로 얼마 전까지 수영을 시작했던 섬을 마주한 익숙한 자리에 내려놓자, 할아버지는 물을 외면하고 만에 있는 바위 쪽을 쳐다보았습니다. 처음에 할머니는 할아버지를 설득하려 했고, 수영을 하고, 파도 속으로 잠수하는 게 그에게 얼마나 큰 기쁨을 가져다주었는지를 기억시키려고 애썼습니다. 그렇지만 할아버지는 그저 고개를 저었고, 바위 쪽을 올려다보았습니다. 무기력한 몸이었지만 여기 있고 싶지 않는다는 의지만은 확고하게 알려주었습니다. 갑자기 할아버지가 물을 무서워하는 것처럼 여겨질 정도였습니다. 어쩌면 할아버지는 바다를 알아보지 못했을지도 모릅니다.

할아버지를 다시 휠체어로 모시면서 그는 비로소 깨달았습니다. 자신은 할아버지를 만난 적이 한 번도 없고, 진짜로 할아버지에게 다가갈 기회를 놓쳤다는 것을요. 그는 예전의 그 사람을 다시는 알 수 없게 되고 말았습니다.

할아버지는 더 이상 존재하지 않았습니다.

의사들은 전이성 말기 전립선암과 이에 동반한 관절증이 심각하다는 진단을 내렸습니다. 할아버지의 삶을 품위 있게 연장시키기 위해서 마땅히 모든 의학적 수단을 다 동원하겠지만 환자한테 아무런 의지가 없으면 별 소용이 없다고도 했습니다.

의사들을 비난할 수는 없었습니다. 그들은 많은 시간을 냈고, 할머니와도 많은 얘기를 나누었지만, 그들이 말하는 사람은 삶의 의욕을 완전히 상실했으니까요. 할아버지에 대해서는 한마디도 하지 않았습니다.

사람들이 누군가가 스스로 삶을 포기했다고 말하는 것이 무엇을 뜻하는지 그는 오랫동안 깊이 생각해보았습니다. 이런 물음의 답을 알게 될 거라고 믿어서가 아닙니다. 하지만 그는 그의 할아버지를 통해 한 사람이 죽기 전에 이미 존재하기를 멈출 수 있다는 것을 똑똑히 보았습니다.

바다에 다녀온 날 밤, 할아버지의 상태는 갑자기 더 나빠져 아무런 감각이 없는 듯했습니다. 그저 아주 얕은 숨을 힘겹게 이어갈 뿐이었지요. 새벽 네 시쯤, 병상을 지키던 그는 할머니와 교대하면서 할아버지의 축 처진 손을 건네주었습니다. 다섯 시 반쯤, 할아버지는 갑자기 주먹을 쥐더니 숨을 헐떡이면서 씩씩거렸는데, 마치 그가 평생 이 시간에 일어났다는 것을 몸이 기억하고 있는 것 같았습니다. 할머니는 곧 간호사가 오도록 벨을 눌렀습니다. 그러나 할아버지의 상태는 금방 나아졌습니다. 그는 눈을 뜨고 있었고, 의식을 갖고 있는 것처럼 보였습니다. 할머니가 이름을 부르자 할아버지는 알아볼 수 있을 만큼 고개를 끄덕였다고 합니다. 할아버지가 할머니를 알아보는 것 같았습니다.

할아버지는 다시 그곳에 있었습니다.

할머니는 잠시 할아버지의 손을 놓고 서둘러 복도를 지나 보호자가 쉬는 방으로 가서 상황을 알렸습니다. 두 사람이 돌아왔을 때, 채 몇 분 걸리지도 않았는데, 할아버지는 이미 이 세상 사람이 아니었습니다.

그들은 그저 어안이 벙벙해서 할아버지의 죽은 몸을 바라보고만 있었습니다. 야간 근무를 한 담당 간호사가 할아버지의 눈을 감겨주었습니다.

그들이 다시 말을 찾기까지는 오랜 시간이 걸렸습니다. 갑자기 텅 비어버린 듯한 느낌이 너무 컸습니다. 네, 맞습니다. 당혹스러움, 실망감, 결정적인 순간에 자리를 비웠다는, 그 자리에 없었다는 자책감이 너무 깊었습니다.

그는 눈물을 흘리지 않았습니다. 이제는 영원히 늦어버렸다는 생각만이 그의 머릿속을 계속 맴돌았습니다. 그는 마지막 순간까지 할아버지를 놓치고 말았던 것입니다.

할머니와 그는 이별을 받아들이기가 너무나 힘들어서 한참 동안 방에 그대로 서 있었습니다. 주변에서는 병실의 일상이 시작된 지 한참 되었고, 할아버지의 시체는 옮겨지고 있었는데도 말입니다.

그러다가 그들은 아마도 할아버지는 이렇게 되길 바랐고, 또 그래야만 했던 것 같다는 말을 주고받았습니다. 그는 가기 위해서 다시 돌아왔던 것입니다. 그리고 혼자서 죽을 수 있는 순간을 기다렸던 것 같습니다.

할아버지는 할머니가 자신을 놓아주기를 원하셨습니다.

할아버지의 명복을 빕니다.

이쯤에서 그가 침묵하게 된다면, 아주 긴, 영원히 이어질 것만 같은 휴식을 취한 뒤에 다시 말을 이어간다면, 그는 무척 미안하다고, 정말로 미안하다고 말할 것입니다. 그는 참석한 모든 분에게 위로의 말을 해줄 수 없어서 죄송하다고 다시 한 번 말할 것입니다. 그렇지만 그는 잘 모르는 사람하고 나눈 긴 이별 이야기밖에는 할아버지에 대해서 들려줄 얘기가 거의 없었습니다.

며칠간 그들 모두는 완전히 녹초가 되어버렸습니다. 장례를 미리 준비하느라 할 일이 너무 많았고, 신경 쓸 일도 많았습니다. 그리고 기꺼운 마음으로 도와준 모든 분에게 진심으로 감사의 마음을 전합니다.

이렇게 바쁜 와중에도 그는 갑자기 모든 게 이렇게 달라질 수 있다는 사실에 대해 끊임없이 놀라고 있습니다. 그가 할머니와 함께 여행한 뒤로 그녀를 아주 가깝게 느끼게 된 것은 어쩌면 그리 놀랄 일이 아닐지도 모릅니다. 그러나 가족들 곁으로 돌아온 뒤로 그는 아버지, 형제들, 사촌들과 한 가족이라는 느낌이 든 것에는 무척 놀랐습니다. 이전에는 무의미하다고 생각했던 바로 그 가족의 결속력이 그들 각자에게 혼자가 아니라는 확신을 주고 있었습니다.

그들 모두가 할아버지로 인해 얼마나 긴밀하게 연결되어 있는지, 너무나도 당연한 이 확고한 사실에 그는 정말로 놀랐습니다.

그리고 그에게는 여전히 생각해보아야 할 일이 남아 있었습니다. 어쩌면 그것 역시 아주 당연한 일인지도 모르겠지만, 솔직히 고백하자면 그는 그것이 가능하리라고 여기지 않았습니다. 할아버지의 죽음은 그의 삶에 그리고 이렇게 많은 사람의 삶에 빈자리를 만들었습니다. 그가 잘 알지 못했던 사람, 그들 대부분이 몇 년 동안 보지도 못한 한 사람의 죽음이 말입니다.

그것이 그에게 이런 느낌을 주었습니다. 그들도 어쩌면 아주 정상적인 가정이었는지도 모른다는.

물론 지금 그는 자신의 입장만을 말할 수 있습니다. 그가 처음에 받은 충격과 절절한 슬픔이 지나가자, 그의 고통이 모습을 바꾸었습니다. 고통이 그의 심장에 ―그 심정을 다르게 표현할 수 없습니다―뿌리를 내렸습니다. 그리고 서서히 그는 이러한 상처를, 상실감을 기쁘게 받아들이고 있습니다.

여러분은 모두 요르게라는 사람의 죽음이 여러분의 삶에 어떤 의미를 갖는지에 대해 차분히 생각해볼 시간이 별로 없었을 것입니다. 할아버지가 떠나기 전에 이런 질문을 했다면 그는 아마도 고개를 흔들며 말했을 겁니다. 아무것도 아니라고. 할아버지는 한 번도 자신의 삶의 일부였던―일상의 한 부분은 차치하고라도―적이 없었는데, 그렇다면 잘 모르는 사람의 죽음, 그것도 다가갈 수 없었던 노인의 죽음이 무슨 영향력을 가질 수 있을까요?

그런데도 그는 상실감을 분명히 느꼈습니다. 그것도 할아버지가 죽어가는 침상을 지키면서가 아니라, 그들이 해변에서 찾아내 병원으로 옮겼던 그 사람이 할아버지의 그림자에 불과하다는 사실을 깨닫게 된 그 순간부터였습니다.

그 순간 그는 아주 중요한 무언가를 잃어버렸다는 것을 분명히 깨달았습니다. 엄격하고 냉혹했던 이 사람에게 다가갈 방법이, 악수를 하며 전 당신이 두렵지 않아요,라고 신에게 말할 기회가 갑자기 사라졌던 것입니다.

아이 때부터 이미 그는 그런 생각을 해왔고, 그 기회는 늘 그에게 있었습니다. 어쩌면 할아버지에게 다가가고, 할아버지가 신과 전혀 닮지 않은 점을 발견하고 다른 누구도 아닌 자신의 할아버지일 뿐이라는 사실을 알아내는 일은 그에게 결코 일어나지 않았을지도 모릅니다. 할아버지를 발견하고, 고독 속에서 살아가는 할아버지를 사랑하는 일은 그에게 이루어지지 않았을지도 모릅니다. 하지만 그는 지금까지 살아오는 동안 그 가능성을 늘 느껴왔습니다.

이제 그에게는 그것에 대한 추억만이 남아 있습니다.

그의 할아버지, 요르게 드 후베란트는 올해 8월 16일, 여든 번째 생일을 이틀 앞두고 짧지만 격렬한 투병 후에 돌아가셨습니다. 그는 할아버지에 대한 기억을 존중하며, 할아버지에게 다가갈 수 있었다는 사실을 결코 잊지 않을 것입니다.

그는 주변을 돌아보았다. 준비가 다 되어 있었다. 사람들은 긴 탁자와 그 옆에 붙여놓은 보조 탁자에 자리를 잡았고, 잔은 다 채워져 있었다. 정확한 순간을 기다리면서—그 사이 그는 '상실감에 대해 기쁘게 생각한다는 말을 진짜로 해야 하나?' 하는 생각을 하고 있었다—크리스티안은 다시 인사말의 원고를 뒤적거렸다. 그는 내용을 다 외웠고, 지금은 그 어느 때보다도 입이 좀 마르긴 했지만, 그래도 원고를 보지 않고도 자연스럽게 얘기할 수 있는 상태였다. 그간의 경험으로 볼 때 이런 예민함은 첫 문장을 말하고 나면 순식간에 사라지리라는 것 또한 잘 알고 있었다. 시작할 때 두 손으로 탁자를 짚고 시작하는 게 좋을 것 같았다. 그렇게 하면 좀 의지하는 느낌이 들 테니까.

그는 지금 사실 그냥 도망치고 싶은 마음뿐이었다. 저 앞으로 걸어 나가는 게 아니라 사라지고 싶었다.

아버지라면 지금 상황에서 도망쳤을 것이다. 잔뜩 긴장해서, 아마도 화장실로 도망쳐 거기서 모든 일이 다 끝날 때까지 문을 걸어 잠그거나, 아니면 마지막 순간에 그저 침묵을 지키면서 원고를 책상 밑으로 감춰버렸을지 모른다.

에스더는 그에게 시간이 다 되었는데 어떻게 된 거냐고 묻는 듯한 눈길을 보냈다. 그러나 크리스티안은 잠시 더 머뭇거리면서 새로 산 검은 양복이 썩 잘 어울리는 아버지를 바라보았다. 아버지와 베아테는 나란히 앉아서, 각각 다른 사람과 대화를 나누고 있었다. 반면에 주변에는 벌써 기대에 찬 고요함이 퍼져 나가고 있었다.

순간 그는 의자에 기대앉아서 침묵을 깨고 꼭 해야만 했던 몇 마디를 아들에게 떠넘기고 편안해하는 아버지가 부러웠다.

아직 그에게는 침묵의 기회가 있었다. 아직 그에게는 일어나 방을 나갈 수 있는 시간이 있었다.

에스더가 토마스에게 리카르다하고 대화를 끝내라는 신호를 보냈다. 그의 사촌 형제들이 그를 보고 있었다. 이제 모두 조용해졌다. 잔을 두드릴 필요도 없었다. 크리스티안이, 장남의 장남이, 인사말을 하게 될 거라고 알려줄 필요도 없었다. 모두들 그가 그렇게 할 거라고 기대하고 있었다.

그런데 그가 거부한다면? 그가 이 요구를 받아들이지 않는다면? 그리고 그의 생에서 처음으로 아버지보다 더 나은 사람이라는 거만함을 포기한다면?

에스더는 그를 대신해 헛기침을 하면서 다시 눈을 치켜뜨고 그를 쳐다보았지만, 크리스티안은 더 이상 할머니에게 신경을 쓰지 않았다. 그는 할 수가 없었다. 그는 아버지에게 인사말을 할지 말지를 결정하게 해야 했다. 아버지의 눈짓 한 번이면 그는 일어서서 가리라.

크리스티안은 아버지를 뚫어져라 바라보며 아버지가 이 장례식에서 원하는 게 무엇인지를 그의 얼굴에서 읽어내려고 기를 썼다. 그 누구보다 더 그를 지배했던 사람과 이별하면서 아버지는 무슨 생각을 할까? 복종일까, 아니면 거부일까? 뒤늦은 화해일까, 아니면 늦은 항거일까?

그는 아버지에게 자신의 침묵을 선물하기로 마음먹었다.

그는 아무런 대답을 찾지 못했다. 토마스는 그를 향해 미소 지으며 그의 눈길에 그저 부차적인 대답만 던지더니, 곧 경건한 자세로 탁자의 장식을 뚫어지게 바라보았다.

그런데, 그 순간 크리스티안은 실제로 그가 늘 알고 있었던 사실이 갑자기 분명해지는 것을 느꼈다. 그가 어떤 행동을 하더라도 아버지는 그것을 허락하고, 그를 변호하고, 그의 편을 들어주리라. 그는 침묵할 수도 있고 인사말을 할 수도 있고, 자신이 하고 싶은 말을 할 수도 있으며, 머물러 있거나 일어나서 가버릴 수도 있었다. 아버지는 그를 사랑하기 때문에 모든 것을 다 용서할 것이었다. 그리고 그도, 크리스티안도, 역시 아버지를 사랑했다.

한동안 그는 자꾸만 배어나오는 웃음을 멈출 수가 없었다. 그는 탁자 밑에서 리카르다의 손을 꽉 잡았고, 그녀에게 원고를 넘겨주었다. 그리고는 곧장 의자를 뒤로 밀고 자리에서 일어났다.

후베란트가 사람들

ⓒ 들녘, 2006

초판 1쇄 발행 · 2006년 3월 10일

지은이 · 존 폰 뒤펠
옮긴이 · 전옥례
펴낸이 · 이정원

펴낸곳 · 도서출판 들녘
등록일자 · 1987년 12월 12일
등록번호 · 10-156

주소 · 경기도 파주시 교하읍 문발리 출판문화정보산업단지 513-9
전화 · 마케팅 (031)955-7374 편집 (031)955-7381
팩시밀리 · (031)955-7393
홈페이지 · www.ddd21.co.kr

값은 뒤표지에 있습니다. 잘못된 책은 구입하신 곳에서 바꿔드립니다.

ISBN 89-7527-525-6 (03850)